최병탁 역사장편소설

불가마 전쟁

일본에서 꽃피운 조선 도공의 꿈

주류성

불가마 전쟁

일본에서 꽃피운 조선 도공의 꿈

최병탁 지음

주류성

불가마 전쟁

읽기 전에 • • •

　이글을 쓰게 된 계기는 내가 나름대로 연고가 있는 호남의 남원(南原)을 방문했을 때에 마련되었다. 일찍이 남원성(城)의 역사적 배경은 어렴풋이 알고 있었으나 직접 만인의총(萬人義塚)을 찾아 참배하고 관심 있게 견문한 일은 나로선 이번이 처음이었다.

　일본의 침략에 의해 일어난 임진왜란(1592)과 정유재란(1597)의 양란 7년 전쟁은 조선의 전토와 국력을 막대하게 피폐시켰다. 무능한 조정에 나라를 맡길 수 없어 지방 각지에서 과감하게 일어선 의병들이 진주성으로 집결하였다. 특히 전라도 의병들이 경상도 진주성으로 몰려온 것은 의미 있는 일이었다. 일본의 수장 도요토미 히데요시는 호남평야를 접수해야 충분한 군량미를 확보할 수 있고 이어서 서울, 의주를 지나 명나라까지 칠 수 있으니 필히 작전을 성공시키라 명했다. 그러나 남해로 출진하여 서해로 돌아 호남을 공략하려던 왜군은 이순신의 벽에 막혀 연전연패 당하자 수로를 포기하고 육로를 택하여 진주를 통해 호남의 관문인 남원을 함락하려는 것이었다. 진주는 남원으로 가는 요충지였다.

　전라 의병이 진주성으로 모인 것은 남원과 호남평야를 지키기 위함이었다. 병력 4만의 왜군이 진주성을 공격했으나 소수의 관군과 경상 전라의 의병들이 유기적으로 작전을 펴 왜군 3만여 명을 전멸시키는 대첩을 이루었다. 누구보다도 진주목사 김시민의 탁월한 지휘가 성공의 밑거름이었다. 그러나 보복전으로 나오는 왜군의 2차 진주성 싸움에서는 처절하게 함락되고 만다. 왜군이 10만의 인해전술로 공략하는 데는 속수무책이었던 것이다.

휴전협정 문제로 수 년간을 끌다가 일본의 재침으로 정유재란이 일어나면서 왜군의 남원성 공략이 시작되었다. 왜군 10만과 조명 연합군 5천의 대결은 너무 참혹한 결과를 냈다. 아무리 치열한 방성으로 많은 왜군을 희생시켰어도 인해전술엔 도리가 없었다. 물론 조명 연합군의 지휘를 맡았던 양원 총병의 무능으로 아군이 전멸을 당했고 성내의 백성들까지 모두 도륙을 당했다. 만여 명이 순철했다고 추정하여 그 장한 고혼들의 유골을 거두어 한 곳에 모시게 되었으니 이름하여 만인의총이다.

그런데 토요도미는 2차 침입이었던 정유재란을 도자기전쟁이라는 별칭으로 명명하고 조선의 도공들을 모조리 포로로 잡아오라 엄명을 내렸다. 그는 조선의 찻잔과 도자기를 무척 좋아했다. 남원 전투에서 그들은 은밀히 전략을 세워 남원의 도자기공과 가족들을 살려서 사슬에 묶어 일본으로 끌어갔다. 끌려갈 때의 가진 고통과 시련은 오늘날까지 구전으로 전해오기도 한다.

나는 임진 정유의 피로 물들인 역사적 배경을 서술하면서 오히려 도공들의 수난사에 촛점을 맞추었다. 도자기에 대한 조예도 없고 취미도 없었던 나는 새삼스럽게 자료수집과 취재활동을 통해 수개월 동안 도자기 공부를 하였다. 그릇을 굽는 과정과 도공들의 생활상도 묘사 서술의 핵심 대상이었다. 물론 4백 년 전의 실상이다. 일본으로 끌려간 우리 도공들이 마지못해 그릇을 만들면서 일본의 도자기문화를 세계적으로 꽃피우게 하였으니 실로 회한의 아이러니가 아닐 수 없다.

　역사소설은 사실과 진실을 바탕으로 집필하되 사이사이 개연성의 상상력이 동원되는 분야다. 이 소설의 등장 인물은 실제 인물이 많지만 가상 인물도 그에 못지 않다. 이 소설의 주인공은 실제 인물이며 일본에서 그를 초대로 하여 대대로 15대째 그릇을 구워오고 있다. 지금 생존해 있는 14대, 15대는 큐슈 가고시마현에서 일본을 대표로 하는 도요계의 명인으로 자리잡고 있다.

　이 소설의 서술방법은 제1부는 1인칭시점 서술이고 2부부터는 3인칭 시점으로 서술하였다. 다만 3부의 마지막 장은 환상적 기법으로 1인칭인 주인공의 혼령이 시공을 초월하여 서술해 나간다. 오직 나라와 가족과 자신의 목숨을 지키고자 장렬하게 싸우다 가신 영령, 그리고 일본에서 망

향의 한을 품고 가마에 불만 때다가 생을 마친 조선 도공들의 혼령 앞에
이 책을 바친다.

　이 글 중에 관요의 서열에 따르는 낭청, 변수, 사기장, 공초군 등의 용
어는 필요가 없어 주로 편의상 일본에서 잘 쓰는 도공이라는 호칭을 많이
사용했다. 또한 도요에 미숙한 서술과 묘사가 보인다면 심심한 양해를
바란다. 참고자료는 별로 많지 않았으나 주로 취재와 인터넷의 도움이
컸음을 밝혀둔다. 그래도 더 크게 도움을 받은 자료는 다음과 같다.

　*《슬픈 열도》(김충식). *《신의 그릇》(신한균). *《어찌 고향을 잊으리》
(시바 료타로:司馬遼太郎). *《일본서 꽃핀 한국도자기》(서울신문). *《4
백년의 귀향》(동아일보). *《내가 찾은 도공》(정인수). *《정유년 남원성
싸움》(남원문화원). *《정유재란과--》학술 세미나(남원문화원). *《난중
잡록》(조경남). * 양금신보(梁琴新譜)와 '오늘이 오늘이소서'노래(이병
채:남원문화원장). * 경북 청송군 지도. * 청송심씨 문헌록(청송심씨 문중)
등이다.

2014. 3.
지은이 최병탁

불가마 전쟁

일본에서 꽃피운 조선 도공의 꿈

들머리

헤아려보니 내 나이 어언 사백여 살이 되었다. 그간을 돌이켜 당대를 보면 조선이 건국한 지가 이백여 년, 역시 천하일색 고려청자 비색의 맥이 끊긴 지도 이백여 년이 되던 때였다. 내 육신은 이미 사백여 년 전에 흙이 되었지만 이 혼령은 여태 살아남아 있어 억울했던 그 역사의 질곡에서 아픈 상처를 어루만지듯 그날들을 더듬어보련다.

이 혼령이 지금까지 죽지 않고 살아 있는 까닭은 비참하고 처절했던 임진, 정유 양란에서 겪었던 상처를 아직도 치유하지 못하고 있기 때문이다. 원래 잔인하기 이를 데 없는 왜인들은 침략자 근성대로 엉뚱한 구실을 잡아 우리 조선에 쳐들어와 무작정 살육하고 불지르는가 하면 조선 백성들의 귀와 코를 베어다가 그들의 두목에게 전리품으로 바쳤다. 두목 도요토미는 코주럼 귀주럼에서 숫자를 헤아려 상을 내리고 영수증까지 발부하였다. 그렇게 천인공노할 죄악을 저질러 놓고도 오늘날까지 보상은커녕 반성도 없이 지금도 우리네 영토마저 넘보고 있으니 같은 하늘을 이고 사는 인종들로서 어쩌면 그토록 종자가 다를 수 있을까.

나는 그 시절 사옹원의 관리로서 도공들의 작업을 독려하고 감독하는 일에 종사하면서 도자기를 빚고 굽는 일에 매료되어 공무중에도 도공일을 배웠다. 아무리 신분제도가 엄격했던 조선시대라 해도 천민들이 만든 아름다운 그릇을 보는 사대부들의 눈은 감탄해 마지 않았다. 가을하늘처럼 청아하고 신비로운 고려청자 비색과 우리네 백성들의 소박하고 진솔한 마음을 담은 조선백자를 감상하는 사대부나 서민들의 눈은 한결같았다. 보는 눈과 즐기는 마음이 하나이니 언젠가는 하나가 되는 세상이 오고야 말 것이라 했더니 내 예감은 맞아 상당한 세월이 지나 평등사회가 오긴 왔다.

그러나 그 시절을 돌이키면 아, 어찌하랴. 정유년 재침을 명하는 토요토미는 이 전쟁을 도자기전쟁이라 명명하고 조선의 도공들을 모조리 잡아오라고 특명을 내렸다. 내 시련은 여기서부터다. 나는 포로 대열에 포함되어 쇠사슬에 묶인 채 갖은 고통과 시련을 겪으며 이름 모를 어느 왜국 섬나라 남쪽 끝에 짐처럼 부려졌다. 먹고 살기 위해 그들이 시키는대로 그릇을 구웠고 본의 아니게 일본의 도자기문화를 발전시켜 주었다.

나는 영영 돌아올 수 없는 어둡고 괴로운 왜국땅에서 십오대 자손까지 대를 이었다. 나는 이미 일찍이 자식과 손자에게 별도의 유언을 남겼다. 절대로 일본의 이름으로 개명하지 말 것과 우리말을 익히고 단군성조와 우리 조상께 조선의 명절 때마다 제사를 올리며 경배하라 일렀다.

이제 내 영혼은 훌훌 날아 우리네 사기장과 도공들이 겪었던 그 시대를 두루 더듬어갈 것이며 내 후손들이 유훈을 어느 정도 지켜가고 있는지도 살펴볼 것이다. 우선 내가 태어난 고장으로 고개를 돌려 이야기를 풀어가 보련다.

제Ⅰ부
청자(靑瓷)의 꿈

1. 소망과 야심 _

나는 지금 검은 가죽신에 날개를 붙인 검정 관모를 쓰고 다소 소매가 넓은 푸른 단령(團領)을 입은 채 잰걸음으로 내룡(內龍)골을 향해 걷는다. 양반답지 못한 걸음새지만 내 임무가 그렇고 일정이 빠듯하니 어쩔수 없는 노릇이다. 오늘의 일정만 보아도 신점(新店)마실의 법수골 도요소(陶窯所)를 살펴 감찰 감독한 뒤 화장골 도공들의 작업을 독려해야 한다. 그리고 오늘의 끝일터인 내룡(內龍)골에서는 새 가마를 박고 물레를 만드는 일꾼들을 보살피면서 지도하기로 되어 있다. 이곳의 가마터는 내야심을 담은 실험용 도요소가 될 것이다. 이미 청송부사의 승인을 받아 놓은 일이지만 어디까지나 내 전용 가마로서 고려조에 만들었던 청자, 상감청자를 복원해 낼 작정이다.

아름답고 화려했던 고려청자의 맥이 왜 끊겼을까. 물론 정치적인 목적이 개입된 일이라 해도 천하일색의 비색(翡色) 청자 기술을 사장시킨 일은 너무 애석한 일이다. 청자의 맥이 끊긴 지 이백 년이 지나서야 그 제작 비법을 찾아 복원하려면 엄청 어려운 일일 것이며 내 평생의 작업이 될지도 모른다. 아무튼 그 일은 내 공무(公務)가 아니고 나라에서 경계하는 일이라 남의 눈을 피해가면서 일해야 할지도 모른다.

그래도 내 주 업무는 이미 이름이 나 있는 청송백자를 널리 보급하도록 품질을 향상시키는 데 있다. 관아에 바쳐지고 민가에 팔려 나갈 그릇들이지만 나는 최고의 품질을 뽑아내 왕실에까지 보내도록 하여 청송부의 이름을 빛낼 것이다.

경상도 청송은 도호부(都護府)다. 인구 일천 명을 넘지 못하는 작은 고을에 어째서 경상도에 일곱밖에 없다는 도호부를 두었을까. 알아보니 왕실의 외척(外戚)인 우리 청송심씨의 덕이 아닐 수 없다. 세종비 소헌왕후의 본향이 이곳 청송인 관계로 아들인 세조께서 특명을 내려 어머니의 고향을 빛내고자 이 지역을 상승시켰던 것이다. 도호부의 으뜸인 부사의 품계도 자그마치 종3품직이다.

청송 고을의 도자기 가마소들은 대부분 주왕산(周王山)을 동쪽으로 바라보면서 자리하고 있다. 특히 대표적인 가마터 신점마실 법수터 가마도 산수가 그림처럼 아름다운 동편 주왕산을 바라보고 있다. 청송에 가마터가 많은 이유는 지명 그대로 소나무가 많은 고을이기 때문이다. 그릇을 굽는 땔감으로는 무엇보다도 소나무가 제일이다. 불에 타도 재를 많이 남기지 않고 송진 때문에 오래 타며 화력의 세기가 특별하다. 게다가 고을의 지형상 삼면이 높은 산으로 둘러싸여 도자기를 빚는 점토 백토를 가까이서 찾을 수 있어 여러 모로 유리한 곳이 청송이었다. 특히 법수골 뒷산에 도자기의 원석인 도석이 나오는 광산까지 있어 품질이 우수한 그릇을 구워낼 수 있다. 이 나라 대부분의 가마들은 흙으로 그릇을 빚지만 청송에서는 돌인 도석을 빻아 수비하여 만들고 있다. 도석이 나오는 곳은 흔하지가 않다. 백색의 아름다움을 극도로 승화시키는 데는 바로 도석의 재료가 좌우한다. 한양과는 거리가 멀고 운송수단이 어려워 청송엔 관요(官窯)가 없다. 대신 이곳에서 생산되는 도자기는 관아의 재정에 큰 보탬이 되고 있었다.

나는 청송 심씨의 가문으로 당상귀족(堂上貴族)의 자손이다. 이름은 찬(燦)이며 무자년(戊子年 : 선조 21년) 식년시(式年試)에서 갑과에 합격했으나 장원은 되지 못하여, 종8품의 번조관(燔造官)으로 직첩을 받아 사옹원(沙饔院)에서 근직하다가 승진하여 종6품인 주부(主簿) 사기봉사(沙器奉事)의 직책에서 경기도 광주의 분원낭청(分院郎廳)인 감관(監官)으로 와서 일했다.

사옹원은 왕실과 궁중의 음식을 관장하면서 각종 궁중연회를 담당하는 관아다. 따라서 궁중의 모든 식기(食器)와 각종 도구를 맡아야 하므로 한양에서 멀지 않은 곳에 도자기를 생산할 수 있는 관요(官窯)가 필요하여 택지한 곳이 광주였다. 땔감으로 소나무가 많고 점토인 고령토도 충분히 매장된 곳이며 아리수(한강)의 수로(水路) 운송이 용이한 곳이었다.

나는 경기도 광주에서 이백여 명의 도공들을 감독하면서 나도 모르게 도자기 제작과정을 답습하였고, 눈썰미가 있어 숙련 공초군의 실력을 넘어 사기장을 바라보고 있었다. 내 성격으로나 체질상으로 그릇을 굽는 취미가 있어 이 방면에서 날 새는 줄을 모르고 살았다.

내가 의아스럽게 생각하는 것은 조선의 신분제도였다. 우리가 필수적

16   불가마 전쟁

으로 일용하는 그릇, 이 소중한 먹거리의 용구를 만드는 도공들을 왜 천민으로 취급한다는 말인가. 나는 앞으로 도공들이 만드는 도자기의 가치를 인간의 가치와 대등하게 만들어 보겠다는 마음을 먹었다. 아름다운 도자기에는 우리 민족의 얼이 담긴 소중한 가치가 들어 있다고 생각했기 때문이다.

나는 분원의 도공들을 감독하다가 휴식시간을 이용하여 그들의 뒤를 따라 허드레 창고로 들어가 보았다. 그곳에서 발견한 것이 주둥이가 깨진 상감청자였다. 사라져간 도예품을 생각하면서 우리 조상들에 대한 상념이 교차되었다. 왜 청자가 사라졌을까. 고려인들의 삶과 조상들의 영혼이 배어 있고 최고의 가치를 지닌 도예품을 왜 없애고 맥을 끊어 버렸을까. 오래 전에 만났던 어느 도공의 말에 따르면 고려의 정신을 말살시키려는 정치적인 의도가 있었다고 한다. 신라와 고려의 불교는 화려하고 귀족적이다. 그리하여 신비로운 비색을 내는 청자가 발달하였으나 조선이 건국되면서 유교를 숭상하게 되니 청자 제작을 금지시키고 유교적인 소박미로 백자를 굽도록 하였다는 것이다.

나는 광주 관요인 분원에서 감관의 직책으로 종사하며 도자기 제작기술을 배워 나갔다. 그러나 감시 감독하는 내 일과는 시간이 흐를수록 점점 빛을 잃어가고 있었다. 그 까닭은 광주 분원의 일거리가 시나브로 줄어들어가고 있었기 때문이다. 관요의 사기장들은 일정한 녹봉을 받는 관리에 속한 것이 아니라 겨우 끼니나 해결하는 수고료를 받으며 살아가는 하루벌이에 불과했다. 그런 까닭으로 생활의 낙도 없고 희망이나 전망도 없었기 때문에 야릇한 뒷문의 유혹을 받기 시작했다. 이제까지 광주 분원에서 생산된 그릇들은 다른 민요에서 나오는 그릇들보다 월등하게 그 품질이 좋았다. 그런데 언제부터인가 광주 관요의 생산품들은 민요에서 나오는 그릇들보다 그 품질이 떨어져가는 지경에까지 이르고 있었다.

"도공들이 언제부터 이렇게 나태해졌단 말이오! 이런 물건들을 어찌 왕실로 보낼 수 있단 말이오."

나는 나이 든 사기장들에게 말을 높이면서 호통을 쳐 보았으나 그들은 묵묵부답으로 내게 반응을 보이지 않았다. 그들이 맡은 일이 너무나 가치 있고 고귀하게 여겨져 천민인 그들을 나는 나름대로 대우해 오고 있었다. 그런데 그들은 나를 보이지 않는 곳에서 배신하는 게 아닌가. 처음엔 그릇의 질이 떨어지면서 다음엔 사기장과 공초군의 숫자가 점점 줄어들고 있었다. 그래도 인간적으로 가까웠던 사기장은 아직 남아 있어 나에게 은밀하게 다가와서 귀띔해 주는 것이었다.

"지방 호족들이 도공들을 유혹해 빼내고 있답니다. 광주 관요의 사기장들은 나라에서 특별히 뽑은 최고의 기술자가 아닙니까. 지역 양반네들이 훌륭한 그릇을 갖고 싶어서 안달입니다. 장사로 수익도 올린다고 합니다."

하루 세 끼만 해결해 줄 뿐 도공들의 호주머니를 채워주지 못하는 나라법이 유죄라는 것이었다. 나는 아직 나이가 젊어 세태를 분별할 줄 모르고 있었나 보다.

"나리, 생각해 보십시오. 천민도 재물을 압니다. 질이 좋은 그릇을 만들어 주는대로 값을 제대로 쳐주겠다는 양반들의 유혹이 달콤하지 않겠습니꺼."

도공들을 빼돌린 양반들은 질 좋은 품목들을 가보로 저장하는가 하면 한술 더 떠서 밀거래로 보부상들을 동원하여 톡톡히 장사까지 한다는 게 아닌가. 양반들뿐만 아니라 객주들을 통해 크게 무역을 하는 중인들도 도자기 냄새를 맡아 거래처를 넓히고 있단다. 나는 갑자기 불안해지기 시작했다. 머지 않아 광주 분원이 쇠퇴의 길을 밟고 있다는 것을 사옹원에서 알게 되고 조정이 시끄럽게 되는 날에는 사기봉사의 직책으로 감관인 나는 분원의 감독 부실의 책임을 지고 처벌을 받지 않을까 싶었다.

그런데 불행 중 다행으로 나에게 호재가 온 것일까. 한참 마음을 추스르지 못하고 있을 무렵 뜻밖의 소식을 듣게 되었다. 당상관으로 계시다가 일찍이 낙향하여 향리에서 소일하고 계시는 부친께서 몸이 불편하다는 소식을 받았다. 아버님이 중병이 아니라고 해도 나는 자식의 도리를 지켜야만 했다. 나는 곧바로 한양에 올라가 도제조(都提調) 대감께 간청하였다.

"대감께 청원하나이다. 고향 청송에 계시는 아버님께서 갑자기 병세가 위중해졌다 하니 소관을 청송으로 내려보내 주십시오. 자식의 도리를 지키려 하옵니다. 그리고 제 본향인 청송도 백자로 유명합니다. 관요가 없는 곳이지만 그곳 부사와 함께 청송백자를 보살펴 보겠나이다."

"그러한가? 심 참판께서 원래 부실하셨기에 낙향했었지. 아조는 충과 효가 근본인 바 뉘라서 자네를 막겠는가. 내 절차를 밟아 줌세. 그리고 어차피 나온 얘기지만 나도 청송백자 얘길 들었지. 그곳 도공들을 잘 독려하여 좋은 물건을 만들어 보게. 운송수단이 마땅치 않아서 어렵겠지만 그 길도 연구해 보게나. 듣자니 광주 분원만 믿었다가는 낭패를 보기 쉽겠어. 좋은 물품이 나오는 곳이라면 먼 지역이라도 분원을 설치할 수도 있지 않겠나?"

나는 머리 숙여 사례하고 물러나왔다. 고향에 내려온 나는 부모님을 보살피면서 혼례도 올리고 부사의 명에 따라 도요소들을 순방하면서 감시감독의 일을 충실히 하였다. 그때 나는 스물 다섯 살의 젊은 나이였다. 독자의 몸으로 이렇게 혼례가 늦어진 것은 스무살의 어린 나이로 입시하였고, 연이어 타관생활이 계속되었기 때문이다.

이곳 청송은 한양과 너무나 멀리 떨어져 있어서 운송수단이 불편한 것이 문제였다. 그래서 관요도 설치할 수가 없었다. 그러나 모두 민요(民窯)들이었지만 지방 관아에서는 감독을 하지 않을 수 없는 상황이었다. 경영은 민간인들이 한다고 해도 운영자금이 쪼들리는 그들은 관의 지원을 받아야 했기 때문이다. 이것은 은근히 관에서도 바라는 바였기 때문에 청송부사는 그들을 흔쾌하게 지원해 주었다. 그리고 가마에서 나오는 생산품들을 삼칠제로 정하여 나누었다. 민간인은 삼할을 차지하고 나머지 칠할은 관아 몫이었기 때문에 청송고을은 재정에 큰 도움을 받고 있었다. 따라서 도자소 감관은 그들 도공들의 출납을 감시하고 감독하는 일이 매우 중요했다. 나는 그들의 감관으로서 작업의 효율을 높이기 위해 따뜻한 말로 독려하면서 기술면에서도 더 나은 제품을 만드는데 힘을 아끼지 않았다.

나는 내룡골을 지척에 두고 갑자기 코를 자극하는 봄내음으로 하여 시선을 동쪽으로 돌려 그림같은 주왕산 바위봉을 바라보았다. 얼마전 경칩이 지나더니 쌓였던 눈은 모조리 사라지고 어느새 완연한 봄이다. 두어마장 건너에서 내려보는 주왕산은 기암괴석으로 이루어졌지만 그 기암들이 여기저기 균형을 맞추어 있으니 오히려 편안하고 여유를 가져다 준다.

팔색조로 수를 놓은 듯한 아름다운 주왕산 계곡은 때마침 수달래가 지천으로 피어 있고, 인근의 매화가지 흐드러진 판에 진달래 복사꽃이 함께 어울리니 이만한 장관이 없을 듯싶다. 아, 나를 낳아 준 이 고을이 진실로 아름답구나.

내룡골 새 가마터에 발길이 닿으니 용칠이, 막둥이, 성서방이 일손을 멈추고 나를 반기다가 내 손에 들린 작은 보자기에 시선을 꽂는다. 무척이나 시장끼가 도는 시간이었다. 내 이럴 줄 알고 처가 쑤어준 인절미 보따리를 풀어 놓았다.

"나리, 고맙십니더. 한참 시장했어예."

"와 이리 늦었능교. 나리 기다리다 눈이 빠질 뻔했심더."

성서방은 얌전히 인절미를 씹느라 입을 오물거리는데 용칠이 막둥이는 떡을 물고 혀를 놀리며 수다를 떤다.

"눈이 빠질 뻔했다고? 나를 기다린 게 아니고 이 떡보따리를 기다렸겠지."

이 말은 사실인만큼 모두 웃어재낀다. 나는 가마 박는 작업이 내가 시킨대로 잘 진행되고 있는지 눈으로 확인해 보았다. 화장골과 신정마실 법사골 도요소에서 신출내기 셋을 뽑아와 하나에서 열까지 가르쳐 나가는 중이다. 어제까지 연 나흘동안은 심한 노동으로 가마를 짓게 하였다. 나는 시키기만 해놓고 다른 도요소들을 순시하며 감독하는 일에 발품을 팔고 다녔다. 도공 셋 중에서 나이 삼십이 다 된 성서방은 경험이 일천해도 웬만큼 숙련이 되어가는 모양이다. 화장골 가마소에서 셋을 고를 때 셋 모두 생덩이를 뽑을 수는 없었다. 용칠이는 열여덟이고 막둥이는 열일곱이다. 이 두 녀석은 겨우 한 달 전에 법사골에 들어와 허드렛일을 하다가 내 눈에 들어 뽑혀 온 젊은이들이다. 나는 젊은 나이지만 광주 분원에서 수백 명의 도공들을 다룬 경험이 있어 사람을 보고 다룰 줄 알고 있다.

"자, 일어나자고. 해가 넘어가려면 아직 두 시진은 남았으니 다음 작업을 하기 전에 검사부터 받아볼까."

나는 며칠 전부터 벽돌가마보다 망생이를 차례대로 쌓아 올리는 흙가마부터 짓도록 교육시켰다. 그리고 따로 벽돌가마를 만들기로 하였다.

"음, 제대로 된 셈이야. 물론 성서방이 힘을 썼겠지만 영칠이 막둥이 너희들도 많이 늘었구나. 이렇게 망생이를 차례대로 쌓아올리면 자연스레 둥근 천장이 되지."

앞으로 벽돌가마도 하나 더 지어 박을 생각이다. 흙가마는 높은 불심이 나오므로 분청자기와 백자를 구울 수 있는데 그보다 불심이 다소 약한 가마를 만들고 싶었다. 광주 분원의 경험자들에게 들은 얘기로 고려청자는 백자보다 불심이 약했다는 것이다. 나는 고려청자를 되살려보고 싶은 야심으로 하나하나 실험해나갈 것이다. 그래서 첫 단초로 벽돌가마를 만들어볼 요량이다. 벽돌가마는 대나무를 둥글게 엮어 그 위에 벽돌을 쌓아야 한다. 가마를 완성하고 불을 때면 대나무는 타서 없어지게 된다.

"이봐, 용칠아. 가마의 경사를 가파르게 박은 까닭이 무엇 때문인가?"

"예, 열을 높여 불심이 강해지게 하기 위해서예."

"맞다. 경사를 지나치게 가파르게 하면 어떤 폐단이 있는고?"

"에ー, 경사가 너무 삐딱하면 작업하기가 어렵지 않겠습니꺼?"

"틀렸다. 막둥이가 말해 보거라."

"저도 모르겠심더."

"허허, 그렇다면 성서방에게 물어보거라."

두 녀석은 똑같이 성서방의 얼굴을 바라본다. 성서방은 빙긋이 웃음을 지으며 경사진 가마를 보면서 입을 연다.

"가마의 경사가 지나치게 가파르면 가마 칸에서 열이 너무 빨리 빠져나가기 때문에 불심이 약해진단다. 알겠냐?"

두 녀석은 성서방의 얼굴보다도 나를 바라보며 고개를 끄덕인다.

"자, 그럼 하나하나 챙겨보자. 귀욤은 어디 있는가? 그리고 갑발(匣鉢)은? 또 수비장은?"

도공들은 하나하나 챙겨 나에게 검사를 받았다. 귀욤은 수비하는 용기다. 웅덩이의 흙을 침전시켜 질흙으로 바꾸는데 쓰이는 용기인 것이다. 갑발은 가마 속에 빚은 그릇을 쟁임할 때 그릇과 그릇이 붙지 않도록 하기 위해 쓰는 기구인데, 그릇에 잡티가 묻지 않도록 감싸주는 역할도 한다. 갑발이 있어야 많은 그릇을 쌓을 수 있다. 수비장은 질흙을 이겨 반죽하여 흙 속의 공기를 빼내는 물감장이다.

"어디 봉통을 보자."

봉통은 가마가 시작하는 앞칸이다. 지금 이 가마는 네 칸으로 되어 있어 네 개의 엿보기구멍이 있어야 하는데 도공들이 이것을 잊고 그냥 메운 채로 쌓은 게 아닌가.

"이런, 쥐불구멍이 없지 않은가. 쥐불구멍이 엿보기 구멍이다. 이게 있어야 불보기를 집어 넣고 그릇이 잘 익었는지 구워졌는지를 알 게 아닌가. 불보기가 뭔지 아는가. 불보기는 색견(色見)이라고도 한다. 가마와 봉통 사이에 도자기 견본조각(불보기)을 넣어보는 일인데 시간이 경과한 후에 불보기를 꺼내 상태를 본다. 색이 맑아야 다 구워졌다는 것을 알 수 있다."

여기가 분원이라면 이들은 공초군에 지나지 않는다. 성서방은 서둘러 절래(막대기)를 들고 각 칸의 봉통 위에 구멍을 낸다. 아직 가마가 굳어지지 않아 쉽게 구멍을 뚫을 수 있었다. 나는 좀더 도공들의 작업 상황을 점검하면서 서쪽 하늘을 보았다.

"오늘은 이만 하고 내려가자. 내일은 일찍 올라올 터이니 단단히 준비하고 오너라. 내일은 그릇을 성형하는 물레를 만들고 실제로 여섯 단계를 거치는 도자기 제작과정을 연습할 것이다."

도공 세 사람은 인근 마을 사람들이지만 내 집은 한 시진 반은 걸릴 덕(德)마실이 집이다. 덕마실은 우리 청송심씨 시조묘가 있는 곳이다. 아버님께서 일부러 이 마실을 택하여 자리잡은 까닭은 조상을 가까이서 섬기고자 하였기 때문이다. 조상을 극진히 섬겨야 자손이 성하는 법이라고 아버님께서 누누이 말씀하셨다. 나는 공자의 가르침에서 충효가 최선임을 알았고, 아버님의 교훈 내용도 그러하여 내 생활의 일부를 쪼개어 시간이 나는대로 시조묘 앞에 꿇어앉아 조상을 기리며 부모님의 강녕을 빌었다. 그 덕인지는 모르겠으나 불편했던 부친의 병세도 많이 호전되었다.

집에 들자 어머니는 환한 얼굴로 아버지께 드릴 약사발을 들고 부엌에서 나온다. 아내는 아직 새색시라서 일손이 서툴러 아궁이에 넣을 땔감을 들고 오다가 넘어지더니 빨갛게 웃음을 짓는다. 나는 어머니한테서 받은 약사발을 아버님께 받쳐드리니 아버님은 단숨에 마신 후 나를 바라본다.

"찬아, 너에게 긴히 할 말이 있다."

아버님은 잠시 호흡을 안정시키려는 듯 옆에 있는 목침에 팔을 얹는다. 그리고 애정이 깊은 눈으로 나를 바라보시며 입술을 다시 떼신다.

"너는 2대 독자다. 가까운 혈연이래야 재종(再宗)밖에 없지 않으냐. 그러나 독자라고 해서 내 곁에 붙잡아 놓을 생각은 없다. 오직 가문을 위해서 입신양명하기를 바란다. 그런 뜻에서 너를 한양으로 올려보내고 싶으니 올라갈 준비를 하거라. 내 이판(吏判)에게 서찰을 써 줄 터이니 임금님 가까이서 일하도록 하여라. 수신제가 치국평천하라고 하지 않았느냐."

나는 망설일 필요도 없다고 다짐했다. 부친께서 만일 불효라고 말씀하신다면 석고대죄라도 할 마음이었다. 나는 드디어 일찍부터 굳혀왔던 신념을 드러낼 때가 왔다고 생각했다.

"아버님, 치국평천하(治國平天下) 하라는 공자님의 말씀은 마치 역적이 되라는 말과 같다고 생각합니다. 소자는 역적도 되기 싫고 성군이 못되는 임금 곁에 있기 싫습니다. 소자가 할 일은 오직 조선 백성의 혼을 살려나가는 것이옵니다. 소자는 현재 사용원 소속의 관리이옵니다. 지역 산천에 몸 담그고 우리 백성들의 아름다운 혼을 나타내는 그릇(백자: 白瓷)을 만드는 데 힘쓰고 꾸준히 연구하여 세상에서 가장 아름다운 형태와 빛깔을 가진 조선백자를 만들 생각이옵니다. 뿐만 아니라 역성혁명으로 나라를 세운 조선왕조가 아름다운 비색의 고려청자의 맥을 잘라 놓았으나 소자는 그 청자 기술을 찾아내어 복원하고 싶습니다."

"허허, 네 말을 하나씩 따져보자. 치국평천하가 역적이라고? 그것은 임금이 나라를 다스리는 데에 충성을 다하고 임금이 천하를 평정하는 사업에 진충보국하라는 뜻으로 알아야지. 지금 우리 임금께서 성군이 아니라면 폭군이라는 말이냐. 큰일 날 소리구나. 군주가 아무리 빗나가도 울면서 간언하고 목숨을 바치는 게 군자의 도리이거늘 네 어찌 불공을 저지

르려 하느냐. 그리고 천민들이 만드는 그릇 굽는 일에서 관리의 소임을
다하는 줄 알았더니 네 스스로 도공이 되겠다고? 또 고려청자를 복원하
겠다고? 일찍이 태조(이성계)께서 배불숭유 정책으로 불교의 유산을 배격
하면서 중들을 산속으로 쫓아냈었다. 불교를 국교로 했던 고려왕실에서
화려한 청자그릇을 선호하였으나 유교를 숭상하는 조선에서는 공자님
의 가르침대로 소박하고 검소한 생활을 권장하는 정책에서 화려하고 귀
족스러운 고려의 사대부들이 즐기던 청자를 버리고 티없이 맑고 하얀 그
릇을 만들게 하였다고 한다. 그리고 직접 그릇을 만들겠다고? 어찌 천민
이 되려고 하느냐. 양반가문을 생각하고 충효의 근본을 잊어선 안된다.
다시 한번 이르노니 대학일장(大學一章)을 되익혀라."

"아버님 뜻에 따르고자 노력하겠습니다. 하오나 불교를 너무 배격하
지는 마옵소서. 세종대왕비 우리 청송심씨인 소헌왕후께서 불교를 숭상
했고 세조께서도 불교에 의지하였습니다. 공자님의 말씀인지 그분 제자
의 말씀인지는 모르겠사오나 치국평천하는 아무래도 숙고해볼 일이옵니
다."

"대학 일장에 있는 공자님의 말씀 기록이 아니더냐. 그런데 제자의 말
씀이라니 그건 무슨 말이냐?"

"아버님께서도 잘 아시면서요. 공자께서 술이부작(述而不作)이라 하
셨습니다. 말로는 하되 기록하지는 않겠다는 말씀이잖아요. 그래서 제
자들이 공자님의 말씀을 기록하면서 한 마디씩 끼어넣지 않았을까 하는
소자의 생각이옵니다."

'하하…, 그럴듯한 얘기로구나. 공자님께선 결국 춘추(春秋)는 쓰셨
다. 아무튼 노력하겠다니 기대는 하겠다만 지금 상감께 불충의 말은 삼

가거라."

"아버님, 소자를 사간원(司諫院)으로 보내주시면 정도를 모르고 사색당파나 조장하며 송강 정철같은 분이나 앞세워 대신들끼리 편을 가르게 하는 지금 임금님께 목숨을 걸고 매일같이 간언하다가 나라를 위해 임금의 검을 받고 초개처럼 사라지겠나이다."

"이놈! 뭐라고? 네 언사에 어떤 진실이 있는지 모르겠구나. 심중이 꼬여 있는 것이냐?"

"아닙니다. 제 진심이었구요, 그보다도 오랜만에 아버님께 우리 조상에 대해 몇 가지 묻고 싶은 게 있사옵니다."

화제를 갑자기 바꾸는 아들의 속셈이 무엇인지 아버지는 어리둥절한 채 아들의 입을 바라본다.

"그래, 물어볼 말이 무엇이냐?"

"예, 말씀 올리겠나이다. 그러니까 고려말 공양왕 때 저희 심문(沈門)에서 경파(京派)와 향파(鄕派)로 갈라졌을 때 역성혁명을 일으키는 이성계 장군을 도운 심덕부(德符) 할아버지의 자손은 개국공신의 가족으로서 개경에서 살게 되고 같은 형제인 심원부(元符) 할아버지는 불사이군을 지켜 백이숙제의 길로 두문동 칠십이현을 따라 두문동으로 들어가는 길을 택하지 않았습니까. 원부 할아버지는 자손에게 유언하기를 '내가 두문동으로 들어가는 날을 제일(祭日)로 알고 고향인 청송으로 내려가 충효를 이어나가길 바란다'고 하여 그 자손들을 향파라 하였습니다."

"그걸 우리 심씨라면 모두 다 알고 있는 일이 아니냐. 그 일을 새삼 일러 무엇하랴."

"아닙니다. 소자가 모르는 일이 있사옵니다. 아버님이나 소자는 분명

악은(岳隱) 심원부가 아닌 노당(蘆堂) 정안공(定安公) 심덕부의 자손입니다. 이씨조선 개국공신의 자손이요 고려의 역적인 우리가 개경에서 살지 않고 어떻게 여기 청송으로 내려와 향파와 합류했는지 모르겠나이다."

"말을 삼가렸다. 역적이라니. 달도 차면 기울 듯이 고려는 여러 가지 악재로 최후를 맞았던 것이다. 노당 할아버지가 위화도 회군을 도울 수밖에 없었던 일은 앞을 보셨기 때문이다. 그리고 왜구들의 침략을 잘 물리쳐 왔던 노당 할아버지가 한번은 왜구들한테 크게 몰려 희생당하게 되었을 때 어디서 나타났는지 이성계 장군이 우리 할아버지 목숨을 구했단다. 그런 인연으로 같이 도모했던 것은 아닌지 모르겠다. 그런데 노당의 후손인 우리가 어째서 청송으로 내려왔느냐 이것인데…."

나는 아버지의 다음 말씀을 뜻이 깊게 경청했다. 고려조를 파멸시킨 역성혁명의 공신이요 한양 새 도읍 궁궐 조성도감의 판사이신 정안공 심덕부는 태종 원년(1401년) 세상을 떠날 때까지 회군일등공신으로 잘 대접을 받았다. 그러나 그의 5남인 심온(沈溫)이 세종의 국구(國舅)가 된 것이 비극의 실마리가 되었다. 세종비 소헌왕후의 아버지이자 세종의 장인인 심온이 영의정이 되어 명나라 사은사로 다녀오던 중 의주에서 태종 이방원이 보낸 자들에 의해 수원으로 압송되어 바로 사사되었다. 심온의 아우가 태종이 상왕으로 있으면서 병권을 휘어잡고 있음을 비판했다고 하는 박은(朴블)의 무고로 이루어진 사사였으나 사실은 태종의 정략으로서 외척들의 실권을 차단하기 위해 만들어낸 일이었다. 태종은 자신의 처남까지 사약을 내려 죽였고, 아들인 세종의 처가마져 숙청해 버렸는데, 이는 세종의 정사에 발목을 잡을 외척들을 미리 제거하려고 했던 사건들이라고 할 수 있다.

이때 심온의 딸인 소헌왕후의 비통한 마음은 어떠하였겠는가. 심온의 유족들은 무고자 박은의 박씨와는 손손으로 결혼하지 않을 것을 다짐하면서 개경도 싫고 한양도 싫어 하나 둘씩 청송으로 내려온 게 아닌가. 상왕인 태종이 죽은 후 세종은 장인 심온의 관직을 복위시키고 시호를 안효공(安孝公)으로 봉했다. 그렇다고 하여 맺혀 있었던 한이 쉽사리 풀릴 수가 있었을까.

아버님은 이백여 년 전의 가문사(家門史)를 아들에게 이르고 힘겨운 들숨을 쉬면서 말문을 맺으려 한다.

"알겠느냐. 그래서 청송에는 향파와 경파가 뒤섞여 살고 있는 것이다."

나는 아버지가 거처하는 내실에서 물러나와 조상 1세가 잠들어 있는 묘소쪽을 바라보면서 마음 속으로 경배하고, 내일 아침 가마터로 오르기 전에 묘소를 찾아볼 생각을 했다. 자주 찾아뵙는 일이지만 내일 아침의 참배는 여느 때와는 다른 소회가 있을 법했다.

나는 이제까지 우리 심씨 가문의 경파와 향파에 대한 의문과 두 할아버지에 대한 심적 갈등이 이번 아버지와의 대화에서 상당히 해소되었다고 본다. 조상 일세인 심홍부(沈洪孚)는 고려 충렬왕(1275-1308)때 문림랑(文林郎)으로 위위시승(衛尉侍丞)을 역임하셨으나 그 윗대는 밝혀지지 않고 있다. 그 분의 4세손인 덕부와 원부는 형제이면서 각기 다른 길을 걸은 셈이다. 이 두 분은 명확히 밝힐 수가 있다. 우리 직계이면서 시중(侍中)을 역임하고 좌의정을 지낸 덕부 할아버지는 역신의 편에 섰고, 전리판서(典理判書: 현 내무부장관)를 역임한 악은 심원부 할아버지는 고려충신 이색과 정몽주를 포함한 오은(五隱)에 속하는 할아버지로, 두문동 칠십이현을 따른 분이 아니던가. 나는 두 할아버지 중 작은 할아버지의 고

결한 지조를 더 흠모하였다. 그보다 직계인 덕부 할아버지를 경원해왔다는 게 솔직한 마음이었다. 그런데 이번에 아버지의 말씀을 듣고 흠모와 경원의 갈등에서 해소되는 기분을 숨길 수 없다. 달도 차면 기운다는 법을 삼척동자도 들어 아는 격언이지만 위화도 회군을 한 이성계를 그 원리에 비유한 아버님의 임기응변을 나는 좋은 쪽으로 해석한 것이다.

오늘 일정은 향마실, 신점마실, 화장골 가마소 방문은 생략하고 내룡골 가마소에서 종일 작업을 돕는 일로 정했다. 나는 시조묘에 들렀다. 시조묘 앞에 참배하면서 무릎을 꿇은 채 눈을 감고 앞으로 살아갈 나의 앞길에 대한 지침을 세우기로 작심했다.

"할아버지, 소손은 덕부 할아버지의 소신과 원부 할아버지의 절개를 합친 삶을 살아가오리다. 그렇다고 정안공의 가사이군(可事二君)을 배우지 않고 악은공의 현실도피도 답습하지 않으오리다. 소손은 두 할아버지의 소신을 겨레사랑으로 바꾸어 실천하겠나이다. 자신의 탐욕만 위하는 왕을 외면하고 세종대왕과 같은 백성을 지극히 사랑하는 임금에게 정성으로 충성할 것이며 단군성조로부터 혈통을 이어준 조상님들께 늘 경배하는 마음으로 살아가겠나이다. 소손이 하고 있는 사업은 이 나라 백성들의 혼을 아름답게 밝혀 표현하고자 하는 일이오니 부디 음으로 도와주소서. 아버지의 한양 상경 요구를 어찌하면 좋으리까. 이 마음 갈등을 해소해 주소서. 부모님이 바라는 입신양명의 길을 걸어야 하나이까. 부디 지침을 내려주소서. 현몽으로라도 밝혀주시기를 바라나이다. 소손은 조상님 뜻대로 길을 걷겠습니다."

나는 시조 묘역을 벗어나 내룡골을 향하면서 악은 심원부의 유시를 읊조리며 걷는다. 광덕산 두문동에 들어가기 전에 남긴 오언율시다.

누대에 걸쳐 성은을 입었건만
지금은 임금을 잃었네
장산(莊山)은 완연한 옛 빛이로되
아리수는 어찌 경계가 없을까
날 저물매 해바라기 기울고
궁전의 빈터에 기장이 어지롭도다.
옛 관대를 허리에 차고 탄식하며
두문동에 들어가노라.

累世渥珠恩 如今失主君
莊山宛旧色 漢水何無垠
日暮傾葵在 宮墟種黎紛
腰束故冠帶 吁墟入杜門

또 공양왕이 원주로 귀양갔다는 말을 듣고 시를 지어 고모부인 민안
부(閔安富: 農隱. 두문동 72현의 한 사람으로 五隱의 한 사람)에게 부쳤
다는 칠언절구도 읊었다.

노련은 어느 날 동해를 건넜나
백이는 당년에 수양산서 고사리를 꺾었네
고국은 아직도 산하에 남아 있어

나는 부끄러움 참고 사람으로 살고 있다오

魯連何日蹈東海 殷聖當年採首山
故國猶餘山河在 吾儕堪愧住人間

일찍이 말(言)이 고려 왕실에 미치면 매번 탄식하여 눈물을 흘리고 이색과 정몽주의 절의를 높이 받들었다고 한다. 원부 할아버지는 두 아들에게 경계하여 다음과 같이 일렀다.

"너희는 나를 따르지 말고 내가 입산하는 날을 죽은 날로 삼아 삼 년의 예를 마치도록 하라. 향리에 내려가 책을 읽고 농사를 지으며 남의 부귀를 탐내지 말고 우리집 대대로 이어온 충효의 정신을 몸소 실천하라"

나는 시조 제일(祭日)이 돌아오면 이웃의 월막에 있는 찬경루(讚慶樓)에 올라 집안 어른들로부터 귀가 절이게 조상님들의 얘기를 들었다. 그리하여 우리의 역사 일부를 답습하면서 특히 원부 할아버지의 일화에 매료되고 흠모하기에 이르렀다. 다만 향파와 경파가 어찌 섞여 사는지는 의문시해 왔을 뿐이다. 찬경루는 세종의 부인인 청송심씨 소헌왕후를 의식하고 청송부사 하담(河澹)에게 명하여 청송심씨 시조인 청기군(靑己君) 심홍부의 제사를 위하여 창건(세종 10년)한 제각이다. 찬경루 뒤에 운봉관(雲鳳館)이라는 객사(客舍)도 같은 해에 창건했다. 세종이 부인에 대한 배려가 어느 정도였는지 알만하다.

나는 내룡골 가마터에 마음이 바빠 하마터면 청송부사를 뵙는 일을 잊을 뻔했다. 어제 사또의 부름을 받은 것이다. 부내의 도요소 현황을 물어 올게 뻔한 일이다. 나는 가까이 있는 관아부터 들러 부사를 만났다. 관모와 관복을 늘 반듯하게 입고 있는 부사는 어느 때처럼 온화하고 다정한 표정으로 나를 대한다. 눈썹이 길고 짙어 무인상을 풍기지만 성품이 원래 너그러운 분이다. 옹춘마니같은 소리지만 청송부사라면 청송심씨를 각별히 대하는 게 상례로 본다. 청송부가 어느 성씨 때문에 이만큼 발전했겠는가. 세종비 소헌왕후라면 부내의 어느 누구도 모르는 이가 없다. 무려 이백 년 전의 일이라 해도 역사는 어제처럼 흘러오고 있다.

"심 감관, 어서 오게나."

"며칠 뵙지 못했나이다. 그간 무탈하였나이까."

"심 감관 덕분에 무탈한 셈이지. 도요소 덕에 재정이 나아지니까."

"과분한 말씀이옵니다. 요즘은 별로 실적이 좋지 않사옵니다."

사또는 도요소들의 매출과 판로(販路)에 대한 보고를 듣고자 하는 호출인 것 같았다. 내 직책은 도공들을 독려하면서 감독과 지도에 관한 일이지 매출과 판로에 대해선 관계가 없었다.

"사실은 말이네. 호방(戶房)의 보고가 늘 시원찮단 말이야. 부내 도요소가 이십여 개소는 넘을 터인데 그 수가 들쭉날쭉하고 말이네. 심 감관은 직접 생산자의 입장이니 호방과 허물없이 상대하고 있지 않은가. 야경벌이(도둑)들이 끼어 있는 것도 아닐 터인즉 왜 수입이 줄어드는 판세인지 모르겠네."

나는 사또의 의심스런 말에 귀가 번쩍 트인다. 이런 말은 금시초문이 아닌가. 사또는 호방과 내가 내통하고 있지 않을까 의심하고 있을지도 모른다.

"사또께서 과민하신 것 같사옵니다. 요즘 수입이 줄어든 것은 소관도 잘 알고 있습니다. 도요소의 숫자가 들쭉날쭉한다고 하셨는데 재정이 약한 도요소들이 자연 없어지는 곳도 있고 새로 생기는 곳도 있어서 그러하옵고, 관아에서 재정을 지원한다고 해도 칠할 정도를 거두고 도공들은 겨우 삼할이라 무너지는 민요들이 있지요. 판로 또한 불경기라서 여의치 못합니다. 동으로 영덕현은 주문이 막히고 남으로 영일, 영천, 군위, 의성현들도 주문장이 줄고 있는데, 오직 서쪽으로 안동부쪽에서만 주문량이 늘고 있는 실태라 하옵니다. 얼마를 받고 파는지는 소관은 모르오나 판로와 주문량은 생산지에서 대충은 알게 됩니다. 심려치 마시고 기다려 주십시오."

사또의 턱이 끄덕이고 있었다. 내가 생각하는 호방 김필수는 사심이 없는 호인으로서 일처리도 꼼꼼한 사람이다. 사또는 청송심씨인 나의 말을 긍정적으로 받아들이지만 앞으로는 면밀하게 지켜보겠다는 눈치다.

"심 감관, 한 가지 더 물어볼 말이 있네. 신점마실 법사골 도요소가 품질이 좋은 그릇이 나오고 생산량도 제법이라는데 도공들이 아주 우수한 자들인가?"

"네, 그렇사옵니다. 신점마실 뿐만 아니라 향마실과 화장골 한티의 가마소도 우수한 기술자가 많고 제품도 훌륭한 물건들이 많이 나옵니다. 우리 부의 동남방에 좋은 점토와 도석이 나오는지라 그러한 줄 아옵니다."

"그런데 이 말은 사실인가? 신점마실인가 화장골에서 새로 들어온 도공들을 심 감관이 빼돌려 어딘가에 새 가마를 박고 따로 사업을 벌이고 있다는 소문이 있던데…."

"예, 사실이옵니다. 성공한 뒤에 사또께 말씀 올리려고 했습니다. 다른 가마소에 피해를 주지 않기 위해 전혀 기술이 없는 신참 두셋을 뽑아 소관이 습득한 기술로 교육시켜 가마터 하나를 늘이고 있는 셈입니다. 그러나 그 가마는 소관의 야심을 펼치는 도요소가 될 것입니다. 특별한 제품이온데 맥이 끊겨버린 고려청자를 복원할 목적으로 가마를 박았으며 지금 한참 설치 중에 있사옵니다. 만일 성공만 한다면 부 재정에 도움이 될 뿐만 아니라 사또께서도 크게 기뻐하실 날이 오겠지요."

"하하, 고려청자 복원이라. 국책에는 맞지 않지만 오랜 세월이 지난 오늘에야 대단한 일이 생기는만. 내 오래동안 이 지역을 맡아야겠네."

"계속 선정을 베풀고 계시니 오래오래 계실 것이옵니다."

그러나 사또의 의미 있는 미소 속에는 내 야심 이상의 욕망이 숨어 꿈틀대고 있을 것이다. 어찌 이 좁은 귀양터 같은 벽촌 지역에만 박혀 있으란 말이냐. 선정을 베풀어 그 공이 대궐에 알려지면 하늘 같은 상감 곁에서 녹을 받아야 한다는 꿈이 깃들여 있을 것이다.

"심 감관, 한 가지 더 물어보아도 되겠는가?"

"예, 물어보시옵소서."

"그릇 값으로 왜 곡물로만 받는지 모르겠네. 금이나 은같은 것은 들어오지 않는 모양이야."

"그것은 호방에게 물으실 말씀이옵니다. 소관은 전혀 모르는 일이옵니다. 다만 소관이 알고 있는 상식으로 말씀 올리겠습니다. 아직 우리 나라에서는 화폐가 통용되지 못하고 있고, 금과 은은 매우 귀하니 곡물로 쳐서 받는 것이 아니겠습니까?"

처음 들어왔을 때 차가 들어와서 마셨는데 사또는 다시 차를 시켜 들인다. 또 일다경(一茶頃 : 뜨거운 차 한 잔을 마실 시간. 5분~10분)을 참아야 하는가. 사또는 심심하면 하나씩 질문을 해대니 나로선 딱한 일이다. 내 오늘의 일정이 만만치 않다는 것을 사또가 알아줄 수는 없을 것이다. 그러나 차 한 잔을 마실 시간이 더 주어졌으니 나도 사또에게 한 마디 올려야겠다.

"사또, 소관도 한 말씀 올려도 되겠습니까?"

"이제까지 나만 물었으니 심 감관도 한 말씀 하시게. 기탄없이."

"제가 드릴 말씀은 부탁, 아니 청원이옵니다. 이방과 호방에게 각각 부탁드렸으나 아직까지 답변이 없어 사또께 직접 말씀 드리겠습니다. 소관의 업무는 매일 걸어다니는 일이옵니다. 나귀라도 한 마리 내려 주십시오. 이대로라면 과로에 지쳐 드러누울지도 모르겠습니다."

사또는 시선을 아래로 내리면서 잠시 생각하는 듯했다. 나에게 그동안 미안한 마음을 가지고 있었는지 모른다. 얼마전 이방과 호방의 요구를 들은 바 있었지만 우마를 사들일 여유가 없었나 보다.

"심 감관, 그동안 미안하게 되었네. 그렇지 않아도 그대에게 필마를 지급해 달라는 이방의 청원이 있었지만 알다시피 외진 이곳에 우마를 팔러오는 장사꾼이 없고 또 재정도 여유가 없었단 말이야. 하지만 오늘 당장 해결해 줌세. 마구간에 가면 내 말 옆에 튼튼한 조랑말 한 필이 있을 거네. 엊그제 자식 놈을 위해 따로 구입해 놓은 것이지만, 자식놈은 대구에 출타중이라 아직 모르거든. 감영의 재정을 위해 노심초사하는 심 감관에게 특별히 내리겠네. 지금 마굿간에 가서 끌고 가게나."

"고맙습니다. 소관의 업무에 활력소를 받게 되겠습니다."

나는 사또에게 그 조랑말을 사비로 구입했는지 관비로 구입했는지 묻고 싶었지만 차마 그 말을 하지 못하고 삼켜 버렸다.

2. 보는 눈 즐기는 마음 _

　관아에서 벗어났을 때는 벌써 반나절이 휙 지났다. 만일 사또가 내려준 조랑말이 아니었더라면 두 시진(時辰: 1시진은 두 시간 정도)이 걸려 내룡골에 도착하면 저녁 먹을 시간에 가까웠을 것이다. 광주 분원에서 한양의 사옹원까지 가는 길에 자주 말을 타 보았지만 조랑말이라도 꽤 오랜만에 타보기에 많이 서투르고 우선 말이 말을 듣지 않는다. 역시 튼실하고 힘이 센 놈이다. 나를 거부하는 몸짓이 땅위를 울릴 정도다. 뒷발질로 무섭게 차다가 목과 등을 파도처럼 출렁거리니 내 몸이 널을 뛰듯 치솟고 말등에 패대기로 떨어진다. 나는 한번 해보자는 오기로 말의 목끈을 바짝 당겨잡고 거머리처럼 붙어 용을 써보았다. 역시 일다경을 지나니 조랑이도 지치는지 휴식으로 들어간다. 대개 가축들이 그렇듯이 새 주인을 시험하는 단계가 필요한 모양이다. 조랑이는 나에게 통과의례를 치루었다는 듯 그 뒤부터 순응하기 시작했다. 나는 중천의 해를 보며 내 평소의 걸음걸이 다섯 배는 빠르게 말을 몰았다.

　벌써 주왕산 계곡이 보이기 시작하더니 두견화 복숭아 살구꽃이 울긋불긋 수를 놓고 촉촉한 꽃향내가 내 코 끝에 묻어난다. 이렇게 편리한 동물이 있을까. 주마간산이라더니 주변의 풍치가 날쎄게 지나간다. 이른

봄을 알렸던 꽃받침이 파랗던 청매(靑梅)는 이미 시들어간다.

"나리, 와아, 말이 생겼네요. 사또께서 인심 썼네요. 점심은 드셨소?"

"찬밥이라도 좋다. 배고프구나."

용칠이가 차려준 어설픈 밥상을 받아 점심을 때우니 금방 한 식경(食頃: 30분 정도)이 지난다. 내가 어제 시킨 일은 성서방이 중심이 되어 웬만큼 해 놓았다. 물레를 만들 재료들이 다 준비되어 있었다. 일단 가마는 제대로 박아 놓은 셈이다. 애초부터 가마터를 잡아 닦은 터에 양쪽으로 송판을 대고 그 속에 자갈과 모래, 점토를 넣고 단단하게 다져 놓았던 것이다. 용칠이나 막둥이는 이미 생무지는 아니다. 내 지도가 잘 먹혀들어 도요장의 생태를 조금씩 알아가고 있었다.

"성서방, 가마 마감에서 어떤 작업으로 마무리를 지었는가. 자그마치 가마가 네 칸이나 되는데."

"나리께서 시키신대로 점토를 넣은 뒤 잘 다지고 물을 뿌려 다시 단단히 다진 다음 재와 소금, 가는 모래를 뿌리고 그 위에 소분을 뿌려 더욱 다졌습니다."

"수고했네. 며칠 후엔, 아니 여유가 있을 때 따로 벽돌가마를 하나 더 지어야 하겠네."

성서방은 의아한 눈으로 나를 바라본다. 불을 때서 그릇 한번 만들어 보지 않고 또다시 가마를 짓다니 너무 과욕이 아닌가 싶어 그러는 것 같았다.

"이 가마 하나만으로도 우리 셋이서 하기에는 벅찬 일인데 또 만들면 어이하시려고 그러십니까?"

"성서방 말도 맞네. 하지만 내 생각이 따로 있지. 미리 말해 두지만 내

개인적인 실험용 가마가 필요하거든. 일찍이 맥이 끊긴 고려청자를 복원하고자 하네. 비색을 내는 당시의 비법을 몰라 시행착오가 많을 테지만 내 야심인 걸 어떡하나."

"아, 알겠습니다. 앞으로 일손이야 나리께서 알아서 하실 테지요. 그럼 물레를 만들기 시작하지요."

주위를 둘러보니 필요한 연장들과 물레판을 만들 재료들이 여기저기 널려 있다. 대패, 짜구, 끌, 톱, 칼, 낫 등 흔히 소용되는 연장들이 준비되어 있었고, 물레판의 재료인 떡갈나무 자작나무 목재와 갈모, 뻐꾸기도 마련해 놓았다.

"나리, 말이 체구는 작아도 나리처럼 건강하게 생겼십더. 우리 사또께서 상으로 내리셨겠지요? 하루면 시진 반씩이나 걸리는 걸음을 왕복하시느라 얼매나 고생하셨소. 말 이름이 무엇잉교?"

"그냥 조랑이라고 불러야겠다. 조랑이."

성격이 곰살갑고 굼슬거운 막둥이가 새살을 떨었다. 나는 그냥 말없이 막둥이의 어깨를 다독여 주었다. 용칠이는 벌써 떡갈나무와 자작나무를 토막내고 있었다.

"용칠아, 길이를 먼저 짐작하고 토막을 내야지."

나는 세 사람에게 물레 만드는 과정을 자세하게 설명하면서 일을 시켰다. 먼저 떡갈나무를 두 덩이로 자른 다음 대패로 밀어 꼬박을 얹는 상판과 발판 구실을 하는 밑판을 만들도록 하였다. 내가 직접 작업에 앞장을 섰다. 윗판과 밑판을 연결시키려면 양쪽에 구멍을 파서 연결봉으로 이어야 한다. 그 연결봉이 심봉이다. 심봉은 자작나무로 깎아 만든다. 상판의 연결 구멍에 갈모를 넣는다. 밑판의 구멍에는 뻐꾸기를 넣는다. 갈모는 물레의 심봉(心棒)이 돌아갈 때 상판의 마찰을 유연케 하는 구실을 한다. 뻐꾸기는 밑판에서 심봉이 흔들리지 않게 돌아가도록 중심을 잡아 준다. 이만 하면 물레 설치가 된 셈이다. 떡갈나무를 깎아 만든 둥근 밑판과 상판이 심봉으로 고정되었으나 아래에 발받침을 차대면 상판이 빙글빙글 잘 굴러가게 되어 있다.

"용칠아, 앞으로 수비를 끝낸 태토를 꼬박밀기로 태토에서 기포를 깨끗이 없앤 뒤 여기 상판에 올려놓고 밑판을 발로 차면서 성형할 것이다. 그동안 교육을 잘 받아서 알고 있겠지."

"나리, 불은 언제 땝니꺼?"

"용칠이 너 왜 이리 성급해? 왜놈들이라도 쳐들어오느냐? 공방도 아직 완성되지 못했고 그릇도 빚어내지 못했는데 불부터 때란 말이냐?"

수비장도 만들어지고 물레가 정식으로 들어앉을 자리가 바로 공방이다. 나는 고개를 돌려 성서방쪽을 보았다. 삽질 괭이질을 해대느라고 성서방의 이마에는 소금꽃이 피어 있다. 용칠이가 냉큼 성서방 편으로 가서 일을 돕는다. 막둥이는 앞산에서 캐 온 점토를 지게바자에서 퍼 내린다. 나는 누구를 부를까 망설이다가 비교적 힘을 덜 들이고 있는 막둥이를 바라보았다.

"막둥아, 물레를 차려면 뭐가 필요하겠느냐?"

"예, 나리. 안즐통(걸상)입죠."

막둥이가 잽싸게 이미 만들어 놓았던 안즐통을 물레 앞에 놓는다. 나는 앉아서 물레를 차 보았다. 상판이 아주 균형을 잘 유지하면서 잘도 돌아간다.

"성서방, 수비장은 다 된 건가?"

"바닥이 잘 굳어서 물이 새들어가지는 않을 겁니다."

나는 시선을 돌려 수비장을 확인하고 그 옆에 서너 가지 흙더미를 보았다. 여러 가지 흙, 고령토, 점토, 도석가루, 그리고 모래와 물 등을 수비장에 우선적으로 섞어 부으라고 지시했다. 세 사람은 일사분란하게 움직이면서 쉽게 작업을 마친다. 흙을 뭉치지 않게 슐래(흙을 부수는 연장)질을 하느라 입속에 흙이 들어갔는지 용칠이가 캑캑거린다.

"이 흙을 이레쯤 숙성시켜야 한다. 그래야 태토를 만들 수 있지. 물레를 차기 전에 반죽을 해야 된다. 숙성이 잘 되어야 반죽이 잘 되지. 성서방은 잊지 말고 내일 막걸리 한 말쯤 구해와서 수비장(물감장)에 뿌리도록 하게. 그래야 숙성에 도움이 되니까."

"예. 알겠습니다. 그렇게 하지요."

성서방은 나이가 5년 아래인 나에게 깍듯이 대한다. 신분의 차이가 인생을 무상하게 만들고 있는 세상이다. 나는 아직 신분제도를 뛰어 넘을 재간이 없다.

"나리, 사실은요, 오늘밤 여그 움막에서 우리 셋이 판을 벌리려고 막걸리 한 말 갖다 놓았습죠. 짐채 안주에 북어쪽도 있구요. 이 술을 지금 수비장에 확 뿌려삐릴깝쇼?"

때로는 따리도 잘 붙이는 막둥이인지라 나에게 눈비움을 준다. 그러나 나는 안주까지 준비해 놓은 이들의 계획을 깨고 싶지 않았다. 이들은 작업이 늦게 끝날 때는 이 움막에서 밥도 해먹고 잠도 자 왔다.

"오늘은 자네들 계획대로 하고 내일 막걸리를 구해 오도록 하게."

나는 오늘 일을 조금 일찍 끝내야겠다고 생각했다. 가마도 이쯤이면 완성되었고 수비장과 물레도 구비해 놓았으니 세 도공들의 술판놀이를 일찍부터 벌이게 해주고 싶었다. 앞으로 이레 동안은 수비장의 점토가 숙성이 되지 않을 테니 그동안은 벽돌가마를 짓는 일에 힘을 써야 한다. 또한 점토도 많이 확보해 놓아야 하고, 소나무 땔감도 다다익선으로 필요하다. 땔감은 바싹 말라야 불이 제대로 붙는다.

"오늘은 좀 일찍 끝내자. 내일 할 일은 내일 올라와서 지시하겠다."

나는 내룡골에서 조랑말 등에 얹혀 내려오기 시작했다. 말먹이를 준비하는 일거리가 새로 생겼지만 조랑이가 얼마나 고마운지 모른다. 그동안 한두 시진이 걸리는 귀가길이 늘 힘들지 않았던가. 나는 감영으로 가는 길과 내 집이 있는 덕마실로 가는 갈림길에서 뜻밖에 이방(吏房)을 만났다.

"오, 심 감관. 오랜만이구려. 나랑 약주나 한 잔 하면서 얘기 좀 합시다."

이방은 무작정 내 손을 잡아 끌면서 술청으로 안내한다. 십오 년이나 연상인 이방은 나를 만날 때마다 호탕하게 간격없이 대한다. 따지고 보면 품계가 없는 지방 아전이지만 나이차가 많아 나는 조신하게 상대를 대했다. 술상을 앞에 놓고 다짜고짜 술잔을 권하면서 뜻밖의 화제를 꺼낸다.

"요즘 시국 얘기 좀 듣고 있소이까? 왜놈들의 동태가 심상치 않다는데….."

"왜구들의 노략질이 어제 오늘 얘긴가요? 좌수영 이순신 장군이 철저하게 대비하겠지요."

"해적들 얘기가 아니오. 풍신수길이라든가 일본의 왕놈이 머지 않아 수십만 군사를 몰고 바다 건너에서 쳐들어온다는 풍문이 돈다니까요."

나는 시국에 대해선 전혀 관심이 없었고 또한 문외한이다. 그러나 율곡 선생의 십만양병설에 대해선 여러 번 들은 바가 있었다. 남북쪽에서 침입해 올 적을 방비해야 한다고 상소로써 간언한 바 있었지 않은가.

"이방께선 어찌 이렇게 시국에 민감하시오?"

"살 길을 찾자는 거지요. 감관께서도 잘 아시겠지만 금상(今上)께선 충신의 말은 멀리하고 당파싸움이나 조장하지 않소이까. 율곡 선생의 말을 듣지 않은 걸 크게 후회하지 않을까 싶소. 요즘 소문의 말이 씨가 된다면 말이오."

"이방께서도 율곡의 십만양병설을 알고 계시는군요. 율곡은 이미 이 세상 분이 아니라서 다시는 그런 간언이 나오지 않겠지요. 그런데 이방 어른, 살 길을 찾자는 게 무슨 뜻이오?"

이방은 초강초강한 얼굴에 능청맞고 천연덕스러운 이지렁이에다가 호리호리한 몸으로 사또 앞에서 넉살도 잘 떨지만 엄펑소니(눈가림으로 속이는 자)는 아니다.

"말하지요. 원래 조신하신 심감관과 이 사람은 너나들이 사이는 아니지만 객쩍은 소리 하나 드리겠소. 새마실에 있는 옹기소 말이오. 물론 심감관 수하에 있는 곳이지만, 그곳 옹기장을 이 사람도 좀 아는 사이지요. 그곳에 한번 들렀더니 공장 옆 바닥에 이징가미(질그릇 깨진 조각)들이 쌓여 있더라구요. 백자도 아닌데 옹기도 졸품이 나오느냐 물었더니 비싼 백자는 귀하신 양반들이 사가지만 하층민은 값싼 옹기들을 사가지 않소이까. 그런데 말씀이오, 옹기도 백자처럼 귀티가 나고 아름답게 만들어 달란다는 겁니다. 그냥 투박하게만 만들면 팔리지 않는다는 거예요. 곱고 귀하게 만들면 잘 팔리고 엄청나게 판로가 넓다는 겁니다."

나는 그동안 옹기에 대한 관심이 있었지만 백자 도요소들만 들르고 내 실험용 가마짓기에 몰두하다 보니 옹기소는 들른 지가 꽤 오래 되었다. 지금 이방의 말을 듣고 나는 적이 놀라지 않을 수 없었다.

　"그래서 옹기로 우리 청송부의 살 길을 찾자는 것입니까?"

　"허허, 아직 내 말뜻을 알아채지 못했구려. 인심도 흉흉해지는 판에 난리라도 난다면 어찌하겠습니까. 곡물을 준비해 놓자는 것인데, 이웃 안동부의 판로 한 가닥을 새마실 옹기장과 감관 그리고 이 사람이 따로 경영하자는 것이와다. 어느 지역보다 안동부는 워낙 넓은 대처라 양반, 중인, 평민, 서민, 천민들이 골고루 분포되어 있고, 옹기 시장도 꽤 성하다 이겁니다."

　"이방, 연구 많이 하셨소만 내 귀엔 듣지 않은 것으로 하겠소."

　나는 당장 자리를 박차고 일어나고 싶었지만 내가 만일 이방을 무안하게 몰아놓고 자리를 뜬다면 이방은 밤잠을 이루지 못하고 전전긍긍할 것이다. 만일 이 어리석은 음모가 누설이 되어 부사가 알게 된다면 이방이 어찌 될른지 불을 보듯 뻔한 일이 아닌가.

　"이방, 지금 말한 것에 대한 발설은 내 입에서 결코 새나가지 않을 것을 사내대장부로서 약속할 터이니 이방도 다시는 어느 누구와도 그런 얘기를 꺼내지 마시오."

　이방은 당장에 얼굴을 붉히며 고개를 숙여 버린다. 옹기장과 단 둘이서 도모해 보려다가 감독관의 눈을 피할 수 없는 노릇이라 시대의 흉흉한 인심을 억지로 팔아 권유해 보았으리라. 그러나 내가 이렇게 냉엄하게 나올 줄은 미처 몰랐을 것이다. 이방은 술잔 앞에서 떳떳하게 고개를 들지 못하고 나를 지르보며 투덜거리듯 말한다.

"소인이 심감관에게 큰 실언을 하였소이다. 워낙 박봉으로 살다보니 유사시에 많은 식구들을 어찌 거둘지 몰라 엉뚱한 생각을 하였소이다. 저 역시 발설하지 않은 것으로 해 주시오."

"이제 되었습니다. 자, 잔을 드시지요. 술병을 비우고 나갑시다."

"고맙습니다. 나리."

나는 이방과 언제 밀어를 나누었느냐 하듯 시치미를 떼고 술잔을 들었다. 도호부의 백성들을 위해 사또께 어떤 충언을 올리느냐는 화제로 돌려 이끌다가 거나하게 취한 채 집으로 돌아왔다. 집으로 오는 길에 나는 이방의 민심 얘기를 곱씹어 보았다. 아무리 생각해도 이방이 나를 회유하기 위해 과장된 말을 만들어냈으리라 본다. 일본이 조선을 호시탐탐 노리고 있는 것은 사실이다. 만일 왜병이 대군으로 상륙하여 침범해 온다면 조선은 임금의 무능과 신료들의 붕당 싸움에 전혀 방비조차 없는 상황이니 속수무책으로 나라는 초토화 될지 모른다. 그러나 지금 조정이나 백성들은 이방의 말대로 인심이 흉흉하지는 않다.

용칠이와 막둥이는 번갈아 일거리 하나가 더 생겼다. 내 조랑말의 먹이를 준비하고 수시로 구유통에 목초를 담아 조랑말을 먹이는 일이다. 움막에는 헛간을 이어달아 마집을 만들고 구유를 설치하였으나 내가 집으로 가서는 관아의 마굿간에 맡기면 담당한 관노들이 말시중을 맡아 주었다.

내룡골 가마소는 아직 나를 제외하고 셋이면 일손이 아쉬울 것이 없다. 그러나 이곳에서만 나오는 백석광산을 확보하여 청송백자 특유의 유백색 도자기를 대량으로 생산하게 되는 날이면 수십 명의 도공이 필요할

청자의 꿈   45

것이다. 그런데 나는 내 실험용 가마에서는 욕심을 부리지 않을 것이다. 청송백자라는 이름 아래 최고품의 그릇을 소량으로 생산하면서 꾸준히 고려청자를 복원하는 작업에 매진할 것이다.

"나리, 우리는 언제부터 그릇을 실제로 굽습니꺼?"

마초를 한 짐 지고 와서 마굿간에 부리고 입맛을 다시면서 용칠이가 묻는다. 나는 수비장과 나뭇칸을 둘러 보면서 대답하였다.

"소나무 땔감이 바싹 마르고 수비장의 태토가 완전히 숙성되면 물레를 돌려 성형할 것이다."

수비장의 형편은 다 된 것 같았다. 숙성이 빠르도록 막걸리를 부은 덕을 보는 듯도 하였다. 막둥이가 땔감들을 발끝으로 툭툭 차면서 말한다.

"나무는 어지간히 말랐는디요."

"따로 해온 마른나무부터 사용해보자. 덜 마른 땔감으로 그릇을 구우면 그릇이 선다는 말을 못 들어보았느냐. 하지만 며칠 더 기다리자."

"정성이 부족하야 호박떡이 설었구나 이런 타령도 못들어 보았나? 땔감이 부실하여 도자기가 설었구나 이런 말이 아닙니꺼."

성서방이 막둥이쪽을 바라보면서 말하다가 내쪽으로 확인하듯 말문을 옮긴다.

"성서방 말이 맞네. 도자기도 설 수가 있다는 말이야. 어느 도요소를 가보더라도 땔감에 먼저 신경을 쓴다."

나는 이쯤 해두고 성서방이 한참 일하고 있는 벽돌가마에 눈을 돌렸다. 성서방은 내가 시킨대로 잘 하고 있었다. 대나무를 둥글게 엮어 그 위에 쪼다흙(찰흙)으로 만든 벽돌을 쌓는다. 가마를 다 만들고 불을 때면 대나무는 타 버려 없어질 것이다. 나는 이 벽돌가마의 특성에 대해선 아는 게 없다. 광주 분원에서 고참 사기장한테 들어서 기억나는 대로 지어보는 것이다. 어느 곳이나 흙가마인 망생이가마를 짓고 백자를 굽고 있었다. 그런데 청자를 구워내려면 벽돌가마를 지어야 한다는 게 아닌가. 벽돌가마는 불심이 오히려 망생이가마보다 다소 약하다고 했다. 그렇다면 백자를 굽는 화도보다 약한 가마에서 청자가 나온다고 하니 알 수 없는 노릇이다. 화도가 높은 가마에서 나온 그릇과 약한 불심에서 구워진 그릇의 차이는 화도가 높아야 잘 깨지지 않는 데에 있다. 그러니까 청자보다 백자가 더 단단한 것이다. 그러나 그 신비의 비색을 내는 청자는 아주 강한 화도에서 나오는 게 아니라 적당히 온도가 높은 화도에서 산화철을 섞은 그릇이 구워진다고 한다. 그래서 벽돌가마를 선호했다니 청자 복원의 내 꿈은 우선 귀동냥의 실력으로 시작하여 많은 시행착오를 거쳐야만 이루어질 것이다.

땔감을 모으는 일은 끝이 없는 작업이다. 불가마를 운전하기 시작하면 봉통으로 들어가는 땔감의 양은 헤아릴 수가 없으리라. 지금껏 세 사람이 준비해 놓은 양은 그릇 백 개를 구울 양밖에 되지 않는다. 앞으로 이삼일간 소나무를 베어오는 일에 힘을 쏟아야만 하겠다. 땔감을 말리는 시간도 생각해야 한다. 벽돌가마를 완성하는 일은 조금도 급하지 않다. 내 꿈은 대기만성으로 이루어 나가야 한다.

"성서방은 나와 함께 벽돌가마를 짓는 데에 신경을 쓰고 용칠이와 막둥이는 며칠간 부지런히 소나무를 베어다가 차곡차곡 쟁여 놓아라."

나는 그럴만한 까닭을 설명해 주었다, 그런데 도공들에게 작업을 지시하고 보니 뭔가 마음 속에 빈자리가 있는 느낌이었다. 무엇을 잊은 듯 아쉬움이 빈자리에서 맴돌고 있었다. 그렇다.

"내일 당장 물레를 돌릴 것이다. 아침에는 물레를 배우고 저녁때는 나무하기다."

용칠이와 막둥이는 한참 호기심이 많은 젊은이들이다. 이들은 신점 법수골 도요소에 들어와서 어깨 너머로 작업과정을 보았을 뿐 실제로 일을 해본 적은 없었다. 그래서 내가 어서 제작과정을 가르쳐 주기를 바라고 있다. 성서방은 다른 것은 서투르지만 시문에서 음각, 양각으로 무늬를 새기는 일은 천성으로 소질이 있었다. 그러나 배움이 없으면 글씨를 제대로 쓰지 못한다. 막둥이가 갑자기 의아스러운 듯 고개를 한번 틀면서 말한다.

"나리, 으째 일정을 앞당기십니꺼? 우리는 기쁘지만요."

"내가 깜빡 했다. 나무 마르는 것만 생각했지 성형한 그릇을 말리는 것은 염두에 두지 않았거든."

나는 조랑말 덕분에 좀더 일을 하고 퇴소시간을 늦출 수 있었다. 도공 세 사람은 인근 지역 용강, 용수골이 집이어서 퇴소 출소가 걱정이 없다. 그러나 이들은 가족이 없는 외로운 사람들이라 웬만하면 여기 가마의 움막에서 숙소처럼 잠자는 경우가 많다. 그러다보니 막걸리 타령을 하기 일쑤다. 그들에게 술을 사 마실 여유가 어디 있을까. 내가 녹봉으로 받는 곡물의 태반을 이들에게 급여로 지급하기 때문에 그만큼 여유는 있을 것이다. 관료들의 녹봉은 쌀과 콩으로 지급한다. 일 년에 네 차례를 수령하기 때문에 계절별로 받는 셈이다. 벌써 광흥창으로 가서 녹봉을 받을 때가 되었다.

나는 매일 내룡골 가마소로 출근할 수는 없었다. 청송 고을에서는 가장 그릇을 잘 구워내는 신점 법수골도 자주 들러야 한다. 생산량을 확인하고 도공들을 독려하는 일이 내 임무의 중요부분이다. 조랑말 덕분에 하루면 열 곳은 두루 살필 수가 있었다. 그런데 법수골에서 문제가 생겼다. 좋은 품질에 생산량이 가장 많은 이곳에 석연찮은 소문이 들리는 것이었다. 나는 가장 숙련된 도공들이 삼십여 명이나 있는 법수골에서는 일급 사기장들이 있어 내 기술지도가 별로 필요없기 때문에 감시감독의 임무에나 치중할 수밖에 없었다.

"이보게 도요장(陶窯長), 왜 숫자가 맞지 않는가. 이번달 생산량은 구백으로 되어 있는데 왜 관아로 납품이 된 것이 사백이란 말인가? 삼칠제로 되어 있으니 당연히 육백은 들어와야 되지 않는가."

"에…, 그것은 호방에서 잘못 기록한 탓이겠지요. 나를 모함하려는 뜻이 아닐런지요"

"이 감관의 눈을 속이려는가. 자, 이 문서를 보게. 자네 부속이 내게 준 장부야. 구백 이십 개가 틀림없지 않은가. 이백을 어디로 빼돌렸어!"

"부속 양도공 이놈이! 부속이 호방과 자주 만나고 있다더니 무슨 생청을 부리는 게로군."

도요장은 클클하지 못하고 어름적거리기 시작한다. 나는 도요장의 말끝이 야무지면서도 내게 시선을 주지 못하고 뒤끝이 무르춤하는 모습에서 감을 잡을 수 있었다.

"내일 당장 동헌 뜰에서 사또로부터 삼자 대질을 받고 태형을 당해야 하겠는가. 솔직히 고백하면 호방 선에서 매듭을 짓도록 하겠네."

나는 일찍이 김 도요장이 수십 명을 거느리면서 권력을 행사하는 것을 목격하였고, 도공들이 그를 두려워하고 있음을 보았다. 호방 선에서 매듭을 짓는다는 내 말뜻에는 감옥으로는 가지 않으나 도요소에서 물러나 농사나 짓게 한다는 것이었다. 도요장은 결국 나에게 실토하고 말았다. 생산량의 삼할 배분으로 도공들의 호구를 해결해주면 자신에게는 떡고 물밖에 떨어지지 않는다고 했다. 그러나 그것도 거짓말이었다. 몇몇 도공들의 투언에 의하면 도요장은 몰래 첩까지 거느리고 재물을 모은다고 하였다. 나의 보고에 의하여 그는 결국 처벌을 받았다. 천민이 첩을 거느린다는 것은 장계감으로 참수형을 면치 못하리라. 나는 그런 끔찍한 처벌만은 면해주기 위하여 도요장에게 가정을 정리토록 하고 착복한 양을 토설시킨 뒤 조용히 농사나 짓도록 하였다. 그에게 농토 한쪽이라도 있겠는가. 겨우 소작으로 끼니를 때우면서 도공들을 감독 지휘하던 시절을 못내 아쉬워할 것이다.

나는 도요장에 대한 매듭을 호방과 함께 짓고 다음날 일찌감치 내룡골로 향했다. 수비장의 고령토도 어지간히 숙성되었으리라.

"조랑아, 어서 가자. 오늘은 할 일이 많을 듯하구나."

분홍과 백색으로 어우러져 수를 놓았던 계곡이 점점 빛을 잃어가고 있었다. 복숭아꽃 진달래, 살구꽃이 떨어지기 시작한 것이다. 그렇다면 곧 다른 색깔로 산천을 물들게 하겠지. 진달래보다 더 화려한 철쭉 영산홍이 새로운 세상으로 만발할 차례다.

나는 움막 앞에 조랑말을 세우고 말등에서 내리자 마자 어안이 벙벙했다. 이런 꼴을 보았나. 지금 진시(辰時)가 넘어가는데 두 사람의 꼬락서니가 가관이다. 용칠이 녀석은 움막 안에서 멍석잠을 자고 있고, 막둥이는 움막 밖으로 다리를 내놓은 채 등걸잠을 자고 있다. 용칠은 입은 채로, 막둥이는 아무데나 몸을 부리고 코를 골고 있는 게 아닌가. 약주를 얼마나 퍼마셨는지 아직까지도 움막은 술냄새가 진동했다. 청송백자 술 항아리를 두 개나 비운 모양이다. 짐채 접시가 나뒹굴고 있다. 내가 물끄러미 두 녀석을 내려다보고 있는데 갑자기 뒤에서 성서방이 소리를 지른다.

"당신 누구요! 누군데 남의 가마를 엿보고 있소!"

내가 뒤돌아서자 성서방이 깜짝 놀란다. 내 복식을 보고 나를 알아보지 못한 모양이다. 나는 오늘부터 평민복으로 갈아 입었다. 말을 타기도 편하고 작업장을 돌아다니며 지도하는 데에 효율을 얻고자 작심한 것이었다. 넓은 소매의 도포처럼 생긴 관복은 여러모로 불편했던 게 사실이다.

"나리, 평민복을 입으실 줄은 꿈에도 생각 못했심더."

성서방은 발길질로 두 녀석을 잠에서 깨어나도록 하면서 연방 내 옷매무새를 본다. 그래도 평민 양인의 복장이다. 무명바지에 팔목보다 짧게 내려온 소매의 저고리를 입고 조끼를 얹혀 입었다. 머리에는 쓰개를 쓰고 신발은 검은 가죽신이니 일반 평민복색은 아닐 것이다.

"나리, 용서해 주십시오. 사실은 우리 셋이 밤새껏 술타령을 벌이다가 소인은 집에 들어가고 이놈들은 이렇게 늦잠에 곯아 떨어졌소. 소인도 이렇게 늦게 나오고요."

두 녀석은 눈을 비벼대다가 겨우 정신을 차리고 내 앞에서 허리를 굽혀 조아린다. 사실은 나리가 다른 때와 달리 이렇게 일찍 올 줄은 몰랐다는 표정이다. 조랑말이 생긴 줄을 뻔히 알고 있지 않은가.

"내 복장을 보고 놀라는 모양인데 오늘부터 나도 흙을 만지게 되고 작업을 직접 하려면 간편한 옷차림이어야 하지 않겠나?"

나는 두 녀석을 나무랄 새도 없이 작업을 지시했다. 먼저 수비장부터 확인하고 물레를 시험삼아 돌려보도록 하였다. 그리고 유약을 만드는 과정까지 오늘 작업으로 정하였다. 성서방은 알아서 도구부터 챙기라고 두 녀석한테 이른다.

"불삭(물통)은 어딨지? 슐래(흙을 두드릴 때 쓰는 연장)를 찾아라. 동구래(흙덩이)를 다져야 하니까. 앉을통(작업용 걸상)은 몇 개 만들었지? 나리것도 있어야 하니까."

우리는 부산하게 움직였다. 나는 시범을 보이기 위해서 앞장을 섰다. 먼저 수비부터 시작해야 한다. 숙성이 된 백토를 잘게 부순 다음 체로 걸러 건더기는 없애고 다시 수비장에 담가 흙탕물을 만들어 위로 뜨는 미세한 앙금만 취하여 그늘에서 반죽해 말려 나갔다.

"자, 보아라. 여기 귀움의 웅덩이에 있는 흙을 침전시켜 질흙으로 바꾸어야 한다. 그리고 이렇게 반죽해서 말려야 하는데 너무 말리면 성형하는 데 어렵게 되니까 찰기가 있게만 하는 것이다. 그래야 성형을 하니까."

나는 이미 며칠 전에 수비장에 여러 가지 흙재료를 섞어 물에 담가 놓게 하였었다. 고령토, 가소성 점토, 약토, 도석, 질흙, 장석, 납석, 소분 등의 재료들이었다. 특히 고령토는 성형할 때 뼈대가 되는 흙으로 고온에서 성형이 주저앉지 않도록 하기 위해 꼭 필요하다고 일렀다. 약토와 불토는 유약에 쓰는 흙이니 따로 두라고 하였다. 도석도 백자 유약에 쓰이므로 기억해 놓으라고 했다. 수비과정이 어지간히 끝나고 다음 작업으로 들어갔다.

"이 정도면 물기가 빠지고 떡을 만들 정도가 되었으니 꼬박밀기를 거쳐 그릇 모양을 만드는 성형으로 들어가겠다. 용칠이와 막둥이는 손으로 그냥 물잔을 만들어 보거라. 성서방은 물레 앉을통에 앉아 화병을 한번 빚어보게."

성서방은 초짜는 아니라서 제법 물레를 찰 줄 알고 있다. 그러나 아직
은 서툴러서 발과 손이 맞아가지 않는다. 연방 발로 물레를 돌리지만 손
에서 만들어지는 화병은 모가지까지 올라오다가 한꺼번에 무너져 버린
다. 발은 멈추지 않고 물레를 차고 있으니 화병 모가지에서 무너지다가
그냥 몸통까지 주물럭이 되고 만다.

"허허, 아직 멀었구만. 화장골 가마에서 제법 훈련된 줄 알았더니 거기
서 뭘 배웠나?"

"소인이 나이에 비해 너무 늦게 시작하지 않았습니꺼. 죄송합니다."

"죄송하긴, 여기 내룡골에서 정식으로 시작허는 거야. 다시 해보소. 발
이 손을 따라가야 하지 손과 발이 따로 놀면 그 사단이 나는 걸세. 그리
고 화병을 만들어갈 때 예쁜 화병을 마음속으로 그림을 그리면서 손으로
만들어가는 것이지."

성서방이 다시 시도하고 있을 때 용칠이가 물잔을 빚어 가지고 내 앞
으로 왔다. 그냥 모양만 물잔이지 매끄럽게 빚지 못했다.

"이렇게 투박한 물잔으로 누가 물을 떠먹을 생각이 나겠냐. 다시 예쁘
고 곱게 만들어 봐."

"물레로 만들어야 곱게 나오지 손으로는 어려울 것같아요."

용칠이가 말하자 막둥이가 빚은 물잔을 가지고 왔다가 뒤로 돌리며
작업장으로 되돌아간다. 저도 용칠이처럼 핀잔을 받을 게 뻔하였기 때문
이다. 나는 이들을 언제까지 훈련을 시켜야 완제품을 만들 것인지 세월이
아득함을 알았다. 그러나 중도에 포기하도록 해선 안된다. 사람이 하는
일은 모든 것이 인내에 매여 있지 않은가. 무슨 일이 있어도 이들을 훈련

시켜 진짜 백석을 캐다가 방앗간처럼 떡가루로 갈아서 최고품의 청송백자를 내놓도록 할 것이다. 그런 연후에 나는 꾸준히 청자를 복원하는 데에 몰두하여 조상의 얼, 내 할아버지의 정신을 되살려 보겠다.

열심히 물레를 돌리며 화병을 성형하던 성서방이 잠시 숨을 고르고자 휴식을 취하면서 나를 향해 입술을 뗀다.

"나리, 한 말씀 물어봐도 될까요?"

"뭐든 물어보소. 궁금한 것이 있으면 풀어야 하니까."

"다른 가마들도 많은데 하필 여기다가 가마를 박고…, 기술자가 많은 가마에서는 나리의 뜻대로 그릇이 만들어질 터인데 어찌 서투른 우리들하고 일을 하십니꺼? 학문을 더욱 연구하지 않으시고예."

드디어 성서방이 나에게 정곡을 찌르는 질문을 하였다. 나는 그냥 실험용 가마라고 말했을 뿐 내 처지나 속셈을 밝힌 바는 없다. 어쩌면 평생을 같이 할 도공들일지도 모르는데 가급적이면 내 솔직한 마음을 털어놓아야 했다.

"사실은 말이네. 역사가 있거나 묵은 도요소는 일급 사기장들이 많이 있고, 그들은 무척 자존심이 강하고 고집이 쇠뿔같다네. 내가 아무리 관복을 입고 설쳐도 제작과정에 내 간섭을 받아들이지 않는다네. 그 사기장들은 많은 연륜과 비법을 지니고 있기 때문에 그릇에 관해서는 절대로 고개를 숙이지 않지. 내 직책은 그들의 작업을 독려하고 잠시 감독하는 일일 뿐이야. 그리고 부정이나 비리를 밝히는 업무도 중요하지. 하지만 나도 그들에 크게 뒤지지 않는 경륜과 실력을 가지고 있다고 자부한다네. 내 취향과 체질이 원래부터 도자기에 맞추어져 있었는지 늘 그릇에만 마음이 꽂히지 않았겠나. 그래서 광주 분원에 있는 4년 동안 마음씨 너그러운 사기장들의 지도를 받거나 어깨 너머로 열심히 이론과 기술을 터득했지. 눈썰미가 남다르다는 말도 들었다네."

"나리, 소인이 궁금한 것은 다른 데에 있습니다. 나리의 도자기 실력은 이미 다 알고 있지만 이 세상 풍토의 윤리 문제가 궁금하다는 말씀이지요. 어엿한 사대부 자식이요 과거까지 급제하신 나리께서 신분제도가 모진 세상인데 어찌 상민이나 천민으로 취급받고 있는 도공 생활에 빠지려는 것이옵니까?"

나는 쉽게 입을 열 수 없어 웃음을 띤 표정으로 성서방을 한참 바라보았다. 내 마음 속에서는 쉬지 않고 답변이 나가고 있었다. 나는 광주 분원에서 고참 어느 사기장이 골동품으로 가져온 고려청자를 눈이 시리도록 바라보고 있었네. 음각으로 보상화문을 그려넣고 기가 막히게 유약을 처리한 그 주병의 신비로운 비색은 아름답고 화려한 예술의 극치가 아니었던가. 우리 조선의 분청사기나 청화백자도 분명 아름답고 소박한 조선의 정신을 나타내고 있지. 그러나 고려청자가 비추는 세상과는 달랐네. 이 나라의 백성이라면, 아니 세상 사람 어느 누구인들 고려청자와 조선백자를 찬미하지 않는 사람이 있겠는가. 이렇게 보는 눈과 즐기는 마음은 하나인데, 어찌하여 그 소중한 작품을 피땀 흘려 만들어내는 사람들을 천시하여 하등급 신분으로 못을 박는다는 말인가. 머지 않은 날 언젠가는 세상이 달라지리라. 아름다움을 보는 눈과 즐기는 마음이 하나라면 평등세상은 오고야 말게 아닌가.

"성서방, 나는 조상의 뜻에 맡기고 있는 몸이지만 어디까지나 평범한 사람일세. 성서방한테 이처럼 말을 놓고 있는 것은 버릇일 뿐이네. 언젠가는 신분제도가 없어지는 날이 올 걸세. 내 말을 잊지 말고 희망의 꿈을 지니고 살게. 양반이나 중인이나 평민 천민들 모두가 눈과 마음은 하나라는 것을 잊지 말게. 우리가 만들어 낸 아름답고 신비로운 도자기를 사람의 등급없이 보는 눈과 즐기는 마음은 하나가 아니겠는가. 그래서 언젠가는 평등한 세상이 온다는 것을 나는 확신하겠네."

"예, 노력하겠습니다만 무슨 말씀인지 어려워서 아직은 나리의 깊으신 뜻을 쉽게 알 수가 없사옵니다. 그런데 또 한 가지 궁금한 것은 고려청자가 무엇이길래 그것을 복원한다고 하시는지요? 그 까닭을 알아야 벽돌가마를 운영하는데 신이 날 것 같아서요."

"성서방, 잘 물어주었네. 그동안 서로 피곤해서 여유를 갖지 못했는데 말이 난 김에 알려 주겠네. 자네가 청자를 보지 못해서 그런데, 그 비색의 눈부시고 오묘한 그릇을 보면 우리 조상의 숨결을 느낄 수 있다네. 청자, 상감청자의 맥이 끊긴 건 언젠지 아는가. 고려를 물리치고 이씨가 정권을 잡으면서 고려의 흔적마저 말살시키려는 조선의 정책에 의해서 청자 기술까지 사장시켜 버렸다네. 벌써 이백년이나 지난 일이네. 고려는 불교세계를, 그리고 조선은 유교세계를 그리게 되어 표현하는 방식이나 모습도 달라지게 된 것이지. 원래 신라나 고려는 불교를 국교로 하는 나라였지. 그때 불교의 특색은 화려하고 귀족스러운 모습이라 그 시대에 나온 고려청자도 신비스럽고 오묘한 비색을 드러내는 것이지. 그리고 지금 조선 유교는 평민스럽고 소박한 아름다움이 특색이라네. 유교의 이러한 조짐으로 보아 양반사회의 뜻은 결코 아니지만 유교의 특색은 언젠가는 평등사회를 불러올 것이네. 유교의 자승자박이라 할까. 그리고 내가 왜 청자를 복원코자 하는가 물었지. 조선백자만 보급하고 즐기기보다는 옛것을 되살려 어울리도록 시도해 보자는 것인데, 사실은 청자의 미를 역성혁명의 정치적 의도에서 배격하고 청자 생산을 막아버렸다는 사실은 잘못되어도 한참 잘못되었다고 생각지 않는가. 나는 무엇보다도 신비로운 청자의 미에 사로잡혔던 경험을 좀체로 잊을 수 없어서 그 복원사업을 꿈꾸는 것이네. 이제 내가 말하는 것은 오해도 말고 남에게 옮기지도 말아야 하네. 청자를 복원하는 일은 일방통행하는 유교를 다소 변화시켜 보자는 뜻일세. 한 나라에 종교가 하나만 있으면 그 종교는 무소불위의 권력을 행사하게 되어 결국은 환상에 빠져 나라가 몰락하게 되네. 고려의 불교가 그랬으니 조선의 유교도 전철을 밟지 않겠나. 고려가 망하고 이백년이 된 오늘날 왕실 조정이 어떤 꼬락서니인가. 신하들은 사리사욕으로 파당을 지어 피를 뿌리는 싸움질이고, 임금이라는 사람은 아부하는 자를 싸고 돌면서 동인 서인 양쪽에 양다리를 걸치며 당파싸움을 조장하고 있지 않은가. 유교는 원래 종교가 아니지만 철학이 우리나라로 들어오면 신앙으로 바뀐다는 말이 있지. 아무튼 이 나라에 유교라는 신앙 하나밖에 없는 탓에 무소불위가 되어 나라를 망치고 있네. 이웃 섬나라가 호시탐탐 우리를 노리고 있다는데, 조정은 어느 누구도 걱정하는 자가 없다고 하네. 성서방, 내가 청자를 복원하고자 하는 꿈을 꾸는 것은 결코 정치적 의도에서 나온 발상이 아니네. 순박한 마음으로 조상의 얼을 찾는 것이라 생각하소. 그러나 난관일세. 고려청자 제작의 비법 전수가 끊긴지 이백 년이나 지나서 끊임없는 노력이 필요할 거야. 청자의 비색을 내는 데는 어떤 흙들의 배합이 필요하며 봉통의 불심은 어떻게 조절하는지 얼마나 시행착오를 겪을지 모르겠네. 내 말이 너무 길었지? 어서 물레를 돌려 보게나."

내 말뜻을 이해하는지 못하는지 아리송한 표정으로 성서방은 물론 용칠이와 막둥이도 내 말이 끝날 때까지 나를 바라보고만 있다. 나는 상대를 의식하지 못하고 사회 일반의 지식인들에게 쏟아내듯 설토하고 있었다.

실패를 거듭하던 성서방이 조금씩 물레질의 실력이 늘어가면서 제법 성형품을 만들어내기 시작했다. 어려운 물건보다는 찻잔이나 막사발 따위같이 쉽게 빚을 수 있는 것부터 뽑아내고 있었다.

"나리, 손으로 빚은 술잔 세 개를 보아주십시오."

"저는 물잔 네 개를 만들었습니다."

용칠이와 막둥이가 자신들의 실력을 평가해 달라고 한다.

"오, 소질이 보이는구나. 그만하면 앞으로 희망이 보인다."

용칠이는 왼손으로 흙덩이를 받쳐잡고 오른손 네 손가락은 술잔 곁을 살짝 누르며 엄지손가락으로 가운데를 후벼가며 옴팍하게 파여지는 부분을 문질러간다. 계속하다가 보면 자신도 모르게 탄력이 생기고 행동이 익숙해지는 것이었다. 나는 스스로 배를 쓰다듬고 중천의 해를 올려다보았다.

"막둥아, 점심 준비하거라. 오시(午時)가 넘은 듯하다. 점심 먹고 잠시 쉬었다가 다시 시작하자. 오후엔 유약을 만들기다."

밥은 엊저녁에 해 놓았던 찬밥에 시원한 물김치다. 남의 살로는 자반 고등어가 있다.

"나리, 어제밤에 약주가 너무 과해서 준비를 제대로 못했습니다. 용서해 주이소. 내일은 용강마실에서 도야지괴기를 구해다가 찌개를 해놓겠심더."

용칠이가 어제밤의 과음을 사과하면서 성의를 보인다.

"일하려면 잘 먹어야 한다. 나도 집에 가서 음식을 시켜 조랑이 등에 실어오겠다."

물론 아내에게 시킬 일이지만 조랑이가 생긴 이후 여러 가지로 편리하였다. 우리 넷은 어설픈 밥상이지만 맛있게 먹었다. 일을 하면 시장이 반찬이 된다.

점심을 마친 후 수비장 옆 공터에 둘러앉아 담소를 시작했다. 먼저 성서방이 작업에 대한 의견을 내놓으려고 했다.

"가마에 불을 때게 되면 구울 그릇이 수십 개는 되어야지 않겠습니꺼. 수비흙의 양이 적어서 잘해야 스무 개 정도밖에 만들지 못하겠십니더. 나리께서는 어찌할 요량이신지….."

"음, 원료를 많이 준비하지 못한 탓이지. 특히 소지용 주원료인 점토와 장석, 규석이 모자랐던 거야. 내가 닥달을 하지 않은 것은 우선 연습을 위한 시범이기 때문에 많은 양을 원치 않았네. 처음부터 아깝게 땔감을 많이 들여 제대로 된 물건도 아닌 주물럭같은 그릇을 많이 굽겠는가. 사실은 수비 성형을 정식으로 하기 위해 며칠 후 일정을 잡으려네. 지금까진 단순한 연습일 뿐이었지. 그리고 꼭 알아둘 일은 서두르지 말라는 거야. 매사가 그렇지만 특히 도요작업은 대기만성으로 나가야 하느니. 사실은 나는 사오년을 몰두했지만 수십년의 체험을 가진 사기장들과 비할 때 첫돌 지난 아이에 불과하다네."

나는 이들을 완벽한 사기장으로 성장시키려면 서로가 각고의 노력이 필요하리라 생각했다. 우선 이들을 겪어보고 장래를 같이 할 수 있다고 인정될 때 서약을 하든 맹세를 받든 할 것이다.

3. 비법을 찾아 _

　나는 집에서 아버지 앞에 불려나갔다. 그동안 내 결심을 기다리고 계시던 아버지께서 마냥 기다릴 수 없다는 듯 작업장에서 귀가하자마자 자식을 불러들인 것이다.

　"찬아, 내 손에 언제 손자를 안겨줄 것이냐. 자손이 귀한 집안이라 걱정이로구나."

　나는 꿇어앉은 자세에서 무릎 밑에 시선을 깔고 불안한 마음으로 혀끝을 빨았다. 내 결심을 묻는 것이 첫째일 터인데 초례청을 벗어난지 아직 일 년도 안된 자식의 후사부터 묻는다.

　"아, 아직 일 년도 되지 않았는데요."

　"너무 고단하면 아이가 잘 생기지 않는 법이다. 네 하는 일이 오죽이나 힘든 일이냐."

　"제 취향에 맞는 일을 하기 때문에 고된 줄을 모르옵니다."

　"취향이라고? 언제까지 벽촌에서 사용원의 지시만 받고 살테냐. 네 결심을 기다리다가 지쳐 성급히 너를 불렀다."

　나는 하루도 빠짐없이 아침 저녁으로 부모님께 문안을 드려왔다. 이것은 우리 가문의 관습이요 효의 근본이었다. 그런데 아버지가 이렇게 불러들인 것은 좀체로 없었던 일이다.

"한양에 올라가는 일은 조금만 기다려 주소서. 벌여놓은 일이 많아서 정리하는 데 시간이 걸릴 듯하옵니다."

이거야말로 빈말이었다. 내 일찍부터 결심한 바는 모든 일을 조상님의 뜻대로 따르겠다는 것이었다. 이미 시조묘 앞에서 기도하며 마음을 굳히지 않았던가. 몇 번이나 선몽으로 나타난 바 있는 덕부, 원부 할아버지의 당부를 나는 조상의 뜻으로 받아들이고 있었다. '네가 걷는 길은 너의 의지이니 줄기차게 나가길 바란다.' 이렇게 번갈아 내리던 두 할아버지의 뜻이었다. 그렇다면 아버지의 뜻은 어찌하란 말인가. 한양에서 아귀다툼의 정쟁에 일신을 망치지 말고 향리에 묻혀 나라에 충성하고 조상에 효성을 바치라던 조상의 훈계와 한양으로 올라가 입신양명하여 가문을 번창시키라는 아버지의 상반된 뜻을 어떻게 받아들여야 한단 말이냐. 조상님들은 이미 저 세상 분들이다. 사자보다 생자가 우선이라는 보편적인 상식을 나는 거부할 길이 없을 듯싶다. 그러나 내 도요의 길은 결코 버리고 싶지 않다. 훌륭한 청송백자를 만들도록 독려하여 왕실에 올려 보내고 싶고, 맥이 끊긴 청자의 비법을 찾아내 복원하여 보는 눈과 즐기는 기분을 하나로 묶어낸 세상을 만들고 싶다. 잠시 침묵의 방안에서 아버지의 클클한 음성이 들려온다.

"서찰을 써 놓았다. 내 지인들이 자리에서 떠나기 전에 어서 한양으로 올라가거라. 네 처와 함께 올라가면 한양 출신 내 손자가 태어날 것이다."

"예, 정리되는대로 준비하겠나이다."

나는 무거운 발걸음으로 아버지의 사랑방에서 물러나왔다. 이미 석반을 마친 뒤여서 어머니는 처를 불러 가문의 법도에 대한 훈육이 한참이었다. 이때 내가 어머니 내실로 들어가자 어머니와 처가 저윽이 놀라는 기색이다.

"아니, 네 방으로 가서 쉬지 않고 어인 일로 어미 방에…, 할 말이라도 있는 모양이구나."

"예, 상의 드릴 일이 있습니다. 어머님도 여인이시고 제 처도 여인이 아닙니까. 아버님은 분명 남자이십니다. 남녀의 마음에 어떤 차이가 있는지 알고 싶어 들어왔습니다."

나는 아버지 앞에서처럼 꿇어앉지 않고 아주 편안하게 어머니 앞에 앉았다. 그리고 나에 대한 아버지의 뜻을 소상하게 말씀드리고 내가 선택한 도요의 길에 대해서도 자세하게 설명해 드렸다. 어머니와 처는 내 설명을 들으면서 심사숙고하더니 한동안 말이 없었다. 사실 나는 방안에서 여인들의 속내를 읽을 수 있었다. 자식이 월등하게 출세하면 품안의 자식이 아니라는 것은 이 땅의 어머니들이 갖고 있는 마음일 것이다. 처의 마음도 마찬가지로 욕심없이 살아가는 남편, 적당한 일자리에서 귀가하여 늘 아내 곁에서 집안을 지켜주는 남편을 바라는 마음일 것이다. 과유불급(過猶不及)이라는 말은 모든 여자의 마음이다. 그러나 이 땅의 가부장 제도를 어찌하랴. 어머니는 감히 사랑채에 들어가 자식을 살벌한 정쟁의 세상으로 내보내지 말라고 경고할 처지가 아님을 나는 잘 알고 있었다.

나는 지금부터 어떤 태도를 취해야 할 것인가. 내 임무를 정리하기란 너무 간단한 일이다. 감영에 들어가 부사에게 상경할 계획을 보고하고 내 룡골의 성서방과 용철이와 막둥이는 큰 도요소로 보내면 그만이다. 아무것도 아닌 일을 나는 복잡한 절차인 것처럼 아버지께 거짓을 고한 셈이다.

곰곰 생각해 보아도 묘수가 떠오르지 않았다. 시조묘를 찾아가 빌어볼까. 아, 그래, 그것뿐이다. 이변이 생겨야 한다. 내 신변에 어떤 이변이 생기기 전엔 아버지의 서찰을 가지고 한양으로 올라가야 한다. 아버지께 말한대로 정리할 시간적인 여유는 받아놓았다.

나는 처에게 쓸만한 음식을 준비해 달라고 부탁했다. 내룡골의 점심을 싸가지고 조랑이 등에 얹힐 셈이다. 나는 아침을 먹고 부사에게 문안차 동헌에 들렀다.

"사또께 문안드립니다. 그동안 강녕하시온지요."

"그렇지 않아도 들려줄 말이 있는데 마침 잘 왔네 그려."

사또는 방문자가 있을 때면 으레 말차를 내놓는다. 말차(抹茶)는 같은 녹차지만 아주 미세하게 갈아낸 가루차로서 거품을 내 마시는 차다. 차 막대기로 많이 저어야 거품이 나온다. 이 시대는 유교에 맞지 않는 차라 하여 말차를 마시지 않았다. 대체로 소탈한 녹차나 엽차를 마시는데 사또는 유별난 취향을 지닌 셈이다. 사또는 친절하게 내가 마실 찻잔까지 막대기로 저어준다. 사또는 원래 다부진 체격으로 호방하게 생긴 너그러운 얼굴이지만 가슴 속에는 신분상승의 야심이 들어찬 사람이다. 무엇이든 업적을 남겨 한양 진출의 발판을 삼으려는 것이다. 이제 진급하게 된다면 당연히 참판급이 되는 신분이다.

"청송백자가 조금씩 이름이 나고 있더군. 내 공방(工房)을 시켜서 최고의 상품으로 골라 따로 보관토록 어제 지시를 내렸다. 한데 명품으로 골라보니 숫자가 너무 적게 나온단 말이야. 심감관이 특별히 독려해서 명품이 많이 나오도록 해주게."

"동헌 재정에 보태려면 매출을 올려야 할 터인데 따로 보관이라니요.

어디에 쓰려고 하시나이까?"

"요즈음 왕실에 올라오는 그릇들이 형편없는 물건들이라느만. 광주의 관요가 곧 문을 닫을지도 모른다는 소문이라네."

나는 고개를 끄덕였다. 예상대로 광주 분원이 무너지고 있는 것이다. 지방 호족의 유혹으로 일급 사기장들이 재물에 눈을 뜨게 된 것이다.

"그리하여 명품을 모아 왕실에 보내려는 것이옵니까?"

"바로 보았어. 솔직히 말해서 충성이 따로 있는가. 우리 고을 어느 도요소가 질이 좋은 그릇을 만드는가? 우선 명품이 나오도록 독려하게나."

"신점의 법수골에 좋은 흙이 많이 나와 제일 낫습니다. 일급 사기장들도 그곳에 몰려 있구요. 오늘 그곳부터 들러 강력하게 독려하겠습니다. 하오나 문제는 …."

"문제가 뭔가? 내 힘이 미치는 일이라면 기탄없이 말해보게."

"실력있는 화공(畵工)이 이 고을에는 없습니다. 초벌구이에 시문을 넣을 때 그림이 좋아야 명품이 되지요. 십장생이라든가 사군자 등을 화선의 필치로 새겨 넣을 수 있는 화공을 구해 주셔야 명품이 나올 수 있나이다."

"허허, 화공이라…, 어디서 그런 화공을 구한단 말인가? 시간이 꽤 걸리겠구먼."

"그렇사옵니다. 궁중 도화서(圖畵署)에서 내로라하는 화원을 하나 초빙해야 될 것입니다. 사또께선 한양에 지인들이 많지 않사옵니까."

"그래, 생각해 봄세. 운봉관 객사에 연락해서 한양에 올라가는 과객을 데려오라 하겠네."

"그럼 소관은 이 길로 법수골부터 거쳐가겠나이다."

"그리하소. 그런데 지난번 심감관이 말했던 고려청자 복원은 어찌 되고 있는가?"

"사또께선 국책에 어긋난다고 하시지 않으셨습니까. 청자는 소관의 소망일 뿐이옵니다."

"말이 났으니까 말이지, 나도 한양에서 상감청자를 한번 보았는데 그 색깔에 취하지 않을 수 없드군. 맨날 흰색 그릇만 보다가 황홀한 청자를 보니 홀리지 않을 수 없었다네. 귀관이 만일 그것을 복원한다면 내가 몇 점 사두고 싶네."

"요원한 일이옵니다. 그 비법의 맥이 끊긴지 이백 여년이나 지나 복원 하기가 어렵고 험난한 과정일 것 같습니다."

"내 엊그제 객사에서 누구한테 언뜻 한 마디 들었는데 그때는 다른 현 안으로 얘기중이어서 관심을 두지는 못했는데, 어디라더라 그렇지, 진보 (眞寶)의 광덕산 자락에 있는 무슨 암자라고 하더군…, 맞어. 연화암이 라고 했네. 내 딸아이 이름과 같아서 기억하지. 그 절의 칠십 백발의 주지 가 고려청자를 말하면서 그것을 복원할 사람이 있다면 도와준다고 했다 는데 귓속에 감감할 뿐이네."

내 귀가 번쩍 틔었다. 그러나 국책에 어긋난다고 하였으니 사또 앞에 서 서두를 필요는 없었다. 광덕산 연화암이라고 했겠다. 나는 당장 오늘 이라도 찾아가고 싶었다. 진보 광덕산이라면 청송부 북쪽 끝이라 이곳에 서 너무 먼 거리지만 조랑이가 있으니 하루 일꺼리밖에 되지 않을 것이다. 그러나 오늘의 일정은 미룰 수 없는 일이 아닌가. 법수골에 가서 도요장 을 만나 부사의 의향을 전달하고 상의해야 한다. 그리고 내룡골에서 점 심을 먹고 세 사람에게 유약을 만들게 해야 한다. 조랑아, 어서 달려가자.

내가 법수골 도요소에 도착했을 때는 오시를 넘기려면 한 시진은 남음직한 때였다. 새로 자리를 맡은 도요장은 나를 반갑게 맞으며 대접이 각별하다. 비리를 저지른 전직 도요장이 나로 인해 쫓겨난 후 내가 새로 앉힌 도요장 김씨다. 도요소 자체 내에서 승진시켰으므로 평소에도 나와 잘 아는 사이이기도 했다. 나이가 나보다 십년은 위지만 어쩔 수 없는 신분의 운명이라 격을 갖출 수 밖에 없다.

"감관 나리, 어서 오십시오. 현장이라 대접이 시원찮습니다."

도요장은 부꾸미와 풋고추 된장 안주에 약주병을 내놓고 술잔을 채워 권한다. 낮이라서 한 사발만 받을 작정이다.

"아니, 벌써 풋고추가 나오는가? 여기 신점마실은 별천지인 모양이네."

"좀 싸 드리겠습니다. 양지바른 곳에 길게 구덩이를 파서 심고 창호지를 덮어 길러 보았더니 쑥쑥 잘 자라고 있습니다."

"오, 그래. 그렇군. 농민들에게 이 방식을 보급하면 소득이 있겠네."

나는 조랑이를 믿고 한 사발을 더 마셨다. 도요장 김씨도 약주 사발을 단숨에 비운다. 역시 풍만한 몸집이라 뭐든지 든든하게 보였다.

"전직 도요장이 왜 하산했는지 잘 알고 있겠지."

"알다마다요. 일찌감치 발고해서 다행이었습니다."

"옆으로 새나가는 게 없을 터이니 물건은 많이 쌓이겠는걸. 하하…, 요즘 작황은 어떤가?"

"도석 출토양이 적고 자기백토 역시 제작양을 따르지 못하고 있습니다요. 여기저기 채굴지를 찾아 나서라고 지시했습니다."

"도석과 백토가 모자라면 조선백자, 청송백자를 낼 수 없잖은가. 내가 오늘 여기에 특별히 방문한 목적은 사또의 말씀을 전하고 대책을 논의

코자 함에 있네."

도요장의 눈빛이 번쩍하고 빛난다. 무엇이든 지시를 내리라는 자신감이 보였다. 나는 차분하게 말하기 시작했다.

"사또께서 왕실에 보낼 특별한 그릇을 만들라는 당부 아닌 지시네. 한양 근처의 관요에서 나오는 물건들이 질이 떨어져서 신용을 잃었다네. 오죽해야 중국의 백자를 수입한다고 하지 않는가. 세상이 어수선하니 도처에서 썩는 냄새가 나네. 광주 관요의 일등 사기장들이 양반들에게 매수되어 가마를 벗어나 딴살림을 차리는 모양이야. 자, 그건 그렇고 우리는 사또의 뜻에 따라 양보다는 질을 앞세워야 하네. 명품을 만들라는 얘기야. 눈에 잘 띄는 청화백자로 명품을 만들어내게. 시문공은 사또께서 도화서의 화원을 초빙할 생각이네."

"재료가 훌륭해야 명품이 나오지 않겠습니까. 여기 주변에서 백석 원석이 나와 돌방아로 찧어 가루를 내고 있으니 한번 해보겠습니다. 그리고 백설토를 발견했다는 말을 들었는데 잘 알아보고 말씀 올리겠습니다."

"백설토? 근처에서 그것을 발견했다고? 백설토는 자고로 너무 귀해 발견해도 항아리 세 개 양밖에 나오지 않는다는 것인데…, 도대체 어디서 발견했다는 것인가? 백년 묵은 산삼을 찾기처럼 어렵다는 백설토를 발견했으면 명품은 보장되는 셈이네. 과연 신점마실은 복 받은 땅이로고."

나는 도요장 김씨에게 단단히 일렀다. 양은 그만 두고 백설토로 단 몇 점이라도 만들어내라고 지시했다. 한양에서 화원이 내려오지 않는다고 해도 이 지역에서 화가를 찾아 써도 눈부신 유백색의 자기만 나오면 자신 있게 상납할 수 있으리라.

나는 조랑말 방울을 울리며 내룡골로 달려갔다. 늦은 점심 때지만 세 사람은 열심히 일하고 있었다.

"나리, 어서 오이소. 배가 고파 죽겠심더. 나리랑 같이 묵으려고 참고 일만 하고 있었심더."

너울가지가 좋은 용칠이가 생색을 내면서 수다까지 떤다.

"에따, 이것으로 점심을 먹자. 내 집사람이 자네들을 위해 성의껏 만든 음식이니 맛없어도 맛있게 묵어라."

참기름을 섞어 버무린 도라지나물, 씀바귀, 시금치 등의 나물 종류와 생선자반이며 익은 짐채 등 그럴듯한 점심상은 차렸지만 국이나 찌개를 가져오진 못했다. 밀봉할 그릇이 없을 뿐만 아니라 조랑말 등에서 흔들리면 모두 쏟아지기 때문에 아예 준비할 생각도 못한 것이다.

점심을 마친 후 나는 세 사람을 앞에 앉히고 작업 설명을 해 나갔다.

"자네들이 이제까지 해온 일은 시작에 불과하네. 움막을 짓고 수비장과 공방도 비를 맞지 않게 억새로 단단히 엮어 지붕을 이은 것도 모두 자네들의 솜씨를 잘 보여주었지. 내 개인의 가마인 벽돌가마는 아직 완성이 안되었지만 흙가마는 자네들의 눈썰미로 잘 지었네. 아직 불을 때 보지는 않았지만 잘 될 걸세. 그러나 당분간은 연습단계라네. 가마터가 하루아침에 완성되는 게 아니지. 시행착오를 많이 겪어야 할 거야. 땔감만 해도 그래. 연습용이라 이것저것 져다가 말리라고 했지만 앞으로 명품 그릇을 만들려면 백년 이상의 소나무로 장작을 만들어서 그늘에 우물정자로 쌓아 반년은 바싹 말려 때야 불기운이 엄청 퍼지게 되네. 오늘은 유약을 만들 터인데 성형이 잘 되어 그릇 형태가 좋아도 시유에서 질이 좋지 않은 유약을 바른다면 그릇은 졸품이 되고 말지. 물론 초벌구이 뒤의 일이지만 먼저 그림을 그려 새기는 시문도 그릇의 품격을 결정하게 되네.”

나는 준비된 재료들을 내 앞에 갖다 놓도록 지시해 놓고 하나씩 설명을 해나갔다.

“유약을 만들 때 필요한 나뭇재는 그릇의 종류에 따라 다르다. 그릇의 겉면을 번쩍거리고 투명하게 하려면 침엽수인 소나무 잣나무 재가 좋고 차분하고 다소 불투명하게 보이려면 활엽수가 좋다. 여기 물토나 약토에다가 나뭇재를 섞으면 잿물이 되고 유약이 된다. 때로는 논흙을 걸러서 석회석을 섞어 잿물을 만들기도 한다. 잿물은 나뭇재를 우려낸 물이라고 할 수 있지.”

나는 백석을 미세하게 빻아낸 가루가 백자의 태토가 되고 나뭇재를 섞으면 유약이 되는 것을 보여주었다. 물론 묽은 유약의 액체를 만들어 그릇을 푹 담궈 고르게 유약이 칠해지도록 하였다. 그리고 유약통을 잘 보관하도록 지시했다. 수비와 성형은 이미 끝내 놓아서 십여 개 만들어 놓았던 그릇들이 적당히 마른 상태였다. 이렇게 미리 유약통을 준비해 놓고 세 번째 단계인 시문으로 들어갔다. 시문은 성서방 몫이었다. 시문은 문양을 넣는 단계로서 그림을 그려 넣거나 아니면 시문칼로 꽃과 새 또는 사군자를 양각 또는 음각하여 색칠하게 하고 초벌구이로 들어갔다. 초벌구이가 끝나면 실로 정밀하게 유약을 칠해야 한다.

용칠이는 바싹 말린 약쑥을 부싯돌에 올리고 부쇠를 쳐 불이 붙도록 하였다. 대여섯 번 부싯돌을 쳐대니 연기가 나면서 불이 붙고 이어 불꽃이 일어나자 아궁이에다 찰가리 불쏘시개에 불을 붙여 마른 장작을 때기 시작했다. 그리고 첫 번째 두 번째 가마에 그릇을 쟁임하고 가마를 굳게 닫은 뒤 틈새를 황토흙으로 반죽하여 모두 발랐다. 다만 가마들 위에 쥐불구멍을 막아 놓았지만 확인하기 위해 열어볼 장치는 해 두었다.

"와아, 드디어 그릇을 굽기 시작했구먼요, 나리. 그릇이 몇 개 안 되어 듬성듬성 놓았으니 망정이지 그릇이 많을 땐 어떻게 쟁임하지요?"

"불때기 전 그릇을 포갤 때 서로 달라붙지 않게 굽 밑에 붙일 눈박이가 필요하지. 눈박이는 하얀 흙을 콩알처럼 뭉쳐 만든 것이다. 또 그릇을 가마에 쟁임할 때 갑발(匣鉢)을 쓴다. 갑발은 층층으로 그릇을 쌓을 수 있는 틀이라고 한다."

나는 깜박 잊은 것이 생각났다. 봉통에 그릇 견본을 넣어두는 일인데, 그 견본을 색견(色見) 또는 불보기라고 했다. 불구멍을 열고 불보기를 꺼내 그릇이 얼마나 익었는지 그 상태를 보아야만 한다. 나는 장작불이 벌겋게 타오르기 전이라 쥐불구멍을 넓혀 성형하다가 버린 조각을 견본으로 집어 넣었다. 그리고 처음엔 얇은 소나무장작부터 봉통에 넣고 점점 센불이 되도록 굵은 장작을 넣게 하였다.

"나리, 왜 성형을 많이 하지 않았습니꺼? 땔감이 아까버서 그래요?"

"용칠아, 내 말하지 않았더냐. 연습이라고. 이번은 실패작일 공산이 크다."

"나리, 불 때는 시진은 얼매나 걸리는 겁니꺼?"

"사정에 따라 다르겠지만 불보기를 보아 결정할 일이다. 초벌구이는 보통 만 하루를 넘지 않으나 재벌구이는 하루 하고도 두 시진이 걸린다."

내일 이맘 때까지 불을 때야 하므로 그동안의 공백을 충분히 활용해야 한다. 봉통을 지키는 사람은 나와 교대해야 한다. 불때기와 불보기 등 나름 꼼꼼이 지도해야 하기 때문이다. 그리고 두 사람은 수비와 성형을 훈련하도록 했다. 꼬박밀기는 성형의 근간이 된다. 떡메칠 떡덩이처럼 태토덩이를 좌로 우로 수백번 버무르고 이긴 다음 칼 따위로 토막을 내어 기포가 완전히 빠져 매끔한지 확인해야 한다. 이것이 꼬박밀기다. 그리고 물레판에 올리고 성형으로 들어간다.

특히 성형과정에서 물레차기는 연습량이 그 사람의 실력을 결정하는 것이다. 얼마만큼 연습과 훈련을 했느냐가 관건이다. 다소 경험이 있다는 성서방도 돌아가는 화병에서 갑자기 주둥이부터 일그러지지 않았던가. 오늘 하루는 반복되는 작업과 봉통의 아궁이를 지키는 일로 마감할 예정이다. 막둥이는 아궁이의 장작불이 다 타는 줄도 모르고 꾸벅꾸벅 졸고 있었다. 내가 공방에서 잠시 용칠이의 물레 돌리는 훈련을 지켜보다가 바로 가마에 오지 않았다면 봉통의 불심이 약해졌을 뻔 했다.

"이 녀석! 이렇게 졸면 그릇이 설어버린단 말이다. 성서방이 했던 말 생각 안 나냐? 정성이 부족하야 호박떡이 설었구나 하던 말을."

눈을 비비고 하품을 하던 막둥이가 후다닥 민첩하게 장작개비를 집어 아궁이에 던진다.

"나리, 저녁에 잠도 자지 않고 이 짓을 해야 됩니꺼?"

교대를 하려고 용칠이가 공방에서 돌아와 막둥이 뒤에 서 있다. 성서방은 공방에서 한참 물레를 돌리고 있을 것이다.

"너희들 다시 들어라. 땔감을 구분해 놓은 목적이 따로 있지 않았더냐. 연한 불은 얇은 장작, 센불을 원하면 굵은 장작, 저기 통나무 땔감은 주로 잠잘 시간에 밀어 넣어야 잠 좀 잘 수 있지 않겠느냐. 보아하니 내일 인시말이면 불보기를 꺼내볼 수 있겠구나. 잘 들어라. 불색깔을 보고 사기장들은 가마칸의 온도를 안다. 내일 새벽쯤 쥐불구멍을 헐고 쇠꼬쟁이로 불보기를 꺼내라. 불보기(견본)가 열에 달구어져 연홍빛 홍시처럼 빛나고 있으면 땔감을 중지시키고 식은 불보기를 보아라. 불보기가 식으면 그릇 자체의 색깔이 나타나게 된다. 땔감을 더 이상 넣지 않고 아궁이에 남은 것만 태우면 그것이 마감불이다. 그릇을 뜸들이는 불이라고 생각하여라."

"나리, 가마는 언제 열고 그릇을 꺼내는지요?"

"용칠이 너는 성질이 급하지? 성급하게 가마를 열고 들어갔다가는 너도 도자기가 되어 나올 께다. 가마가 완전히 식어야 그릇을 꺼낼 수 있다. 가마가 식으려면 불 때는 시간의 배는 걸린다."

나는 성서방까지 불러다가 내일 할 일을 지시하고 귀가를 서둘렀다. 세 사람은 오늘밤 움막에서 자야 할 것이다.

"나는 내일 이곳에 오지 못하네. 진보골 광덕산에 찾아갈 일이 있거든. 그럼 성서방이 책임지고 내일을 부탁하네. 가마가 식으려면 이틀은 더 걸릴 거야. 그릇은 나랑 같이 꺼내세."

나는 세 사람의 제자들에게 손을 흔들어 당부하고 조랑이 등에 올라 귀갓길을 나섰다.

다음날 나는 아내가 준비해 준 점심과 저녁거리가 든 작은 함지박을 조랑이 등에 매달고 광덕산을 향해 걸었다. 급히 달려갈 일은 아니라서 조랑이를 재촉할 일은 아니었다. 광덕산까지는 내 집에서 내룡골에 가는 거리와 차이가 없었다. 내룡골은 동남방이지만 광덕산은 정북으로 가는 길이었다. 그러나 내룡골처럼 노상 다니는 길이 아니라서 북행길은 더 멀게 느껴지고 실제로도 험한 길이 많았다. 두 시진을 넘지 않는 거리지만 비봉산 줄기를 넘어야 하고 개천도 건너야 한다. 동남북이 산으로 싸인 청송부의 지형인데 북쪽의 산들이 더 높게만 보인다.

이번이 초행길은 아니다. 비봉산 능선 너머에 강삼의 옹기요가 있어 내 소임이 거기까지 미쳐 있기 때문이다. 그러나 진보 진안마실을 지나서는 생소한 땅이다. 진보천을 건널 때 뗏목을 타야만 했다. 물에 겁이 나는지 조랑이가 소리를 질러 당황하지 않을 수 없었다. 더구나 뗏목 통나무 사이에 조랑이 말굽이 끼어 빼느라고 땀을 흘려야만 했다. 조랑이 발목이 부러지지 않은 게 천만다행이었다.

겨우 뗏목에서 내려 오못으로 올라 광덕마실에 당도하여 이 지역의 토박이처럼 보이는 행인에게 길을 물었다.

"실례합니다. 말씀 좀 여쭙겠어요. 여기가 광덕산 초입인 모양인데 광덕산 자락에 연화암이 있다고 하여 왔습니다만 그 암자를 아시는지요?"

오십대로 보이는 그 농부는 고개를 갸웃거리다가 아예 저어버린다.

"들은 것 같소만 모르겠소. 저기가 절골이라는 마실이니 그곳으로 가서 물어보시오."

"알겠소이다. 절이 있어서 절골이겠지요? 절이 몇이나 있는지 아십니까?"

"옛날에는 절이 서너 개나 있었지만 지금은 한 개뿐이오. 그런데 젊은 이는 부처를 믿소? 몰락한 양반같기도 하고 평민같기도 한데 어디서 왔소?"

영감은 내 위아래를 훑어보면서 의아한 표정을 짓는다. 나는 요즈음 관복을 아예 접고 평민복으로 간편하게 조랑말을 타고 다닌다. 그러나 내 복식은 일반 평민의 농민복장과는 달리 검은 가죽신과 소매가 짧은 저고리지에 검정 조끼를 걸쳐 입고 양반들의 평상시처럼 자주색 복건을 쓰고 있었다. 이런 복식이라면 누구라도 내 신분을 점치지 못할 것이다. 내 모습을 보고 부처를 믿는 사람으로 보기는 어려울 게 뻔하다.

"저는 공자님을 모시면서도 가끔 부처님의 말씀도 소중이 여깁니다. 같은 성인이니까요. 자, 그럼 안녕히 가십시오. 고마웠습니다."

나는 가까운 절골로 들어가서 우선 절처럼 보이는 곳으로 들어섰다. 놀랍게도 젊은 비구니가 나와 합장하면서 나를 맞이한다.

"처사님께서 소암에 어인 일로 찾아오셨는지요? 부처님 신도는 아니신 것 같은데요."

나는 엉겁결에 스님을 따라 합장을 하고 고개를 숙여 예를 갖추었다. 만일 내 아버님 같았다면 고개를 곧추세우고 비구든 비구니든 말을 당장 놓고 하대를 하면서 물었을 것이다. 아무튼 나는 황금색으로 번쩍거리며 눈부신 부처님을 어떻게 예우하고 격식을 갖추는 것인지 알 수가 없었다. 그냥 용건만 말할 수 밖에 없지 않은가.

"광덕산 연화암이라고 들어보셨습니까? 나는 그 암자를 찾아가야 하오이다. 아시면 알려 주십시오."

비구니는 고개를 바로 들고 나를 호기심 어린 눈으로 바라본다.

"연화암은 무슨 일로 찾으십니까?"

"내가 까닭을 말해야 됩니까. 아시는대로만 말씀하여 주시오."

"연화스님은 소승의 은사 스님이십니다. 제자로서 스승을 찾는 까닭을 당연히 물어야 되지 않겠나이까."

"연화암의 주지스님 이름이 연화입니까?"

"이름이 아니오라 법명이옵니다. 연화 스님도 소승처럼 비구니이옵니다. 뵙고자 하는 연유를 말씀해 주십시오."

사제지간이라니 응당 만나러 가는 목적을 물어볼 수밖에 없겠다는 생각이 들었다. 그리고 내 용무를 숨길 아무런 이유도 없는 게 아닌가.

　　"나는 도자기를 연구하는 사기장이오. 연화스님께서 고려청자의 비기를 소장하고 계신다는 말씀을 청송부사한테 듣고 찾아가는 길이오. 연화암이 여기서 가깝습니까 멉니까?"

　　"청자 제작의 비기라…, 은사님한테 들은 것 같기도 합니다만 여자의 몸으로 아무리 속세와 인연이 있었다고 해도 그릇을 굽는 일에는 거리가 멀 것 같습니다. 혹 옛날에 도공을 신도로 맞이하여 인연을 두고 있었는지는 모르겠습니다. 연화암은 여기서 꽤 멀고 길도 험한 편입니다. 수도처로는 그런 곳이라야 합니다만. 만일 소승이 비구니가 아니라면 거기까지 안내해 드리겠지만 그냥 대충 가는 길을 알려 드리지요. 사또한테서 연화암을 들으셨다구요. 처사께선 사또를 상대하시니 보통 분은 아니신가 봅니다."

　　나는 이제야 비구니의 얼굴을 제대로 바라보았다. 삭발승으로 민머리지만 두상의 아름다움이 마치 최고 상품으로 구워져 나온 조선백자 모습이요, 용모는 선필로 그린 선녀의 모습이 아닌가. 초생달같은 아미에 신비로운 눈동자는 정녕 오뚝한 콧날과 조화롭다. 예쁘게 그린 듯 붉은 입술은 음식이 들어갈 것 같지 않은 청류에 떨어진 한떨기 복사꽃이다. 갸름하고 작은 얼굴에 장삼을 입었어도 가늠이 되는 가녀린 몸매. 내 앞으로의 기억에서 좀체로 지워지지 않을 그러한 모습이다. 오, 파계를 하시오. 아름다운 비구니여.

　　광덕산을 오르는 길을 요령껏 설명해 주는 비구니의 음성이 어쩌면 이렇듯 가야금을 타는 탄력의 소리인가.

"스님의 법명이라도 알고 가야 되지 않겠소이까."

"묘정(妙正)이라고 하옵니다. 공양할 시진이오니 공양실로 들어가시지요. 산을 높이 탈 터인데 시장하면 어렵지요. 조랑말이 힘이 나올지 모르겠습니다."

"이놈은 힘이 셉니다. 산을 오르며 풀을 뜯어 먹으면서 쉬엄쉬엄 오를 겁니다. 그런데 공양이 무엇입니까?"

"속세로 말하자면 밥을 드시는 일이지요."

나는 잠깐 생각해 본다. 이 비구니와 점심을 같이 한다면 내 마음이 흔들려 정도를 잃을지 모른다. 마음 속에만 그려 넣고 가야지. 혹 인연이 닿는다면 파계해서 속세로 내려오겠지.

"절밥은 사양하겠습니다. 저기 함지박 때문이죠. 집에서 알뜰하게 두 끼 분을 싸주었답니다. 산에 오르면서 우리 조랑이와 함께 먹겠습니다."

"그러면 이것을 가지고 가소서. 소승만이 가지고 있는 부적입니다. 연화스님께 이것을 보여야 만나주실 겁니다."

나는 묘정 스님한테 배운대로 합장을 하고 그곳을 벗어나 알려준 산길을 오르기 시작했다. 사람이 지나다닌 흔적이 별로 없지만 그런대로 오르는 길은 희미하게나마 뻗어 있었다. 조랑이는 원래 하체가 튼튼한 녀석이라 가파른 길을 잘 오른다. 위험한 산길에서는 벌을 받지 않나 하는 공포감도 일어난다. 만일 조랑이가 발을 헛디디기만 하면 나는 산 아래로 굴러 떨어져 이승을 마감할지도 모른다. 나에게 죄가 있는가. 도자기를 너무나 사랑하여 아버님의 영을 거스르는 죄가 크지 않을까. 어제밤에도 아버님의 독촉이 있었지만 나는 도요소마다 정리할 게 많아 시간이 걸린다고 거짓말을 하였다. 아버지한테 거짓말을 하는 것은 씻지 못할 불효가 아닌가. 그러나 나는 아버님의 뜻보다 조상님의 뜻을 따른다고 마음을 먹어왔다. 내가 한양으로 올라가지 않는 것은 조상님의 유언을 따르는 일이기도 하다. 아버지에게 유감이 없으려면 내 신상에 무언가 이변이 일어나야만 한다. 이변, 이떤 이변이 생길 것인가.

생각해보니 오늘 당장 나는 또하나의 죄를 지었다. 산 아래 암자에서 묘정 스님에게 염정을 느낀 것은 부처님에 대한 모독이요 죄악이 아닌가. 더 큰 스님을 찾아가는 길에 비구니를 생각한다는 것은 부처님의 벌을 받을 짓이며 집에 있는 처에게도 죄를 짓는 일이다. 그러나 처에게는 일말의 변명이 허락될 수 있다. 사대부 자식이 외도를 하는 일은 다반사가 아닌가. 어차피 신분제도가 있는 세상에서 남녀차별도 존재하여 사대부들에게만 축첩까지 허용되지 않는가.

나에게 이변이 생긴다면 어떤 경우에서 일어날 수 있을까. 묘정을 꿰어차고 멀리 출가하는 일이 생긴다면 그것은 직첩을 버리는 불충에다 막심한 불효에 해당되리라. 아직도 아이가 없는 젊디 젊은 처에게는 백년가약의 맹세를 어기는 배신의 죄인이 되는 것이다. 벌이 있다면 어떤 경우가 있을까. 나는 잠시 생각해보다가 소름이 끼쳤다. 상상이 지나친 것이었다. 내가 별안간 낙마하여 다리 하나를 잃게 되는 이변을 겪지나 않을까 하는 불길한 상상이었다.

조랑이가 힘겹게 작은 봉우리 하나를 오르자 평평한 자리가 나왔고 조랑이 음식으로 좋은 풀밭도 있었다. 나도 갑자기 허기를 느껴서 조랑이 등에서 대롱거리는 함지박에 눈길이 갔다. 나는 조랑이를 풀밭으로 이끌고 가 멈추고 말에서 내렸다. 함지박을 열고 늦은 점심을 먹었다. 시간을 독촉해야 해가 지기 전에 하산할 수 있다.

다시 오름길을 올라간다. 왜 이렇게 멀고 높은 곳에 암자를 짓고 수도 한단 말인가. 연세도 많을 법한 연화 스님은 얼마나 튼튼한 여인일까. 나는 이 길을 꼭 올라가야 하는지 스스로 의아한 생각도 든다. 묘정 스님의 말처럼 여인네인 연화 스승이 어찌 남정네들이 작업하는 청자비법을 알겠느냐는 말이 떠오르자 힘이 팽기기 시작한다. 아무런 보장도 없는 길을 에멜무지로 오르는 게 아닐까 하는 생각까지 든다.

봉우리가 몇 개째인지 세어보지는 않았어도 수없이 오르내리자 상봉 옆자락으로 억새지붕이 보인다. 드디어 연화암을 찾은 것이다. 나는 조랑이를 떡갈나무에 매놓고 조촐한 앞마당을 지나 협소한 암자 법당문을 두드렸다. 은은히 경을 읽는 소리가 들렸기 때문이다. 그러나 전혀 반응이 없다. 경읽는 소리가 그쳤어도 아무도 내다보지 않는다. 나는 엉겁결에 법당 문고리를 잡아당겼다. 그러나 안으로 잠겨져 있어 열리지 않는다.

"수행승은 아무도 만나주지 않소. 썩 물러가시오. 한 달에 한번씩 올라와 곡식을 놓고 가는 신도가 있지만 그도 나를 보지 않고 내려가는데 도대체 뉘인데 경망스럽게 법당문을 두드리는 거요? 어서 물러가오."

"꼭 뵙고 듣고자 하는 말씀이 있어 올라온 사기장이옵니다. 산 아래 묘정 스님의 허락을 받고 왔으니 문을 열어주소서."

그래도 아무런 반응이 없다. 나는 조끼주머니에서 묘정이 준 부적을 꺼내 법당 문틈으로 밀어넣었다. 그제서야 문이 열리고 노스님이 얼굴을 보인다. 맑고 청아하게 늙어가는 노승 비구니였다.

"어서 법당으로 들어오시오. 아무리 공자님 제자라도 여기 법도를 따르시오."

작은 불상 세 분을 모셔 놓고 뒷면과 옆면에 불화도 붙여 놓은 소규모의 법당이었다. 연화 스님은 나에게 절하는 방식도 알려주면서 불전에 강제로 절을 시켰다.

"누구나 최소한 백팔 배는 시키는데 해를 보아 곧 내려갈 사람이기에 삼 배만 시키는 거요. 어두워지면 위험해서 내려가지 못하오."

여성의 목소리지만 음성이 굵고 말씨로는 남성적인 언사를 쓴다. 묘정도 연화 스님한테 엄격하게 배웠을 법하다. 예불을 간단히 끝내자 연화 스님은 밖으로 나를 인도하여 별채로 데려간다. 법당 옆으로 작은 별채가 있는데 스님의 침소나 신도를 맞는 방인가 보다.

"여기 방석에 앉으시오. 이곳은 생수나 마시지 차는 마시지 않소. 자, 그러면 올라온 까닭을 말해 보시오."

"연꽃 스님께 물어볼 말씀인즉….

"하하, 연꽃이라. 내 소시적 은사께서 연꽃이라 하시다가 연화로 법명을 지어 주셨소. 헌데 처사가 나를 연꽃이라 하여 일찍 열반하신 은사님을 생각하게 하오. 어서 말씀하시오."

"연꽃처럼 청아하셔서 나도 모르게 그렇게 우리말로 하였습니다. 제가 올라온 목적은 연화 스님께서 고려청자의 비법을 전하는 문서를 가지고 계신다는 말씀을 듣고 전수받고자 함이옵니다."

"그런 말을 누가 했다는 말이오?"

"우리 청송부사한테서 들었습니다."

"나는 청송부사를 만난 적이 없소. 그 분의 얼굴도 모르오."

나는 이제야 기억이 분명해진다. 사또는 누구한테선가 들었다고 하였다. 나는 여기까지 고생하며 올라온 보람도 찾지 못하고 하산하려나 싶었다.

"그러시다면 제가 헛걸음을 한 모양입니다. 그런 말씀을 한 적이 없으시다면 그냥 빈손으로 내려가야 하겠습니다."

"묘정이 처사를 인정한 모양인데 빈손으로 내려가게 해서야 되겠소? 내가 들은 얘기 한 토막을 들려주고 한 분을 소개하리다."

연화 스님은 생수잔을 들어 한 모금 마시더니 조용히 시선을 아래로 내린다.

"지금부터 육백 년 전쯤 청자를 만들던 도공들이 이 일은 천역이며 너무나 피를 말리는 직업이라고 하여 자신의 자식들에게는 청자 일을 시키지 않겠다고 하면서 청자비법을 절전했다는 거요. 하지만 이백 년 전까지도 청자는 나왔지요. 그러다가 조선조가 청자생산을 막아버렸다지요. 청자는 우리 불교와 관계가 깊었던 모양이오. 새로 이성계가 개국한 조선은 우리 절도 산 속으로 쫓아내고 청자도 맥을 끊은 거요."

연화 스님은 조선조의 건국을 인정하고 싶지 않은 모양이다. 조선과 이성계라는 이름에 힘을 주는 것으로 보아 그럴만하게 느껴졌다.

"어떤 분을 소개해 주시겠습니까?"

"나한테 영향을 받아 부처님을 공부하신 분인데 부처님도 존경해 마지 않았다는 유마 거사같은 분으로 우보거사라고 하오. 나에게 고려청자와 불교에 관해 설명도 하였고, 청자비법을 선대로부터 들어오다가 기록해 두었다는 말을 들려주기도 했소."

"우보거사라…, 소걸음거사라는 그 분은 지금 어디에 계십니까?"

나는 순간 꿈을 이룬 듯한 희열을 느끼면서 가슴 속이 환해졌다.

"하하…, 연꽃 스님이라고 하더니 이제는 소걸음거사라, 많은 시진(時

辰)이 걸리겠구려. 주왕산 뒤편의 상의마실에 있는 주왕굴 옆에다 토굴을 짓고 수도 중이오. 지금쯤 득도라도 했는지 모르겠구먼."

"스님, 고맙습니다. 곧 날이 저물 것 같으니 이만 하산하겠습니다. 앞으로 청자를 완성하면 한 점 가지고 오겠으니 기다려 주십시오. 안녕히 계십시오."

"잘 가시오. 참, 그런데 왜 청자에 대해 관심이 그렇게 크오?"

"예, 말씀이 깁니다. 나라에 종교가 하나면 무소불위가 되어 나라가 망하지요. 불교의 업적을 되살려 공존하는 세상을 만들고 싶어서입니다. 하하, 이만하면 답이 되겠습니까?"

"마음이라도 훌륭하오. 세상을 바꾸려면 백년 이상 걸리는 법이오. 어서 가시오."

"아래 묘정 스님께 전하실 말씀은 없으십니까?"

"한번 올라오라고 하시오. 하긴 매달 한 번씩 올라오지만. 묘정 때문에 나는 걱정이 많소. 그 미색으로 어찌 수행해 나갈 것인지. 이곳으로 올라오게 하거나 파계를 시키거나 양단간에 결정해야 할 일이오. 그 아인 이렇게 격리되는 걸 싫어한다오. 늘 중생과 더불어 사는 걸 좋아하지. 내가 괜한 말을 하고 있군."

외롭게 지내다가 한번 말문이 터지자 연화 스님은 금기에 벗어나는 말까지 한다. 나는 하산하면서 묘정 스님의 모습을 떠올려본다. 다시 한번 보고 갈까. 묘정 스님의 얼굴을 한 번 더 맞대볼 구실이 생기지 않았는가. 그러나 연화 스님에 대한 전갈은 무용한 것이 아닌가. 매달 한 번씩 올라온다고 하니 낼 모레라도 사제간에 상면하게 될지도 모른다. 내가 묘정 스님을 만난다면 파계의 길로 인도하기 위함인데 내가 가진 야심은 죄악이 되는 업보가 되리라. 그러나 잊혀지지 않을 묘정임에는 틀림이 없다. 청자를 복원하기 전까지는 부정한 마음을 가져선 안될 것이다.

내 조랑이는 내려가는 길이 조심스럽기는 해도 힘은 들지 않는 모양이었다. 절골까지 내려와서 미처 절 이름도 알지 못했던 묘정의 암자쪽을 바라보며 잠시 멈춰섰다가 조랑이의 목끈을 풀고 등자를 찼다. 어서 가자. 곧 땅거미가 깔려오겠다.

그런데 집에 들어오자마자 집안일을 돕는 천서방이 바쁜 걸음걸이로 내 앞에 선다.

"서방님, 무슨 일인지 모르겠나이다. 감영 이방께서 다녀갔는데요. 화급을 다투는 일이 생겼다면서 사또께서 부르시니 곧 감영으로 들라십니다."

"오늘은 늦었으니 내일 아침 들르면 되겠지."

사또가 이방을 시켜 나를 보자는 일은 그동안 없었다. 내가 감영에 들어가 사또를 문안하고 대화를 나누었을 뿐이다. 무슨 일일까. 불길한 예감이 든다.

나는 늦은 아침을 먹고 조랑이와 함께 감영으로 들어가 마구간에 조랑이를 맡기고 동헌으로 가서 사또를 만났다.

"그동안 무탈하셨나이까. 소관 문안드리옵니다."

"어서 오게나. 이게 웬 사단인지 모르겠구먼. 정들자 이별이라니."

"자세하게 말씀해 주소서."

"자, 이걸 받아 읽어보게. 이것이 파발로 내려왔네 그려."

임금의 첩지였다. 심찬은 전라도 남원 도호부의 사기장들을 감독하고 민요들의 실태를 파악하여라. 이런 첩지에다가 사옹원 도제의 친필 서한 까지 동봉하여 보냈다. 사옹원에서 임금께 간하여 내려진 첩지일 것이다. 도제의 명인즉 광주 관요 분원을 폐할 지경에 이르자 양질의 도자기가 왕실에 들어오지 못하여 비싼 중국의 청화백자를 수입해야 하는 처지가 되었으니 남원에서 생산되는 양질의 백자를 운송토록 방책을 구하라는 것이었다. 특히 남원은 세조 때부터 중종 때까지 오대를 중임했던 유자광의 고향으로서 그 분이 사옹원 도제조(都提調)로 있을 때 남원에 양질의 가마를 여러 곳 만들었다. 회자되는 바로는 남원부의 금강골은 우수한 사기장들이 살고 있는 마실로서 양질의 도자기가 생산되는 지역이라 주변지역의 판로가 좋다고 한다. 심 감관은 그곳의 민요들에서 관요로 승격시킬만한 도요소를 물색하여 보고해주기 바란다는 비교적 긴 장문의 서한이었다.

　나는 한숨부터 나왔다. 내가 가장 혐오하는 정치가의 한 사람인 유자광은 남이 장군을 역모로 몰아 죽였고, 무오사화를 일으켜 수많은 무고자의 피를 뿌리게 한 기회포착의 달인이요 모함의 천재가 아니던가. 첩지를 따르지 않는다면 역신으로 몰릴 터이니 바로 따를 도리밖에 없다. 그러나 내룡골 내 실험용 가마는 어찌하며 고려청자 복원의 꿈은 접어야 한단 말인가.

　"사또, 언제까지 시행하라는 일자가 명시되지 않았사옵니다. 여유가 언제까지 허용되는지요?"

　"시행일자가 필요없는 게 첩지이네. 왜냐하면 받은 즉시 시행하는 것이 원칙이니까. 다행히도 남원부사는 나와 한양에서 같은 당파로 가까웠던 사이네. 내가 서찰을 하나 써 주겠네."

"고맙습니다. 바로 시행하되 머지않아 사또 곁으로 다시 오겠습니다."

섭섭한 표정을 짓는 사또를 뒤로 하고 밖으로 나와 마구간에서 조랑이를 끌어내 주왕산쪽으로 향했다. 나는 무슨 일이 있어도 고려청자 복원의 꿈을 버리지 않을 것이다. 내가 늘 다니던 남향으로 가다가 조랑이 머리를 청운마실에서 좌측으로 돌리게 했다. 조랑이는 제가 다니던 길이 아니라서 잠시 앞발로 버티다가 내 지시를 따른다. 나도 가면서 가끔 길을 물어야 했다. 수구너미를 지나 한 시진쯤 달려가니 주왕산의 서쪽 자락인 음지마실을 거쳐 상의마실에 이르게 되었다. 주왕굴을 물으니 모르는 사람이 없었다. 나는 쉽게 우보거사의 토굴암을 찾아들 수 있었다. 우보거사의 거처는 연화암보다 훨씬 협소한 집으로 법당이 따로 없고 거처하는 한 채의 방 한 칸이었다. 그는 비구니가 아니고 비구승도 아닌 신분이라 그런지 만남이 까다롭지 않았다. 방안에는 여래상 한 분만 모셔놓고 여러 가지 책들만 쌓아놓고 있었다. 백발거사라서 귀밑까지 수북하게 이어진 은빛 턱수염이 위엄스럽게 보이나 맑은 눈빛은 아주 자애로웠다.

"어떻게 예까지 왔소?"

"연화 스님의 소개로 거사님을 찾아왔소이다."

"암행어사는 아니구먼. 하하. 복장을 보고 이상하다고 생각했소. 그래, 나를 찾은 연유는 뭐요?"

"먼저 여쭙겠소이다. 암행어사를 경계해야 할 연유가 있소이까?"

"하하, 죄를 진 게 없어 미안하오. 길 잃은 암행어사가 들어온다면 나라꼴을 바르게 잡아줄 상소문을 전달하여 임금께 올려달라고 할 참이었소. 농담으로 아시고 말씀하시오. 나를 많이 깨우쳐 주신 연화 스님께서 알선했다니 믿고 받아들이겠소."

"고려청자를 복원하고자 꿈을 꾸고 있는 사기장이오. 거사께서 그 비법을 전수할 사람을 찾는다는 말씀을 듣고 찾아왔소이다. 허락하여 주시오."

나는 좀 과장되게 말했다. 내 목적을 위해 상대에게 무게를 실어주고자 한 것이다. 우보는 나를 한참이나 인자한 시선으로 바라보다가 말했다.

"지금이 어느 때요. 젊은 양반이 왜 조선백자만 허용되는 시대에 고려청자를 복원하겠다는 거요. 당신은 사기장의 신분이 아닌 것 같소. 서민의 냄새가 아니란 말이오. 솔직하게 신분을 말하시오. 말투를 보아도 도공이 아니라 믿소."

내 말투는 아무리 신분을 속이려 해도 말의 습관이 있어 본색이 드러나는 모양이다. 나이가 월등히 많은 중인층인 상대에게 언사의 조절이 잘되지 않은 탓이다.

"솔직하게 말씀드리지요. 저는 사옹원의 주부 종육품 사기봉사로 청송도호부에 파견되어 관내의 도요소들을 독려 감독하는 임무를 맡고 있소이다. 그러나 업무상 요업에 종사하다보니 그릇에 미쳐 한양으로 진출하라는 아버님의 독촉에도 말을 듣지 않고 아름다운 그릇에만 심혈을 기울이고 있소이다."

"좋소이다. 종육품이라면 별시에라도 급제한 모양인데, 신분을 믿어주리다. 그러나 고려청자를 복원하고자 하는 참뜻을 말하시오. 내가 합당하게 받아들여야 고려청자에 대한 소견을 말할 것이오."

나는 청자 복원의 목적에 대하여 자신 있게 말할 수 있다. 상대가 완고한 유학자도 아니고 어떤 벼슬아치가 아닌 이상 솔직하게 말해도 될 것 같았다.

"거사님, 두 가지를 말씀드리겠습니다. 첫째, 청자 복원의 목적은 한 나라에 신앙이 하나밖에 없으면 그 철학이 무소불위가 되어 정책의 행패가 극에 달하게 되니 지난날 불교의 업적인 고려청자를 되살려 유교와 상생의 길을 닦고자 함이요, 두 번째 목적은 오늘날의 신분제도에서 큰 모순이 있음을 알고 그것을 서서히 수정하고자 함이오. 언젠가는 하나가 되는 세상을 만들어야 하오. 제가 경기도 광주에서 비밀리에 소장하고 있는 어느 도공의 청자를 본 적이 있는데 너무나 신비롭고 아름다웠소. 가을 하늘보다 맑고 투명하며 비취보다 아름다운 독특한 비색에 취하고 말았습니다. 신분을 가릴 것 없이 보는 눈과 즐기는 마음은 하나가 아니겠습니까. 연화 스님의 말씀은 하나가 되는 세상이 되려면 백년 이상 걸릴 것이라 하였소. 그러나 우리는 그곳을 향해 보이지 않는 곳에서 심혈을 기울여 노력해야 하오. 그래서 저는 청자 복원부터 시작하려 합니다."

"좋소. 뜻이 훌륭하오. 내 조상은 고려청자와 분청사기를 빚었던 사기장이었소. 우리 조상의 고향은 전라도 강진이라는 곳이오. 나도 한때는 고려청자를 복원해보고자 열을 올린 바 있소. 강진까지 내려가 비법의 흔적을 찾아보려 했으나 겨우 논밭에서 청자 깨어진 조각 사금파리만 십여 개 주워왔소. 그 후 부친이 소유했던 여러 가지 책자들 틈에서 이상한 문서를 발견했는데 창호지를 잘라서 서너 장 밖에 안되는 청자 제작의 비기(秘記)였소. 그런데 우리 시대에서 보기엔 너무도 추상적이었으나 그것을 토대로 연구하면 복원이 가능하리라 믿었소. 그러나 나는 어인 일로 연화 비구니를 만난 후부터 부처님에 푹 빠져버린 것이오. 제행무상(諸行

無常)의 진리를 터득하고자 정진하다보니 청자에 대한 그간의 연구는 헛된 망상이 되어 버렸다오."

우보거사는 하던 말을 잠시 끊고 서적들을 뒤적이다가 얇은 책자를 건낸다.

"자, 바로 이거요. 이 청자비기가 임자를 만났구려. 이걸 가지고 가서 연구해 보시오. 성공을 빌겠소."

"고맙습니다. 이 귀한 유품을 제게 주시다니 이런 행운이 어딨겠습니까. 이 서적을 탐구한 후 언젠가는 다시 돌려 드리겠습니다."

"잘 가시오. 이 청자 사금파리도 주겠소."

거사가 내 손을 덥석 잡으며 작별인사를 한다. 나는 자신도 모르게 우보거사에게 큰절을 올리고 나왔다. 나는 보물을 얻은 양 부풀은 가슴을 안고 조랑이 등에 올랐다. 나는 잠시 내 신변에 이변이 생긴 것을 잊고 있었다. 전라도 남원으로 가야 한다는 사실을….

우선 내룡골로 가서 세 사람들에게 내 이변을 설명해 주어야 한다. 성서방, 용칠이, 막둥이와도 이별을 해야 하는가.

4. 남원부 금강골로 _

내가 내룡골로 들어서자 세 사람이 마중하는데 어째 분위기가 심상치
않다.

"나리, 죽을 죄를 지었습니다. 벌을 주되 내치진 마소서."

성서방이 대표로 내 앞에 무릎을 꿇는다. 용칠이와 막둥이도 따라서
무릎을 꿇고 머리를 조아린다.

"무슨 일인가? 까닭을 먼저 말하고 빌든지 말든지 할 게 아닌가."

나는 황당한 눈으로 성서방의 턱을 잡아올리고 채근했다.

"그릇들이 모두 주저앉아 버렸심더. 소인의 부주의 때문이옵니다."

나는 당장 가마로 가서 이미 식어져 있는 가마 속으로 들어가 보았다.
이십여 개밖에 되지 않는 막사발, 주병, 물잔들이 누군가의 손으로 주물
러 놓은 듯 모두 일그러져 있었다. 가마에 틈새가 보였다. 그렇다고 이 지
경이 될 수 있을까. 불량품이 나왔을망정 이렇듯 주물럭이 될 수는 없지
않은가. 가마 내부를 가만히 살펴보니 불심의 조절이 안 된 듯했다. 봉통
을 조사해 보아도 의심의 여지가 없다. 다 타버린 후에 장작더미를 뒤늦
게 집어넣은 흔적이 보인다.

"성서방! 어제밤 셋이서 술타령을 했지! 앞으로 내가 자네들을 어찌

믿을 것인가!"

"나리, 아저씨 잘못은 없어예. 아저씬 밤늦게 집으로 가시고 우리 둘이서 약주를 과음하다가 잠이 들었심더."

막둥이가 두 손을 비벼대며 솔직하게 고백하는 것이었다. 나는 그들 앞에 편하게 앉아 버렸다. 어차피 이 가마는 못쓰게 되지 않겠는가. 내가 첩지를 받은 이상 내룡골의 희망은 무산되고 말리라. 다만 아쉬운 것은 내 실험용 가마에서 처음이자 마지막으로 나온 그릇들을 기념비처럼 온전한 작품으로 간직하고 싶었던 것이다.

"잘 듣게나. 나도 한 마디 하겠다. 적어도 자신의 그릇을 만들려면 십년 이상의 경험을 쌓아야 하는데 경박하게 내 머리만 믿고 진정한 가슴으로 다가가지 못했다. 스무 자가 넘는 이 가마를 철저하게 점검하지 못한 탓에 틈새가 나게 된 것이다. 가마를 쌓을 때 동구레(흙덩이)를 제대로 말리지 못한 것이지. 그래서 내 탓도 크고 용칠이와 막둥이의 나태가 이런 결과를 초래했네. 그리고 내 신상에 이변이 생긴 것을 알리려 한다."

"나리, 소인의 나태가 더 크옵니다. 어린 두 사람에게만 불심 조절을 맡기고 나만 편히 집에서 잠을 잤으니 이러한 재변이 생긴 것이옵니다. 부디 소인을 벌하소서. 이번 달 받을 곡물을 포기하겠습니다."

성서방은 죄책감이 큰 탓에 내 신변의 이변을 말하려는 것까지 의식하지 못하고 자신에 대한 처벌을 청하는 것이었다.

"이번은 모두가 실수를 범한 것이니 그만 두게. 이 가마는 피땀 흘린 노력에 보람을 찾을 길이 없게 되었네. 오늘이 마지막이지. 아까 내 신상에 이변이 생겼다고 하지 않았나. 어젯밤 나는 한양의 전하로부터 첩지를 받았네. 전라도 땅 남원으로 부임하여 그 지역의 도요소들을 점검하고 감독하라는 첩지라네. 여기서 천리가 되는지 오백리가 되는지 모를 낯선 땅으로 전직하게 되니 불안하기 그지 없네. 집에 가서 부모님께 이 사실을 고하고 짐을 꾸려야 하겠네."

세 사람은 동시에 고개를 들어 나를 놀란 눈으로 바라보며 입만 벌렸지 말문을 열지 못한다. 그래도 늘 순발력이 있어 온 용칠이가 먼저 반응을 보인다.

"나리, 안됩니다. 소인을 데리고 가시지 않으면 이 땅을 못 떠나십니다."

"소인도 나리를 따르겠심더. 허락하여 주소서."

막둥이마저 나를 따르겠다고 하자 성서방이 차분하게 나를 설득할 양이다.

"나리, 여기 세 사람 모두 집안이 너무 부실하여 의지할 곳이 없나이다. 이놈이 삼십이 되어도 아직 장가도 못가지 않았습니꺼. 셋을 이 참에 아주 거두어 주소서. 나리 곁에서 평생을 바쳐 나리를 돕고 그 값어치를 하겠습니더."

나는 당장 부담을 느끼면서 한편으로는 감동을 받았다. 새로운 각오가 필요한 시점에 이르고 있었다. 그래, 우리는 어차피 뭉쳐야 한다. 낯선 남원 땅에 가더라도 녹봉은 받을 테니 같이 먹고 살 수 있고 우리는 어차피 가마를 찾아가는 길이니 세 사람의 기술자가 더불어 사는 방법이 나오겠지.

다음날 세 사람과 임지(任地)로 출발할 때 만날 장소를 약속하고 나는 오늘밤 부모님 앞에 무릎을 꿇고 한양에서 내려온 첩지를 보여드렸다. 한문을 모르는 어머니와 처는 무덤덤한 표정으로 있었지만 아버지는 앉은 채로 탁자를 탁 치면서 흥분하시는 것이었다.

"이게 무슨 날벼락이란 말이냐! 당장 사직서를 올려라. 아니지. 그래
선 안되는 일이지. 이를 어쩐단 말이냐."

젊은 놈이 사직을 하면 영원히 벼슬길을 놓친다는 것을 아버지는 잘
알고 계셨나보다. 그래도 희망의 끈을 놓치지 않으려는 듯 아버지는 서슬
을 죽이며 후일을 기약하시는 것이었다.

"한양 진출을 좀 늦추면 그만이지. 임지에 가거든 몸조심 하거라."

"예. 부사 영감 말씀이 당장 내일 떠나야 한다고 합니다."

"네 처와 같이 떠나야 한다. 아직 아이도 없는데 오래 떨어져 있으면
안 되는 것이다."

사태를 파악한 어머니가 부부관계를 앞세운다. 어머니는 처를 시켜 타
관에 가서 생활할 살림도구들을 준비시킨다. 나는 안방으로 들어와 피곤
한 몸을 눕히고 가만히 생각해 보았다. 첩지가 내려온 것은 조상님의 뜻
이라고 생각했다. 아버지의 성화에 오죽하면 시조묘를 찾아가 이 몸에 이
변이 생기도록 기도를 올렸을라고. 그러나 첩지가 내려온 것은 내 일신상
에, 나아가 우리 가정에 이로운 일인지 나쁜 조짐인지 모를 일이라고 생각
하며 불안한 마음을 지울 수가 없다.

다음날 아침 나는 관복과 사모를 챙겨 입었다. 짐을 꾸려놓고 보니 조
랑이가 감당하기엔 벅차게 생겼다. 더구나 처를 조랑이 등에 태워 가야
할 머나먼 길이 아닌가. 나는 천서방을 시켜 덕마실 동구밖에서 기다리고
있을 세 사람을 불러오게 하였다. 그들 나름대로 짐을 꾸려 왔겠지만 짐
이 간편해야 먼 길을 갈 수 있다고 어제 강조한 바 있어 내 짐을 조금씩 나
누어 지도록 하였다. 나도 어머니께서 준비해준 짐을 많이 덜어 조랑이의

부담을 줄여 주었다. 막 떠나려는 때에 어머니가 나에게 주머니 하나를 쥐어준다. 제법 묵직한 주머니였다.

"잘게 나눈 금과 은이다. 타관에 가면 쓰임이 많을 거다. 네 아버지가 너에게 주라고 하신다."

"고맙습니다. 어머니."

나는 부모님께 하직하고 네 사람의 일행과 의성현 쪽으로 발길을 옮겼다. 처음부터 처를 조랑이 등에 앉히지는 않았다. 모두 같이 걸어가다가 처가 힘이 들 때 쉬게 하는 셈치고 태울 것이다. 남원까지 가는 길을 어느 장똘배기한테 물었더니 의성을 지나 구미, 김천을 넘어 전라도 땅 무주, 장수를 거쳐 바로 남원으로 들어가야 하므로 계속 서남쪽으로 내려가란다. 사백 리가 짱짱하니 다섯 밤은 자고 가야 할 거리다. 다행히 덥지도 춥지도 않은 계절이라 무인지경에서 해가 넘어가도 노숙을 하여 어려움을 넘길 수 있다. 마실이 있는 곳에서는 주막집을 빌려 다섯 일행이 투숙하면 된다.

우리가 남원에 도착한 것은 경인년 금상(선조) 23년 오월 초순이었다. 황희 정승의 고향, 유자광의 고향이다. 나는 우선 객사를 물어 찾고 일행을 대기시킨 뒤 감영을 찾아 들어갔다. 동헌에서 남원부사를 배알했다. 예를 갖추고 임금의 첩지를 보이자 사또는 읽어본 다음 나를 매섭게 바라본다. 너무 젊은 사람이 종6품인 주부 사기봉사라면 혹시 음직(蔭職)이나 아닐까 하고 생각하는 것 같았다. 첩지에 쓰인 내 품계를 다시 보며 얼굴과 비견해보는 듯 했다. 나는 청송부사가 써준 서찰을 꺼내 남원부사에게 바쳤다. 서찰을 읽어본 부사는 고개를 끄덕인다.

"심찬이라, 본관은 청송. 안효공(安孝公) 심온(沈溫)의 직계손이군. 심 감관, 남원으로 잘 왔네. 추진력이 우수하다고 칭찬을 했구만. 그렇지 않아도 남원부에 도요소가 많다지만 부의 재정에 보탬이 되지 않고 있네. 여기도 감관 하나가 있지. 주가전이라는 자인데 직무에 소홀하고 의심이 많이 가는 자일세. 심 감관이 잘 설득시켜 감영에 보탬이 되도록 회유시켜 주게나. 사실상 감관의 인사권은 부사 소관이 아니라서 미워도 할 수가 없지."

"예. 잘 알겠사옵니다. 잘 사귀어 봐야지요. 그런데 주 감관은 어디서 만나 볼 수 있사옵니까?"

"가마터가 좋은 대산방의 금강굴이나 대강방에 가면 만날 수 있고, 감영으로도 가끔 들어오지. 그런데 심 감관은 거처를 어디다 정할 거요? 성내(城內)에 정해야 되겠지."

"금강굴이 어디이옵니까? 그곳에 정하면 좋겠습니다. 도요소가 많고 질 좋은 그릇이 나오는 곳에 거처를 마련해야 일하기가 수월하지요."

"그래도 그렇지. 사대부 자손이 어찌 천민촌에서 산단 말인가."

"아닙니다. 소관의 임무를 성실히 하려면 도공들과 함께 살아야 되지 않겠습니까. 그곳을 안내할 수하를 한 사람 붙여 주십시오. 안식구와 종자 셋을 데려왔기 때문에 거처가 두 채는 필요합니다. 선처해 주십시오."

"그렇게 하세. 청송부사 체면을 생각해서 전표를 내줌세. 전표 두 장을 주면 두 채는 구할 수 있으리."

나라에서 보낸 파견관리는 응당 지방 관아에서 지원해 주어야 한다는 것을 내가 모르는 바가 아니지만 나는 사또에게 감사의 예를 갖추었다. 사또의 흉배에는 학 두 마리가 수놓아져 있고 내 관복의 흉배에는 한 마리의 학이 수놓아져 있어서 품계의 엄격한 차이를 보여주고 있었다. 나는 청송에서 간편한 반평민복으로 다닌 습관이 길들여져 있어 지금의 관복이 여간 불편한 게 아니었다. 대산방 금강골에 가면 당장 관복을 벗고 작업하기 좋은 평민복으로 바꾸어 입을 작정이다. 우선 머리에 얹혀 있는 사모부터 벗어버리고 복건이나 흰 두건으로 바꿔 써야겠다.

사또는 남원성과 교룡산성에 대해 설명해 주고 이방을 불러 내게 인사를 시킨다.

"이방은 듣거라. 이 사람은 사옹원의 종6품 주부 사기봉사니라. 도요소 감관으로 왔으니 이 고을 사정을 잘 설명해 주고 대산방 금강골까지 안내해 주어라. 그리고 전표 두 장을 심찬 감관에게 내렸으니 네가 받아 직접 그곳에서 거처를 마련해 주어야겠다. 어서 떠나거라. 반 시진은 걸어야 할 거다."

대개 안내는 나졸을 불러 시켰지만 직접 이방을 시키는 이유는 감관의 거처를 마련해야 할 임무를 나졸 따위에게 맡길 수가 없기 때문이었다.

나는 이방을 앞세우고 조랑이와 함께 객사로 와서 내 일행들과 합류하여 금강골로 향했다. 종자들은 튼튼한 남자들이라 장거리 여행길에도 노독이 쌓이지 않았지만 내 처는 연약한 여인의 몸이라 주로 조랑이 등에 신세를 지고 왔어도 힘이 드는지 비실거렸다. 그래서 나는 처를 조랑이 등에 태우고 남자들은 이방을 따라 걷게 하였다. 성내에서 주막을 찾아 점심을 때우고 성밖으로 나와 교룡산성의 왼쪽으로 빗겨가니 금강골은 남원성의 서쪽 위치에 있었다.

이방이 남원 고을에 대한 지리적인 설명과 풍속 등을 얘기해 주면서 가다보니 금방 금성마실에 당도했다. 금강골은 금성마실에 속해 있다. 나는 제일 잘 되고 있다는 도요소부터 생각하고 있었는데 이방은 금성마실 촌장부터 찾았다.

"촌장, 나 감영의 이방인 줄 잘 알고 있겠지?"

"하믄요. 몇 번 뵈어 잘 알고 있다요. 모셔온 나리는 누구시랑가?"

"한양에서 내려오신 감관 나리시네. 여기 관아에서 지불해 준 전표 두 장이 있으니 집 두 채를 마련해 주게. 빈집들은 있겠지?"

"하믄요. 관아에서 시키는대로 늘 빈집 여분을 확보해 두고 있습죠."

나는 촌장과 인사를 나누고 그를 따라 빈집으로 가보았다. 마침 위 아래 집으로 두 채가 있어 잘 된 일이었다. 성서방과 용칠이, 막둥이가 각 각 짐을 풀어서 내 집을 먼저 정리하기 시작하였다. 조랑이 등에서도 짐을 풀었다.

"자네들도 어서 뒷집으로 가서 짐을 정리하고 이리 나오게. 이방께선 동헌으로 돌아가시오. 공무에 바쁘신데도 오늘 수고가 많았소."

"예, 이것도 공무지라. 돌아가겠습니다. 도요소들은 촌장이 안내할 것 입니다. 자, 그럼."

나는 노독을 풀기 위해서라도 오늘은 푹 쉬어야 한다고 세 사람에게 일렀다. 촌장도 내일 아침에 들러 달라고 부탁하며 보냈다. 내 처는 벌써 안방을 쓸고 닦고 살림집을 정돈하고 있었다.

"나리, 날씨가 이렇게 좋을 수가 있십니꺼. 아직도 해가 멀었는데 산책 삼아 한 바퀴 돌아 봅시다예."

늘 말과 행동이 빠른 용칠이가 산책을 제안하는 것이었다. 나도 그럴 생각이고 성서방과 막둥이도 찬성하고 나선다.

"부인, 피곤할 테니 그만 일하고 쉬고 있어요. 나는 이 사람들과 좀 둘러보고 오겠소."

밖으로 나오니 아까 올 때의 풍경과 사뭇 다른 세상이 펼쳐져 있다. 목적지까지 올 때는 마음의 여유가 없었지만 금강산도 식후경이라는 말대로 당연히 여유가 생겨야 정서가 발동하는가 보다. 과연 들과 내와 산이 그림처럼 조화를 이룬 지역이었다.

"이 앞산이 무신 산인 줄 모르겠지만 적당히 크고 곱네요. 저런, 성곽이 보이네예."

막둥이가 오랜만에 입을 열었다. 나는 앞산이 교룡산성이라는 것을 이방으로부터 들으면서 왔다.

"저 산이 교룡산이고 성곽은 교룡산성이란다. 혹시라도 왜놈들이 쳐들어올지 몰라 수축하고 있는 옛성이라고 한다."

"나리, 왜 같은 골에 성이 둘입니꺼? 우리가 빠져나온 남원성이 바로 곁에 있는데요."

역시 용칠이가 의심할만 했다. 웬만하면 의문부터 품는 성격이었다. 나는 추정해서라도 대답을 해주어야 했다.

"남원성은 평성이 아니더냐. 감영이 있고 사또가 있는 곳이니 당연히 백성과 관아를 보호할 성이 있어야 하고, 저 산성은 적군의 수효가 너무 많고 아군이 수세에 몰리는 경우 백성들을 뒤로 빼돌려 저 산성으로 들어가게 하고 방어전을 펼칠 예비성이 필요해서 쌓은 성일 게다."

"저기 동쪽으로 보이는 구름보다 높은 산은 무신 산잉교?"

정말 무척 높은 산이다. 원래 말수가 적은 성서방이 물었지만 나는 알 수 없어 대답이 막혔다. 그런데 옆으로 지나가는 노인이 있어 그에게 묻기로 했다.

노인장, 저기 좀 멀리 보이는 큰 산이 무슨 산입니까? 엄청 높고 덩치가 큰 산이구료.“

“예, 어디서 오신 나리인지 모르겠사오나 저 산을 모르시다뇨. 바로 삼신산(三神山)의 하나인 방장산(지리산)이랍니다요. 강원도 금강산을 봉래산, 제주의 한라산을 영주산, 그리고 여기 지리산 이렇게 세 산을 신선이 살고 있다는 삼신산이라고 하데요. 삼신산에는 불로초가 난다고 하여 옛날 진시황이 신하들을 시켜 불로초를 캐오라 했다던 산이라요.”

“오, 저 들녘이며 산에 불이 붙은 듯 피어 있는 꽃밭은 무신 꽃이라예?”

용칠의 질문에 노인은 용칠의 얼굴을 한번 바라본다. 말씨가 이 지역 사람이 아니라는 것을 알게 된 모양이다.

“이 지방에서 유명한 꽃이라오. 백일동안 줄곧 핀다는 백일홍이요.”

“우리 청송 고을에도 있는 꽃이지만 저렇게 무리지어 장관을 이루고 있어 백일홍을 몰라보았소. 그리고 저기 동서로 띠를 이루어 흐르는 물줄기는 무슨 강이오? 정말 그림같소.”

나는 이 지역의 눈부신 산수에 취해 주저리 주저리 물어보고 싶었다.

“저 강은 섬진강의 지류인 요천수라고 하오. 방장산에서 근원이 되어 흘러옵니다요.”

나는 이 지역을 청송과 비교해 본다. 방광산을 주봉으로 좌청룡 우백호 앞에 반변천과 용전천이 입수하는 청송 도읍지도 아름다운 고장이지만, 저 방장산 앞으로 길고 긴 띠를 두른 강이 지류에 지나지 않는 요천수라니 청송 고장의 물줄기와는 비교가 되지 않는구나. 주변 산수를 살펴볼 때 점토가 많이 나올 것만 같다.

“여보, 노인장. 이곳에 그릇 굽는 곳이 많다는데 소나무와 양질의 흙이 많이 나옵니까?"

"사방을 둘러보시오. 소나무 천지에 도자기 도석이나 백토 광산이 쌔 버렸다오. 이제야 물어보는디 나리는 관원이신 모양인데 일꾼들을 데리고 무슨 일로 이 동네에 왔소?"

"아, 잊었습니다. 본관은 사옹원의 사기봉사인데 이 고을의 도요소들을 감시 감독하러 파견된 감관으로 왔소이다. 집도 방금 사또의 주선으로 여기에 정했으니 앞으로 협조를 부탁드립니다."

역시 가마촌의 주민이라 도석과 백토를 알고 있어 나는 내 신분을 자세하게 밝혀 주었다. 노인장은 나를 다시 뵙겠다는 듯 허리를 굽혀 예를 갖춘다.

"아이고, 몰라뵈었습니다. 소인은 자식과 함께 가마에서 일하는 도공이옵니다. 귀하신 분이 오셨구려. 이 사람들은 무신 일꾼들이옵니까."

내일 이 노인의 안내로 도요소들을 방문하면 되겠다는 생각이 들었다. 노인은 성서방과 용칠이 막둥이도 궁금한 모양이다. 나는 세 사람을 노인한테 인사시켰다. 나는 좀 과장되게 이들을 소개했다.

"이 사람들은 저 유명한 청송백자를 구워냈던 도공들입니다. 노인장과 같이 일할지도 모르니 잘 익혀두시오."

"아, 예. 반갑소이다. 같은 가마에서 일하면 좋겠지요."

"노인장, 한 가지 물어보겠습니다. 이곳에 비어 있거나 부실한 도요소가 있는지요?"

"두 곳이나 있지요. 일꾼들에게 새경을 못주고 자금이 딸려 그냥 비우고 가 버린 가마가 있습죠. 왜 그러시는지요?"

"이 사람들을 시켜 내가 운영하고 싶어서 그럽니다."

나는 이곳에 와서도 청자복원의 꿈을 버리지 않을 것이다. 이사를 오는 동안에 워낙 번거러워 주왕골에서 우보거사한테 받은 청자비기를 아직 읽어보지 못했다. 아무튼 청자를 복원하려면 내 가마가 따로 있어야 한다. 노인과는 헤어지면서 내일 아침에 여기에서 만나 도요소를 안내받기로 약속해 두었다.

나는 해가 저물어 처에게 저녁을 준비토록 하고 오늘만은 세 사람을 함께 식탁에 앉도록 하였다. 성서방 일행은 앞으로 뒷집에서 자신들이 숙식을 해결하겠지만 오늘은 이사 끝이라 처에게 부탁해야 했다. 나는 앞으로 세 사람의 취사 문제를 처에게 부담시키지 않을 것이다. 독자 집안에서 한결같이 원하고 있는 잉태 문제를 위해선 내 처를 과로시키지 않아야 한다.

알뜰한 처는 어두운 밤 내 독서를 위해 늘 양초를 준비해 두고 있었다. 이사 오는 북새통에도 굵은 초를 잘 준비해 왔다. 나는 오늘밤부터 우보거사가 전수해준 청자비기를 읽고 싶었다. 궁금하고 호기심 때문에 마음이 급하고 눈까지 간지러울 지경이다.

조랑이가 뒷집에서 울음소리를 보낸다. 먹이를 달라고 보채나 보다. 늘 조랑이 담당인 막둥이가 깜박 잊고 말먹이를 준비하지 않았겠지. 조금 있으니 조랑이의 울음이 그쳤다. 막둥이가 피곤해 누웠다가 후다닥 일어나 문밖에 매놓은 조랑이한테 달려간 모양이다. 내일은 무엇보다도 조랑이 집을 만들어 주어야겠다. 비가 오나 눈이 와도 걱정이 없도록 미리 예비해 놓아야 한다.

나는 촛불 아래서 청자비기를 읽기 시작했다. 두 번 세 번을 읽어도 정확하고 구체적인 내용을 찾아볼 수 없었다. 우보거사가 말하기를 거의 추상적인 내용이라고 하지 않았던가. 그래도 이 비기는 아무도 모르게 간직해 놓아야 한다. 보고 또 읽어보면 내 머리 속에서 터득이 될 것이다. 많은 시행착오를 겪고 나면 꿈이 이루어지겠지. 그리고 언젠가는 이 비기를 우보거사에게 되돌려 주어야 한다. 얼마 되지 않은 내용이니 필사해 두면 좋겠다. 지금 내 머리 속에 각인시켜 놓으면 그 내용만으로도 얼마든지 청자복원에 큰 도움이 될 것이다.

〈세 가지에 유념해야 한다. 첫째 가마의 형태요, 둘째 제작과정이요, 셋째 유약이 그것이다. 이 세 가지에 비법이 숨겨져 있느니라. 비색의 청자를 만드는 흙인 태토(胎土)와 유약과 가마에서 불꽃을 조절하는 기술이 연관되어 있노라. 유약은 일종의 천연잿물, 나무를 태우고 남은 재에 냇가의 차돌을 태운 뒤 곱게 빻은 가루를 섞는다. 유약과 흙의 철분 함유량이 각각 두 푼에서 세 푼이라야 비색을 낼 수 있으리라. 이 유약을 표면에 두껍게 바른 뒤 고온의 가마에서 구우면 반투명의 녹색을 얻을 수 있느니, 화력에는 낮은불, 보통불, 높은불, 더 높은불 이렇게 네 가지가 있는데 청자를 내려면 세 번째 불로 구워야 할 것이다. 그러나 가마 속 위치에 따라 같은 성분의 유약을 발라도 색깔이 달라진다는 사실도 알아야 하느니라. 〉

〈다시 말해서, 철분이 섞인 황토와 점토, 고령토를 적절히 배합해서 태토를 만드는 공정. 점토와 고령토, 사토, 도석 등의 원료를 청자소지(흙)로 알맞게 배합하여 물에 풀어서 아주 조밀하고 고운 체에 받친 다음 그 앙금을 건조시켜 청자소지를 만드는 공정. 유약은 여러가지 광물(도석. 규석. 장석. 석회석 등)을 곱게 분쇄, 나뭇재와 물을 섞어 초벌구

이에 바른다. 〉

　내 나름대로 해석을 붙인 내용이지만 몇 가지 의문은 막연한 것이었다. 불꽃을 조절하는 기술과 연관되어 있다는 것과, 유약과 흙의 철분 함유량이 문제였다. 흙의 철분이라고 말했을 뿐이지 어떤 흙이라는 것을 밝히지 않았다. 그리고 가마 속 위치에 따라 같은 성분의 유약을 발라도 색깔이 달라진다고 하였는데 그 가마 속 위치가 구체적으로 설명되어 있지 않았다. 그래도 나는 희망을 가질 수 있었다. 이 정도의 암시만으로 여러 가지 실험을 통해 결과를 얻어낼 수 있다고 믿었다.

　또한 부기한 바를 놓칠 뻔 했다. 봉통부(아궁이), 번조실(고온을 내는 공간), 초벌칸(보통불), 요전부(작업하는 공간) 등을 확실하게 설치해야 한다고 했다. 그리고 가마는 중국은 벽돌을 쌓아 만들고 우리 전통은 진흙덩이로 쌓아 만든다고 기록되어 있는데, 내가 청송 내룡골에서 설치한 가마는 시행착오라는 것을 알게 되었다. 청자 실험용 가마로 성서방을 시켜 벽돌로 쌓아 만들라고 하지 않았던가. 흙가마는 무조건 고온을 내는 가마로만 생각했었다. 모두가 불꽃 조절에 매인 것이라 했다. 또한 비기에는 가마의 길이와 폭까지 나와 있었다. 가마의 길이는 육십 자(20m 쯤)로 하고 폭은 여섯 자(2m 쯤) 정도로 해야 한다고 적혀 있었다. 높이는 다섯 자 정도면 되고, 가마의 경사는 보통 키로 보아 눈에서 한 뼘쯤 높게 경사를 이루면 좋다고 하였다.

　나는 남해변 강진과 서해변 부안으로 가서 청자의 숨결을 맛보고 오면 어떨까 생각했지만 우보거사의 말씀을 기억하고 거기까지 갈 필요가 없음을 알았다. 청자를 굽던 옛 가마터에 가보았자 제작 비법이 유출될까 보아 이를 방지하기 위해 유품으로 있을만한 청자 그릇들은 모두 박살내어 사금파리마저 땅속에 묻어버리고 심지어는 가마의 지붕까지도 일부러 허물고 부숴 버려 놓았다지 않던가. 조선의 유학자들이 고려의 흔적을 없애고자 그런 옹졸한 짓거리를 저지른 것이었다.

나는 우보거사가 준 청자 사금파리 십여 개를 보따리에서 꺼내 다시 확인해 본다. 논을 갈고 밭을 파다가 나온 조각들이라 하지만 이것을 잘만 분석하여 연구하면 무슨 비밀이라도 캐낼 수 있지 않을까 하는 기대도 해본다.

넓고 큰 집에서만 살다가 여덟자 방 둘과 좁은 부엌 하나, 마당 끝에 뒷간이 있는 생활공간에서 생활하기란 여간 답답하지 않았다. 그러나 어찌할 것인가. 도공들과 같이 생활하려면 이런 환경에 조속히 적응하고 동화되어야 한다. 감영에 들어갈 때를 제외하곤 작업하기 좋은 평민복으로 생활해야 된다.

도요촌의 아침은 맑고 신선했다. 나는 뒷집 세 사람과 함께 어제 노인 도공을 앞거리에서 만났다.

"노인장, 아주 잘되는 도요소와 비어 있는 도요소를 먼저 소개해 주오."

"따라오시랑게요. 걸어서 얼마 안가요."

우리 일행이 노인을 따라간 곳은 금강골에서도 으뜸에 속하는 도요소로 속칭 백자소라는 가마였다. 도공의 수가 이십 여명도 넘는 듯했다. 각 자리마다 너댓 명씩 붙어 분업 형태의 노동으로 작업하고 있었다. 수비장이며 공방 그리고 봉통과 건조대 등에서 쉬는 자를 볼 수 없었다. 나는 도요장을 불러 만나자고 했다. 당분간 도요소들을 돌아다니며 실태를 파악하는 동안에는 관복차림으로 다닐 작정이다. 튼실하게 생긴 도요장이 나오더니 내 관복을 보고 놀라는 표정이다. 노인이 나를 인사시킨다.

"새로 부임하신 감관 나리시여."

도요장은 그제야 허리를 굽혀 내게 예를 갖춘다.

"나는 한양 사옹원의 종육품 주부일세. 남원은 양질의 그릇을 생산하면서도 나라에 도움이 되지 않고 감영에도 보탬이 아니 된다고 해서 나를 파견시켰다네."

나는 일단 상대를 압도하기 위해서라도 품계를 말하고 첩지의 내용을 과장해서 말해 주었다.

"대접할 것도 없는 곳이라 송구하옵니다요. 새로 오셨으면 주 감관 나리는 다른 곳으로 갔나이까?"

도요장의 표정이 환하게 피면서 나를 대하는 까닭이 어디에 있을까. 주 감관의 이동을 무척 바라고 있었던 사람같았다. 사또도 주 감관을 싫어하는 눈치가 아니었던가.

"나도 어제 사또로부터 주가전 감관의 얘길 들었네만 이동했다는 말은 못 들었네. 남원은 부내가 넓어서 감관 둘은 필요하겠지. 도요장의 이름이 무엇인가?"

"예, 신해철이올시다요."

나는 그의 나이는 묻지 않았다. 보나마나 경력이 많고 나보다 훨씬 나이가 많을 듯해서다. 일단은 신분제도의 관습에서 벗어날 때는 아니다.

"여기 내가 데려온 세 사람을 소개하겠네. 이곳이 모범적인 도요소라서 이 사람들이 제작과정을 견학하도록 알선해 주게. 그리고 앞으로 도요장은 나와 긴밀하고 중대한 일로 상의하게 될 걸세."

나는 성서방과 용칠이, 막둥이를 도요장에게 인사시키고 안내를 받도록 하였다. 나도 독려차 같이 따라다니며 작업과정 육 단계를 두루 살펴 나갔다. 수비에서 성형하는 공방의 물레질이며 그림을 그리거나 새기는 시문장을 지나 초벌구이를 하는 가마터를 보고 유약을 칠하는 시유와 재벌구이를 하는 과정을 살펴보았다. 각 분야별로 분업이 잘 되어 있어 한번 살펴보는 과정에서 전부를 볼 수 있었다. 나는 따로 세기대에서 완전하게 구워진 재벌구이를 보면서 고개를 끄덕였다.

"대단히 놀랍군. 청화백자들이 아닌가. 투명한 유약으로 발라 아주 옅은 유백색을 띤 바탕의 신비로운 백자가 아닌가. 그 위에 군청색의 사군자가 미풍에 흔들리는 듯하구나. 이런 양질의 그릇들이 왜 한양으로 가지 못하는지 모르겠다."

찬사와 한탄하는 내 독백을 듣고 도요장 신해철은 자신도 모르게 불쑥 내뱉는다.

"주가전 감관 때문이오."

"무슨 말인가? 주 감관 때문이라니…. 어차피 나온 말이니까 자세히 말해보게. 내가 알아야 시정하니까."

"예. 그분한테 찍히면 여기에 붙어 있을 수 없지만 감관께선 특별하신 분 같으니까 솔직하게 말씀 드리겠소. 사실은 그분은 감관이라기보다 거간꾼이오. 좋은 그릇만 골라 쌓아 가지고 사또한테 몇 개 선물로 올리고 가까이 사동(사매), 곡성, 구례까지 뻗친 판로를 독점하고 배를 채운답니다. 물론 이방, 호방과 짜고 말입니다. 우리 도공들에겐 쥐꼬리만도 못하게 나눠주고 셋이서 동업하는 거랑게요."

"이 가마는 어떤 부자가 투자해서 지었는가?"

"이 고을 몇 개를 제외하고 거의가 주 감관과 이방 호방 셋이서 투자해 놓고 거두어가는 셈이지라. 따지고 보면 몇 푼 이상은 보태지도 않았어요. 왜냐면 남원은 이미 백오십 년 전에 유자광 어른이 만들어준 가마들이라 모두 임자가 없는 가마였지라. 조금씩 수리했을 뿐이지라."

나는 유자광과 사옹원의 관계를 어느 정도 알고 있었다. 그가 사옹원의 도제조로 있을 때의 일이다. 우리 나라의 가마들이 중국의 가마보다 성능이 못하다고 하여 중국 사절단의 수행자 몇을 불러다가 특별히 지시하기를 중국의 가마들을 철저히 견문하고 가마의 구조를 깊이와 넓이, 특히 높이를 그림으로 그리고 기록해 오라고 일렀다고 한다. 그런데 우리네 가마와 차이를 보이는 것은 가마의 높이에 있었다. 가마의 높이가 우리것은 어른 가슴 높이에 불과한데 중국것은 어른의 키에 맞먹는다고 하였다. 그래서 유자광은 자신의 고향인 이곳 남원에 시범적으로 중국식 가마를 여러 개 짓도록 하였다는 것이다. 그러고 보니 여기 백자소의 가마 높이가 유달리 높아 사람 키와 맞먹고 있었다.

"잘 알겠소. 내가 와서 할 일이 무엇인가를 알려준 셈이오. 이곳만큼 잘 되는 도요소를 하나 소개해 보시오."

"이곳도 한때는 가마가 여러 개 있었으나 밑지는 장사가 되어 많이 떠나버리고 명품 가마소는 두 군데 남았지예. 하나는 이삼평이 하는 도요소이고, 다른 하나는 저 너머 대강방의 박평의 도요소인데 이곳에서는 유명합니다. 여기나 거기나 문을 닫아버린 빈가마가 여럿 있지요예."

나는 다시 찾아오겠다는 말을 남기고 일단 백자소에서 벗어났다. 도공 노인을 앞세워 빈 가마터를 찾아보고 이어서 이삼평 가마를 찾아가기로 했다.

"자, 여기구마니라. 얼매 전에 비워비리서 별로 청소도 필요없겠지라."

노인이 안내한 가마터를 보고 나는 적이 놀랐다. 부족함 없이 구비해놓은 도요소가 아닌가. 수비장이며 공방, 다섯 칸의 높은 가마에 건조대도 시설해 놓은 곳이다. 땔감까지 수북히 쌓아놓은 채로 떠나버린 그들은 도대체 누구일까. 엊그제 잠자고 갔던 흔적이 보이는 움막까지 있었다. 당장이라도 작업을 개시할 수 있는 자리다.

"나리, 우리가 한참 그릇을 맹글 때 임자가 찾아와서 비우라카면 어찌하겠십니꺼?"

"새경도 안나오는 가마에서 일하고 싶겠느냐. 온다고 해도 우리와 같이 일하면 되겠지."

용칠이의 의문에 나는 자신 있게 대답해 주었다.

"허영청에 단자 걸지는 않컷지라."

노인은 우리를 보고 확실한 계획이나 목적 없이 덮어놓고 일할 사람들은 아닐 거라는 속담을 말하고 있다.

"노인장, 빈 가마가 또 한 군데 있다면서요. 여기는 땔감은 많이 남겨놓고 떠났지만 재료가 없소. 그곳엔 점토라도 놓고 갔는지 알아봅시다. 또 여기보다 조건이 더 좋은지도 보구요."

노인은 앞장을 서서 더운 차 석 잔을 마실 시진이 걸릴 무렵 또 하나의 빈 가마터에 도착하여 안내한다. 나는 둘 중에 하나를 골라서 우리가 안착해야 할 곳을 정해야 한다. 여기는 아까 보았던 곳에 비해 좀 협소한 느낌이다. 갖출 것은 다 갖추었지만 가마가 낮고 약간 협소하다. 세 사람도 내 기분과 비슷한 모양이다. 막둥이가 성서방과 용철이 얼굴을 바라보더니 어떤 공감대를 느낀 듯 직설적으로 말한다.

"아까가 훨씬 낫습니다. 여긴 움막도 쪼맨허구 공방도 비좁아 터졌심니다."

나는 가마부터 보았다. 안을 들여다보니 아까보다 경사도 훨씬 낮아 거의 평면과 비슷했다. 불심이 좀 약한 가마다.

"나리, 여기 좀 와 보이소. 고령토와 점토를 꽤 남겨놓고 떠났심니다."

나는 빙긋이 웃으며 예닐곱 개의 흙자루를 보았다. 우리가 남원에 와서 여러 가지 편의를 보고 있으니 운수가 좋다기보다는 내 조상님들의 음덕이라 생각했다. 조상님이 계시는 청송을 나는 결코 잊지 않으리라.

"얘들아, 그리고 성서방. 아까 보았던 곳을 우리의 일터로 정하겠네. 세 사람은 여기 흙자루를 그곳으로 옮기도록 하게. 나는 노인장과 이삼평 가마를 찾아가야겠다."

한 사람이 한 자루씩 힘들게 옮겨야 할 것이다. 꽤 무게가 나가는 흙자루이기 때문이다. 아무튼 일터는 잘 정한 셈이다. 구비조건이 좋을 뿐만 아니라 집까지 가까우니 금상첨화가 아니겠는가. 하지만 집이 아무리 가까워도 가족이 없는 세 사람은 자칫 약주타령으로 움막에서 멍석잠이나 등걸잠으로 밤을 지내기 일쑤겠지. 하지만 나는 이들을 통제해야 한다. 외로운 신세들이니 약주 사발을 막을 수는 없지만 결코 도를 넘어서지는 않도록 할 것이다. 잘만 하면 이 셋을 금강골에서 장가를 보내줄 수도 있으리라. 가족이 생겨야 일하는 능률도 오르고 정신적으로도 안정되지 않겠는가.

나는 세 사람에게 일을 시킨 후 노인을 따라 이삼평 가마를 찾아갔다.

옆으로 금강골 동네가 보인다. 가마터들은 모두 지대가 다소 높아 마실은 아래로 보이기 마련이다.

"노인장, 여기 동네가 제법 크게 보입니다. 몇 호나 됩니까?"

"가까운 가마를 따라 십여 호씩 세 군데나 있지라. 여기서 보니께 세 마실이 다 보이네요. 다 합쳐서 오십 호가 넘지라."

금강굴은 농사 짓는 사람들도 있지만 도공 생활로 끼니를 때우는 사람들이 더 많다고 하였다. 농토가 없는 사람들이 더 많다는 얘기다. 산이 많아 농토가 별로 없어서 소작의 땅도 귀하디 귀한 곳이었다. 나는 노인의 안내로 이삼평 가마에 드디어 도착했다. 내 관복을 보는 도공들이 나를 의아하게 보는 듯했다. 아니나 다를까. 먼저 온 관복을 입은 사람이 도요장과 대담하고 있는 판에 또 다른 관리가 나타나니 무슨 일이라도 터진 게 아닐까 하는 의구심이 생길만하다.

대담하고 있는 두 사람에게 노인이 나를 안내하며 이삼평에게 나를 소개하는 것이었다. 새로 오신 감관 나리라고 하자 이삼평은 머리를 약간 숙여 답례하는데 관복을 입은 사람이 먼저 말을 걸어온다.

"아, 어제 늦게 동헌에 들어가 사또를 만났는데 거기서 들었소. 멀리서 오셨드만. 나 주가전이라는 사용원의 번조관이오. 처음 뵙겠소."

"이 사람은 본관이 청송인 심찬이라는 관리올시다."

"나는 직급을 말했거늘 심 감관은 왜 직급을 숨기시오? 말해 보오."

"예. 사용원 주부요. 한양에서 일을 보다가 고향 청송에서 업무를 수행하던 차에 이곳으로 왔소이다. 나는 본관을 말해주었는데 주 감관은 본관을 말하지 않았소."

주가전은 찔끔 자극을 받은 듯 눈의 흰창이 늘어나며 동자가 커진다.

하기야 내 직급이 2품이나 높은 탓이었을 게다. 번조관은 품계가 팔품이 아닌가. 특히 향시 출신으로 사옹원에 줄을 놓아 번조관이 되었으리라.

"내 본관은 신안이오. 이래뵈도 명나라 국조 주원장의 자손이오. 나보다 나이가 한참 아래인 듯한데 머리 숙이지 않아도 괜찮으리라 믿소. 그리고 미리 말해 두지만 남원에서 살려면 내 힘을 빌려야 할 것이오. 그럼 나는 이만 딴 곳을 가야 하니 담에 봅시다."

"좋은 날 또 뵙지요. 잘 가시오."

나는 웬일인지 처음 주 감관을 대면하자마자 불길한 생각부터 들었다. 그도 나처럼 말을 타고 다닌다. 헛간에서 끌어온 말이 내 조랑말보다 표가 나게 컸다. 그가 자리를 떠나자 비로소 이삼평이 나에게 자신을 소개한다.

"정식으로 인사드립니다. 소인은 중인 집안 출신으로 글줄이나 읽다가 아버지의 중계상에서 백자를 취급하는 것을 보고 조선백자에 뜻을 품었지요. 중인계급이 글을 해봤자 어디에도 소용이 없고 해서 조선백자를 이 손으로 직접 만들려고 나선 게지요. 대강방의 박평의를 찾아가서 기술을 전수받은지 꽤 오래 됐지요. 박 도요장은 대단한 기술잡니다. 소인과 같은 서른 둘이고요, 방금 내려간 주 감관과도 우연하게 동갑이랍니다. 그런데 주 감관은 ……."

이삼평은 말을 하려다가 머뭇거린다. 상대가 같은 감관의 신분인데 함부로 주 감관을 비판해서 어떤 불이익이 돌아올지 모르는 일이다. 나는 지금 이삼평의 속 마음을 이렇게 읽을 수 있었다. 그래서 나는 이삼평에게 믿음을 주기 위하여 먼저 주 감관을 비판하기 시작했다.

"나 이곳에 오자 사또에게서 주가전 감관에 대해 들은 바 있네. 그리고 이곳 백성들의 여론도 좋지 않다고 들었지. 나를 조금도 두려워하지 말고 거리낌없이 할 말을 하게나. 그래야 내가 할 일을 할 테니까."

"간단한 얘기입니다. 사또께서 본의 아니게 주 감관한테 약점을 잡혔다고 합니다. 뇌물을 준 모양입니다. 목민관의 첫째 덕목은 청렴이 아니옵니까. 그리고 모두가 아는 사실이지만 남원부를 포함해서 사방으로 뻗친 백자나 옹기의 판로를 주 감관이 장악하고 칠할의 마진을 취하고 있어서 이곳 도공들의 생활이 매우 어렵사옵니다."

"가마를 설치할 때 비용은 누가 댔는가? 그리고 관아로 들어가는 몫은 얼마나 되는가?"

"설치할 때 뭐가 있겠습니까. 예로부터 내려오는 가마들이고 혹 수리하거나 확장할 경우에도 우리 도공들이 곡물을 갹출해서 해결해 왔지요. 주가전은 한 푼도 보태지 않는 수전노입니다."

이삼평은 주가전에 대해 감관이라는 말조차 빼고 아예 주가전이라고까지 한다. 나는 이삼평 도요장에게 청송부의 경우를 설명해 줄 필요성을 느꼈다.

"내가 관여했던 청송부에선 부와 도요소가 삼칠제로 정하고 운영했네. 부에서는 가마를 새로 설치한다거나 보수와 확장을 할 때 비용을 댈 뿐만 아니라 판로까지 개척해 주었네. 지금 생각하면 후회스럽네. 삼칠제가 아니라 사륙제나 아니면 오오제로 권의할 것을 사또의 선정에 보태려는 마음이 앞섰던 관계로 권장을 못하고 왔네. 어떤가? 여기에서 관이 6이요 도요소가 4라면 괜찮을까? 내가 여기에 온 목적은 품질이 좋은 그릇을 왕실로 보내기 위함이라네. 내가 받은 첩지가 바로 그 내용이지. 왕실로 보내는 그릇은 부에서 할당 받은 몫에서 해결되어야 하겠네."

"여기 판로 개척은 이방과 호방이 주로 하고 주가전이 앞장서고 있는데 개선하기는 어려울 것입니다. 사또가 약점을 잡혀 있는 한은 불가할 거예요."

"사또의 약점을 해소시키고 호방과 이방을 파직 조건으로 개선을 종용하면 될 게 아닌가."

"그렇게만 된다면 얼마나 좋겠습니까만 뜻대로 되올지 모르겠습니다."

"기다려 보게나. 참 그리고 이곳 도요소는 세 곳이라는데 백자소는 다녀왔고 한 곳은 또 어디인가? 그리고 점토나 고령토 백토들은 어디서 조달하고 있는가?"

"우리 도요소 이름은 금강도요소이구요, 백자소 못지 않습죠. 그리고 또 하나는 저기 끝동네 위에 있는데 금성도요소라고 운영이 튼실하지 못하지요. 흙은 도요소마다 모두 가까이 나고 있어서 공동으로 채취하고 있습니다요."

"사실은 나도 오늘 가마를 하나 정하고 왔네. 나 역시 도공이라네. 일찍부터 독려 감독하다가 기술을 배웠지. 앞으로 잘 부탁하네. 이웃에 빈 가마가 있어 청송백자소라 간판을 붙일 예정이지. 여기도 늘푸른 소나무, 백년 이상된 청송이 꽉 차 있구만."

나는 이삼평과 많은 이야기를 나누고 내 가마가 될 곳으로 돌아왔다. 성서방은 공방에서 물레를 손질하고 있고, 용칠이는 가마를 여기저기 손보고 있고, 막둥이는 수비장과 움막을 청소하고 있었다.

나는 며칠간 청송백자소의 틀을 잡느라 세 사람과 분주하게 일했다. 수비장에 점토를 숙성시키고 봉통에 불때기로 습기 찬 가마를 말려야 했다. 비우고 나간 사람들이 기구나 연장을 남김없이 가지고 갔기 때문에 그것들을 준비하느라고 아름아름 물건을 구입하거나 때로는 직접 제작하기도 했다. 그릇을 쟁임할 때 쓰는 갑발은 다행히도 성서방이 이사올 때 챙겨왔지만 불삭(물통)과 슬래와 안즐통들은 성밖 장터를 찾아 구입하였다.

나는 물건값을 치를 때 무거운 곡물로 치르지 않았다. 어머니가 준 금은 주머니에서 조금씩 꺼내 썼다. 금은을 새끼손가락 손톱 크기로 조각을 낸 것들이어서 쓰기에 편리했다. 은 한 조각이면 백미가 한 말이요 금은 서 말이었다. 대개 콩으로 계산하는데 콩은 백미의 두 배로 치면 되었다.

나는 아침부터 서둘렀다. 날씨가 화창하여 나들이하기 좋은 날이다. 내 소임의 일환으로 강동방의 가마들을 둘러볼 참이다. 특히 큰 사기장인 박평의 가마를 찾아 이삼평과 함께 상의할 것이다. 그리고 관아를 찾아가 사또를 만나 내 의견을 제시할까 한다. 남원부의 도요계를 이대로 두어선 안된다. 조랑이를 타고 이삼평을 찾아가 강동면 박평의 가마를 안내해 달라고 부탁하니 아침나절에 그릇을 꺼내야 한다고 저녁때가 어떠냐고 말한다. 나는 하는 수 없이 저녁 때에 동행할 것을 약속받고 먼저 관아 동헌으로 향했다. 사또에게 상의하고 단단히 다짐을 해야겠다.

조랑이를 타고 성 안으로 들어가는 데는 반 시진도 걸리지 않았다. 조랑이를 나졸에게 맡기고 동헌으로 들어갔다. 학이 수놓아진 내 관복의 흉배를 보고 어느 아전이나 나졸들이 허리를 굽혀 조아린다. 오늘 나는 사또와 중대한 합의를 이루어내야 한다.

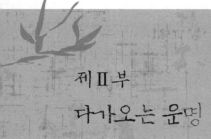

제Ⅱ부
다가오는 운명

5. 금강골에 뿌리를 _

"부에 판관께선 아니 계시나이까? 실무적인 말씀은 판관께 드려야 하는데요."

"지금 판관은 공석이라네."

"사또께 아뢰고자 하는 것은 부내의 도요산업 실태 파악에 대한 소관의 생각이옵니다."

심찬은 남원부사에게 용기를 가지고 간언할 작정이었다. 도요소를 모두 순찰하지 않았지만 백자소의 신해철과 금강도요소 이삼평이 한 말을 종합해보면 아귀가 딱 맞아 두 사람의 생각이 바로 도요계의 여론이고, 주가전을 만나 그의 태도에서 감관의 횡포와 부정비리 상태를 알고도 남음이 있었다.

"심 감관, 도움이 되는 얘기라면 말해주게. 빠른 시일 내로 실태를 파악했다니 대단하군."

사또는 시선을 아래로 내리며 무엇인가 취약점을 가진 듯한 불안감을 안색으로 나타내고 있다.

"말씀드리겠사옵니다. 혹 아픈 얘기가 나와도 역정을 내지 마십시오. 모두가 남원 도호부와 사또를 위한 말씀일 테니까요."

심찬은 상당히 난처한 말을 내놓아야 할 처지라서 약간 긴장이 되었다. 목부터 축이기 위해 사또가 시켜준 녹차를 한 모금 마셨다.

"지금 부내의 도요산업은 양적으로나 질적으로 아주 우수한 편입니다. 그러나 관아의 재정에는 거의 도움을 주지 못하고 있습니다. 어느 지역을 가도 가마가 있는 곳은 사또가 허가를 내주었기 때문에 관아의 재정에 큰 도움을 받고 있습니다. 소관이 일했던 청송도호부 부사께 물어보셔도 잘 알게 됩니다. 여기 남원의 사정은 한 사람의 횡포 때문에 문제가 있어서 그 실태를 파악해 봤습니다. 그 사람에게 매수된 이곳 동헌의 아전 두어 사람과 더불어 그는 도자기의 판로를 장악하여 폭리를 취하고 있기 때문에 관아는 물론이고 도공들의 살림살이도 말이 아닙니다."

"허허…, 그럴 수가. 내 밑에 있는 그 아전이 누구들이며 그들을 매수한 사람이 누구란 말인가?"

사또는 호방과 이방이 매수된 자라는 것은 까마득하게 모르고 있는 모양이다. 그러나 주범이 누구라는 것은 잘 알고 있을 것이다. 주가전이 문제였다. 사또가 그에게서 받아 놓았던 비단 세 필과 쌀 닷 섬 그리고 잘 구워져 나온 청화백자 십여 점이 씻기 어려운 약점이 되어 버린 것이었다.

"말씀 드리지요. 매수된 자는 호방과 이방이옵고 이 두 사람은 영향력이 있어 판로를 개척하여 주모자와 영리를 취하고 있습니다. 그러나 더 큰 문제는 이 모든 것을 주도한 주가전 번조관입니다. 사또께서 이 세 사람을 내쳐야 하는데 그리 쉽지는 않을 것이옵니다. 하오나 소관에게 방책이 하나 있사옵니다. 소관의 뜻대로 된다면 파면을 시키지 않고 개과천선시킬 수도 있사옵니다."

그 말에 창백해지고 있던 사또의 얼굴에 본연의 혈색이 돌아온다. 아래로 깔았던 시선도 올라오며 심찬을 바르게 바라본다.

"방책을 말해보게. 개과천선만 시킨다면 그 이상 방도가 어딨겠는가."

원래 선하고 온순한 성품을 지닌 사또라서 극단적인 상황을 원하지 않는 모양새였다. 아전들을 파면시키면 그들의 가족들까지 염려되어 하는 걱정일 것이다.

"그리 어려운 일이 아니옵니다. 사또 자신을 고발하는 상소문을 작성하십시오. '새로 부임한 임지에서 지방의 텃세들과 사옹원에서 보내주신 번조관이 짜고 소관을 함지에 빠트리고 있사옵니다. 특히 번조관 주가전이라는 자는 소관에게 억지로 뇌물을 맡겨놓고 갔는데 그것을 뿌리치지 못하여 목민관의 덕목인 청렴을 잃었나이다. 나졸들을 시켜 놓고 간 물품들을 반송시키려 하오나 이미 저질러진 죄는 면키 어려우니 응당의 벌을 내려 주소서. 혹 소관이 개과천선의 기회를 가질 수 있다면 더욱 심기일전하여 목민관의 덕목을 지킬 것이며 선정을 베풀어 백성들의 찬사를 받도록 정성으로 노력하겠나이다.' 이런 정도로 상소문을 작성하여 이 탁자에 놓고 그 세 사람을 불러 앉혀 그들 앞에서 이 상소문을 낭독하여 주십시오. 그러니까 이 상소문은 한양으로 보내는 상소문이 아니라 이들을 경고하는 글에서 끝나야 합니다. 어떻습니까. 이 방책을 써 보시렵니까?"

"그래. 좋은 방법같으니 한번 써보겠네. 그런데 이놈들이 원래 교활한 작자들이라서 후환이 없을지 모르겠구만."

"그들이 감히 사또의 권위에 맞서겠나이까. 그들을 부르신 날 위엄을 갖추시고 이 동헌에 나줄 칠팔 명에게 창검을 갖추어 호위토록 하십시오. 그들에게 겁을 주는 것도 좋습니다. 여차하면 옥에 가둘 기세로 말입니다."

"허허…, 심찬 감관이 내 장자방이 되겠네 그려. 자네 말을 듣겠네."

"제 말씀이 끝난 게 아니옵니다. 다음은 사또의 재정문제와 왕실로 보낼 그릇을 확보하는 일에 대해 구체적으로 말씀 드릴까 하옵니다."

심찬은 청송부 사또에게 제시하고자 했던 내용을 설명해 나갔다. 다른 점은 청송에서 시행했던 삼칠제의 관민 비율을 이곳에서는 사륙제의 관민 비율로 하는 차이만이 있었다. 도요소의 수리 보수비용은 물론 그릇의 판로 개척까지 사또가 책임을 지는 규약이었다. 이웃 고을의 토반들을 고객으로 확보하려면 그 고을 현감들을 연결지어 거래를 시키면 된다. 그리고 각 도요소에서 세를 거두어 들일 때 곡물과 그릇을 병행해서 받아 그릇은 엄히 선별하여 한양 왕실로 보내자는 것이었다.

"이방이나 호방을 환골탈태시켜 기존에 그들이 확보한 판로까지 부로 귀속시켜야 되겠군."

사또는 심찬의 재정관리에 대한 설명을 듣고나더니 선수를 쳐 말한다.

"사또께서 저들의 목줄을 쥐고 있게 되는데 당연히 이관해 줄 테지요. 하지만 꼭 감사부를 두어야 합니다. 형방에 심복을 두어서라도 아전들의 출납을 철저하게 검열해야 됩니다. 그리고 그릇을 한양으로 보내는 운송은 어떤 길이 있사옵니까?"

"그것은 염려 말게. 모든 역(驛)을 총괄하는 오수 찰방이 있네. 역이하는 일은 공문을 중계하고 공무로 여행하는 관원에게 마필의 편의를 제공하는 일이지만, 왕실로 올라가는 물품이라면 오죽 알아 붙이겠는가.

그리고 도자기에 대한 업무는 부임해 올 판관에게 맡기겠네."

"많은 양은 어려울 터이니 조금씩 수시로 보내면 되겠지요. 그럼 소관은 이만 일어나겠사옵니다. 품질이 잘 나온다는 대강도요소를 방문키로 하였나이다. 내일 곧 주가전과 이방 호방을 불러들이십시오."

평소에는 이런 일이 없을 터인데 사또는 심찬을 동헌 정문까지 배웅해 주었다. 아직 오시도 못 되었기에 조랑이를 조금 재촉하여 집에 가서 점심을 먹고 이삼평을 만나 대강도요소로 건너갈 셈이다.

심찬이 이삼평과 함께 대강방의 박평의 도요소에 도착했을 때는 마침 박평의가 공방에서 나와 가마쪽으로 걸어가는 중이었다. 가까이 지내는 이삼평을 반갑게 맞이하다가 관복을 입은 심찬을 발견하고 의아한 눈으로 바라본다. 이삼평이 얼른 눈치를 채고 나를 소개한다.

"이번에 부임하신 사옹원 주부 심찬 감관님이시네. 인사 드리게."

"어서 오십시오. 소인 박평의라고 하옵니다. 하온데 너무 젊으십니다."

"미안하오. 언제 나라에서 나이를 보고 사람을 뽑는다던가. 이 소장(이삼평)한테 박 소장의 말을 잘 들었소. 아주 훌륭한 사기장이라고 하던데 과연 그런 풍모를 지녔고만."

박 도요장은 심찬과 이삼평을 움막으로 안내하고 평상에 앉도록 했다. 그리고 차를 끓여와서 대접하는 것을 잊지 않는다.

"점심 때는 지난 것으로 알고 엽차 밖에 드릴 수 없나이다."

심찬은 곧 박평의에게 호감을 가질 수 있었다. 이삼평과 같은 또래로 보이고 두 사람 모두 진지하고 평온한 인상을 주었다. 이런 인상들은 무슨 일을 맡게 되면 집중력과 지구력이 강한 사람들이라는 것을 심찬은 경험을 통해 알 수 있었다.

"이렇게 관복을 입었을망정 나도 도공이오. 경기도 광주 분원에서 감시 감독하면서 도공들에게 기술을 배웠다오. 앞으로 동업자로 대해주길 바라오."

심찬은 오늘부터 이만한 사기장들에게는 하대하지 않고 다소 말을 높일 작정이다. 이렇게 해야 기술도 공유하고 사또와의 계획도 쉽게 실행할 수 있으리라.

"광주 관요 분원이라고요? 말을 많이 듣고 있었습니다. 대단한 곳이라고 들었지요."

박평의는 놀란 눈으로 심찬을 바라본다. 물론 이삼평도 호기심 어린 눈빛이다. 심찬은 이들에게 사또와 자신이 계획한 일을 어떻게 설명할지 망설이고 있었다.

"나는 오늘 이 자리에서 사또와 내가 상의한 결과를 말해줄 작정이오. 사또와 동헌에서 진지하게 숙의하고 오는 길이오. 먼저 물어볼 말씀이 있소. 남원 고을에 도요소가 십여 곳이 넘는다는데 지역 분포는 어떻게 되어 있소?"

"예. 소인이 소상하게 알고 있습니다. 이 소장이 있는 대산방에 세 곳, 주천방에 두 곳, 왕정방이 한 곳, 산동방이 두 곳, 이백방이 두 곳, 운봉현이 두 곳이고, 제가 있는 이 대강방에 세 곳이 있사옵니다. 그런데 소인과 이 소장 도요소, 그리고 신해철 백자소를 제외하고는 거의 무시백자만 나오고 있죠."

"아니지. 운봉이나 산동쪽에서도 시문을 시작했다드군."

박평의의 설명에 이삼평이 끼어들어 보충해 준다. 무시백자는 그림이 없는 그릇을 말한다. 관요가 있어야 화원들을 지원해 주지 민요에선 자체 화공이 없으면 시문이 없는 무시그릇밖에 나올 수 없을 것이다. 심찬은 고개를 끄덕이고 이제 사또와 계획한 일을 조심스럽게 말할 셈이다.

　　"내일 사또는 주가전과 호방 이방, 이렇게 세 사람을 불러들일 것이오. 이제까지 그들이 저지른 행패를 상소문으로 작성하여 그들을 협박하고 개과천선토록 할 것이오. 그리하여 부내의 도요소들을 정상적으로 운영토록 조처하게 될 것이오."

　　"나리, 그게 정말입니까? 위험한 생각이 아닌지 모르겠습니다. 왜냐하면 사또에게 큰 약점이 있다고 들었습니다. 주가전이 누구라구요."

　　"하하…, 사또가 만일 자신의 죄를 임금님께 이실직고하고 주 감관과 아전들을 발고하면 사또는 파직되지만 그들 셋은 참수형을 받게 되오. 그 점을 주가전과 아전들이 모를 리가 없소. 그러니 그 상소문을 올리기 전에 그들이 살려달라고 애걸복걸 할 것이오."

　　사또를 먼저 걱정하는 이삼평의 말에 심찬은 못을 박듯이 말해 주었다. 박평의와 이삼평은 그동안 참아왔던 울분이 봄눈 녹듯이 풀어지고 있는 듯했다. 심찬은 다음의 이야기에 대해선 더 조심스럽게 설명해야 한다. 누구나 살림살이가 되는 재정문제가 나오면 민감하게 반응하지 않을 사람이 없을 것이다. 심찬은 성의를 다하여 남원부 관아의 입장과 사기장 도공들의 처지를 설명하고 각기 역할 분담도 밝혀 주었다. 특히 관아의 몫을 줄 때는 곡물과 명품으로 나오는 그릇을 올려야 한다고 말했다. 그 그릇들은 사또 몫이 아니고 어디까지나 오수 찰방을 통해 왕실로 올라간다고 설명해 주니 두 사람이 의아한 눈으로 심찬을 쳐다본다. 그래서 요즈음 한양의 왕실로 들어가던 경기도 광주 관요 그릇이 품절되었다는 것과 할 수 없이 사용원에서는 중국의 청화백자를 비싸게 수입한다는 사실까지 말했다. 그리고 이 모든 것은 관요 사기장들의 부정비리가 원인이라는 것도 말해주었다.

남은 문제로는 부내의 모든 도요소에 사또의 결심과 결의된 내용들을 어떻게 전달해 주느냐에 있었다. 내용전달을 위해 열 개가 넘는 도요소의 도공들을 만나고 다녀야 한다.

"두 분은 들어보시오. 나로선 땅도 설고 길도 설은 이 고을을 몇날 며칠이나 다녀야 할지 모르겠소. 더구나 처음 대면하는 도공들에게 이 엄청난 내용을 전달한다면 누가 내 말을 믿겠소. 오히려 의심을 사고 쓸데없는 일이지만 주변에 발고하지 않겠소이까."

"맞습니다. 어려운 일이지요."

박 소장이 심찬의 말에 동조하며 협조할 것을 말하려 한다. 초면의 감관 나리 신분을 믿을 사람이 없을 것 같기 때문이다.

"여기서 운봉 가마까지의 거리를 생각하면 아득합니다. 위험한 연재까지 넘어야 하므로 세 시진은 걸어야 할 겁니다. 산동방도 멀구요, 보절 이백도 만만치 않습니다요. 그래서 우리 두 사람이 나리와 동행해 드리면 심심치 않고 의심도 사지 않을 게 아닙니까."

"그렇지요. 우리는 고을 모든 도공들과 다 아는 사이지요. 먼저 설명을 우리가 하고 마무리는 나리께서 지어 주시지요. 그리고 나리만 조랑말이 있는 게 아닙니다요. 우리도 흙을 나를 때 쓰는 나귀가 한 마리씩 있지요. 셋이서 풍광을 즐기며 다닐 수 있겠네요."

이삼평의 말에 심찬은 반가웠다. 그리고 심찬이 은근히 기대했던 말을 두 사람이 번갈아 해주니 심찬의 임무수행이 한결 순조롭게 풀릴 것 같았다.

"좋소. 그러면 내일 당장 떠납시다. 이참에 남원 고을을 두루 익히게 될테니 고맙소. 헌데 미안한 것은 두 분의 작업 시간을 빼앗는 일이오, 하긴 도요소장님들이니 아래 도공들에게 일을 더 시키면 되지 않소. 하하…."

심찬은 약주고 병주는 격이 되게 말했지만 이 자리에서는 누구나 자연스럽게 받아들인다.

"그럼, 내일 아침에 소인이 대산방으로 건너가지요."

박 소장이 이삼평의 금강도요소로 오기로 하였다. 심찬도 금강도요소로 가서 합류하기로 약속하고 이삼평과 함께 대산방으로 건너왔다. 조랑말과 나귀가 나란히 걸어오니 심심치 않았다. 이삼평의 도요소가 남원성으로 가는 길목이라 셋이 여기서 합류하는 것이 편리했다. 제일 멀다는 운봉부터 목적지로 삼게 되었다. 그곳 운봉엔 도요소가 두 군데라고 했겠다.

아직 해가 남아 있어서 심찬은 집보다 자신이 잡은 가마터로 가야 했다. 세 사람이 얼마나 일을 했는지 궁금했다. 가마에서 연기가 나고 있었다.

"나리, 잘 다녀 오십니꺼. 가마의 연기가 쏙쏙 잘도 빠집니더."

역시 용칠이가 호들갑을 떤다. 막둥이는 술래로 동구래를 떡치듯이 두드리고 있었다. 수비장의 점토를 잘 반죽하고 있던 성서방이 심찬에게 다가와 무엇인지 보고하려는 듯 했다.

"나리, 가마에 불을 너무 때는 것 같습니다. 용칠이 고집이 워낙 …."

"그렇지. 내가 워낙 바깥일 때문에 정신을 쓰지 못했네. 용칠이 이놈 아, 그릇도 없는 가마에 웬 불을 그리 때고 있느냐! 어서 아궁이의 나무 들을 꺼내라."

"나리가 불을 때라고 해서 계속 때고 있었지라예."

"이놈아, 언제까지 촛자 노릇만 할 테냐. 성서방도 그렇지. 가마의 습 기만 제거하라지 않았는가."

"예, 예. 죄송하옵니다. 수비 일에만 몰두하고 있다가….."

"이틀을 허비했다. 멍충이들 같으니."

뜨거운 가마엔 아무도 들어갈 수 없다. 앞으로 불가마 속에 누가 들 어가 그릇을 쟁인단 말인가. 가마가 식으려면 이틀은 걸려야 한다. 그것 은 문제가 아니다. 하루 종일 땐 땔감을 생각하면 아깝기 그지 없다. 성 질 같아서는 용칠이에게 소모시킨 땔감을 당장 해와 보충하라고 명하고 싶었다.

심찬은 청자를 굽는 실험은 시기상조라고 생각했다. 비기에 쓰인 재 료들을 아직 분석도 못하고 있어 준비 자체도 들어가지 못했기 때문이다. 당분간은 백자를 구워내 이삼평과 박평의의 수준까지 올려야 한다. 어지 간히 숙성이 된 점토를 꺼내 메주덩어리처럼 뭉쳐 슐래질을 하게 하였다. 막둥이가 시키는대로 잘 해준다. 성서방은 꼬박을 밀고 성형을 시작했다. 화병, 주병, 막사발, 접시 등 여러 가지 형태의 그릇을 만들도록 하였다. 사실 성서방은 경험이 제법 있어 익숙한 손놀림이다.

"용칠아, 성형이 된 것들은 건조대에 갖다 놓아라."

해가 넘어갈 때까지 성서방은 물레를 돌리고 두 녀석은 계속 태토를 반죽하여 덩어리로 만들도록 했다. 그리고 이틀 동안은 이렇게 작업을 계속했다.

이제 남아 있었던 흙가마가 거의 떨어지고 있었다. 성형된 그릇들이 제법 숫자를 이루어 건조대가 비좁을 지경이다. 원래 그늘에서 말려야 하는데 지붕을 넓게 만들지 못했던 모양이다. 도요 식구가 심찬까지 넷 밖에 되지 않기 때문에 분업이 마땅치 않았다. 유약도 만들어야 했다. 막둥이를 시켜 떡갈나무를 태우게 하고 그 재로 잿물을 만들도록 했다. 이것만으로도 유약이 되지만 좀더 양질의 유약이 되도록 논흙을 파오게 하여 그것을 걸러서 석회석을 섞어 유약을 만들었다. 이제 잘 보관해 놓았다가 초벌구이가 나오면 시문을 하고 유약을 발라야 할 것이다.

"오늘은 그만 하고 집으로 돌아가세. 내일부터는 흙을 파러 가야 하고 소나무를 골라 베어와야 할 거야."

성형된 그릇이 말라야 가마 일을 시작할 수 있다. 가마는 이미 식어 있었다. 심찬은 집으로 돌아와 아내가 준비해 놓은 밥상을 받았다. 아내와 단 둘이 먹는 밥상자리는 너무 단출하여 고향의 부모님 생각이 간절하다.

"여보, 우리 언제나 청송에 가게 되겠습니까?"

청송의 이웃 안동에서 시집을 온 전주이씨 성녀(姓女)는 말수가 적고 온화한 성품으로 왕족의 피가 흐르는 여인이다. 시집온 후 이제까지 전면에 나서본 적도 없고 남편의 일에 간섭해 본 일은 더더구나 없었다. 여필종부의 미덕에 따를 뿐이었는데 오늘은 웬일인지 적적한 생활에서 외로움을 느낀 듯 했다. 심찬은 이제야 비로소 아내에 대한 미안함이 가슴으로 배어온다.

"나는 당신에게 죄를 짓고 있는 기분이오. 나랏일에 빠져 있거나 취향에만 매달려 그릇밖에 모르고 있었으니 정말 미안하오. 이 적막한 생활보다는 차라리 부모님 곁에 있을 것을 그랬소. 여기서 당신도 할 일을 찾아봅시다."

텃밭이라도 일구어 채소도 가꾸고 꽃도 심어 취미를 갖는 것이 좋으리라 생각했다. 심찬은 이제야 어머님 말씀을 기억했다. 부인은 집에 두고 부임지로 떠나는 관리들을 많이 보아온 어머니였다. 어머니도 아버지와 떨어져 있던 때가 있었지 않았는가. 그러나 어머니는 심찬에게 처를 데리고 떠나라 하셨다. 무엇보다도 하루 속히 대를 이을 자손을 보라는 것이었다.

"제가 여기서 할 일이 무엇일까요. 가르쳐 주소서."

"농사를 질 필요는 없소. 철 따라 광흥창에서 양곡을 보내주니까. 하지만 텃밭을 조금 일구어 채소도 가꾸고 꽃도 심어 심심풀이를 삼으면 어떻소?"

"그리해 볼 터이니 여자가 쓸 수 있는 농기구와 연장을 구해주소서."

"그러지요. 하지만 그 고운 얼굴을 햇볕에 타거나 거칠게 해선 안되오. 나는 집에 들어오면 당신 보는 재미로 사니까."

심찬은 차마 하루 속히 아기를 갖자는 얘기는 부끄럽고 숫보기라 꺼내지 못했다. 밤에 넌지시 자주 안아주어야겠다는 생각만 하였다. 그런데 이게 웬일일까. 당신의 고운 얼굴, 당신 보는 재미라고 말한 때문인지 아내의 얼굴이 참꽃빛으로 물들고 있었다. 심찬도 갑자기 가슴이 달아오르며 자신도 모르게 용기가 생겨 아내를 와락 껴안았다.

"어찌 이러시옵니까."

"여보, 우리한테 아기가 있다면 당신은 할 일이 생기고 우리는 얼마나 보람을 찾겠소. 오늘밤부터 아기를 만들 궁리를 해봅시다."

와락 끌어안은 그의 힘에 딸리는 듯 아내는 눈을 사르르 감으며 그대로 쓰러져 버린다. 그는 착실한 노예가 되어 아내에게 시중하듯 보살피며 본능에 따랐다. 그래 어서 삼대 독자를 얻어 부모님께 안겨 드리자.

심찬은 규약을 알리고자 부내 도요소들을 이틀동안 순방하고 돌아왔다. 이제 청송백자소가 제대로 움직이기 시작했다. 태토를 반죽대에 올려놓고 꼬박밀기를 하는 일, 그래서 물레질을 하면서 성형하여 건조대에 말렸고 가마가 시작되는 봉통의 쥐불구멍도 확인했다. 다섯 칸이나 되는 가마 칸마다 그릇들을 고르게 쟁임할 때 원통으로 되어 있는 갑발을 이용하여 그릇에 잡티가 묻지 않게 감싸는 역할에 이상이 없도록 하였다. 땔감은 주로 소나무를 쓴다. 송진으로 오래 타고 높은 불심을 내게 하기 위함이다. 백 년 이상 나이를 먹은 소나무를 바싹 말려야 그릇이 제대로 구워진다. 초벌구이나 재벌구이 때 불심(온도)을 알아보기는 쥐불구멍에 쩔래(쇠막대기)로 색견을 확인하고 쩔래의 그림자가 춤을 추면 불을 꺼야 한다. 유약이 녹아 맑게 나타날 것이다.

"막둥아, 쟁임할 때 도치를 잘 끼어 넣었는지 모르겠구나."

"예. 옴파리 말이예? 넘어지지 않게 잘 받쳐 놓았지예."

봉통 입구 아궁이에서는 땔감이 활활 잘 타고 있었다. 심찬은 남원 가마를 처음으로 작동시키노라니 시험받는 것 같아서 마음이 초조하고 불안하기 짝이 없었다. 그가 확인하지 않았던 일은 수비과정이라 할 수 있다. 세 사람은 청송에서 배울 만큼 배웠으니 잘 처리했겠지만 하필 이번에는 심찬이 이삼평 박평의 사기장들과 운봉을 다니러 가게 되어 확인하지 못해서 다소 불안했다.

"성서방, 귀욤에서 흙을 침전시킬 때 잡것이 들어가지 않고 잘 가라앉게 하였는가?"

"예. 소인이 잘 지켜 보았습니다."

"그리고 꼬박밀기 하면서 소성할 때(구울 때) 얽배기가 나오지 않도록 흙속의 기포는 잘 없앴는가?"

"예, 딴은 신중히 처리했습니다."

초벌구이는 여덟 시진(16시간)은 때야 한다. 그리고 가마가 식을 때까지는 이틀 이상은 걸려야 할 것이다. 그 기간 동안에 일손을 멈추고 쉬어서는 안된다. 꾸준히 일하고 준비해야 다음 가마일이 연속될 것이다.

다음날 쥐불구멍에서 불보기(색견)를 보던 성서방이 나리를 부른다. 심찬이 무슨 일인가 싶어 공방에서 물레를 차다 말고 밖으로 뛰어나가 가마쪽으로 갔다.

"나리, 여기 불보기를 보소서. 이만하면 되겠습죠?"

심찬이 봉통의 쥐불구멍으로 쇠꼬쟁이를 이용해 색견의 유면을 살펴보니 쇠꼬쟁이의 그림자가 춤을 추고 있지 않은가. 그리고 유약이 녹으면서 맑고 곱게 나타난다. 되었다. 그는 자신도 모르게 감탄해 마지 않았다.

"되었다. 이만하면 이삼 일 후 가마가 완전히 식은 뒤에 그릇을 꺼내 유약을 칠하고 재벌구이로 들어갈 것이다. 그동안 용칠이와 막둥이는 땔감을 준비하고 성서방과 나는 질흙을 찾아나선다."

"나리, 재벌구이 때도 불 때는 시간과 식는 시간이 마찬가지일 텐데 그릇 구경하기가 고로콤 시진이 걸립니꺼?"

"잘 알면서 그라냐. 괜히 나무하기가 귀찮아서 그런 거냐."

용칠이는 뒤통수를 긁는다. 심찬이 녀석의 속을 훤히 들여다보았기 때문이다. 사실 나무하기가 가장 힘들다. 흙을 나르는 일은 지게에다 한 가마씩 실어 오거나 때로는 조랑이 힘을 빌리는 수가 있지만 땔감은 경우가 다르다. 사람 몸둥이보다 더 굵은 나무를 도끼나 톱으로 찍거나 잘라놓고 토막을 내기란 젖먹던 힘까지 다 내야 한다.

용칠이와 막둥이가 톱과 도끼를 들고 나무숲으로 들어가고 심찬은 성서방과 지게를 지고 이삼평이 허락해준 백석과 도석 광산으로 향해 갔다. 차 한 잔 마실 시간만큼 올라갔을 때였다. 산길이 어쩐지 으스스하다. 오늘의 일진이 사나웠던 탓일까. 일꾼복에 검은 복면을 쓴 세 놈의 자객이 단도를 들고 앞에 나타났다.

"웬놈들이냐! 대낮에 산적들이란 말이냐!"

가진 것도 없는데 무슨 산적이 붙는단 말인가. 아니면 중요한 인물도 아닌데 웬 자객이란 말이냐. 심찬은 그들의 칼끝보다 이유가 궁금했다.

"심찬이 둘 중에 누구냐? 감관이 평민 일꾼복으로 위장했다? 얼굴을 보니 나타나는군. 도공으로 사는 척하고 다니능만. 당신이 심찬이지?"

"그렇다. 내가 사옹원 주부 심찬이다. 죄없는 내가 왜 죽어야 하는지 그것부터 밝히고 칼을 들이대거라."

"흐흐…, 니가 죽어야 하는 이유는 그냥 내가 금은 주머니를 받아야 하기 때문이랑게. 그것뿐이여."

세 놈 중에서 대표쯤 되어보이는 놈이 시퍼런 칼을 들고 가까이 다가온다. 이때 성서방이 지게 작대기로 자객을 향해 후려치려 하자 뒤에 있던 자객 하나가 단검을 던져 성서방을 쓰러뜨린다. 자객의 단검이 성서방의 아랫배에 꽂힌 것이다. 심찬은 날쌔게 성서방의 배에서 칼을 뽑았다. 다행히도 깊이 박히지는 않았던지 쉽게 빠졌다. 그러나 성서방은 충격과 통증 때문에 땅바닥으로 주저앉고 만다. 심찬은 생명의 위협을 느꼈다. 더욱 가까이 다가온 자객은 사정을 두지 않고 심찬의 가슴을 노리고 있다. 그런데 이 순간이었다. 삼지창 하나가 날아와 자객의 허벅지에 꽂히는 게 아닌가. 자객은 순간 쓰러졌다. 죽을만한 치명적인 부상을 입은 상태는 아니지만 삼지창 자체의 무게 때문에 제자리에서 꼬부라져 버린 것이다. 두 놈의 자객들 중 창을 맞은 하나는 삼지창이 날아온 뒤쪽으로 몸을 돌려 방어의 몸짓을 보이고 나머지 하나는 심찬을 향해 돌진해 왔다. 그러나 이미 뒤쪽에서 급히 접근해온 사람이 외치고 있었다.

"꼼짝 마라. 나는 도호부의 병방(兵房)이다. 너희 놈들은 살인 미수범이다. 내 순찰 중에 딱 걸렸다. 이놈들을 포박하라."

삼지창과 환도를 든 나졸들이 자객들을 애워싸니 놈들은 꼼짝 못하고 무릎을 꿇는다. 나졸들도 셋 뿐이지만 단도를 든 두 놈의 자객과 환도와 삼지창을 든 나졸은 비교가 되지 않는다. 더구나 관아의 병사들이 지닌 위엄도 놈들을 압박하고도 남음이 있었다.

"심찬 감관이시지요? 변복을 하셔서 몰라 보았습니다. 소인은 병방이옵고 사또의 명을 받은 바 있사옵니다. 순찰 중에 감관이 계시는 금강골에 더욱 유념하랍시는 지시였습죠. 사또의 말씀에는 심 감관을 해코지하려는 무리가 있으리라 하셨습니다."

심찬은 사또에게 특별한 고마움을 느꼈다. 병방은 자객들을 이 자리에서 취조하지 않고 동헌으로 데려가 정식으로 형틀에 묶어 놓고 조사할 것이다.

"이놈들의 복면을 벗겨라. 혹시 아는 얼굴이 있을지 모르겠다."

병방의 지시에 나졸들이 자객들의 복면을 벗긴다. 갑자기 검은 복면을 손에 쥔 나졸 하나가 외치듯이 말한다.

"어, 이놈들은 주천 도요소에 있는 도공들입니다. 소인이 자주 가는 곳이기 때문에 잘 알고 있습지요."

"그래! 이놈들 누구의 사주를 받았느냐! 이 자리에서 이실직고하면 살길이 생길 수 있다. 나라의 관리를 살인하고자 한 죄수는 두말없이 참수형이다. 허나 사주한 자를 밝혀주면 죽음을 면할 수 있다. 누가 사주했느냐!"

병방이 진노하면서 말했다. 동헌 뜰로 끌고 가 형틀에서 무서운 고문으로 자백을 받는 게 순서지만 병방은 가급적이면 심찬 앞에서 미리 밝혀줄 의향이었다. 참수형이라는 말에 벌벌 떨던 자객 중의 한 놈이 두손을 비빈다.

"살려 주십시오. 네, 네. 주가전 감관나리의 명을 받았지라."

"허허, 주가전 감관! 어쩐지 수상한 사람이었지. 자, 그만 끌고 가자."

병방은 심찬에게 심심한 위로의 말을 남기고 나졸들을 시켜 포박된 자들을 이끌고 아래로 내려갔다.

심찬은 곰곰이 생각할 필요도 없이 주가전의 도발을 상상할 수 있었다. 사또와 심찬의 도요사업에 대한 협의는 물론 모든 도공들에 포고한 내용을 알게 된 주가전이 성품상 가만히 있을 리 없다. 원래 모질고 잔인한 인상을 가진 그를 심찬은 처음 대할 때부터 알고 있었다. 그러나 해코지는 하되 살인까지 도모할 줄은 몰랐다. 심찬은 어차피 흙을 파오는 일은 접고 부상당한 성서방을 부축하여 도요소까지 내려와 상처에 대한 치료를 단방식으로 처리해 나갔다. 쑥을 뜯어 찧어 아랫배의 상처에 붙여 칡 껍질로 동여매어 주었다. 통증이 심한 것을 성서방은 억지로 참고 있었다.

"우선 임시로 처리했으나 막둥이가 돌아오면 의원을 불러올 테니 조금만 참고 있게나."

"예, 예. 염려 마시소. 그나저나 어쩔 뻔 했소예. 나졸들이 그때 나타났기에 망정이지 하마터면 나리의 생명이 위태하지 않았겠습니꺼."

"인명은 재천이 아닌가. 아무튼 현명하신 사또 덕분에 살았네."

땔감을 준비해 온 용칠이와 막둥이가 성서방으로부터 오늘 일을 듣고 기가 막혀 주저앉는다. 천행으로 살아난 나리를 바라보고 무슨 말을 잇지 못한다. 심찬은 막둥이에게 은 한 잎을 꺼내 맡기고 아랫동네 의원을 불러오게 하였다. 의원은 칼이 깊게 들어가지 않아 다행이라면서 알뜰히 치료해 주고 갔다.

다음날부터 당분간 성서방은 집으로 보내고 둘을 데리고 흙광산에서 흙자루를 옮겨왔다. 그리고 며칠이 지나서 사또의 심부름으로 개과천선한 이방이 찾아왔다.

"감관 나리, 우리 사또께서 좀 오시라고 하옵니다."

"웬일로 오라고 하시는지 모르오?"

"아마 자객 사건 때문인 듯 하오."

이방은 심찬을 바르게 쳐다보지 못하고 죄인처럼 고개를 숙인 채 시선을 발밑에 깔고 있다. 자객사건 때문에 심찬을 부른다면 위로의 말씀과 주가전의 처리문제를 상의하기 위해서일 것이다.

"이방은 이번 자객사건의 주모자를 알고 있소?"

"예. 주가전이라는 말씀을 들었소이다."

"그 사람 소환되어 있는 거요?"

"아닙니다. 행방이 묘연타 합니다."

"이방과 아주 가까웠지 않았소. 그 사람 어딨는지 모르는 거요?"

심찬은 갑자기 짓궂게 이방에게 속이 절이는 질문을 했다. 공범일 수도 있다는 의심을 품은 눈으로 그는 이방을 뚫어지게 바라보았다. 그러나 그는 이방이 과오를 크게 뉘우치고 사또의 충견이 되었다는 것을 잘 알고 있었다. 심찬은 조랑이를 타고 이방을 앞세워 동헌으로 향했다. 동헌으로 들어가 사또를 만나자 사또는 벌떡 일어나 심찬의 두 손을 잡는다.

"얼마나 놀랐는가. 하마터면 큰일 날뻔하지 않았는가."

"사또의 배려로 목숨을 건졌나이다. 사또께선 소관의 생명을 지켜준 은인이시옵니다."

"인명은 재천이라 하지 않는가. 어쨌든 주가전을 어디서 잡아올지 모르겠네. 아무리 망을 좁혀도 걸려들지 않는단 말이야."

신분이 감관이라 해도 큰죄를 저지른 중범은 부사의 권한으로 처벌할 수 있다. 살인을 저지르려다가 실패한 자객은 살인미수범이지만 살인을 사주한 주범은 살인죄에 해당하는 것이다. 그렇다면 참수형을 면할 수 없다는 것을 아는 주가전이 이 고을에서 어물거릴 리가 없다.

"사또께선 주가전을 잡지 못할 것입니다. 살인죄를 아는 자가 이곳에 숨어 있겠나이까. 벌써 타지역으로 도주했거나 심지어는 왜국으로 도피했을지도 모르옵니다. 원래 잔인한 자는 교활하기까지 하여 나라를 배신하기 쉽습니다."

사또는 말없이 한참이나 무슨 생각에 잠기었다가 무겁게 말문을 연다.

"주가전 문제는 병방이나 형방에게 일임시켜 늘 살피라 하겠네. 그런데 심 감관에게 하고 싶은 말이 있네. 청화백자 말인데, 대강과 대산에서 한두 점씩 들어왔는데 정말이지 절세 미인을 만난 듯했지. 물론 심 감관 뜻에 따른 약정 때문에 관아가 득을 보는 바이지만 한양으로 보낼 양을 채우려면 어찌해야 되겠는가? 명품을 빼내기가 무척 어려운 모양이지?"

"우리 조선이 청화백자(靑華白瓷)를 구워 만들기 시작한 것은 물이나 기름에 녹지 않는 안료(顔料)를 명나라에서 수입한 때부터입니다. 그런데 그 안료의 값이 너무 비싸 관요가 아니면 구경하기 힘들지요. 그래서 우리 도공들이 군청색을 내는 안료를 개발해서 쓴다고 하는데 그것마저 우리 지방에선 양을 채우지 못하고 있나이다. 소관의 생각이온 바 대산의 금강도요소(이삼평요)와 대강의 대강도요소(박평의 요) 정도에 자금을 지원해서 안료를 수입케 하여 많은 청화백자를 만들게 하면 어떠실런지요. 또한 이 고을에서 내노라 하는 화공들도 품삯이 제법 드니 그도 지원해야 할 것이옵니다."

"우리 도호부의 세수예산에서는 할 수 없으니 각 도요소에서 들어오는 배분금으로 충당해 볼 일이군. 당분간 그릇에서 이문을 남기지 않으면 되겠지. 그런데 심 감관, 우리가 꼭 알아두어야 할 점은 왜 양질의 백자를 한양으로 올려보내야 하는가 하는 점이네. 자네에겐 첩지의 내용대로 임무를 수행하는 일이고 나로선 왕실에 공적을 올려 금상 곁으로 가는 첩경을 만드는 점이라네. 이젠 자네완 터놓고 말할 사이지 않은가. 아무튼 분발하여 주게나."

"잘 알겠나이다. 마침 오늘 금강도요소에서 박평의와 삼자 대면하여 백자 생산을 상의하기로 하였나이다. 그만 자리에서 일어나겠사옵니다.”

심찬은 동헌에서 나와 조랑이를 타고 바쁘게 금강골로 달려갔다. 이삼평의 도요 움막에서 두 사람을 만나야 한다. 이미 박평의가 와 있었다. 동헌에서 사또와 많은 대화를 나누다가 심찬이 반 시진쯤 늦은 것이다.

지게문을 열고 들어가자 두 사람이 자리에서 재빠르게 일어난다. 심찬은 손으로 제지하고 앉기를 권했다. 같은 도공의 신분으로 터놓고 지내자고 했던 심찬의 말은 늘 무효가 된다. 동헌에 들어갈 때는 당연히 관복을 입어야 했기에 관복차림으로 이들에게 나타난 것이 사실상 어울리지 않았다. 작은 소반에 약주병과 부꾸미가 대접에 수북히 쌓여 있고 짐채 안주도 그럴듯하다. 수염도 없는 미끈한 얼굴인 이삼평은 한 손으로 턱을 살살 문지르는 버릇이 있다. 박평의는 코밑 수염이 제법 자라 스스로 엄격하게 보이는 자태다.

“관복을 입었을 때는 나리라고 부르겠습니다요. 나리, 한 잔 드시지요. 이 부꾸미 전으로 점심을 때우고 있습니다. 짐채가 잘 익었구요.”

이삼평이 막걸리 사발을 권한다.

“고맙소. 다음부터는 관복을 입지 않고 오겠소.”

세 사람은 술사발을 몇 순배 나누고 나서 안건으로 들어갔다. 먼저 박평의가 실질적인 이야기를 꺼낸다.

“감관께서 지금 동헌을 다녀오시는 길이지요? 운봉, 보절, 주천, 산동 등 가마들에서 양질의 그릇이 얼마나 들어오고 있소이까?”

“모든 가마들에서 수십 개씩 보냈는데 양질의 그릇이 없었소. 그냥 판매용으로 내갈 걸 보내왔소. 다만 여기 두 분에게는 찬사를 보내는 바이오. 어떻게 그 어려운 청화백자를 보냈소? 사또께서 무지 감탄하데요. 절

세미인을 대한 듯하다면서요. 그러나 적은 양을 어찌 한양 왕실에 올리느냐고 하셨소. 내가 자금 사정을 말하고 지원책을 마련하자고 했소이다."

"사실은 박씨와 제가 시험삼아 만들어 성공한 작품이라 보내본 것이오. 역시 안료구입과 화공 품삯이 문제랍니다."

"그 점은 기다려 보오. 도요소들의 관아 배분금을 모두 그 비용으로 충당하겠다고 하셨소. 최소한 백 개씩은 한양에 보내야 한다면서요."

두 사람은 고개를 끄덕인다. 박평의가 이삼평 쪽으로 고개를 돌린다.

"우리 모두 와부(臥釜)와 입부(立釜)를 가지고 있지 않은가. 자넨 어느 쪽으로 백자를 구웠는가?"

"나는 등요(登窯)를 선택했지. 화염이 굽이쳐 오르는 거라 불심이 강하네."

이삼평은 오름가마를 사용한다고 하였다. 등요는 입부라고 할 수 있고, 와부는 평면가마라 하겠다. 심찬의 청송가마소는 등요에 해당한다. 그런데 우리 전통가마는 와부이고 중국가마는 주로 입부라고 했다. 누가 말하기를 입부 즉 오름가마가 불심이 더 세다고 하나 대개는 와부나 입부 마찬가지라고 말한다. 우리 조선에 입부가 많이 생긴 까닭은 유자광이 일찍이 중국의 가마를 조사해 오라는 지시에 따라 중국식이 많아졌을 것이다. 특히 남원은 유자광의 고향이라 먼저 여기 남원에 시범적으로 오름가마를 보급하였을 것이다.

"아무튼 두 사기장께서는 판매용 그릇과 왕실용 그릇을 확실하게 구분하여 팔대 이 정도로 생산토록 하시오. 뭐니뭐니 해도 판매량이 많아야 관아나 도요소가 소득이 될 테니 말이오."

심찬은 두 사기장을 독려하고 자리에서 일어났다. 열 개 중에 두 개는 꼭 청화백자를 만들어야 한다고 강조해 두었다. 청송가마는 금강가마에서 크게 멀지 않아 조랑이는 쉽게 심찬을 청송가마로 데려다 주었다. 그가 올 시간을 알고 성서방과 용칠이 막둥이는 가마 곁에서 기다리고 있었다.

"나리, 이제 오십니꺼. 가마는 완전히 식었습니다. 그릇을 캐낼 때가 되었지 않습니꺼."

"용칠아, 그릇이 나물이냐. 캐기는 뭘 캔다는 거야. 차라리 칡뿌리 뽑듯 도자기를 뽑자고 할까. 하하. 나 움막에 들어가서 일옷으로 갈아입고 오겠다. 괭이를 준비해 놓거라."

드디어 남원에 와서 처음으로 초벌구이 그릇을 구워내게 되었다. 제발 청송에서처럼 일그러지고 주저앉은 그릇이 나오지 않아야 한다. 심찬은 일옷으로 갈아입고 나와서 성서방에게 괭이로 가마 첫칸을 사람이 들어갈 정도로 허물게 하였다. 가마 안으로는 심찬이 들어가서 그릇을 꺼낸다고 미리 말해 두었다. 그릇을 쟁임하고 질흙으로 가마 구멍을 야무지게 메워 놓았던 자리를 성서방이 괭이로 파내자 바싹 말라버린 가마 흙이 뽀얀 먼지를 내며 안개처럼 뿌옇게 주변을 덮어버린다. 흙먼지가 다 가라앉자 심찬이 들어갈 만큼 구멍이 뻥 뚫려 있었다.

"내가 들어가서 갑발을 들어낼 테니 입구에서 조심스럽게 받아 공방으로 옮겨야 한다. 막둥이는 유약을 준비해 놓거라."

심찬이 가마 속으로 들어가 그릇을 꺼내기 시작했다. 열 개 정도가 뒤틀리거나 깨져 있고 오십여 개는 성형했던 그 원형 그대로 구워져 나왔다. 이만하면 성공한 셈이다. 음각 양각 등으로 시문을 해서 열 시진쯤 덜센 불로 초벌구이를 해서 만든 것이다. 여기에다가 일반물감으로 문양에 따라 그림을 그려 넣거나 글씨를 써 넣어야 한다. 청화백자는 아니라고 해도 일반물감으로 해도 고운 유백색 바탕이라 선명한 문양이 나온다.

성서방이 그리고 새긴 바탕에다가 심찬은 유약을 바르기 시작했다. 유약은 투명유, 불투명유, 광택유 등이 있는데 그는 일반적인 방법대로 광물 자체를 빻아 미세한 가루로 만들어 잿물과 혼합하여 생유로 사용했다. 성서방의 그림이나 글씨 작업이 너무 시간이 걸려 다음날도 계속되었다.

어느 정도 작업이 진행되자 재벌구이로 들어갔다. 다시 갑발을 이용하여 각 칸마다 쟁임하고 뚫린 입구를 다시 진흙으로 물샐틈없이 바르고 때워 불때기로 들어갔다. 재벌구이 불때기는 초벌구이보다 시진이 더 걸린다. 열다섯 시진까지 더 센불로 때야 한다. 정말이지 감을 잘 잡아 화도를 조절해야 한다. 그래서 쥐불구멍에서 불보기를 꺼내 수시로 확인하였다.

불때기와 가마 식히기로 몇날 며칠이 지났다. 그리하여 청송백자소에서 비로소 도자기의 완제품이 나왔다. 아직 왕실로 보낼 작품은 나오지 않았지만 자랑스럽게 상품으로 내놓을만 했다. 사또에게도 떳떳하게 보여줄 예정이다.

금강골에 온지도 어느덧 2년이 다 되어간다. 재작년 늦봄에 와서 올해 새봄이 다가온 것이다. 남원 고을에 있는 모든 도요소에서 양질의 그릇들이 쏟아져 나왔다. 도공들의 생활이 윤택해질 정도로 매출이 좋아져서 동헌으로 들어가는 사또의 몫도 풍요로웠다. 그리하여 사또의 충분한 지원으로 금강도요소와 대강백자소 그리고 심찬이 처음 방문했던 신해철 백자소를 추가하여 상당량의 청화백자가 생산되었다. 이것들은 명품화 하여 사또의 지휘 아래 오수역 찰방으로 보내 한양에 부치도록 하였다. 사또와 나는 이 이상 기쁠 수가 없었다.

심찬은 점점 남원 금강골에 정이 깊어지기 시작했다. 가끔 고향의 부모님 생각에 가슴이 아플 때도 있었지만 그릇을 성형할 때마다 떠오르는 묘정의 얼굴 모습도 심찬을 행복하게 하였다. 묘정은 지금 무슨 경서를 읽고 있을까. 연화 스님의 예감대로 묘정은 파계하고 환속하지나 않았을까. 묘정은 나를 기다리고 있을지도 모른다. 남원에서 내 임무가 끝나면 다시 청송으로 돌아가 묘정에 대한 애틋한 꿈을 실현해 보고 싶다.

금강골에 잔치가 있는 날이었다. 풍년을 기원하고 도요소의 풍요를 비는 동네잔치인 것이다. 도공들의 건강과 그 가족들의 무탈을 비는 산신제를 겸하는 잔치라서 사람들이 많이 모여 즐겼다. 도공들과 그들의 가족들이 모두 백 명도 넘었다. 잔치상엔 파전과 부꾸미 등 온갖 요리를 집집에서 내놓고 술동이가 여기저기 놓여 있어 남녀노소 없이 취하여 흥겹게 놀았다. 여기서 심찬의 마음에 이 동네가 더욱 정감이 생기게 된 것은 성서방이 청상 하나와 은밀하게 속삭이는 모습을 보았기 때문이다. 그 뿐인가. 용칠이 놈이 동네 색시 뒤꽁무니를 졸졸 따라다니는 꼴이 너무 귀엽기 그지 없었다. 그래, 여기서 성서방과 용칠이가 짝을 만난다면 이곳이 우리들의 고향이 되는 것이다.

텃밭을 가꾸고 화초를 즐기며 탈없이 생활하는 심찬의 처더러 잔치마당에 나오라고 하니 몇 번이나 사양해서 까닭을 물어보았다. 속이 불편하다고 한다. 그러나 심찬은 처음으로 사랑하는 아내를 강압적으로 이끌었다.

"서민 천민들과 어울리기 싫다는 말이오? 이들과 같이 사는 세상이 언젠가는 돌아오리다. 어서 나오시오."

처음으로 남편의 압박을 보는 이씨가 심찬의 손을 잡고 따라나섰다. 그런데 이게 어찌된 일인가. 심찬에게 이런 행운의 이변이 생길 수 있구나. 부녀자들과 인사하고 어울리던 이씨가 파전을 입에 넣다가 갑자기 구역질이 나는지 입을 틀어막는다.

"색시, 색시. 야, 이건 경사나는 것 아니랑가."

할머니 한 분이 이씨의 팔을 잡고 등을 쓰다듬자 심찬의 아내는 아예 몸을 돌려 나무 밑으로 가서 목을 움츠리고 계속 구역질을 해댄다. 심찬도 무슨 낌새를 채고 아내한테 다가가서 손을 잡고 집으로 향했다. 집에 들어선 그는 아내를 부축해서 안방에 고이 눕혔다.

"좋은 소식인 것 같소. 축하합니다."

"당신이 너무 바쁘게 생활해서 말씀을 못했지만 달거리가 막힌지 두 달째 된답니다. 그동안 입덧이 심하진 않았는데 오늘 웬일인지 기름냄새가 역겹더니…."

심찬은 무조건 아내를 끌어안았다. 어떻게 조상님과 부모님께 감사를 드릴지 모르겠다. 그리고 아내에게 고마움을 어찌 표현할 것이며 그동안 그의 무심했던 일상을 어이 보상할 것인가. 아무튼 틈을 내어 고향에 다녀와야겠다. 부모님께 이 기쁨을 알리고 조상묘에 후손의 도리를 지켰음을 엎드려 고할 일이다.

심찬은 그동안의 실적을 사또께 보고하기 위하여 감영으로 들어가야 했다. 그의 집과 뒷집 성서방네가 양곡이 떨어져 광흥창에도 들러야 한

다. 봄철 녹봉지급은 으레 배달되어 왔는데 이번엔 다소 늦어지는 모양이
다. 한 절기에 쌀 두 가마 콩 한 가마씩 받아왔었는데 그만하면 두 집의
식량으로 충분하였다.

심찬이 조랑이를 타고 남원성을 향해 부지런히 가고 있는데 이방이 그
를 찾아오고 있었다. 웬지 불길한 느낌이 든다. 사람이나 짐승이나 좋지
않은 일을 당할 즈음에는 육감으로 일어나는 반응이 있다. 역시 이방의
표정이 좋지 않다.

"나리, 사또의 부르심이올시다."

"그렇지 않아도 보고차 가는 길인데 웬일이오. 안색이 썩 좋지 않소이
다."

"난리가 나 부렀소. 왜놈들이 쳐들어왔다요. 벌써 경상도가 쑥밭이라
네요."

심찬은 조랑이의 목끈을 잡고 독촉했다. 결국 올 것이 오고 만 것인
가. 많은 식자들이 남쪽을 경계하라, 왜국을 조심해야 한다고 그렇게 일
렀건만 조정에서는 쌈박질이나 해댔다. 세태의 급박함을 간언하는 대신
들을 임금이 앞장서서 몰아내지 않았는가. 심찬이 동헌에 들어가니 사또
앞에 육방이 다 모여 있었다.

"심 감관, 어서 오게. 이 일을 어찌하면 좋겠는가. 풍신수길이 이십만
왜병을 시켜 부산부터 먹어 들어왔다니 엄청난 숫자가 아닌가. 삼군으로
진격해 온다는데 우리 남원부는 1군인지 2군인지가 해당되는 모양이네.
방어태세를 갖추라는 파발이 왔는데 병력이 태부족이라 야단났네."

"율곡 대감의 십만 양병 주장이 이쉽군요. 소관으로선 병무와 무관한
지라 어찌하면 좋겠나이까?"

"대충 육방들에게 저마다 할 일을 지시했네만 막판엔 피난 준비도 해야겠지. 심 감관의 할 일은 따로 있네. 모든 도요장들에게 명하여 보유하고 있는 그릇들을 한 곳에 모아 깊숙이 숨겨놓고 장비들도 은밀히 간수하라고 이르게. 왜병들은 왜구 해적들의 만행을 보아 알겠지만 원래 잔인한 놈들이라 무작정 때려부수고 불을 질러 버린다지 않는가. 사람 목숨을 초개로 알고 말이네."

　"알겠나이다. 소관은 이만 나가 움직이겠습니다."

　심찬은 동헌에서 나왔다. 어느 도요소부터 돌아야 할까. 우선 가까운 박평의와 이삼평을 만나 각 지역을 분담해야겠다고 마음 먹었다. 그렇지. 백자소의 신해철도 날쌔게 보이니 몇 지역을 맡겨보자. 나는 멀리 운봉으로 가야겠지.

　조선이 건국한 지 딱 이백 년이다. 그동안 조정의 집안싸움은 있었어도 국란은 없었다. 대외적으로 볼 때 이백 년간은 평화의 시대였다고 할 수 있다. 금상 이십오 년(1592년) 임진 사월, 나라의 운명은 어디로 돌아갈지 풍전등화가 아닌가. 지금 조정에 무슨 힘이 있는가.

6. 호남을 지켜라(1) _

　금상 25년(1592) 4월 14일에 고니시 유키나가(小西行長) 1군이 부산 진을 침공함으로써 시작된 왜란은 일방적인 왜국의 승세로 조선은 초토화하고 있었다.

　일본은 육군 15만 7천 명, 수군 9천 명과 비정규 다수를 포함하여 총 20여만 명의 군사를 동원하였다. 조선조정은 왜란이 일어나고 나흘이 되어서야 뒤늦게 보고를 받는다. 임시방편으로 방비책을 세워 장수들을 각 지역에 파견했으나 중과부적으로 속수무책이었다.

　각 고을의 수령들은 소속군사를 이끌고 요지에 모여 한양에서 내려올 장수를 기다리다가 군량이 떨어지고 왜군이 가까이 진격해오자 싸워보지도 못하고 군사들이 흩어지며 도망치고 말았다. 조선 관군은 상주 · 충주 등지의 요새에 진을 치고 왜군을 맞았으나 철저히 옥쇄되거나 아니면 뿔뿔이 흩어져 버렸다. 왜군이 부산진을 침략한지 20일이 채 못되어 한양(서울)까지 침공당하자 국왕부터 달아나기 시작했다.

　국왕이 개성, 평양으로 피란을 떠나기 앞서 왕자를 각 도에 파견하여 왕병을 모으게 했으나 소용없는 일이었다. 우의정 이양원을 유도대장(留都大將)으로 삼아 도성의 수비를 맡게 하고 김명원을 도원수로 삼아 한

강을 지키게 하였으나 역시 병력도 적고 훈련되지 않아 일방적으로 패퇴해 버렸다. 왕과 신하, 사대부들이 백성들은 나 몰라라 하면서 북쪽으로 줄행랑을 치자 울분한 백성들이 궁궐로 몰려와서 궁궐들을 모두 불태우고 여기저기서 노략질까지 해댔다.

결국 왜군 1군(소서행정)과 2군(가등청정)이 각기 5월 2일과 3일에 한양도성을 점령하였다. 개성에 머물고 있던 국왕과 대신들은 도성함락의 소식을 듣고 다시 평양으로 옮겨갔다. 임진강 방어에도 실패하자 왕 일행은 평양수비도 포기하고 의주로 옮겼다.

임진강을 도강한 왜군은 3군으로 나누어 1군은 평안도 방면으로 침입하여 6월에 평양을 점령하고 2군은 함경도로 진격하여 함경감사를 체포하고 왕자 임해군과 순화군도 백성의 발고로 포박되어 적진으로 인도되었다. 백성들로 하여금 왕이나 조정이 얼마나 불신을 받고 있었는지를 알 수 있다. 제3군의 주장 구로다 나가마사는 황해도 해주를 본거지로 삼고 대부분의 고을을 침범하여 온갖 만행으로 분탕질을 해댔다.

왜군들이 점령지마다 온갖 만행으로 도륙질을 해대는 꼴을 더 이상 감내할 수 없다고 보고 분연히 일어나는 의인들이 있었다. 무력한 조정의 관군들을 대신하여 6월 이후 팔도 전역에서 의병과 승병이 봉기하여 전방으로 북진해가는 왜병들의 후방을 여지없이 격파해 나갔다. 소수의 인력으로 전통적 작전인 매복과 기습으로 적을 공격하는 것이었다. 최초로 의병을 일으킨 경남 의령의 곽재우(홍의장군)는 4월부터 남강 지류에서 50여 명의 의병으로 왜병 2천 명을 몰살시켜 버리는 쾌거를 거두었다. 뿐만 아니라 보급로인 해로를 차단하는 작전을 편 이순신 장군은 천부적인 작전으로 연전연승하여 적들의 식량 보급로를 차단했다. 남해와 서해를 점령하여 호남의 곡창지대를 확보하려는 도요토미의 계획은 이순신 장군 때문에 여지없이 실패하고 있었다.

임진년 그해 6월이었다. 남원의 유림 박계성이 뜻을 같이할 수 있는 자들을 은밀히 모으고 있었다. 금강골까지 찾아온 그는 심찬을 만나자고 하였다.

"무슨 일이오이까. 보아하니 유림이신 모양인데 도공촌까지 어찌 오셨는지요?"

"나는 관료 출신 박계성이오. 이 지역 젊은 감관이라고 하길래 찾아왔소이다. 심찬 감관은 사대부가의 자손으로 종6품의 주부시라고 들었소이다. 나도 밀양박씨 반가 출신인데 종5품으로 있다가 정도를 모르는 조정과 파당으로 자신의 잇속만 챙기며 수단방법을 가리지않고 상대당을 죽음으로 몰아가는 대신들이 역겨워서 벌써 낙향해 버린 사람이외다. 그러나 이 처참한 지경에 이르러서 향토를 지키고 향민의 재산을 지키기 위해 일어났는데 일단 동지들이 필요하오이다."

"사람을 모으시는 모양인데 이 마실에선 소관밖에 없을 것 같소이다. 왜냐하면 모두 천민들이기 때문이오이다. 깊은 뜻을 잘 이해하지 못하는 사람들이지요. 오직 그릇을 만들어 호구지책으로 삼고 있는 사람들이오이다."

"허허, 나라를 지키고 향토와 백성들의 목숨을 지키는데 무슨 신분의 고하가 따로 필요합니까. 하나가 되는 세상이 어서 와야 합니다."

심찬은 갑자기 충격을 받는다. 하나가 되는 세상은 바로 심찬 자신이 바라던 꿈이 아니었나. 고려청자의 복원을 위해 주왕산 주왕굴 촌까지 가서 청자비기를 구해오지 않았던가. 보는 눈, 즐기는 마음은 하나라는 참 뜻을 스스로 터득해왔던 심찬이다. 심찬은 풍전등화같은 나라의 현실에서 자기 일신만을 위해 백성들을 버리고 줄행랑을 쳐버린 왕과 그 신료들을 생각하면 바로 신분제도가 파괴될 조짐으로 보인다. 심찬은 검소한 차림의 박계성 전관(前官)을 다시 바라보며 순간을 일깨워준 은덕에 무엇으로 사의를 표할지 몰랐다.

"선관(先官)께서 깨우침을 주셔서 감사합니다. 하실 말씀을 들려 주시오."

"사람을 모아 주시오. 내일 낮 미시에 왕정마실 기린산 자락의 만복사지로 오십시오. 거기서 자세한 내용을 여러 사람들 앞에서 말하겠소이다. 자, 그럼 이만⋯."

"바쁘신 몸이시겠지요. 소관, 많은 사람은 모으지 못하겠지만 단신으로 가진 않겠소이다. 내일 뵙겠습니다."

심찬은 박 선관을 보내고 사람 모을 방책을 궁리해 보았다. 만복사지 모임에 동참할 사람으로 우선 네 사람은 확보한 셈이다. 자신을 포함해서 성서방과 용칠이, 그리고 막둥이까지 넷이다. 일자가 너무 급박하게 내일로 정해져서 금강골과 대강마실 정도밖에 돌 수가 없을 것 같았다. 우선 가까운 백자소 신해철과 금강도요소 이삼평, 대강의 박평의 쪽에서 사람들을 모아볼 생각이다.

전관 박계성은 왜 대산방에 와서 하필 심찬을 찾아와 모임을 부탁했을까. 전국 각지에서 의병을 모으는 사람들은 한결같이 전직 관리 출신이나 그 지역에서 존경을 받는 유림들이라고 했다. 호소력을 가질 수 있는 인물들이 중심이 되어 가지를 치듯 확산시키고 있는 모양이다. 이미 심찬도 사대부 자식이요, 사용원 주부 정도라니 중간 인물로 명부에 올렸던 것이다.

심찬은 이 지역에선 이미 명망을 얻고 있었다. 그런 까닭에 쉽게 20여 명을 모을 수 있었다. 심찬은 20여 명의 도공들을 데리고 만복사지로 향했다. 도공들 대부분은 왜군에 대한 공포심이 있어서 사양하거나 꽁무니를 뺐다. 인명과 향토를 지켜야 된다는 의협심을 가진 사내들은 그리 많지 않았다.

관아에서 가까운 만복사지는 이미 폐사가 되어가고 있었다. 원래 불교를 국교로 삼았던 신라나 고려시대에는 사찰을 중심으로 주거지가 형성이 되고 감영이나 관아가 섰으나, 불교를 배척하는 조선시대에 와서는 객사를 중심으로 주거지와 관아 등이 형성되어 있었다. 도선국사가 창건했다는 만복사는 한때 수백 명의 승려가 수행을 하던 도량이었다. 그러나 지금은 근방의 주거지와 관아도 옮겨가고 승려 한 두 명이 외롭게 수행하고 있는 실정이었다. 배불숭유 정책으로 인해 사찰들은 탄압을 받으면서 소외되고 있는 추세가 이어지고 있었다. 그래서 만복사지는 서서히 폐허가 되어가고 있었다. 그러나 불상을 모시는 5층 불전과 2층 불전이 있는데, 동쪽의 5층 법당에는 높이가 35척(10.6m)이나 되는 동불이 있다. 5층 석탑과 당간주가 그대로 서 있으나 옛날의 화려했던 시절은 꿈속으로 사라져 갔다.

심찬은 도공들을 인솔하여 만복사를 찾아가며 새삼스러운 감회에 젖는다. 일찍이 이곳을 찾아와보고 싶었지만 너무 분망한 시간을 보내면서 차일피일 미루어 왔었다. 마음속으로 존경했던 매월당 김시습이 한동안 머물러 글을 썼던 곳이 아닌가. "만복사저포기"라는 이야기책을 여기서 썼다. 매월당은 세조가 조카 단종의 왕위를 찬탈했을 때 죽음으로 맞서다가 생육신이 된 분이다. 공자를 모시던 유학의 수재가 말년에는 부처에 의지했던 것이다.

모인 사람들은 백여 명에 불과했다. 그래도 이 정도라면 작전을 펼 수 있는 숫자다. 더욱 많이 모일 수 있었으나 원래 해적질을 하던 왜구의 소름끼치는 잔인성을 알고 있는 백성들이라 지레 겁을 먹고 모이지 않았다. 좀더 사람들이 모이지 않을까 하고 기다리며 시간을 지체하던 박계성은 드디어 자리에서 일어나 힘차게 말문을 열었다.

"여러분! 이만큼 모였어도 다행이오. 의령의 홍의장군은 지난 4월에 남강 지류에서 단 50명의 의병으로 왜병 2천명을 남김없이 격파했다고 하오. 전쟁은 숫자보다는 머리라 했소이다. 우리 전통적인 전법은 매복과 기습이오. 곽재우 장군은 바로 그 작전으로 한번도 패하지 않고 지금까지 싸우고 있소. 그런데 오늘 우리 모임은 특별한 이유와 목적이 있소이다."

박계성은 거의 대부분 젊은이들만 모인 것을 보고 이들의 사기를 북돋아주기 위해 다른 지역들의 사례를 든다.

"어떤 지역들에선 70세 노익장의 의병장이 작전을 지휘하고 있어 젊은이들의 사기를 높이고 있소이다. 나는 30대 후반의 젊은이로서, 그 노장의 용맹에 감동받아 이렇게 나섰소. 그러면 이제 본론을 말하겠소."

박계성은 잠시 말문을 닫고 주위를 둘러보다가 심찬을 발견하고, 한번 고개를 끄덕인 다음 다시 말을 잇는다.

"이유와 목적은 하나요. 우리 호남을 지키자는 데에 있소. 이 남원이라는 곳이 얼마나 중요한지 아십니까. 남원은 경상도에서 소백산맥을 넘어 전라도로 넘어오는 관문일 뿐만 아니라 충청도 경기도 한양도성의 울타리라 하겠소. 만일 왜군에게 남원을 빼앗기면 호남을 잃습니다. 점령된 지역의 백성들은 한 사람도 남김없이 처참하게 도륙됩니다. 온 재산이 불태워집니다. 왜놈들의 잔인성이 원래 그러하다는 거지요. 또 한 가지 지리적인 특성을 얘기하겠소."

박계성은 할 말이 너무 많다는 듯 숨을 고른다. 이때 어느 도공 하나가 손을 번쩍 들고 일어난다.

"나리, 지금 왜놈들이 어디까지 왔나요? 가족들은 일단 피란을 보내야지 않것서라."

"가족들은 피란 준비를 해야 하오. 왜군은 지금 한양도성을 점령하고 평양까지 쳐들어갔다고 하오. 임금은 의주까지 몽진해서 명나라의 도움을 요청했다고 하오."

"온 나라를 다 빼앗겼는디 어찌 여그는 멀쩡하다요?"

어떤 농민이 또 이렇게 질문하자 박계성은 하던 말을 자꾸 차단당한다. 그러나 이 시점에서 알맞은 물음이라고 생각했다.

"십오만의 왜군 주력부대는 북상했고 후방군은 각 지역, 특히 우리 삼남지역을 노략질하며 쳐들어오고 있는데 용감한 우리 의병들이 막고 있다오. 의병장 조경남 장군은 가까운 운봉 팔량치에서 왜군을 격파하고 양대박 의병장은 운암에서 일어났소. 지금 남원은 변사정께서 교룡산성의 수성장이 되시어 산성을 수축하느라 여념이 없소. 여러분은 생업에만 종사하다가 세상물정을 모르고 있었소. 여기서 가까운 담양에서는 고경명 선생께서 더욱 큰 부대를 이끌기 위해 대대적으로 의병을 모으고 계시오. 오늘 여기 모임도 그 분과 연결되는 거라오."

"소관도 묻겠소이다. 아까 또 다른 지리적 특성을 말씀하신다 하셨는데 그 지정학적 요인은 무엇이오니까?"

심찬의 질문이었다. 박계성은 마침 잘 물어와 주었다는 듯 빙긋이 웃음을 짓는다.

"심찬 감관은 여기 모인 사람들이 허락하는대로 소병장(小兵長)이 되어 고경명 장군에 합세하기로 예정되어 있소. 나라의 녹을 먹는 분이라 그리 따라줄 것으로 알고 있소이다. 아니 그리해야만 하오. 그래서 누구보다도 지리에 밝아야 하오이다."

어안이 벙벙한 표정으로 있는 심찬을 박계성은 강한 눈빛으로 눈도장을 찍는다. 국록을 먹는 자는 당연히 일반 백성보다 국토방위의 의무를 지녀야 한다는 압박이었다. 그의 말은 계속되었다.

"남원의 작전상 지리적 특성을 말하겠소. 여기는 영남과 호남을 연결해주는 곳이 아니오이까. 이곳은 요천수에서 섬진강을 이어 곡성 구례를 지나 하동으로 남해와 통하는데 그 관문에 진주가 있소. 진주가 적에게 빼앗기면 남원이 당하고 남원이 점령되면 호남 곡창지대가 적의 수중으로 들어가게 됩니다. 그리하여 조선의 곡창지대인 호남의 곡물이 적들의 군량미가 되어 충청 경기는 물론 한양, 개성, 평양, 의주 등이 모두 함락되는 것이오. 자, 그러면 여러분은 심찬 소병장을 중심으로 뭉쳐 담양으로 가서 고경명 장군과 합류하여 작전지시를 받으시오. 그러면 여기에서 고경명 장군이 의병을 모으고 분연히 발표한 기의격문(起義檄文)을 낭독해 드리겠소."

박계성은 조끼주머니에서 언문으로 적힌 종이쪽을 꺼낸다. 언문으로 적은 이유는 이것을 수 백 장 아니 수 천 장을 필사하여 농민, 서민, 천민들에게 살포할 목적이었으리라. 그러나 그 격문의 종이는 여기까지 미치지 못했던 모양이다.

"여러분, 장군의 격문을 읽겠소. '아, 우리 열읍(列邑)의 수령과 각처의 사민(士民)들아, 백성이 어찌 임금을 잊을 수 있겠는가. 의(義)는 의당 나라를 위해 죽는 것이니 혹은 무기를 들고, 혹은 군량을 모으며, 혹은 말에 올라 전장으로 달리고, 혹은 분연히 쟁기를 던지고 밭두렁에서 일어나 제 힘이 미치는 데까지 오직 의로 돌아가자.' 바로 이렇게 외치셨소이다. 장군의 뜻에 따라주길 바라오."

여기 모인 백여 명의 사람들 중에는 반가의 선비와 농민, 도요소 기술자들이며 보따리 장수들까지 골고루 모여 있었다. 실로 심찬이 바라던 신분제도의 타파가 되는 현장이 아닌가 싶었다. 심찬은 당장 소명의식을 품고 대중 앞에서 말문을 열었다.

"여러분, 나는 여기에서 소병장의 임무를 받아들이겠소. 그런데 당장 지금 담양으로 떠나자는 게 아니오. 이틀 후에 여기서 다시 만납시다. 그동안 가족들을 잘 수습하고 의병의 행장을 갖추고 모레 사시초에 여기에서 모입시다. 이상 돌아가시오."

박계성이 심찬의 손을 굳게 잡았다. 다른 선비들도 심찬 곁으로 모여들었다. 물론 신분을 의식하지 않고 박평의와 이삼평도 심찬에게 다가와 동참의지를 표한다. 이때 박계성 전관이 모여든 사람들에게 말한다.

"모레부터는 심 감관이 다 알아서 하오. 나는 내일 남원 출신 이잠(李潛) 의병장을 만나러 가야 하오. 그 분께선 운봉쪽에서 활약 중이시오."

누군가 동쪽으로 가는 이유를 물었다. 박계성은 거창 하동쪽에 왜병들이 나타났다는 첩보가 있어 그동안 운봉쪽에 모인 의병들은 팔랑치에서 일어난 조경남 의병장과 합세하여 왜병들을 방어하기로 되어 있다고 하였다.

심찬은 집으로 돌아와 아내를 설득하기 시작했다. 해산을 앞둔 아내를 두고 집을 떠난다는 것은 가슴이 터지는 고통이었다.

"여보, 아이를 가진 당신을 두고 잠시 나라를 위해 떠나야 할 일이 생겼소. 이 일을 어쩌면 좋을지."

"왜병들이 어디까지 왔다고 그래요?"

이씨는 동네 사람들로부터 전쟁 형편을 들어오고 있었다. 남원으로 이주해 온지 이태 동안 순탄하게 자리잡고 행복했는데, 이게 무슨 변고인지 가슴이 두근거려 견디기가 수월치 않았다.

"아직 남원성까지는 오지 않았지만 호남의 곡창지를 탐내고 있는 왜군들이라 곧 밀려올 것이오. 남원이 호남의 관문이오. 나라는 호남을 지키라는 명을 내린 것이라오. 녹을 먹고 있는 몸으로 거역할 수 없는 형편이오. 그래서 의병을 모아 담양으로 가서 고경명 의병장과 합류하여 작전을 지시받아야 하오. 간편한 행장과 가벼운 전복(戰服)을 준비해 주시오."

젊은 이씨는 말없이 고개를 숙이고 있다. 이 전란에 혼자 집을 지키고 있으라니 겁도 나고 슬프기 짝이 없다.

심찬은 뒷집의 막둥이를 불렀다. 무슨 일인가 하고 성서방과 용칠이까지 따라와 툇마루 앞에 서 있다.

"성서방과 용칠이는 내일 떠날 행장을 꾸리게. 막둥이는 의병 대열에서 빠져라. 산달이 가까운 집사람을 지켜야 하겠다. 유사시를 위해 왜병의 눈을 피할 피신굴을 파서 오래 먹을 음식도 준비해야 한다. 알겠느냐?"

"알겠심더."

"나리, 의병으로 떠나려면 무기가 있어야 할 터인데, 빈손으로 싸울 순 없지 않소."

성서방이 당연한 말을 했다. 청상 방씨와 성례를 치루지도 못하고 싸움터로 떠나야 하는 마음은 심찬에 못하지 않다. 용칠이도 방씨네 앵순이와 성례를 기다리며 성서방을 독촉하고 있는 터였다. 찬물도 위아래가 있다고 하여 순서를 기다리는 차에 전쟁터에 나가게 된 용칠이도 남 못지않은 가슴앓이를 하고 있다. 심찬은 성서방과 용칠이를 번갈아보며 입을 열었다.

"나도 마찬가지지만 성서방이나 용칠이도 자신의 여자를 지키기 위해서 싸움터로 나가는 것이네. 호남을 지키려면 남원을 지켜야 하고, 남원을 지키려면 아래쪽 남녘을 방어해야 한다지 않은가. 우리가 가질 무기는 담양에 가야 지급받을 것이네. 자, 그러면 준비들 하게. 내일까지는 여유가 있을 테니 가마 안의 그릇들과 연장 기구들을 땅을 파고 감쪽같이 묻어 숨겨놓고 가세. 그럼 도요소로 올라가자."

이렇게 심찬은 청송백자소 식구들에게 주의깊게 살림을 단속하도록 하고 만복사로 모일 준비를 갖추었다. 금강백자소와 대강백자소도 심찬의 경우처럼 주도면밀하게 준비하고 있을 것이다. 이삼평과 박평의 사기장들도 섬세한 사람들이다. 심찬은 다음날 집을 나서면서 동쪽 하늘을 향해 절을 올렸다. 청송의 부모님께 하직 인사를 올리는 것이다.

"부모님, 불효자식을 용서해 주소서. 일간 겨우 짬을 낼 것 같아서 고향땅을 다녀오려 하였나이다. 부모님의 건강도 지켜보고 처가 아이를 가졌다는 기쁜 소식도 알려드리고 싶었습니다. 그런데 이 어찌된 괴변이옵니까? 침략군 가또 기요사마가 지나가는 길목이 청송이라니 부모님과 고향 주민들의 안위가 걱정되옵니다. 소자도 나라의 부름을 받고 남쪽으로 떠나고 있나이다. 늘 조상님이 지켜주실 것을 믿사옵니다. 그럼 무사한 날이 오면 손주를 데리고 귀향하여 뵙겠나이다."

아내를 두고 떠나려니 차마 발길이 떨어지지 않는다. 심찬은 다시 막둥이를 불러 단단히 일러두었다.

"막둥아, 내가 돌아오기 전에 집사람이 해산할 기미가 보이거든 지체 없이 안골댁과 임실댁을 찾아가 부탁해야 한다. 해복을 부탁하란 말이다. 무슨 뜻인지 알겠느냐? 그리고 내 조랑이도 네가 맡아서 기르고 있거라."

"예. 염려 마시소. 성심노력으로 나리의 지시를 꼭 지키겠심더."

심찬은 마지막으로 아내의 손을 잡았다. 이씨의 눈에서 눈물이 흐른다.

만복사 마당에 모인 사람들은 칠십에 불과했다. 그저께 백여 명에서 삼십명이나 줄어든 것이다. 사정이 다 있었겠지만 잔인하다는 왜병들과 싸운다는 말에 겁이 나서 피란길을 택했으리라.

심찬은 이들 70여 명을 인솔하고 담양에 도착하여 고경명 대장을 찾아 박계성 전관의 말을 전하니 예상대로 반갑고 친절하게 대해 주었다.

"환영하오. 사옹원 주부라는 말을 이미 듣고 있었소. 박계성 동지는 남원을 책임지고 있는데 일찍이 조정에서 같이 일했다오. 심찬 감관이라고 했지요?"

"예. 그러하옵니다. 대장님의 기의격문을 접하고 나라방위의 책임을 다하고자 찾아왔나이다."

"장하오. 여러분, 70여 동지들이 동참해 왔는데 이 중에는 유림 선비들도 있고 농부와 서민들도 있을 텐데 나라 앞에서는 신분이 따로 없이 하나가 되어야 하오. 하나가 되는 세상이 곧 돌아올 것이오. 임금이나 사대부들이 그토록 큰소리 치더니 나라가 위급하자 백성들을 버리고 나 살려라 하고 줄행랑을 친 것은 신분제도를 이미 포기했다는 증거가 아닐 수 없소. 만일 우리 의병들 사이에서 신분을 따지는 반상들이 있다면 이 검이 용서치 않을 것이오."

"명심하겠나이다. 박계성 전관께서 소관에게 기의격문을 받아들이는 자를 많이 모으라고 하셨는데 겨우 소수만을 이끌고 왔나이다."

"숫자는 다다익선이나 소수라 해도 다수를 능가할 수도 있소. 홍의장군 곽재우 얘기를 듣지 못했소? 의병 50명으로 남강 지류에서 왜병 2천명을 전멸시켰소."

심찬은 박계성 전관의 말씀을 다시 듣는 것 같았다. 심찬 자신보다 30년 이상 연상인 듯한 고경명 대장은 개별적인 대화에서도 경어를 쓰고 있었다. 전국적으로 의병을 모으는 사람들은 모두 유학자나 사대부 전관들이라는데 신분제도가 무너지고 있다는 마당에 천민이 앞장을 서서 의병을 모은다는 말은 듣지 못했다. 그 까닭이 무엇인지 묻고 싶었으나 순간 시기상조의 시대적 정황 때문이라고 생각하고 그만 두었다. 아직도 지도자는 배운 자들에게서 나오고 있는 현실이 아닌가. 고경명 장군은 드디어 작전을 지시하려는지 엄숙한 표정으로 변색하여 다시 말문을 연다.

"여러분! 나는 6천 명의 의병을 모았는데, 나 혼자가 아니라 내 옆에 있는 유팽노 대장과 함께 모았소. 그런데 나는 이 6천 명을 이끌고 북상할 것이오. 임금이 있는 곳으로 올라가 나라를 구할 작정이오. 무능한 임금을 구하려는 게 아니라 국가를 상징하는 왕을 구하려는 것이오. 남쪽도 아주 위태롭지만 북쪽보다 남쪽에서 의병이 더 많이 출병하였소. 더구나 곽재우 대장같은 분이 있어 믿을 만하오."

근왕병(勤王兵: 의병) 6천명을 모았다는 것은 전국에서 제일로 기록될 것이다. 고경명은 잠시 말을 멈추더니 시선을 돌려 심찬을 바라본다. 그리고 다시 청중들을 고루 둘러보며 열변을 토한다.

"남원은 호남의 관문이오. 곡창지대 호남을 빼앗아야 조선을 잡을 수 있다며 풍신수길이 엄명을 내렸다고 합니다. 그래서 이순신 장군은 호남으로 들어오는 일본의 수군을 차단하려고 바다를 잘 지키며 신출한 작전으로 연전연승하고 있소. 그런데 문제는 바닷길을 뚫지 못하는 왜병들이 수군과 육군 모두가 진주쪽으로 올라올 것이오. 따라서 진주가 아주 중요한 요지올시다. 진주가 함락되면 하동, 구례, 곡성으로 해서 호남의 관문인 남원성을 공략할 것이오. 심찬이 이끄는 남원 의병들은 나를 따르지 말고 진주쪽으로 가시오. 자신들의 향토인 남원을 지키려면 진주부터 지켜야 한다는 뜻이오. 남원부대가 왜 나를 거쳐가야 하느냐 하면 무기 때문이오."

고경명은 박계성과 사전에 약조가 되어 있었던 모양이다. 고경명은 의병들을 모집하기 전에 활과 창검을 미리 구입해 병기창을 마련했던 것이다. 남원 의병들을 따로 떼어 진주쪽으로 보내는 뜻에는 향토 방위본능이 앞서 더욱 용기를 낼 것이라는 판단이 있었다.

남원 의병들은 각기 활과 전통을 받았고 창을 원하는 자는 창을, 검을 원하는 자는 검을 택하도록 하여 지급해 주었다.

'장군, 외람된 말씀이오나 우리 남원 의병들은 훈련이 전혀 안 되어 있습니다. 전투 경험도 전혀 없구요. 그래서 말씀 드리는 바, 훈련교관 한 분만 배치해 주시면 감사하겠습니다.'

심찬의 요구가 당연하다는 듯 고경명 장군은 고개를 끄덕이고 시선을 좌우로 돌리며 누군가를 찾는 눈치다. 교관을 물색하는 것일까.

"음, 종후(從厚)야. 네가 남원부대를 맡아 철저히 훈련시켜라. 인후(仁厚)는 나를 따르라."

종후는 고경명의 장남이었다. 철저히 숙련되게 훈련받은 형제 중에서 차남인 인후는 위험이 배가 되는 북쪽으로 데려가고 장남은 진주쪽으로 왜 배치하는지 그 이유를 몰랐다. 그러나 뒷날에 추측을 가능케 한 것은 금산전투의 결과였다. 아무리 위국충정에 멸사봉공의 정신이 필요한 때라 해도 아비의 본능은 대를 이어야 하는 장남 존속의 필요에 따랐으리라.

날씨가 더욱 더워지고 있었다. 가끔 소나기가 퍼부어 줄 때는 옷이 젖어도 상관없이 고마웠다. 훈련관 고종후는 심찬의 뜻에 잘 따라주었다. 나이도 엇비슷해서 허물없이 대화를 나누기도 했다. 심찬은 어떤 전투가 벌어진다고 해도 남원의병 한 사람도 잃지 않겠다고 단단히 결심했다.

"여기가 좋겠소이다. 한 달쯤 야영을 하면서 훈련을 시켜 주시오."

구례를 가까이 두고 섬진강 모래톱과 인근 야산을 보면서 심찬이 고종후 교관에게 말했다. 고종후도 긍정적으로 받아들이고 의병들을 쉬게 하였다. 70여 명밖에 안 되는 병력이라 훈련시키는 데는 난관이 없으리라 보았다. 문제는 70명의 먹거리인 군량미였다.

"심찬 소병장, 앞으로 군량미를 조달할 대책이 서 있소?"

심찬은 각자 배낭 속에 이레 정도 먹을 수 있는 비상미를 준비시켰을 뿐 그 이상의 대책은 없었다. 다만 집에 보관중이었던 금은 주머니에서 반쯤 남기고 가져왔을 따름이다. 가져온 금은을 곡물로 바꾼다고 해도 70명이 먹을 식량으로 한 달 이상은 해결하기가 어렵다.

"양식은 현지조달을 목표로 하겠소. 나라와 백성들을 지킨다는데 현지의 부자들이 괄시를 하겠소이까."

"바로 그거요. 내 부친도 그 방법으로 조달했지요. 그런데 부자집은 커녕 민가도 없는 곳에서 계속 매복할 일이 생길 때는 어찌하겠소이까?"

"그러니까 있을 때 비상용으로 지참시켜야지요."

"그렇게 합시다. 구례는 대처이기 때문에 부호들이 많을 것이오."

남원부대는 휴식을 마치고 고 교관의 구령에 따라 7열 횡대로 의병들이 펼쳐 섰다. 두 손을 벌리는 간격으로 검법을 먼저 익히기로 했다. 처음에는 개별적인 검법훈련이었다. 원래 고경명 대장은 문무를 겸한 사람이었다. 특히 무과에 급제하여 창의적인 기법을 많이 내놓았다. 아버지한테 배운 고종후도 상당히 숙련된 사람이었다.

"상단막기, 중단막기, 하단막기, 좌우로 막고 찌르기!"

의병들은 교관의 구령에 맞추어 따라보려고 해도 시범을 보이는 교관의 검품새를 따를 수가 없다. 물론 개중에서 운동체질인 자들은 쉽게 익히고 있었지만 그 수효는 5할 정도다. 그 중에 심찬도 끼어 있었다.

비상식량과 반찬 이레분이 다 떨어질 때까지 칼쓰는 훈련만 했는데도 표가 나게 발전되지 않았다. 일본의 군대가 어떤 군대인가. 백년의 내전을 겪고 갈고닦은 최강의 정예부대가 아닌가. 게다가 성능이 우수한 조총까지 가지고 있는 군대다. 우리 의병들이 그토록 강하다는 왜병들과 겨

룰 수가 있을지 의문이고 결과는 불을 보듯 뻔한 일이다. 그러나 후리후
리하고 강건하며 구렛나루가 바람결에 미동하는 쾌남의 교관 고종후는
의병들에게 사기를 북돋운다.

　'의병으로 나온 군사들이여! 내 말을 들으시오. 부산포 부산성에서 우
리 조선군은 5백여 군사밖에 안 되는 숫자로 수천의 왜군과 사흘 나흘동
안 격렬하게 싸우며 왜병을 천 명이나 살상하였고, 동래성에서도 조선의
의기와 투혼을 여지없이 보여주어 왜병들의 간담을 서늘케 했소. 이것은
관군의 경우이고 의병의 경우는 어떻습니까. 지난번 들은 얘기지만 홍의
장군 곽재우 장군이 50의 의병으로 2천의 왜병을 전몰시킨 사례를 생각하
고 용기를 가지시오. 집중력을 가지고 훈련을 받아야 하오.〝

　다음날부터는 창쓰는 법과 활쏘기를 훈련받기로 하였다. 그날밤 심
찬과 고종후는 힘깨나 쓸 의병 10여 명을 데리고 구례의 부호를 찾아갔
다. 예상대로 어디를 가나 협조해 주었다. 국가의 존망도 그러하지만 부
호들의 재산을 지키려면 의병들이 굶주려선 안된다는 것을 매우 잘 알고
있었다. 어느 부호는 거뜬히 쌀 일곱 가마를 기부했다.

　남원부대는 무려 한 달 이상을 모래톱과 야산에서 훈련을 받았다. 의
병들의 눈빛도 예전과 너무 달라졌다. 그러나 훈련을 이 정도 해서는 정
예부대가 될 수 없다. 구례와 지리산을 지나 이어지는 섬진강을 따라 가
다가 하동의 섬진강변에서 다시 훈련기간을 가졌다.

　벌써 9월도 중순이 되자 스산한 바람이 의병들의 소매 속으로 스멀스
멀 들어오기 시작했다. 그런데 고종후에게 웬 청천벽력같은 소식이란 말
인가. 발 없는 말이 천리를 간다는 속담이 야속했다. 발없는 소식이 십리
밖에 못 간다고나 할까. 지난 7월 아흐레 의주 행재소(行在所)를 향해 가

던 고경명 장군이 금산에 들어서자 수만 명의 왜군과 맞닥뜨렸다. 6천명에 불과한 의병의 병력으로 그 몇 배가 되는 왜병과 전투가 벌어진 것이다. 작전을 펼 여유도 없이 마치 기다렸다는 듯 달려드는 왜병들과의 전투에서 고경명 장군과 의병들은 용감하게 싸우다가 거의가 전몰되었다. 고경명 장군도 끝까지 왜병들과 싸우다가 차남 인후와 함께 순절했다는 소식이 늦게서야 도착한 것이다. 효자로 이름난 고종후는 당장에 엎드려서 통곡하기 시작했다. 심찬과 의병들은 어찌 위로해야 할지 몰랐다. 고종후는 한참을 오열하다가 냉정을 되찾고 심찬에게 이별을 고한다.

"심찬 소병장, 나는 아버지 묘지가 있을 고향 광주(전남)로 떠나야겠소. 영전에 곡하고 아버님의 원수를 갚기 위해 의병을 다시 모아 싸움터를 찾아다니며 왜놈들을 닥치는대로 참살할 것이오."

"장하십니다. 하오나 감정을 앞세우지 말고 냉정을 잃지 마시오. 아직까지도 어찌 위로해야 할지 모르겠소이다."

"심찬 소병장은 믿음직하오. 의병들을 내가 하던 방식대로 훈련을 더시키시오. 나는 하동 관아를 찾아가서 말 한 필을 빌려야 하겠소."

심찬은 의병들을 훈련시키면서 자신의 기량도 늘어가는 것을 느꼈다. 고종후한테서 배운 전법이지만 의병들을 가르치다보니 언제 자신이 교관이 되어 있었는지 모를 일이었다. 백오십 보 밖의 목표물을 화살 다섯 발중에서 네 발을 명중시키는 심찬의 실력이었다. 그는 보행으로 진주성을 향해 접근해갔다.

진주성은 사통오달의 군사적 요충지다. 동으로 함안, 창원, 부산으로 통하고, 남으로는 사천, 남해, 고성, 통영으로 통하고, 서쪽으로는 광양,

순천으로 연결되면서 윗길로는 하동, 구례, 곡성을 통해 남원으로 직결할 수 있다. 또한 북으로도 산청, 함양, 운봉을 통해 바로 남원으로 집결할 수 있으니 남원공략의 통로로는 여러 곳으로 통할 수 있다.

동남으로는 바다로 연결되어 있어 왜군 수병들이 상륙하여 진주를 치게 될 것이다. 진주가 함락당하면 곧바로 호남 곡창지대의 관문인 남원이 아닌가. 도요토미 히데요시의 목표가 여기에 있었다.

남원의 입지 또한 사통오달의 지역이다. 동으로 운봉 함양으로 넘어가고 역시 남으로 곡성 구례로 통하고 서쪽으로는 순창, 담양, 장성, 정읍을 통해서 곡창지대인 호남평야를 맞게 되는 것이다. 북쪽은 임실을 거쳐 곧바로 전주를 통해 논산 공주를 지나 한양으로 연결되는 지역이 바로 남원이 아닌가. 지금 북진했던 왜병들 일부가 진주를 향해 부산쪽으로 집결하고 있다는 소식이다.

관군들에게 나라를 맡길 수 없는 사태가 벌어지니 각 도에서 의병장이 수없이 일어나 의병을 모아 훈련시켜 왜병들을 공격하고 있다. 경상도에서 의령의 유생 곽재우가 사재를 털어 의병을 1천명이나 모아 낙동강을 따라 왕래하면서 왜군들을 무찔러 경상우도의 여러 성을 수복하였고, 합천의 정인홍, 고령의 김면과 박성, 곽준, 곽단, 권양, 박이장 등도 첨사 손인갑을 장수로 삼아 왜적을 여기저기서 무찔렀다.

전라도에서는 광주의 고경명이 옥과의 유팽로와 함께 6천 명을 모아 의병을 일으켰고, 남원의 박계성, 안영, 양대박이 의병을 일으켰으며, 전 부사였던 나주의 김천일이 의병을 일으켜서 고경명과 합세했다. 그밖에 정읍을 비롯하여 많은 곳에서 의병장들이 출동하여 왜군을 격파하는데 힘을 보탰다.

충청도 옥천에서 전 제독관인 조헌이 홍주의 신난수, 장덕개 등과 힘을 합쳐 청주를 수복하고, 금산성에서 왜적과 대치하여 싸우다가 전라도의 고경명처럼 전원 전사하였다. 그 밖에도 의금부 도사였던 조호익, 함창의, 정경세, 청주의 이봉, 김준민 등도 궐기하여 왜병과 싸움을 벌였다.

황해도 지역에서는 장응기, 이정암, 박덕윤, 조광정 등이 일어났고, 전라우병사였던 최경회가 의병장으로 봉기하였다.

함경도 지역은 북평사 장윤부가 경성에서 의병을 일으켜 국경인 등의 반란을 평정하여 회령을 수복하고 길주·명천 등지에서 왜적들을 물리쳤다.

의병의 활동이 원만하게 실적을 올린 것은 의병들을 모으고 지휘한 의병장들 거의가 전직 관리와 유학자로서 사회적 지위와 명분으로 백성들에게 신망을 얻은 사람들이었기 때문이다.

무엇보다도 승병쪽을 생각하지 않을 수 없다. 불교를 산 속으로 내몰고 천민 취급을 했던 왕조가 사태가 위태롭게 되자 사찰에 손을 내밀었다. 금상(선조)이 묘향산의 노승 휴정(서산대사)에게 의승병의 봉기를 요청하자, 휴정은 우국충정의 마음으로 전국의 사찰들에 격문을 보내 승병을 일으키게 하였다. 원래 수련이 된 승군들은 싸움도 잘 했다. 영규 스님 외에 호남에서 처영, 관동에서 송운대사, 해서에서 의암 등이 호응하여 적극적으로 가담했다. 특히 휴정의 수제자인 유정(사명당)은 강원도 금강산에서 격문을 접수하고 대대적으로 승병을 모아 철저히 훈련시켜 요소요소에서 왜군들을 격파해 나갔다. 지금은 경상도 청송 주왕산의 대전사에서 승병들을 훈련시키고 있다.

따라서 평양까지 점령한 왜군은 의병과 승병에 의해 엄청난 타격을 입고 보급로가 막혀서 전세를 잃어가고 있었다. 설상가상으로 명나라의 지원군으로 요동군이 내려왔다고 하지 않는가. 그러나 왜군은 호락호락 물러서지는 않았다. 주력부대 10여만 명의 병사와 후속부대 10여만 명의 병력으로 새로이 전력을 가다듬고 있었다. 그들의 1차적인 목적인 호남평야 장악은 실패로 돌아간 셈이다. 남해를 통해 서해로 진출하여 호남을 공략하려고 했지만 해전에서 이순신 장군과의 싸움으로 연전연패를 당해 해로가 막힌 상태였다. 그래서 호남공략은 육지를 통해서 실현하고자 진주성 공격을 시도하는 중이었다.

진주성은 앞에 남강이 흐르고 후방 동서북은 험준한 형세로 성벽을 높이 쌓아올린 매우 견고한 성이다. 임진 6월 이후 전국에서 일어난 의병들의 맹활약으로 기세가 꺾인 일본군은 병력을 집중하여 어떻게 하든 하삼도(下三道)의 관문인 경상도를 손아귀에 넣으려고 하였으나 전란 이후 진주성만은 아직까지도 공략하지 못하고 있었다. 일본의 관백 도요토미 히데요시는 남도를 장악할 수 있는 본거지이자 전라도 진입의 교두보 역할을 해낼 수 있는 요충지가 바로 진주성이라 여기고 다시 공격할 것을 명령하였다.

임진 10월 4일 일본군은 4만 명의 군사를 이끌고 진주성을 포위하였다. 진주성은 김시민 목사를 위시해서 3천 8백여 명의 군사들과 백성들이 합세하여 결전준비를 갖추었다. 그러나 중과부적인 상태라서 언제 성이 무너질지 모르는 절박한 위기가 아닐 수 없었다.

목사 김시민은 어떤 사람인가. 25세에 무과에 급제하였고, 훈련원 판관이 되었다. 무기가 녹슬고 기강이 해이하여 유사시의 대비가 전혀 없음을 개탄하고 병조판서에게 군기보수와 훈련강화를 수차례나 건의하였으나 오히려 질타만 당하였다. 이에 미련없이 벼슬을 버리고 고향인 충청도 천안으로 낙향하였다. 그 후 여진족 토벌에 동원되어 공을 세웠고, 작년 신묘년(1591)에 진주 판관에 임명받아 근무중이었다.

왜군이 경상도 남부를 휩쓸자 사색이 된 진주목사 이경은 부하들을 데리고 지리산으로 피신하였다. 상부에서 이경에게 돌아와 성을 지키라고 하였으나 그는 산중에서 왜군에 충격을 받았던 연고로 병사하고 말았다. 그래서 판관인 김시민이 목사를 대신하여 전투준비를 갖추고 있었다.

"병사들아, 잘 듣거라! 이경 목사를 따라 도주한 병사들이 있다고는 하나 지금 성안에는 3천 8백여 명의 관군이 있고, 의로운 백성들이 성안으로 들어오고 있으며 성 외곽엔 전라도 의병들이 요소 요소에 집결하고 있다. 공격보다는 수성이 유리하니 일치단결하면 왜병 4만인들 무서울 게 없다. 자! 각자 위치를 정하여 승자총통을 지참하고 천자총통과 지자총통은 포대에 걸어 대비하라. 대완구 소완구도 제자리에 설치하라."

기골이 장대한 김시민의 위용 앞에 병사들이 일사분란하게 움직였다. 그러나 왜병의 숫자에 자신감이 없는 김시민은 걸음이 날쎈 병사들을 차출하여 삼방위로 보내 의병들과 연락관계를 확인시켰다. 전라도 의병들이 남원성을 지키고 호남을 보호하기 위하여 진주성 서벽을 향해 진출하고 있는 중이었다. 심찬의 작은 부대도 의병들의 임시 매복지로 와서 대부대의 의병들과 합류하였다. 이곳에서 박계성 전관을 만났다.

"박 전관님 아니십니까. 여기서 만나다니 반갑습니다."

"여기서 심 주부를 만날 줄 알았소. 고경명 대장이 남원성을 늘 관심 두고 계셨기에 남원의 향토병은 북상시키지 않을 것을 알고 있었소. 하기야 북상길을 따라갔더라면 고 대장과 함께 심 주부도 고인이 되었을 거요."

"우리는 여기 진주성에서 왜군 수만 명과 겨루다가 고인이 될 수도 있 겠죠. 우리 의병들의 배치는 어찌 되오니까?"

"의병들은 진주성의 삼면 성밖에서 왜군의 후방과 측면에 매복해 있다 가 지원 공격하게 될 것이오. 성밖 북서쪽은 전라도 의병장 최경회를 중심 으로 내가 맡아 싸우고 동쪽은 경상도 의병장 곽재우 대장과 김준민 대 장이 맡아 합세하게 되어 있소. 왜군이 나름대로 성을 포위하고 있으나 우리 의병들의 위치는 모르고 있소. 우리가 먼저 은신 매복하고 있었으니 까."

"성밖 남쪽은 정작 왜군의 진입로일 터인데 어느 의병부대가 맡고 있 나이까?"

"나는 거기까지는 모르오. 김해, 마산, 창원쪽의 의병들과 용감한 승 병들이 맡고 있을 거요. 동서남북으로 아무리 의병의 숫자가 많기로 왜군 사오만 명과 싸우긴 중과부적일 거요. 하지만 머리로 싸워 이기면 되지 않겠소."

남원의병대장 박계성은 폭넓게 활동해온 터라 각 지역의 실태와 정보 를 잘 알고 소통하고 있었다. 심찬은 엉겁결에 맡은 소병장이라 시대의 물정이 깜깜한 처지다. 지금 진주지역의 지리적 배경이나 왜병들의 공격로 등을 알 수가 없다. 아직은 왜병들이 움직일 기미를 보이지 않는다. 이삼 평과 박평의가 활을 메고 검을 찬 채 심찬에게 다가온다.

"심 대장, 하늘의 별만큼이나 많은 왜군들이 언제 공격해올지 불안해 미칠 지경이오. 동지들이 여럿 달아나 부렀소."

"의지가 굳지 못한 자는 여기 남아 있어도 소용이 없소. 성안의 김시민 장군이 보통 분이 아니라 하오. 또 사방 배후에 잠복해 있는 용감한 의병들이 있으니 승산이 없는 게 아니오."

남원의 소부대 70명 중에서 열 명은 달아나 버렸지만 수백 명씩 이끌고 있는 최경회 대장과 박계성 대장을 의지하면 두려움을 삭힐 수 있었다. 심찬은 어둠이 다가오기를 기다리고 있는 왜군들의 동정을 살피며 박계성 대장에게 자꾸 무엇인가를 물어가면서 초초한 시간을 메우고 싶었다.

"선관께 물어봐도 되겠소이까. 워낙 시간이 지루해서요."

"지루한 게 아니라 초조하겠지. 뭐든 물어보시오. 왜군들이 아직 움직일 기미가 보이지 않으니까."

"선관께서 메고 있는 무기는 무슨 무기오니까? 최경회 대장쪽에도 많은 사람들이 들고 있던데요."

"승자총통이라는 무기인데 화약을 이용하니까 궁시보다 꽤 멀리 나간다오. 최경회 대장이 경기, 황해도까지 활동하면서 관군으로부터 입수한 것들이오. 숫자는 얼마 되지 않소. 천자총통, 현자총통같은 화포도 있지만 그것들은 자주 이동하는 의병들에겐 무거워서 가지고 다니지 못하오. 성에서 필요하다오."

"조선에도 훌륭한 무기가 있었군요. 왜놈들만 조총이 있는 줄 알았죠."

박계성은 은신한 채 적진을 두루 살피다가 심찬을 다시 바라본다.

"심 주부, 나도 사실 초조하오. 말을 시켜 주오. 뭐 물어볼 다른 문제는 또 없소이까?"

"예, 궁금한 게 많지요. 저 많은 왜군이 어떤 경로로 진주까지 진격해

왔고, 진주성의 김시민 장군은 어떤 분인지요?"

"지난 7월에 왜군은 남해안을 따라 수륙병진을 시도했으나 이순신 장군으로 인해 한산도에서 치명적인 타격을 받았다오. 그들은 7월 하순 바다를 포기하고 육로로만 서진하여 진해, 고성을 점령하고 8월 초부터 진주를 공격하기 시작했소. 김시민 장군은 그땐 목사가 아니고 판관이었소. 겁이 난 목사가 도망쳐 버려서 판관이 지휘자가 된 거요. 김시민 장군은 각지에 구원병을 요청하여 진주성 방어 태세를 강화시켰다오. 왜군은 남강 남안까지는 진출하였으나 강을 건너 진주성을 공격하기가 쉽지 않다고 판단하고 사천으로 물러나 그곳에 거점을 마련하려고 했소. 김시민 장군은 과감하게 1천명 군사들을 이끌고 사천성에 있던 왜군을 공격하여 격파하고 도망치는 왜병들을 추격해서 고성과 진해도 수복시켰소. 조정에서는 이 소식을 전달받고 김시민 장군의 공을 치하하고 정식 목사로 승진시킨 것이오. 그 후 지금 상황까지는 잘 모르오."

그동안 의병과 승병들에 의해 보급로가 자꾸 끊겼던 북쪽 왜군들은 남하하기 시작했다. 서울쪽의 정예군도 김해로 집결하기 시작했다. 8월 중순부터 진주성을 공격할 준비에 들어간 왜군들은 9월 24일 김해성을 출발하여 진주성으로 향해갔다. 왜군 총대장은 우키다로서 3만 명의 병력을 이끌고 있었다. 왜군은 삽시간에 노현, 창원, 함안 등지에서 조선군을 격파하였다. 조선군의 사망자가 8천여 명에 이르자 남은 조선군은 전의를 상실하고 각 고을에 남아있던 백성들도 겁에 질려 산으로 도망쳤다. 진주성으로 진군하는 왜군의 기세는 이제 거칠 것이 없어 파죽지세였다.

김시민 장군은 진주성 방어준비에 나섰다. 그러나 부하 장수들이 성을 버리고 도망갈 궁리만을 하자, 김시민 장군은 성 광장에 군사들과 백성들을 모아놓고 왜군과 끝까지 싸울 것을 호소하면서 성을 떠나려고 하는 자는 목을 베겠다고 경고하였다. 그리고 전라도 의병장 최경회와 경상도 의병장 곽재우 등에게 구원을 요청하였다. 김시민 장군 휘하 군대는 3천 8백여 명으로 수만의 적군과는 비교가 되지 않았다. 김시민 장군은 성중의 남녀노소를 모두 모아놓고 병사들과 같은 옷을 입혀서 밖에서 보면 군사들로 보이게 하였다. 10월 6일 왜군은 진주성을 겹겹으로 포위하기 시작했다. 조선의 성곽은 높고 견고한 중국이나 일본의 성에 비하면 담장에 불과했다. 김시민 장군은 아내와 함께 친히 먹거리를 들고 다니면서 군사들을 먹이고 격려하였다. 이에 군사들은 감격하여 죽기로 싸울 것을 맹세하였다.

7. 호남을 지켜라(2) _

　드디어 밤이 돌아왔다. 왜군들은 진주성을 동쪽과 서쪽, 북쪽 이렇게 삼면에서 포위하고 조총을 쏘아대면서 공격하기 시작했다. 직선으로 날아가는 총알은 휘어서 날아가는 화살보다 표착거리가 길었다. 더구나 목표물이 보이지 않는 곳으로 궁시를 쏘는 것은 거의 효과가 없었다. 왜군은 그것을 노려서 야간공격을 시도할 모양이었다.

　"화살을 아껴라! 표적이 눈에 보이는 것만 쏘아라!"

　최경회 대장이 외쳤다. 최경회 대장은 모친상 중에 의병장이 되어 달라는 요청을 받았었다. 의병장 고경명이 금산전투에서 순절한 후 그 휘하에 의병 8백여 명이 모여들자 전라감사 권율이 최경회에게 전에 현감으로 있었던 장수지역으로 갈 것을 명하였다. 그리고 그곳에 주둔하면서 날쌘 기병 5백 명을 뽑아 진주 경계에서 왜적을 맞아 싸우도록 했고, 여러번 싸움에서 큰 승리를 거두었다. 10월 초에 경상우도 감사 김성일이 최경회에게 진주성 외곽지원을 요청하여 진주성 싸움에 참여하게 된 것이다.

　왜병의 조총은 연발로 날아와 쓰러지는 아군이 여기저기 생겨나기 시작했다. 의병쪽의 승자총통은 숫자가 적어 조총 소리 속에 간간이 들려온다.

남쪽 절벽으로 남강이 흐르고 성 서쪽도 깎아지른 듯한 절벽이다. 전라의병들은 성 절벽을 타고 오르는 왜군들을 향해 어림짐작으로 화살을 쏘거나 승자총통을 쏘았다. 성을 포위한 왜군은 조선 의병들이 배후에서 지원하고 있었기 때문에 쉽게 공략하지는 못하고 있다.

성 안에서 김시민 목사는 총알 한 방, 화살 한 개도 함부로 쏘지 못하게 했다. 칠흑같이 검은 밤이 아니고 뿌옇게 사방이 보이는 밤이다. 초승달이 뜨고 있었다. 사방에서 총알이 튀고 화포가 터지는 불빛 바람에 목표물이 보이기도 하였다. 김시민 목사는 밖에서 잘 보이는 곳에 깃발을 꽂아놓고 장막을 친 다음 군사복장을 한 남녀노소 백성들을 배치시켰다. 그로 인해 왜군은 성 수비군이 엄청나게 많은 것으로 알고 있다. 성 외곽의 곽재우 의병대가 왜군의 배후에서 횃불을 들고 뛰어다니며 피리를 불어댔다. 곽재우 장군은 심리전으로 왜군들을 교란시키고, 성 안의 조선병들에게는 사기를 북돋아 주었다.

왜군도 심리전으로 나왔다. 병사들이 머리를 풀어헤치고 뿔이 있는 금색 가면을 쓰고 잡색기를 휘날리거나 흰 칼날을 들고 성 밑을 돌았다. 달빛으로 보이는 그 형상이 기괴하여 성안 사람들이 크게 놀랐다. 이윽고 왜군이 조총수 1천여 명으로 일제히 사격을 퍼붓자 총알이 성안으로 비오듯이 쏟아졌다. 왜군은 대포도 쏘면서 성에 가까이 접근해왔다. 그러나 성안은 쥐죽은 듯이 조용해서 성을 비워놓은 것 같았다. 왜군이 성안 사람들과 군사들이 모두 도피해버렸나 하면서 어물어물거릴 때였다. 공격을 멈춘 왜군들을 향해 갑자기 성위에서 일제히 함성을 지르고 북을 두드리며 포와 총통을 쏘아댔다. 왜군들은 갑자기 벼락을 맞는 듯 했다. 성안 백성들도 군사들과 합세하여 뜨거운 물을 성 아래로 쏟아부었다. 성 아래에 도착해 있던 왜군들은 비명을 지르고 아비규환을 방불케 한다.

　많은 피해를 입은 왜군들은 진주성에서 물러나 십여 리 안팎에 있는 마을들을 약탈하고 불태워 재로 만들면서 분풀이를 하였다. 그런 후 삼삼오오 땅바닥에 드러누워 휴식을 취하였다.

　달빛 아래 진주성은 낮에 본 성곽이 아닌 것 같았다. 낮은 담장이 아니라 백 길 절벽처럼 보였다. 어디선가 거문고 소리와 피리소리가 바람결에 실려왔다. 분명히 진주성 안에서 들려오는 소리였다. 왜병들은 수많은 전사자를 낸 뒤끝이어서 고향에 두고 온 처자식 생각이 간절하여 누구나 할 것 없이 눈물을 흘린다.

　성안에서 김시민 목사가 악공들을 불러 거문고를 타고 피리를 불게 한 것이다. 고차원적인 심리전으로 조선 수비군들에게는 안정감을 주고 적군의 사기를 저하시키기 위한 작전이었다.

　진주성 싸움 둘째날인 8일 아침이었다. 왜군은 드디어 대대적인 진주성 공격을 개시했다. 만 명이 넘는 군사를 동원하여 물밀듯이 몰려와서 성벽에 사다리를 걸치고 필사적으로 성을 기어올랐다. 성위에서는 그들을 향하여 돌을 던지고 끓는 물을 끼얹었다. 아래에서는 비명소리가 요란하게 들린다.

　왜군들은 성보다 더 높은 3층 누각의 수레를 성문 앞으로 끌고와서 성안을 향해 조총사격을 가했다. 이때 성쪽으로 접근해온 박계성과 심찬 등 의병들이 왜병들이 끌고온 누각을 향해 승자총통을 쏘고 활을 쏘았다. 누각의 왜병들이 화살에 맞아 아래로 떨어진다. 마침 성에서 대포와 화살이 한꺼번에 날아와 누각으로 연속 올라가던 왜병들을 쓰러뜨리고 누각수레마저 박살이 나면서 왜병들이 무더기로 죽음을 당했다. 그런데도 왜병들의 공격은 멈추지 않았다.

"불화살을 준비해라! 놈들이 소나무와 짚더미를 쌓고 성벽으로 올라오려고 한다."

박계성이 외쳤다. 심찬과 이삼평, 박평의가 잽싸게 불화살을 쏘았다. 대낮이라 목표물이 잘 보여 멀리서도 맞출 수가 있었다. 아니나 다를까. 왜병들의 짚더미에 불이 붙자 불에 타 죽은 왜병들이 상당히 많았다. 그래도 왜군들은 포기하지 않고 다시 소나무와 짚더미를 물에 적신 다음 성 앞에 높이 쌓고 성 위로 오르고 있다. 그러자 이번에는 성 안에서 김시민 장군이 외친다.

"화약봉지를 가져오너라! 저놈들을 화장시켜 버리자."

바싹 마른 장작더미 속에 화약을 넣고 묶어 불을 붙여 아래로 던진다. 화약이 터지면서 불붙은 장작개비가 사방으로 날아가서 물젖은 소나무 가지와 짚더미에도 불이 붙어 번지기 시작하고 왜병들도 수없이 타죽는다.

그러나 왜군들은 계속해서 병력이 보충되는데 성내 관군을 도와줄 지원병은 어디에서도 오지 않았다. 외곽에서 관군을 지원하고 있는 의병들과 승군들이 왜군들의 공격을 다소 약화시키고 있지만 갈수록 그 힘마저 떨어져간다. 숫자에서 우세한 왜군은 전방과 후방의 공격에도 굴하지 않았다. 그 상황에서 홍의장군 곽재우는 대단한 활약을 보여주고 있었다.

"여봐라, 밧줄을 걸어라. 그리고 도끼도 준비해라."

곽재우 장군의 명령이었다. 지난 4월 최초로 의병을 일으켰을 때 영남에서 호남으로 들어가는 길목인 정암진(의령과 함안 사이를 흐르는 남강

나루)에서 매복과 기습으로 육지에서 첫 승리를 이룬 장군이었다. 50여 명의 의병만으로 강폭에 밧줄을 걸어 2천 명의 왜군이 타고오던 배들을 침몰시키거나 파선시키고 그 혼란을 틈타 기습을 하여 2천 명의 왜병들을 몰살시킨 것이다. 그때 작전을 생각하면서 다시 한번 시도하려는 것이다.

강속에 밧줄을 걸고 곽재우를 따르는 의병들이 매복지에서 기다릴 때 예상대로 왜병들이 도강 밧줄에 매달려 덕지덕지 밧줄을 붙잡고 도강을 꾀하고 있었다. 왜군들의 후속부대들이 진주성벽에 접근하기가 쉽지 않자 깊은 강물 위로 웬 밧줄인가 하고 도강 작전을 시도한 것이었다. 왜병들이 거의 강을 다 건너올 때쯤 맞추어서 매복해 있던 의병들이 뛰쳐나가 도끼로 밧줄을 찍어 잘랐다. 그러자 밧줄에 매달려 있던 삼백여 명의 왜병들이 물살에 동동 떠내려가면서 비명을 지르다가 거의 익사하고 만다.

군사를 많이 잃어 화가 난 왜군 총대장 우키다는 수하 장수들을 모아 놓고 호통을 쳤다.

"배를 준비할 수 없나! 이 많은 군사들을 왜 활용을 못해! 구로타 장군! 육로로 많은 군사를 보냈지만 소용이없다. 남쪽 성벽으로 배를 이용하면 좋을 터인데 이게 뭐야! 자꾸 앞뒤로 당하기만 하고."

앞은 진주성이요 뒤에는 의병들의 기습을 말함이다. 참모장수 구로타가 건의하려고 나선다.

"우키다 총대장님, 병력 손실이 너무 크옵니다. 진주성 성벽 아래는 우리 아군의 시체들이 산처럼 쌓여 있습니다. 퇴각을 고려해 보십시오. 우리가 성벽을 오를라치면 성밖에서는 의병들의 화살과 총통이 비오듯 쏟아지고 성안에서는 끓는 물과 화살, 화포까지 쉴새없이 쏟아집니다. 그리고 저 성안에는 수를 모르는 대병력이 있는 모양입니다. 적이 한 사람 죽으면 우리는 열 사람이 쓰러지니 배겨낼 방도가 없습니다."

"무슨 소리! 나 우키다 군사는 후퇴란 없다. 그리고 이 기회에 진주성을 함락시키지 못하면 본국의 관백, 아니 다이코(태황)님으로부터 무서운 징계를 받게 된다. 구로타 자네라고 예외일 수 없다."

"그러시다면 새 작전지시를 내려주십시오. 저기를 보십시오."

구로타가 말하다가 가리키는 곳을 보니 성벽 위의 모습이다. 전투모를 쓴 조선 병사들이 수없이 무언가를 올렸다 내렸다를 반복하고 있다. 성 아래에 있는 왜군들이 아무리 조총을 쏘아대도 조선병들은 줄어들지 않고 총포와 화살, 끓는 물과 기름으로 왜병들을 공격하니 계속해서 왜병들만 희생되고 있었다. 사실은, 성안 아녀자들이 짚풀로 인형을 만들어 수없이 성 위로 올렸다 내렸다를 반복하고 있는 것을 왜군들이 속고 있는 것이었다. 따라서 왜병들이 그 인형들에게 쉴새없이 조총을 쏘아대니 총탄만 허비하고 있는 꼴이다.

"구로타! 우리 다이코님을 실망시켜 드려선 안된다. 진주성을 함락시켜야 호남으로 가는 길이 열린다. 다이코님의 1차 목표가 뭔줄 아느냐. 호남 곡창지대를 빼앗아 군량미를 확보하는 게 1차 목표이고 다음은 조선 전체를 점령하고 명나라를 공략하는 것이다."

도요토미 히데요시는 관백이라는 칭호를 받고 있었는데 전쟁 발발 후 요즘에는 아들 히데쓰쿠에게 관백 자리를 물려주고 자신은 다이코가 되었다.

"총대장님, 새 작전을 지시해 주시지 않겠습니까."

"알았다. 분산작전을 쓴다. 지금 야간 전투에서는 배후에 의병들이 있어 진주성 공격에 막대한 어려움이 있다. 내일 아침부터는 성에 대한 공격을 조금 줄이고 그 대신 외곽에 있는 의병들을 집중적으로 공격하라."

과연 조선의 의병부대는 남강 건너편에서 횃불을 들고 수비군을 응원하고 있었다.

셋째날인 10월 9일 낮, 왜군들은 주력부대를 여러 소부대로 나누어 진주성 외곽에 있는 조선 의병부대들에 대한 공격을 하기 시작했다. 왜군의 소수부대들은 진주성의 동서남북 4방위에서 의병들과 격전을 벌였다. 서북쪽에서 성안을 지원하는 심찬 의병대를 갑자기 왜병의 조총부대가 공격해오자 심찬은 깜짝 놀랐다.

"모두 엎드려! 저놈들의 조총은 우리 화살보다 표착거리도 멀고 명중률이 높다. 저놈들이 가까이 오도록 숨어 있다가 일시에 일어나서 화살을 퍼부어라."

전투 중에는 지시하는 말이 높여지지가 않는다. 측면의 박계성 부대와 최경회 부대도 화살이나 총통을 쏘지 않고 모두 은신한 채 잠복 작전을 쓰고 있다. 심찬의 생각과 같았다. 소수의 의병들이 지참하고 있는 총은 손잡이가 따로 없는 총으로 총신이 조총보다 짧고 표착거리(사거리)도 짧다. 적군이 가까이 올 때까지는 꼼짝 않고 은신했다가 코앞까지 적군이 다가올 때 대장의 구령에 따라 한꺼번에 총통과 화살을 날려야 한다.

왜병들의 위치는 의병들의 위치보다 아래쪽이다. 왜병들은 수십 명씩 넓게 횡대로 올라오고 있다. 최경회쪽과 박계성쪽, 그리고 심찬부대를 향해 왜병들이 몸들을 낮춰가며 올라온다. 바로 그때였다. 최경회의 구령 한 마디에 의병들이 일제히 일어나서 산이 무너질 듯 함성을 지르며 활과 총통을 쏘아댔다. 왜병들은 함성에 먼저 놀라고 화살과 총통을 속수무책으로 맞으며 쓰러진다. 반은 쓰러지고 반만 남았어도 왜병들은 다시 전열을 가다듬어 공격한다. 이제 서로 가까운 거리여서 육박전까지 벌어진다. 위치상 의병들이 여러모로 유리하다. 부상자도 거의 없고 위치도 왜병들보다 높은 자리여서 공격하기가 유리한 것이다. 의병들의 칼과 창이 왜병들의 가슴을 마구 찌른다. 얼마 남아 있지 않은 왜병들은 결국 모두 후퇴하기 시작한다.

우키다의 외곽작전은 실패로 끝났다. 왜군의 병력 분산작전은 소수집단의 의병들에게 유리한 결과를 가져다 주었을 뿐이다. 의병장 김준민 등의 부대들이 동남편에서 왜군에게 큰 손실을 입게 하였고, 서북편에선 최경회 의병장 등이 왜군들에게 많은 타격을 주었다.

왜군은 이제 공성작전을 바꾸었다. 연결사다리와 대나무 다발을 많이 준비한 다음 토성을 쌓고 누대를 세워 한 부대가 그 위에서 성안으로 조총을 쏘아대는 동안 나머지 부대가 대나무 다발을 방패삼아 사다리를 들고 성벽으로 접근하였다. 이에 성 위에서는 총과 화살, 대포로 응수하여 수많은 왜병들을 죽게 하였다.

"구로타! 역시 안되겠다. 실패다."

우키다 총대장은 머리를 짜내는 듯 잠시 찡그린 표정을 짓다가 다시 새로운 작전을 지시한다. 지난 세월동안 백년 동안이나 전투의 경험을 가진 왜병들이 이렇게 허약할 줄이야 적도 아군도 모를 일이었다. 우키다는 기발한 착상이 떠오르는 듯 빙그레 웃으며 부하들을 바라보았다.

"너희들은 백전 고수들이다. 성안의 조선 수비병들을 밖으로 유인해 내기로 하자. 우리가 포기하고 철수하는 척 해 보자. 그리고 쫓아오는 적들을 반격하는 것이다. 숫자로 밀어붙이면 되지 않겠는가."

왜군은 밤에 모닥불을 환하게 피워 놓고 군막을 철거하면서 자재들을 수레에 실었다. 그리고 행렬을 지어 퇴거하는 것이었다. 그러나 조선군은 움직일 기미를 보이지 않는다. 추격전을 벌이지 않는 것으로 보아 조선군도 지쳐 있는 게 아닐까. 조선병의 숫자는 속임수였을지도 모른다. 아니면 성안에 갇혀 있는 자들끼리 내분이 생겼거나 군량미가 바닥나서 철수해 버린 건 아닐까.

"뒤돌아 반격한다! 수성군들의 공격이 없는 듯하니 성벽으로 진격하라."

조선군의 추격이 없자 왜군은 어둠 속에서 몸을 숨기며 진주성을 에워싸기 시작했다.

"멍청한 왜놈들아, 하하. 지난번 이렇게 당한 적이 있었건만 섬놈들은 원래 골이 작아 잊기도 잘 하나보다."

김시민 목사는 우람한 체격으로 한번 너털웃음을 웃고 부하들에게 명한다.

"내가 구령을 내리면 한꺼번에 함성을 지르고 돌 화살 총포와 끓인 물을 한꺼번에 성 아래로 쏟아부어야 한다. 다만 내 구령은 성 아래로 왜놈들이 몰려왔을 때 내릴 것이다."

진주성은 쥐죽은 듯 고요하였다. 깊은 잠에 곯아 떨어졌거나 아니면 성을 비워 버렸을 것이다. 왜군들은 이렇게 생각하고 기회는 이때다 싶어 성밑으로 모여들면서 성벽을 기어오르기 시작했다. 장마철에 풍뎅이 떼가 더덕더덕 붙어 있듯 성벽에 잔뜩 왜병들이 붙어서 기어오를 때였다.

"쏘아라!"

김시민 목사의 구령 한 마디에 우렁찬 함성과 함께 돌을 던지고 화살을 쏘거나 총포를 아래로 쏘아대기 시작했다. 성벽에 붙어 있던 왜병들이 추풍낙엽처럼 아래로 떨어져 버린다. 성벽의 왜병들보다 성 아래쪽에 있던 왜병들이 더 큰 피해를 보았다. 끓인 물로 튀겨지는 왜병들의 아비규환은 차마 목격하기가 힘들 정도였다. 침략의 야욕에 눈이 뒤집힌 지도자 한 사람 때문에 죄없는 왜병들은 타향에 와서 뼈와 살을 묻어야 한다니 가련한 생각이 들 정도다. 그러나 각 고을마다 분탕질로 우리 백성들을 죽이고 불을 지른다는 왜병들을 생각하면서 김시민 목사는 측은지심을 버린다.

왜군 지도부는 이제 사생결단을 내렸는지 2진, 3진, 4진 부대를 계속 출동시켜서 성벽을 사이에 두고 지옥같은 사투를 밤새도록 벌였다.

"왜놈들이 사다리를 타고 넘어온다! 전열을 가다듬어 공격하라!"

전 만호 최덕양이 외치자 군관 이납과 윤종복이 병사들을 지휘하여 죽음을 무릅쓰고 막아 싸웠다. 성을 넘어들어온 왜병들 때문에 조선 병사들의 희생도 컸지만 멀리서 전라의병들의 활과 총통 지원으로 점차 우세를 보일 때 성안의 남녀노소가 지붕 위에서 기왓장을 던지는 등 분투하여 성안까지 들어온 왜병들을 거의 소탕하고 나머지 왜병들은 성밖으로 내쫓았다.

새벽이 돌아왔을 때 왜군들의 시체와 부상자는 수를 헤아릴 수 없을 정도로 많았다. 10월 10일 아침인데도 먹구름이 몰려와서 하늘을 덮으니 밤처럼 어두워지면서 천둥과 번개가 치고 폭우가 쏟아지기 시작했다. 왜군들이 황망히 철수하고 있을 때 성안에서는 비극이 일어나고 있었다. 적군의 공격에 맞서 앞장서서 진두지휘했던 김시민 목사가 이마에 적탄을 맞고 쓰러져 정신을 잃은 것이다. 주위 장수들이 급하게 달려와서 응급처치를 하는 등 어수선 했다. 이러한 상황에서 패퇴당한 왜군들은 무리지어 도망가고 있었다. 이때 도주하는 왜군들을 추격하여 모조리 전멸시킬 기회가 왔건만 부상당한 지도자를 두고 어느 장수도 진격명령을 내리지 못했다.

김시민 장군은 결국 상처가 낫지 않아서 다시는 일어나지 못한 채 숨을 거두고 말았다. 김시민 장군은 나라만을 생각하고 싸우면서도 때로는 머리를 들어 북쪽을 바라보며 힘들게 피난을 가고 있는 임금님을 향해 눈물을 흘렸다고 한다. 지도자를 잃은 병사들이나 성안 주민들은 슬픔에 젖어 모두가 통곡하고 있었다.

"소리내어 울지 마시오! 왜놈들이 우리 목사님의 전사 소식을 들으면 다시 돌아와 날뛸 것입니다."

군관 이납이 조용한 음성으로 여기저기 돌면서 말했다. 그리하여 김시민 목사의 장례도 적들이 알까봐 제대로 치르지 못했다. 다만 성 안팎 사람들이 부모상을 당한 양 며칠 동안이나 밤낮으로 통곡하였다. 그리고 그후로도 일 년이 넘도록 술과 고기도 입에 대지 않았다고 한다.

진주성 싸움은 왜란 초기 조선군의 첫 대승리였다. 진주대첩은 이순신 장군의 한산도 대첩과 함께 도요토미의 대륙정복 기도를 무산시킨 승리였다. 물론 한산도 대첩은 남해와 서해를 통해 호남을 정복하려던 왜군의 의도를 차단한 큰 승리였다. 그러나 진주성 대첩 또한 육로를 통해 호남으로 진격하려던 왜군을 여지없이 패퇴시킨 대첩이었다. 비교하자면 한산도 싸움에서 왜군이 잃은 배는 60여 척에 지나지 않으나 진주성 싸움의 전과는 엄청난 양이었다. 후일 왜국과 명군의 강화회담 자리에서 왜국 대표인 고니시 측으로부터 발표한 내용을 보면 진주성 전투의 왜군 희생은 장수 사망자가 3백 명, 군병 사망자가 3만 명이라고 밝히고 있다.

아무리 대승을 거두었다고 해도 전쟁을 치른 진주성은 반파된 상태였기 때문에 축성과 재건이 시급한 형편이었다. 진주성에서 패퇴한 왜군은 다시 기를 쓰지 못할 것이나 왜군 20만 대군은 전체적인 상황에서 조선군보다 절대적으로 우월했다. 왜군은 진주성의 원한을 갚기 위해 언제 다시 침공해올지 모를 일이었다. 반파된 객사에서 전라도 의병장들이 한 자리에 앉아 대담하고 있었다.

"최 장군님, 노장이면서 어디에 힘이 들어 있고 활동이 민첩한지요."

사천현감이면서 전라좌의병사인 장윤이 최경회 의병장에게 경의의 찬사를 보낸다. 그러자 같은 전라도 출신으로 충청병사인 황진이 화제에 끼어든다.

"젊고 예쁜 딸같은 첩실에서 기를 받은 게 아니오?"

어디서나 농을 잘 거는 황진은 50이 넘은 나이다. 그러나 최경회는 올해 나이 꼭 60이다. 그러한 최 대장이 30대처럼 강건하고 민첩한 활동을 보이고 있으니 그의 첩실 논개에 빗대어 말하고 있는 것이다. 최경회 대장은 말없이 미소만 짓고 있는데 박계성 남원의병장이 말문을 연다.

"성밖에서 싸우다가 성안으로 들어와 보니 심난합니다. 누가 목사로 와서 성을 수축하고 재건할지 모르겠습니다."

"얼마 전 경상우도 관찰사로 제수된 김성일이 부임해 왔다고 들었소."

최경회 노장이 드디어 입을 뗀다. 최 대장은 원래 문관 출신이다. 전라도 능주 출신으로 금상(선조) 원년 별시 문과에 급제하고 영해군수로 황해도에 있다가 임란을 맞자마자 전라도를 지키고자 고향에 내려와 의병

을 일으킨 사람이다. 심찬은 윗사람들과 삼사보 떨어진 자리에서 이삼평과 박평의를 번갈아 보면서

"우린 어찌했으면 좋겠소?"

이렇게 물었다. 무엇을 어쩌면 좋으냐고 반문할 필요가 없다고 생각한 이삼평은 이미 심찬의 뜻을 아는지라 곧바로 대답했다.

"가야지. 어서 남원으로 가서 하던 생업을 이어야 않겠소."

"그러믄요. 갑시다. 물레를 차던 발에 쥐가 날 지경이오."

이와 박이 같은 생각이다. 심찬은 두 가지 갈림길에서 혼란을 겪는다. 진주성의 복구에 힘을 보태야 할 시점에서 발길을 돌린다는 것은 도리에 맞지 않는 일이고, 아마 지금쯤 해산하고 몸조리가 시원치 않을 아내를 생각하면 당장이라도 집에 가고 싶었다. 떠나거나 있더라도 어르신 의병장들에게 자문을 받아야 했다. 심찬은 삼평과 평의의 동의를 얻고 어른들 앞에 가 섰다. 가장 어른인 최경회 대장에게 심찬이 아뢴다.

"저희들에게 태도를 결정할 때가 온 것 같사옵니다."

바로 이때 전령 하나가 뛰어 와 최경회 앞에 고한다. 그가 다급하게 뛰어온지라 모두 호기심 어린 눈으로 전령을 바라본다.

"방금 도착한 교지이옵니다."

임금에게 향하여 절하곤 꿇어앉아 사자의 교지 낭독을 듣는 절차 따위는 필요없는 것이었다. 화급한 전쟁중에 절차를 밟는 격식은 맞지 않는다. 최경회는 교지를 펼쳐보며 상념에 젖는다. 황진이 성급하게 교지를 빼앗아 읽는다.

"명 경상우도 병마절도사! 축하하옵니다. 정3품으로 승진하였나이다."

최경회가 잠깐 상념에 젖었던 것은 자신은 애초에 문관으로 진출하였는데 의병활동의 소문을 들은 조정에서 무관으로 임관시키지 않나 하는 점에서다. 모두 고개를 숙이며 축하하는 마당이 되었다.

"하하, 경상도 병마절도사라면 경상도에 있는 왜병놈들을 모조리 토벌하라는 게 아니오이까."

최경회는 별로 반응하지 않는다. 원래 벼슬을 탐하지 않는 성품에다가 이미 이순(耳順)이 된 나이에 무슨 영욕이 필요할 것이냐는 것이다. 오직 나라를 지키고 향토를 지키려는 처음 뜻에 대한 집념뿐이다. 그는 자기 앞에 서 있는 세 젊은 의병들을 의식하고 있었다.

"무슨 일이지? 젊은이들에게 태도를 결정할 때가 왔다고?"

"예. 그러하옵니다. 진주성에 당분간 남아 있느냐, 아니면 집에 돌아가서 가족들을 돌보고 생업에 종사하느냐 하는 문제이옵니다."

"그것은 스스로 결정하면 되겠지."

최경회는 심찬을 앉은 자세에서 고개를 들고 빤히 바라본다. 귀한 사대부 자손의 티가 완연한 젊은이로 보인다. 그런데 생업이라니 무슨 직업을 가지고 있는지 궁금하다.

"어떤 생업이란 말인가? 농부도 아닌 것 같고…."

"제가 대신 말씀 드리지요. 이 사람은 사옹원 주부 심찬이라는 관료로 남원의 사기장들을 감독하고 관리하는 감관이온데 제가 남원소병장으로 삼아 동행 출전하였나이다. 옆에 두 사람은 심 감관의 수행 사기장 병사들이구요."

박계성이 나서서 심찬을 소개했다. 두 사람 사기장들까지 소개한 이유는 수없이 많은 의병들 가운데서 감히 누가 최고 의병장 앞에 와 있는가 하는 의문을 풀기 위함이었다.

"박 대장과 고향이 같은 모양이오. 심찬 감관은 들으시오. 나라의 녹을 먹는 신료라면 생업을 따로 가진 농공상인과는 달리 먼저 나라를 지켜야 하오. 지금 진주성을 보시오. 얼마나 할 일이 많소. 더구나 왜군이 언제 복수하러 침략해올지 모르는 형편이 아닌가 말이오. 사정이 이러니 알아서 하시오."

최경회의 표정은 엄숙했다. 심찬은 아내의 사정을 호소하는 식으로 설득하려다가 녹을 먹는 자로서 공사를 구분하지 못하느냐고 반문을 받을까 싶어 참고 말았다. 심찬은 머리를 굽혀 인사하고 이삼평과 박평의의 어깨를 밀며 한갓지게 물러 나왔다.

"이 소장과 박 소장은 집으로 돌아가오. 나는 들었다시피 남아야 할 몸이오. 내 도요소나 보살펴주면 고맙겠소. 날씨가 점점 추워지고 있는데 도요소도 끝물이 되겠네."

심찬은 두 사람의 반응을 확인할 필요도 없이 부상 의병들을 치료하고 모여 있는 의병들에게 걸어가 성서방과 용칠이를 불러냈다. 휴식이 끝나고 피로가 다소 풀린 최경회 대장을 위시한 의병장들이 먼저 부상병들에게 돌아다니면서 위로하고 있다.

심찬은 두 사람의 손을 잡았다. 살아주어서 고마운 사람들이다. 하늘이 도왔는지 부상도 입지 않았다. 대산방과 대강방 사람들 중에는 부상을 당한 사람들이 여러 명 보였다.

"살아주어서 고맙네. 집으로 돌아갈 준비를 하게. 용칠아, 너는 막둥이 혼자 두고와서 불안하지 않느냐?"

"그놈보다 마님이 더 걱정입니더. 나리님 짐도 챙겨 드리죠."

"아니다. 나는 여기 남아 있어야 한다. 임무를 받았거든. 두 사람은 집으로 돌아가 내 집사람을 돌보고 가마에 불을 땔 계획을 세워봐."

"예? 우리만 가야 합니꺼. 무슨 임무를 받았단 말잉교?"

성서방이 눈을 크게 뜨고 말한다. 심찬은 어떻게 말할지 생각해 보았다. 자신의 아내에게 전하는 말도 따로 있어야 한다. 용칠이가 고집을 부리려는 눈치다.

"내가 아직 집으로 돌아가지 못하는 것은 나라의 녹을 먹고 있는 신분이기 때문이다. 용칠이 네가 무슨 말을 하려는지 나는 안다. 할 수 없잖으냐. 진주성을 지키려면 말이다. 여기 의병대장님들은 자네들도 남아주기를 바라지만 서민들은 생업 때문에 만류하지 못하는 거다."

이삼평과 박평의가 심찬에게 다가와서 할 말이 있다고 한다. 그들은 들것을 하나 만들어 가지고 왔다.

"부상병들이 너무 많고 의원의 수는 부족하여 야단이오. 우리 도요소 식구들도 다 같이 돌아가야 하는데 부상병이 대여섯이나 있어 부축하면서 가야 합니다. 그런데… ."

말하던 도중에 조금 뜸을 들인다.

"우리네 마실 사람 20명 중 다섯 사람이 부상을 입었습니다. 하지만 이 들것으로 옮겨야 할 사람이 있고, 대부분은 서로 부축하여 걸을 수 있지요. 그러나 멀고 먼 길이라 치료약도 있어야겠고, 또 노자돈도 필요한데 어떡합니까. 우리가 다섯달 전에 거의 빈손으로 떠났던 터라 지금 아무 것도 없는데 여기 진주성의 높은 분들에게 도움을 받을 수는 없을까요?"

박평의가 말하는 도중에 잠시 어물거리자 내성인 박에 비해 양성인 이삼평이 대신 말하였다.

"딱한 사정이 우리만 아니고 의병대장 모두 능력이 없소. 성밖의 부호들을 최경회 절도사께서 불러보고자 했으나 부자들이 왜병들에게 분탕질을 당했거나 멀리 피란을 간 상태라오. 하지만 이런 때 요긴하게 필요할까 보아 비상금으로 지참해 온 게 있소."

심찬은 전투조끼 주머니에서 봉지를 꺼내 금 두 조각과 은 세 조각을 내놓으며 이삼평에게 건넨다.

"역시 주도면밀하십니다. 이만하면 도움이 되겠지요."

이삼평의 표정이 밝아진다. 심찬은 성서방에게도 금 한 조각과 은 두 조각을 꺼내준다. 남원의 의병소대는 탈영병이 20여 명이나 나와서 대강방과 대산 금강골 의병 20여 명을 제하면 30여 병밖에 없었다. 그들은 각자 지역의 유림들이 인도하여 귀갓길을 택하였다. 심찬은 그들에게도 그동안의 노고를 칭찬 격려하고 이별의 말을 나누었다. 남은 사람은 심찬뿐이다. 남원소부대가 떠나는 뒷모습을 바라보는 심찬의 마음에는 외로움이 묻어나고 있었다. 이때 박계성 의병장이 심찬에게 다가온다.

"심 주부, 생업 때문에 부하들을 모두 보내는구만. 내 2백 명의 병사들은 모두 남기로 했소. 심 주부의 병사들이야 얼마 되지 않아 여기에 큰 도움이 되지 않지만 내 부하들은 성 보수공사와 성내 개축에 보탬이 될거요."

"오, 그래요. 소관 부끄럽습니다. 소관은 어떤 일을 맡아야 하는지요?"

"우리 장급들이야 할 일이 따로 있겠소. 작업하는 일꾼 병사들을 독려하고 감독하는 일이지. 그리고 말이오, 내가 최 절도사께 얘기해 두었소.

타관에서 홀로 계시는 젊은 부인께서 산달이 다가왔다고 말이오. 어지간
히 보수공사들이 틀을 잡아가면 심 주부도 귀가하는 게 좋다고 하셨소."

"고맙습니다. 선관님의 은혜를 잊지 않을 거외다. 실은 집사람 걱정,
부모님 걱정 때문에 제대로 잠을 이루지 못하고 있었습니다."

"자, 아래로 내려갑시다. 귀하기도 하고 천하기도 한 손님이 오신답니
다. 잘 싸웠다고 격려차 오신다는데 우리 최경회 절도사는 속을 끓일 거
요."

심찬은 역시 활동 체험이 일천하여 박계성 대장의 말을 알아들을 수가
없다. 최 절도사가 속을 끓이는 인물이 온다면 도대체 누구란 말인가.

"선관님, 귀코 천코가 무슨 뜻이옵니까? 그리고 최 절도사께서…."

"아, 그건 그 손님이 떠나고나면 설명해주지. 아무튼 미리 맛보기로
말한다면 우리 최경회 절도사께서 이번 임진 전쟁이 이 사람 때문에 일어
나서 아까운 목숨들이 산을 이루고 강을 이루었다는 거요."

심찬은 아무리 맛보기라 해도 무슨 말인지 몰랐다. 이렇게 아리송한
박계성의 언행 때문에 그 사람이 누군지 자꾸 더 궁금해진다. 두 사람은
성안 광장으로 내려갔다. 의병장들이 다 모인 것 같았지만 한번이라도 보
고 싶은 홍의장군의 모습이 보이지 않는다. 곽재우는 오늘 격려차 온다는
사람이 누구라는 것을 알고 이 자리에서 벗어난 것이라 한다. 홍의장군
곽재우도 최경회 절도사처럼 그를 보면 속을 끓이는 사람이란 말인가.

"나, 경상우도 관찰사 김성일이외다. 여러 의병장들을 비롯해 용감한
의병들의 노고와 업적을 나라님을 대신해서 찬사와 격려를 보내는 바이
오. 저기 내가 잘 알고 있는 최경회 병마절도사께선 노구에도 불구하고
젊은 장수보다 더 무쌍한 투혼을 보여주셨으니 여러분들의 귀감이 될 것

이오. 왜군은 다시 쳐들어 올 것이오. 진주성의 원한으로 왜국 본토의 풍신수길은 잠을 못이루고 이를 간다고 하오. 나는 최선을 다할 것이오. 부산성의 왜군과 동래성, 김해성 등의 동태를 살피러 나는 이 길로 떠날 것이외다."

연설이 끝난 김성일은 관찰사답게 진심으로 나라를 걱정하는 충성심으로 병사들의 용기를 북돋으기 위해 관군들과 의병들을 한 사람 한 사람 가슴으로 끌어안으며 의지를 굳힌다. 그리고 최경회의 손을 두 손으로 부여잡고 감격스러운 눈으로 격려하는 것이다. 다시 힘을 합쳐 왜군을 물리치자는 뜻이었다. 그러나 누구라도 김성일의 감명을 주는 진실성 앞에 고개를 숙이지만 최경회는 피동적으로 손을 주었을 뿐 반가운 빛은 보이지 않고 냉냉한 자세였다. 사실 최경회도 곽재우처럼 이 자리에 나와 있지 않으려 하였으나 절도사라는 직책상 관찰사를 외면할 수는 없어 자리를 지킨 것이었다.

박계성은 김성일이 떠나는 데 잠시 배웅하고 와서 심찬을 데리고 성안을 한 바퀴 돌 요량이었다.

"보수할 곳이 어디 어디인지 좀 돌아다녀 봅시다. 이번에 성안의 관군들이 너무 죽어서 관군들은 듬성듬성 하구만."

이제는 관군과 의병들 사이에 아무런 격이 없었다. 오히려 풀이 죽은 듯한 관군보다는 의병들의 사기가 한결 높아 있었다.

"선관님, 아까 절도사 어른이 관찰사 어른을 싫어하는 이유를 말씀해 주시기로 하시지 않았습니까."

심찬은 궁금한 것을 미루어 놓기 싫어하는 사람이다. 그가 김성일 관찰사를 보기에는 너그러움과 여유로움이 넘쳐보여 과연 큰그릇으로 보였다. 도자기로 보자면 달항아리같은 분이라 생각했다.

"심 주부는 도자기에만 매여 있다가 견문을 많이 얻지 못한 것 같소. 세상물정을 사대부가 몰라선 안 되지요. 에, 어디서부터 설명해야 될까. 일본은 그간 백년 동안 계속해온 전국시대에 군부들의 치열한 전쟁을 마감하고 일본 전체를 평정한 노부나가라는 영웅이 있었지요. 그런데 수 년 전에 그 노부나가가 암살되고 말았지요. 그의 시종으로 있던 현재의 도요토미 히데요시가 교묘하게 노부나가의 뒤를 이었지요. 일개 몸종이 일본 천하를 움겨잡은 것인데 그러나 도요토미는 늘 불안했소. 변방의 군벌들이 언제 반란을 일으킬지 몰라서 그런 것이오. 해서 원숭이같은 꾀를 낸 것이 군사들의 분산정책이었소. 대륙으로 변방 병력들을 내보내는 작전이었지요. 그게 바로 이번 우리가 겪는 전쟁이오."

심찬은 아무리 견문이 모자란다고 해도 여기까지는 대충 알고 있었다. 박계성의 다음 얘기가 계속되었다.

"심 주부, 그동안 조정에서 당파싸움이 일고 있는데, 동인과 서인간의 싸움에서 어느 쪽이 우세한지 알고 있소?"

"동인쪽으로 알고 있소만."

"그렇소. 그런데 김성일 관찰사가 바로 동인의 한 사람이오."

"그 분이 못할 일을 많이 저지른 분입니까? 선하게 생기신 분이던데요."

"그건 그렇고. 또 어디서부터 설명해야 하나. 우리 임금 말이오. 일본을 알기를 여진족만도 못한 오랑캐로 보고 있다오. 도요토미는 대륙정책의 일환으로 자꾸 우리 조선에 통신사를 보내 아주 당돌하고 오만한 서신을 보내왔는데, 얘기는 여기서부터요."

박계성의 변론은 본론이라 하여 역사를 교육시키듯 설명해 나갔다.

"당시 우리 조선의 당파 실태는 생략하고 도요토미의 야욕 말인데…"

그래도 국제사회인데 무작정 군대를 보내면 안될 일이라 정식으로 도요토미는 조선에 통호(通好)를 요구해왔다. 대마도 도주를 시켜 조선이 일본에 사신을 보내 수교토록 요구했다. 그의 뜻은 조선과 동맹을 맺고 명나라를 치자는 데에 있었다. 대마도주는 제 가신 다치바나 등의 일행을 일본국 사신이라는 명분으로 부산포에 보내어 수교를 요청했다.

이 소식이 조정에 전해지자 금상은 자주 찬탈이나 하는 오랑캐들과 수교할 수 없다 하여 수교를 거절했다. 그러나 다시 대신들과 논의하여 관례대로 접대하는 게 옳다고 하여 다치바나 일행을 한양으로 올려보내라 하였다. 그러나 그들이 와서 바친 수교문을 본 대신들이 분개하였다. 오만무례한 내용으로 되어 있어서 어떤 대신은 사신들을 돌려보내지 않아야 한다고까지 주장했다. 이 와중에 대마도주가 죽자 그의 양자로 대신하여 도요토미의 교서를 보내니 이른바 조선국왕이 일본에 입조(入朝)하라는 독촉이었다.

조선 조정이 이에 분개하여 일체 상대조차 하지 않으니 금상(선조) 22년 겐소(세이주사: 聖佳寺 주지)라는 중이 가신 아나가와 고니시의 사신 시마이 등의 일행을 이끌고 일본국왕 특사라 칭하면서 다시 부산포에 도착하였다. 금상은 그래도 구례에 따라 이조정랑 이덕형을 선위사로 삼아 부산포로 보내 접대하게 하였는데, 일본 사신들은 두려워서 조선국왕 일본입조의 말은 꺼내지도 않았다. 조선의 노여움을 무서워한 것이다. 그리고 조정에 조선통신사만을 요청하였으나 조정에서는 논란을 벌이면서 결정짓지 못했다. 마침 그 해 전라도에서 정여립 반란사건이 터지자 조정에서는 그 일로 정신이 없었다. 금상은 노발대발하면서 전라도에는 어떤 혜택도 주지 말라고까지 하였다. 그래서 전라도에서는 의병을 일으키기가 어려워 신분을 보장받는 유림이나 전관 고급신분들이 다른 지역보다 월등하게 많이 의병을 모집하였다.

이래저래 일본 사신들을 무시해 버리고 통신사 파견 문제도 매듭을 짓지 못하고 시간을 보내자 일본사신들은 돌아가 버렸다. 대마도로 돌아간 그들은 끈질기게 다시 부산포에 와서 이번에는 협박외교를 펼쳤다. 교섭이 뜻대로 되지 않으면 전쟁이 일어날지 모른다는 노골적인 암시를 주는 그들에게 우리 대신들은 여유를 달라하면서 찬반 논란을 벌이고 있을 때 왕의 전교가 내렸다.

조선의 반란민들이 일본에 거주하면서 왜구의 앞잡이가 되어 우리 변방을 침탈하기 일쑤이니 그들을 색출하여 신병을 인도하면 통신사를 보내겠다는 통보의 내용이었다. 이에 도요토미는 그까짓 것 우리 백성도 아닌데 잡아서 보내라 하였고, 상당수 사람들을 붙잡아 보내자 조선에서는 그들을 모두 참수해 버렸다.

조선은 일본의 실정과 도요토미의 속셈을 파악할 겸 통신사를 보내기로 했는데, 정사에는 황윤길을 그리고 부사에는 김성일을, 서장관에는 허성을 보내기로 했다. 통신사 일행은 이듬 해인 금상 23년 경인(1590) 3월에 일본사신 겐소와 함께 대마도에 상륙하여 머물다가 7월 22일 교토에 도착했다. 그러나 일행은 도요토미를 바로 만나지는 못했다. 도요토미가 동북지방을 경략중이었기 때문이다. 11월에 가서야 도요토미를 만나서 조선국왕의 국서를 전하게 되었다. 도요토미는 바로 답서를 주지 않아서 기다리다가 겨우 보름만에야 받아가지고 돌아온다. 그런데 답서 내용이 너무 오만불손하여 김성일은 그대로 가져오지 못하고 여러 곳의 문자를 고쳐오게 하였다. 일행이 서울로 다시 돌아온 것은 이듬 해 3월이었고, 이때 일본 사신 겐소, 야나가와 등도 따라왔다.

통신사 일행이 돌아와서 보고를 하니 그 보고 내용을 가지고 조정에서는 또 논란이 벌어졌다. 어전회의에서 금상이 사신들에게 물었다.

"정사 황윤길에게 묻겠다. 그 풍신수길이라는 작자는 어떤 인상이며 무슨 야욕을 지니고 있는 듯 하더냐?"

"아뢰옵니다. 수길은 안광이 번쩍번쩍 빛나고 담이 크게 보였으며, 많은 병선(兵船)을 준비하고 있어 반드시 조선을 침공할 것 같았사옵니다."

"그러면 부사 김성일에게 같은 물음을 주겠다. 너는 어떻게 보았느냐?"

"예, 올리겠나이다. 풍신수길의 용모는 마치 원숭이상이었으며 눈은 쥐눈같아서 멀리 보지도 못하고 담력도 없는 소인이었습니다. 전혀 우리를 침공할 기미를 엿보지 못했사오며 두려워 할 대상이 아니었나이다."

이렇게 통신사 두 사람의 상반된 보고를 들은 대신들 사이에서 서로 편이 갈라져 누구의 말을 받아들일지에 대한 논쟁이 벌어졌다. 당연히 입심이 센 쪽은 동인들이었다. 당시 시도때도 없이 동인 서인의 분쟁이 일어났기 때문에 통신사의 보고를 가지고도 살벌하게 논쟁을 벌인 것이다.

"전하, 부사 김성일의 말을 믿어야 하옵니다. 원래 김성일은 호탕한 남아의 성품이며 언제나 판단력이 정확한 신하였사옵니다. 하므로 백성들을 보아서 전쟁준비는 할 필요가 없사옵니다."

동인의 대신 하나가 상감에게 단호하게 말했다. 왕이 고개를 끄덕끄덕한다.

"전하, 아뢰옵니다. 황윤길 정사의 말에 따라야 하옵니다. 일본은 서양의 문물을 일찍부터 받아들여 무기들이 신식이고 늘 대륙을 호시탐탐 노리고 있었사옵니다. 고인이 된 율곡의 십만 양병설을 지금이라도 받아들여 유비무환을 하셔야 하옵니다. 통촉하소서."

서인을 대표하는 대신의 간언에 왕의 입술이 옆으로 그어진다. 언제나 붕당을 시켜놓고 서로 싸우게 하고 양다리를 걸치며 우세한 쪽의 손을 들어주는 왕이었다. 서인을 대표하는 정철이 이산해 유성룡 등의 동인세력에 의해 축출된지 얼마 되지 않았지만 왕은 말을 갈아타듯 서인 편에서 동인 쪽에 옮겨앉아 있었다. 두 통신사 가운데 누가 동인인가 잠시 눈을 깜박이던 왕은 이산해의 추천을 받아 통신사가 된 김성일이 눈에 들어왔다.

"부사 김성일의 말을 믿겠다. 왜놈들이 무슨 힘으로 감히 동방예의지국을 넘볼 것이냐. 지금 한참 백성들이 기근에 허덕이는데 무슨 전쟁준비며 유비무환이란 말인고. 김성일의 보고에 따라 대신들은 정사를 시행하라."

그리고 꼭 1년이 지나 이 참혹한 왜란이 벌어진 것이다. 박계성은 천천히 걸으면서 장황하게 설명하고 난 후 걸음을 멈추고 심찬을 바라본다.

"공부가 좀 됐소이까? 최경회는 김성일이 이적행위를 저지른 역적으로 보고 있는 거요."

"덕분에 역사를 알게 되었습니다. 하오나 선관(先官)께선 어느 쪽이십니까?"

"나야 당연히 황윤길 쪽이지. 그가 서인이라 할지라도 도요토미를 옳게 보지 않았소이까. 나는 동인계열에 속해 있지만 당파에 신물이 나서 옷을 벗어버린 사람이오."

심찬은 입맛이 썼다. 임진왜란의 원죄를 도요토미와 김성일로 삼으려
는 박계성의 생각이 어쩌면 좁은 소견으로 보였다.

"심 주부는 동인편이오 서인편이오? 내 설명을 듣고 어떤 생각이 드는
지 말해보시오."

"말씀 드릴까요. 소관은 아무 편도 아니지만 이 전쟁의 원흉만은 순번
을 정할 수 있소이다. 선관께선 최 절도사와 마찬가지로 김성일 관찰사
를 임란의 책임자로 보시는데 소관은 그렇지 않사옵니다."

"전쟁 원범의 순서를 정할 수 있다니 말해보시오."

"첫째가 우리 왕이고 둘째는 파당을 지어 싸워온 대신들이며 셋째가
도요토미 히데요시라 하겠소이다. 김성일은 순번에서 빼겠습니다. 왜냐
하면 황윤길도 김성일과 같이 전쟁은 없을 것이라 말했어도 그만이고 김
성일이 도요토미가 침략해올 것이라 말했어도 왕은 변함없이 전쟁준비를
하지 않았을 테니까요. 만일 지금의 왕이 일찍이 율곡의 간언을 들어 강력
하게 10만 군 양성을 하고 수성공사를 펼쳤더라면 도요토미는 이번 전쟁
을 감히 일으키지 못했을 것이라 사료됩니다."

박계성은 물끄러미 심찬을 바라보다가 가던 길을 멈춘다. 젊은 관료
로부터 다소 충격을 받았나보다. 세상에 이만한 분석의 머리를 가진 사
람이 또 있을까 싶었다.

"선관님, 그런데 말이옵니다. 전하께서 깊이 뉘우치고 후회하여 김성
일을 내치지 않고 오히려 관찰사로 보낸 까닭은 같은 전범자끼리 통했기
때문일까요?"

"하하…, 이제야 본색이 나오는군. 말장난으로 비꼬기 시작한 거요?
뻔히 잘 알면서 왜 이러시나."

"아, 죄송합니다. 동인이 득세한 세상이라 김성일이 다칠 까닭이 없다고 고쳐 말하겠습니다."

"그렇지. 그게 바른 답변이지. 따지고보니 내가 심 주부한테 역사를 보는 방식을 톡톡히 배웠소이다."

심찬은 이제 26세의 젊은 관료이다. 그런데 그의 가슴 속에는 무엇인가 새로운 것을 갈망하는 깊은 의식이 흐르고 있었다. 신비로운 청자의 비색을 감상하면서 보는 눈과 즐기는 마음은 하나라는 것을 터득하고 신분의 차별이 없는 하나가 되는 세상이 오기를 고대하고 있는 것이다. 왕과 사대부들이 난리가 나자 백성들을 버리고 자기들만 살고자 도망가는 꼴에서 머지않아 반상의 제도가 무너지리라는 암시를 받았고, 또한 확신을 갖게 된 것이다.

심찬은 박계성의 건의에 의하여 최경회 절도사로부터 귀가해서 부인을 돌보라는 허락을 받았다. 심찬은 성안 관아에서 말 한 필을 차용해 남원으로 떠났다. 관습에 의해 관리들의 교통편의를 위해서 관아끼리는 말을 교환하고 있었다. 심찬은 빌린 말을 남원성 관아에 반납하면 그만이다. 그는 집을 향해 달려가면서 오직 부인 생각뿐이었다. 이미 해산달이 지났다는 것을 잘 알고 있었다. 전쟁중에서도 손가락을 꼽아가며 부인의 해산일을 계산한 터였다. 아들일까 딸일까. 이것이 제일 눈앞에서 아른거린다. 안골댁과 오수댁의 수고로움도 짐작하고 있지만 산후조리도 잘 하고 있는지 궁금하다. 성서방과 용칠이는 무사히 귀가했는지도 모르겠다. 막둥이는 그동안 집안일을 도맡느라 얼마나 고생했을까.

집에 도착하자 아이 울음소리가 들린다. 두 달밖에 되지 않은 아이 울음소리가 힘있게 들리는 것 같아서 딸이 아니라 아들이라고 생각하니 가슴이 벅차오른다. 혹시 애 울음소리를 아전인수격으로 들은 것은 아닐까.

"여보, 내가 왔소."

방문을 열고 나오는 안동댁 이씨의 얼굴이 그늘 한 점 없이 해맑았다. 이미 산독이 풀렸을 뿐만 아니라 성서방들도 돌아와서 서방님이 무사하다는 말을 해주어 수심이 가라앉은 때였다.

"무사히 돌아와서 고맙습니다. 얼굴이 수척하시니 먹을 것 때문이었나 봐요."

"그래요. 잘 먹여주시오. 아들을 낳아 주어 고맙소. 부모님과 조상님께 할 일을 하였소이다."

심찬은 오자마자 아이의 성별부터 확인했던 것이다. 아이를 안아들고 손그네를 태우는데 뒷집 식구들이 몰려왔다.

"나리, 우리보다 한 달 늦게 오셨지만도 큰말 타고 오셨네요. 예."

용철이가 기뻐서 함박웃음을 띠고 반가워했다. 성서방과 막둥이도 싱글벙글 거린다. 지옥같은 왜병들과의 전투에서 온 가족이 무사히 살아왔으니 모두 얼마나 기쁠 것인가.

"막둥아, 내가 은닢을 내줄 터이니 안골댁과 오수댁한테 사례하고 오너라. 너도 집안 지키느라 수고했다."

"마님이 주셔서 벌써 사례해 뿌렸십니더."

심찬은 이삼평과 박평의 안부도 성서방한테 물은 다음 궁금한 것은 가마 사정이었다. 청자를 다시 시작해야 하나? 그런데 심찬의 가슴이 턱 맺히는 게 있었다. 왜 청자만 시도하면 남원으로 전임되거나 왜란이 일어나는 이번이 생길까.

"성서방, 가마는 불때고 있는가?"

"막둥이가 물건들을 제자리에 잘 정리해 놓고 있었습니다만 우리뿐만 아니라 모두가 불을 때지 않고 있십니더. 이 난리통에 사발 한 점도 팔리지 않는다고 해서요."

"그럴만도 하지. 난 피곤해서 오늘은 푹 쉬고 내일 관아로 들어갔다 오겠네. 내가 타고 온 말은 공마(公馬)이기 때문에 감영에 반납해야 하네. 내 조랑이는 잘 있느냐, 막둥아."

"예. 잘 먹이고 잘 키웠심더. 한번은 내가 좀 타보다가 싫다고 뿌리쳐서 하마터면 다칠 뻔 했심니더."

"허허, 그놈이 밥을 주어도 주인이 아니라는 것이었나. 그런데 성서방, 내가 보름쯤 다시 집을 비워야겠네. 집사람과 아이를 데리고 고향에 다녀올 셈이야. 부모님께 손주를 보여드려야 하지 않겠나. 내가 타고 온 말은 바로 반납해야 하겠지만 사또께 허락을 받아 청송까지 더 이용해야겠네. 나는 며칠간 집사람이 조랑이를 잘 탈 수 있도록 훈련을 시켜야지."

"예. 그리 하이소. 그럼 이만 물러나겠심더."

용칠이의 인사와 함께 뒷집 식구들이 돌아갔다. 심찬은 성서방의 뒷모습을 보면서 빨리 혼례를 치루어 주어야겠다고 생각했다. 삼십대 초반의 나이인데도 내조가 없으니 생기가 없어보였다. 심찬은 아내에게 저녁준비를 시키기 전에 뭔가 잊었던 것을 생각해냈다.

"여보, 아들 이름을 하나 생각해 두고 있었는데 그동안 뭐라고 불렀소?"

"당신 올 때까지 그냥 '아가'였지요."

"그럴 줄 알았소. 우리 아이 이름은 '당수(當守)'요. 마땅할 당, 지킬 수라 하오. 나라와 가문과 자신을 지키라는 뜻이오. 당수야, 당수. 우리 당수."

심찬은 아이를 손그네로 얼러주다가 저녁을 들고 곧 잠이 들었다. 이제야 반년 이상의 피로가 슬슬 풀린다.

심찬은 동헌에 들어가서 사또를 만났다. 남원부 밖에서는 왜병들의 만행으로 쑥대밭이 되고 있었건만 남원은 이전 모습 그대로였다. 이 모두가 진주성 싸움의 승리 덕분이라고 하였다.

"사또께 아룁니다. 소관 진주성 싸움에 참가했다가 무사히 어제 돌아왔습니다. 그동안 감영을 비롯해 무탈하셨나이까."

"당신네들 의병 덕분에 이렇게 무탈하다네. 얼마나 고생했는가. 진주성 싸움은 우리 호남을 위한 싸움이라고 전라도 백성들이 다 알고 있다네."

사또는 다 알고 있었다. 전방의 병사들은 사명감을 가지고 싸울 뿐 후방의 인심은 모르지만 후방에선 세상 돌아가는 것을 더 잘 알게 마련이다. 사또는 이순신 장군의 활약까지도 견문을 가지고 있었다.

"이순신 장군은 바다를 지켜 호남을 지키고 의병들은 진주대첩으로 호남을 지켜주었네. 이순신 장군이 뭐라고 말한지 아는가? '만일 호남이 없었다면 나라가 없다'고 하였다네. 약무호남(若無湖南) 시무국가(是無國家)라고 했지."

사또는 가만히 앉아서도 모르는 게 없었다. 사통오달이 되는 남원이라 갖가지 파발로 모든 소식을 듣고 있었다.

"사또, 진주에서 빌린 말을 여기에 반납하기로 하였는데 제가 좀 더 빌려야겠습니다. 집사람이 아들을 보았는데, 고향에 가서 부모님께 아뢰고 돌아오겠습니다. 그리고 이 난리통에 집안이 무사한지 걱정이옵니다."

"이 난리에도 아들을 보았다니 대견하오. 축하드리네. 고향이 경상도 청송이라고 했지? 못가네. 거긴 너무 위험한 곳이야. 아니, 경상도 일대는 왜군들이 장악하고 온갖 분탕질을 해대고 있다네. 백성들까지 보는대로 다 죽인다는 소식이 들려오네. 더구나 부인과 갓난아이까지 데리고 간다고?"

심찬은 갑자기 머리가 어지러웠다. 부모님의 안위를 생각하니 머리가 터지고 가슴이 찢어지는 듯했다.

8. 남원성의 전운 _

　왜군 2군 대장 가토 기요사마는 5만여 병력을 이끌고 북진하고 있었다. 진군하는 과정에서 거치는 마을마다 분탕질로 백성들을 도륙하고, 특히 여자들에게는 온갖 만행을 저질렀다.

　"조선 백성들을 모조리 쓸어버려라. 우리 태합(도요토미)께서 명하시기를 조선땅의 인종들은 모두 없애버리고 조선반도를 공지(空地)로 만들라 하셨다. 물론 예외도 있으리라."

　예하 장군들과 부장들이 예외라는 말에 의아하게 생각했다. 그때 왜군은 부산, 김해, 양산, 경주를 점령해 가는 동안 사정없이 불태우다가 보니 노비문서와 족보까지 타버리니 조선의 신분사회가 흔들리게 될 것 같았다. 경주에서는 문화재를 약탈하고 불국사 등 대가람을 불태우기도 했다. 왜군은 경산을 거쳐 한양을 향해 진격하는 도중 영천, 군위, 의성 등에서 모조리 분탕질을 하며 가던 중이었다. 가토 기요사마는 어느 재를 하나 앞에 두고 말고삐를 당겨 멈추고 재를 바라본다.

　"이 재가 무슨 재냐?"

　옆에 있던 부장에게 묻자 그 부장은 조선의 반민(叛民) 안내자에게 근처 지명까지 물었다.

"장군, 이 재 이름은 노귀재라고 하옵고 근처에 청송(靑松)이라는 도호부가 있다고 합니다. 도호부라면 그냥 두고 갈 수가 없지 않습니까. 부자도 여자도 많을 것이옵니다."

"그렇지. 노귀재 근처라고 했지. 청송은 그냥 비껴가기로 한다."

"예외가 있으리라 하시던 말씀과 관계되는 것이옵니까?"

가토는 부장의 말에 동문서답을 하자, 부장은 부산포에 상륙하고 나서 가토가 한 말을 기억해 낸 것이다.

"우리 관백께서 명하시기를 송(松)자가 붙은 지역은 그냥 비껴가라 하셨다. 왜냐고 물으니 명나라 도독인 이여송의 송자가 바로 소나무 송자이기 때문이라는 것이었다. 청송이라는 곳의 송이 바로 이여송의 송이다."

그래서 청송도호부는 왜군의 피해를 입지 않았다. 가토가 이여송을 무서운 대상이라 그리했는지 아니면 존경의 대상이었는지는 모를 일이다. 당시 이여송은 용맹 있는 장군으로 명성이 자자했다. 북방의 발해족이 반란을 일으켜 그 세력을 당할 자가 없었는데 이여송이 그 반란을 평정하여 무관으로서는 처음으로 제독으로 승진하다가 도독으로까지 영전한 사람이었다. 관백이 두려워했던 존경했던 간에 그 이여송이 임진 이듬해에 조선을 지원하러 내려오게 된다.

심찬은 자나깨나 부모님을 걱정했으나 고향인 청송은 전란의 피해를 받지 않고 있었다. 이러한 고향소식을 심찬은 끝내 듣지 못한다.

벌써 계절은 겨울로 접어들었다. 심찬은 자신의 청송백자소 가마 앞에서 심란한 마음으로 서 있다. 그래도 가마를 때야 할 게 아닌가. 금강도요소 이삼평이나 대강도요소 박평의도 할 일이 없어 불을 때고 있다는 소식이다. 신재철은 부상을 입은 곳이 덧나서 치료를 받으면서 누워 있다. 남원부의 도요소들이 놀기는 싫어서 팔리지도 않는 도자기를 구워내고는 있으나 적은 수량밖에 내지 않는다고 한다.

심찬은 겨울이 아니라면 농사를 한번 짓고 싶었으나 앞산의 교룡산 봉우리에는 벌써 흰눈이 덮여 있었다. 광흥창에서 나오는 녹봉의 곡물로 두 집 식구들의 호구는 해결할 수 있으나 뒷집 젊은이들을 맨판 놀려서야 되겠느냐는 것이다. 그래서 추위가 닥쳐왔어도 일을 시켜야 되겠다고 생각했다. 그래서 세 사람을 불러 들였다.

"성서방, 다른 가마들도 불을 때고 있다네. 팔리지 않으니까 적은 양을 구워내 양질의 그릇만 골라 잘 저장하는 모양이야. 그들은 백자를 구워내고 있지만 우리는 백자보다도 내가 일찍이 마음먹고 있었던 고려청자를 복원할 생각이네. 어떤가. 수비장이나 공방의 상태는?"

"예, 나리. 땔감부터 점토 모두 잘 준비되어 있습니다요. 막둥이가 일찍부터 잘 정돈시켜 놓았고 소인도 용칠이와 재료들을 채워 놓았심더. 하오나 오늘 낼 사이는 소인이 볼 일이 있어서 작업을 못하겠심더."

"그래, 무슨 볼 일?"

성서방은 말을 꺼내지 못하고 우물거리는데 입이 셋 중에서 제일 빠른 용칠이가 중간에 나선다.

"과수 주천댁, 아니 정씨녀하고 어딘지는 몰라도 멀리 놀러간다캅니더."

"그래? 좋은 일이야. 좋은 일이지. 용칠이 너도 방씨 처녀하고 잘 되고 있느냐?"

"잘 되고 있심더. 밤이면 살짝살짝 만나고 있어예."

"나리, 소인도 연애 좀 시켜주이소. 둘만 임자가 있고 이놈은 외롭심더."

막둥이가 얼굴에 붉은 빛을 띠면서 그래도 비위 좋게 말하자 용칠이가 깔보듯이 막둥이 말에 토를 단다.

"이놈아, 나보다 10년이나 어린 것이 벌써부터 까불고 있네."

심찬과 성서방이 껄껄 웃는다. 한 살 차이를 10년으로 부르고 있으니 과장치고는 너무 심했다. 용칠이가 스물이고 막둥이는 열아홉으로 서로 친구지간이다.

"그럼 성서방은 재미보러 나가고 너희 둘은 수비장으로 가자."

심찬은 막둥이더러 백토와 고령토 점토를 가져오라고 하고 용칠이와 수비장으로 와서 용칠이에겐 깨끗이 청소하라고 일렀다. 가져온 흙들을 물에 풀고 휘저어서 잡물을 없앤 뒤 미세한 앙금(질)을 모으기 위해 수비장에 넣었다. 며칠 숙성을 시켜야 한다.

"막걸리를 구해올깝쇼? 숙성이 빠르게 말입니더."

용칠이가 말했지만 턱없는 일이다. 이 난리통에 술을 빚는 사람이 어디 있겠는가.

"구할 수도 없겠거니와 있어도 그만, 없어도 그만이다."

"하긴요. 내룡골에서 막걸리를 부어 숙성시켰어도 결국은 주물럭에 쪼구랑 바가지 그릇만 나오지 않았심니꺼."

역시 입이 빠른 용칠이었다. 심찬과 막둥이가 기가 막혀 용칠을 보았다.

"이놈아, 그때는 가마에서 탈이 났지, 어디 수비의 잘못이었더냐."

용칠은 뻔한 소리에 뒷머리를 극적거린다. 심찬은 둘을 데리고 가마로

갔다.

"그동안 비도 많이 왔고 오래 비워두어서 습기가 많이 쌓였을 것이다. 불을 때라. 그리고 연기가 새는 틈새가 있는지 살펴보아라."

부서진 성을 수축하고 보수하는 격으로 다섯 칸의 가마를 두루두루 살펴서 연기가 새는 곳을 진흙으로 때우고 불심이 들어가는 아궁이와 봉통을 시험해 나갔다. 일을 하다보니 어느새 땅거미가 진다.

"그만 집에 가자. 수고했다."

꽁무니를 빼듯 용칠이는 방씨네 처녀를 만나러 잰걸음을 친다.

며칠 후 그동안 고령토도 더 파오고 소나무 땔감도 구해온 사이 수비장의 점토는 어지간히 숙성이 되어 작업을 시작했다. 아무리 청송에서 경험이 있다곤 해도 처음 시작하는 경건한 마음으로 흙을 매만졌다. 일을 시키는 심찬도 경기 광주 관요에서 감독하면서 배운 5년차 기술이라 하지만 청자를 시도함에 있어서는 초보 중의 초보였다.

"자, 그 흙을 꺼내 찰기가 생기도록 떡매질을 하거라. 그리고 그것을 바닥에 쌓아놓고 발로 으깨서 부꾸미처럼 펼쳐 놓은 다음 다시 떡매질하여 진흙을 돌돌 말아 엿가락 모양으로 만들어 휘어보아라."

성서방과 용칠이 그리고 막둥이가 심찬이 시키는대로 따라서 잘 해낸다. 사실은 이게 처음이 아니다. 엿가락처럼 된 흙을 휘어보니 신기하게도 찰기가 있어 끊어지지 않는다. 굳어지기 전에 적당한 크기로 뭉친 것들을 공방으로 옮겼다.

진흙 덩어리들을 손으로 돌돌 말아 꼬박밀기를 시켰다. 다음엔 물레판에 꼬박을 얹어놓고 물레를 돌리게 했다. 물레에 앉은 것은 이번엔 용칠이 몫이었다. 이제부터는 성형을 하면 되는 것이라 성형도구들을 챙겨왔다.

"자, 여기까지는 연습이다. 꼬박밀기는 물레를 차기 전에 반죽하는 일인데, 소성할 때(구울 때) 터지지 않도록 흙속의 기포를 없애는 일이다. 복습하는 일이라 쉬울 것이다."

심찬이 여기까지를 연습이라 하고 작업을 중단시킨 이유는 이제부터 청자비기를 펼치고 새로운 시도를 해야 되기 때문이다. 손이고 그릇이고 쩍쩍 들어붙는 추위는 아직 아니다. 진짜 엄동설한이 며칠 후면 닥칠지 모른다. 가마를 구워내기는 단 한 번의 기회일 것이다.

심찬은 청자비기(靑瓷秘記)를 확인해 본다. 처음 보았을 때나 마찬가지로 너무 추상적이다. 구체적인 내용은 각자 상상에 맡긴다는 기록이었단 말인가. 아니면 비기를 남기지 말라는 외압 때문에 바삐 서둘러 대충대충 적었을지도 모른다. 아무튼 상상의 부분에서는 각자의 기량에 달려 있는 것이다. 누가 해석과 모사의 달인이란 말인가.

"막둥아, 용칠아. 내룡골에서 따로 구입하고 모아 두었던 밑감흙은 어덨느냐? 찾아서 공방으로 가져오너라."

"예, 나리. 태토(胎土) 말입니꺼. 갖어오겠심더."

"용칠아. 너는 진사(辰砂)를 잊지 않았겠지. 어서 가져오너라."

"예. 알겠심니더. 움막 깊이 숨겨 놓고 의병을 갔지라예."

"성서방, 그전에 장석(長石)을 책임지라 하지 않았던가."

"예, 용칠이와 마찬가지로 움막에 간직했지예. 장석은 흔하지예. 그런데 나리, 지금 몇 그릇 성형한 것은 어찌합니꺼? 청자를 빚으려 하시는 모양인데."

"꼬박이나 물레에 길을 내기 위함이었네. 지금은 판로도 막히고 주문자도 없는 세상인데 그릇을 만들어 뭐하나. 내 숙원인 청자복원이나 연습해 보려는 게야."

심찬은 직접 나섰다. 비기에 따라 철분이 섞인 황토와 점토 고령토를 잘 배합하여 태토를 만들었다. 한 푼에서 서 푼의 철분이 섞인 장석유를 입혔다. 유약에 포함된 철분이 환원염으로 구워지느냐 산화염으로 구워지느냐에 따라 색깔이 달라진다고 하였다. 환원염 즉 외부의 공기를 철저히 차단하여 산소공급을 줄이고 구워내면 유약 속의 철분 성분이 첫 산화철이 되어 청자색이 된다고 했다. 그리고 산화염은 외부 공기가 조금씩 공급되어 산소와 결합된 불을 일컫는데, 이 산화염에 구우면 철분이 다음 산화철로 되어 그릇이 황색을 띠게 된다고 하였다.

청자색 즉 비색(琵色)을 내기 위해선 장석유의 시유도 중요하지만 태토에 포함된 철분의 양과 장석의 혼합비율 또한 중요하다. 이렇게 숙지하고 성형의 전 단계를 마쳤다. 심찬은 질흙을 떡매질하고 메줏덩이 같은 동구래(흙더미)를 꼬박판에 올리고 밀기를 한 다음 물레 위에 앉히고 심찬 자신이 안즐통(걸상)에 앉았다.

"용칠아, 너는 내 조수가 되어라. 청자 대접을 하나 만들어볼 것이다. 화병이나 주병은 성형 절차가 복잡하니 어차피 연습인데 쉬운 것을 해야지."

심찬은 물레를 차기 시작했다. 물레 기둥과 꼬박이 잘 균형을 이루어 물레가 흔들림 없이 곱게 돌아간다. 옆에서 구경하는 세 사람의 입에서 김이 뿜어져 나온다. 날씨가 추워지고 있었다.

"조수, 절궁(활처럼 생긴 자름도구)을 다오. 네 손에 들린 것은 곰방대

(병 종류 성형도구)가 아니냐. 그건 주병, 화병을 만들 때 필요하다. 가리새(굽칼)를 달라. 그리고 근개(반원형 나무칼)도 주어야겠다."

심찬은 동구레를 적당한 크기가 되게 절궁으로 자른 다음 근개로 적당히 다시 잘라 가리새로 대접 모양을 낸다. 밑판을 둥글게 잘라 위로 올려 손질하며 물레를 돌린다. 아주 능숙하게 접시가 되어 나온다.

"이번엔 사발이다."

똑같은 공정순서에 따라 대접 세 개와 사발 다섯 개를 빚어 놓았다. 심찬은 막둥이에게 빚은 그릇을 건조대에 갖다 놓으라고 해놓고 당장 고민거리로 한숨을 쉬었다.

"그릇 댓 개를 가마에 놓고 불때기를 하다니 말이 되는가."

심찬이 이렇게 중얼거리자 성서방도 금방 알아듣는다. 그릇 백 개 정도면 몰라도 열 개도 못되는 그릇을 넣고 불을 때면 엄청난 땔감 손실이 아닌가.

"성서방, 안되겠지? 땔감이 아까운 게 아닌가."

"도와드릴 터이니 계속 성형하시소. 오십 개라도 만듭시다예."

"재료도 부족하고 날씨는 추워지니 어쩐다?"

"나리, 까짓거 나리의 숙원인데 다섯 개만 더 만들어 가마를 땝시다."

성서방이 심찬에게 용기를 준다. 심찬도 힘을 내어 성서방이 올려주는 동구레를 물레에 놓고 차기 시작한다. 그리하여 건조대에 열 개를 놓고 모두 집으로 돌아갔다.

며칠이 지나자 겨울이라 해도 햇빛이 맑고 따스했다. 재벌구이로 들어갔다. 드디어 심찬은 열 개의 청자를 굽기 위해 가마 앞에서 성심으로 기도를 올렸다. 번거로워 제상을 차릴 수는 없었지만 소반에 정화수를 떠 놓고 속인들이 칠성님께 빌듯이 하늘과 조상님께 청자 복원의 성공을 빌었다. 그런데 순간 불길한 생각이 들었다. 교룡산 산신이 감은 눈 속으로 나타나는 듯 했다. 너는 청자를 구우면 세상이 변하지 않았더냐. 그리고 청자 복원은 아직 가당치 않은 일이니라. 심찬은 흠칫 놀라며 눈을 떴다. 산신령께 따로 빌지 않았다고 해서 훼방을 놓는 게 아닐까. 그러나 충과 효로써 하늘과 조상님께 나라만을 위해 기도하는 것이지 어찌 유가의 몸으로 민속이나 무속에 의지한단 말인가. 하기야 찜찜한 느낌이 드는 것은 어찌할 수 없는 일이다. 청송 고향에서부터 청자 복원만 구상하면 일신에 이변이 생기지 않았더냐.

봉통불 중에서 창불때기를 할 차례다. 가마 양쪽 벽을 따라 바싹 마른 소나무장작을 가마 속에 집어 던졌다. 성서방과 용칠이가 심찬을 가로막고 찔래(막대기)를 빼앗듯이 잡아당긴다.

"나리, 우리가 있는데 와 일을 계속하십니꺼. 이제부턴 저희한테 맡기시고 옆에서 쉬시소."

'아니야. 내가 끝까지 밀고 나갈 것이네. 그리고 불때기가 가장 소중하다는 걸 모르는가. 불 온도를 측정할 줄 알아야 제대로 그릇이 익는다는 것을. 나도 달인은 아니지만 자네들보다는 나을 걸세."

봉통 안으로 불살이 빙빙 돌면서 가마 안으로 쏙쏙 빨려 들어간다. 연기 나는 굴뚝에 삽을 대보니 물기가 흥건히 맺힌다. 아직 봉통불이 멀었다는 증좌다. 계속 장작을 집어 집어넣었다. 돌도 녹이는 강불로 지옥의 화염을 닮아간다. 불색깔을 관찰해야 한다. 산화와 환원의 차이는 일상에서 촛불을 보면 안다고 했다. 촛불은 심지 부분과 바깥 부분이 다르다. 바깥 부분은 공기 중에 직접 노출되어 산소의 공급이 충분하여 붉은 색으로 보이지만 심지 부분은 산소 공급이 원활치 않기 때문에 파란색으로 나타난다. 청자와 백자는 환원 번조에서 제대로 발색이 이루어진다. 만약 산화로 번조하면 청자의 색은 황갈색으로 나타나고 백자의 색은 회색으로 드러난다.

환원염으로 구워야 청자가 된다고 했다. 그리하려면 공기를 차단해야 한다. 따라서 산소 공급을 줄여 구워내야 청자색이 나온다고 했다. 그런데 공기를 차단하라니 어찌하란 말인가. 만약 공기가 들지 않으면 아궁이 불부터 꺼지는 게 이치다.

"성서방, 일단 가로막판을 가져오게."

심찬은 가로막판으로 아궁이 앞을 반쯤 막아보았다. 여전히 불심은 강하게 타들어간다. 아궁이를 아주 막아보았다. 웬걸 아궁이 속이 점점 어두어진다. 불이 꺼지려는 게 분명하지 않은가. 다시 가로막을 개방할 수밖에 없었다. 시간은 점점 흘러 일곱 시진을 보냈다. 지금 재벌구이 중이기 때문에 화도를 아주 높여야 한다. 그리고 불보기를 꺼내보자. 도자기의 색깔은 장작 던지는 기술에 의해 결정된다. 장작을 더 넣어야 하느냐 마느냐 할 때가 사기장은 가장 고독하다. 쥐불구멍에서 불보기를 꺼내보았다. 색깔이 파랗기에 꺼내본 것이다. 착각을 한 게 아닌가. 관요의 사기장들은 붉은 색으로 보여야 온도가 높다고 하지 않았던가. 다시 불보기를 집어넣고 더욱 땔감을 밀어넣었다. 또 불보기를 꺼내보니 고열에 벌겋게 달구어져 연홍빛 홍시처럼 빛났다. 이제는 마감불이다. 삭여야 하기 때문이다. 가는 장작만 골라 넣다가 서서히 땔감을 넣지 않았다.

그리고 열네 시진 동안 가마를 식히고 난 다음 가마를 헐고 들어갔다.

그릇 열 점에 불과하여 첫째 가마칸만 이용했기에 뒷처리는 수월했다. 둘째칸에서 다섯째칸은 공으로 불이 지나가 땔감이 엄청 손실되었다고 하지만 그것은 이미 감수한 일이었다. 식은 그릇을 살펴보았다.

"이게 웬일이야! 왜 비색이 나오지 않고 늙은 호박색으로 나왔던 말인가. 호박색도 미운 호박…."

썩어가는 누른 호박색이었다. 청자가 되기는커녕 백자도 아닌 미운 황자였다. 심찬은 실패의 훗입맛으로 눈물이 찔끔 나왔다.

"성서방, 철저한 실패네."

"첫입에 배부를 수 있나요. 실패는 성공을 불러온다캤심더."

심찬은 성서방의 위로를 받고 마음 속이 유연해졌지만 기필코 실패의 원인을 찾아볼 작정이다. 그 까닭을 기록으로 남겼다가 차기의 시도에서 참고할 것이다. 심찬은 어금니를 꼭 물고 자리에서 일어났다.

"이것으로 올해는 가마 문을 닫겠다. 용칠이, 막둥이는 수비장과 공방, 건조대며 움막까지 말끔하게 정돈하고 내년을 기약하자. 나는 가마 구석구석을 살펴 실패 원인을 분석하고 집으로 가겠다."

함박눈이 내리기 시작했다. 어둠이 깔려와도 교룡산 위로 떠오르는 초승달빛이 보였는데 어느새 하늘이 변해 함박눈이 그림처럼 아름답게 내린다. 이제 월동준비를 시켜야 했다. 심찬은 겨울을 넘기는 동안 일없이 만판 놀아야 하므로 첫째 양곡을 준비하고 땔감을 해다가 두 집 모두 헛간에 장여놓아야 한다. 심찬은 집에만 들면 귀여운 아기 당수를 어르느라 시간 가는 줄 모른다.

아직 새봄은 멀었지만 계사년(1593)이 돌아왔다. 가마를 열고 그릇을 빚으려면 온 산의 눈이 녹고 얼어붙은 땅이 풀려야 한다. 백토를 파내고 도석광산에서 흙과 돌을 파내려면 봄이 돌아와야 작업할 수 있다. 남원부 내의 도자기 생산량에 대해서 애초부터 심찬의 청송백자소에서는 부담을 갖지 않았다. 심찬으로서는 감독관의 임무만 성실히 수행하면 되었고 이삼평이나 박평의와 같은 우수한 사기장들의 대량생산에 기대를 걸면 되었다. 심찬은 뒷집 세 도공의 생활을 책임지면서 자신의 가마는 어디까지나 실험용으로 간주하고 있었다. 어차피 규모가 작은 청송백자소는 백자를 구워 소량의 매출을 보면서 오직 청자 복원에 매진하는 실험가마였다. 연륜이 있는 다른 도자소에 비해 겨우 2년차에 불과한 청송백자소는 이번에 첫시험의 청자 복원에서 여지없이 실패하고 말았다.

그런데 왜란의 전란에 휩쓸린 조선팔도의 도자소들은 어디 한 곳 제대로 운영되는 곳이 없었다. 도자기의 가치를 모르는 무식한 왜병들은 가마를 보는대로 때려부수고 예쁜 그릇은 희한하다면서 노획물로 가져가거나 귀찮으면 박살을 내곤 하였다. 중부나 경상도 일대는 왜군의 발굽에 계속 짓밟히고 있지만 진주성의 대첩으로 호남의 피해는 없어 호남의 도자소들은 그래도 가마에 불을 때고는 있었다. 그러나 난리통에 그릇의 판로가 모두 끊겨 물건이 팔리지 않으니 도공들은 목구멍에 거미줄을 칠 지경이다.

계사년 정월 중순에 조정에서는 서울 탈환을 위해 최경회, 임계영, 곽재우 의병대를 서울로 올라오게 하는 계획을 세우고 있었다. 그런데 경상도에서 전라도 의병과 곽재우 경상의병은 남쪽 방어를 위해서 반드시 필요하다는 상소가 연달아 올라와 왕은 그 계획을 포기하였다. 금상은 명나라 요동군의 지원을 받아 평양, 개성을 회복하고 지금은 명군을 앞세워

서울을 회복하려 하나 한양에 집결한 왜군의 위세가 만만치 않아 초조한 실정이었다.

　과연 최경회 부대는 용감무쌍했다. 진주대첩 이후 개령, 성주, 의령 등에 주둔해 있는 왜적들을 모두 쳐부쉈다. 그리하여 경상우도 감사 김성일은 조정에 장계를 올려 최경회의 포상을 요청했다. 그러나 조정도 황망중이라 포상 등은 난리가 가라앉은 후의 일이라 했다.

　3월 15일 경상우병사 김면이 왜적들과 싸우는 도중에 전염병으로 죽었다. 그는 고령 출신으로 의병장이 되어 공이 많아 지난 1월 5일에 경상우병사가 되었다. 그는 일개 서생으로 분연히 의병을 일으켜 끝내 장군의 임무를 맡아 왜적을 토벌하다가 생을 마친 것이다. 우환은 계속되고 있었다. 4월 29일에는 경상우도 감사 김성일 역시 진주성을 지키다가 전염병으로 죽는다. 이때 영의정 유성룡은 김성일의 죽음을 애도하며, '아! 김성일의 불행은 경상우도 백성들의 불행이구나. 이것이 운명인가! 사람의 힘으로는 어쩔 수 없구나'라고 슬퍼하였다.

　김성일이 죽기 직전 4월 21일에 조정에서 최경회를 경상우병사로 임명하고 5월 초에 김늑을 경상우도 감사로 임명한다. 그런데 최경회의 임명에 대해서는 주변에서 반론이 많았다. 명군의 지원으로 서울에 있던 적이 물러나 충청도 이북은 한숨을 돌렸으나 이제는 영남이 가장 긴요하니 신중을 기해서 무관의 인물을 찾아 보내자는 것이다. 그러나 영남에서 최경회는 무신은 아니지만 여러번 전공을 세워 명성이 크게 드러났고 재능도 뛰어나 책임도 감당할만하다고 상소하였다. 그리고 그가 거느리는 호남의 의병은 이미 그와 너무 친숙해 있으니 사태가 안정될 때까지는 그가 필요하다고 하여 임금이 그에 따랐다. 최경회는 경상우도 감사까지 물망에 올랐으나 병사를 겸직시키기엔 무리라고 임금은 두고 보자는 것이었다.

드디어 계사년 6월 가토 기요사마가 이끄는 10만 왜군이 진주성을 공격해왔다. 가토는 군졸들에게 외친다.

"지금부터 설욕전에 임한다. 우리 아군이 작년 진주성 성벽 아래에서 3만의 목숨을 잃었지 않으냐. 그 복수로 진주성 밖은 물론 성내의 백성들까지 씨를 말려라."

남원에서 들리는 2차 진주성 싸움의 소식은 참담한 것이었다. 1차 싸움 때 병력의 배가 되는 10만의 기세에 성밖의 의병들로서는 중과부적이었다. 왜군 10만이 진주성으로 몰려온다는 소식을 듣고 주로 호남출신 의병장들이 진주성으로 모여들었다. 최경회는 경상우병사로서 진주성에 있었고, 충청병사 황진과 창의사 김천일이 입성해 왔다. 황희 정승의 5대손인 황진은 역시 남원 태생으로 무과 급제 후 충청병사로서 황윤길의 부관으로 일본 통신사의 임무 수행중 도요토미의 침략의도를 간파하고 왔었다.

그후 임란을 맞자 의병장이 되어 도처에서 공을 세운 바 있다. 진주성으로 오는 길에 홍의장군 곽재우를 만났다.

"황 병사, 이번 진주성은 엄청난 희생을 당하고 함락당할 것이오. 그냥 돌아가시오. 가등의 10만을 당할 수 없어요."

"아니되오. 창의사 김천일과 진주성에서 만나기로 되어 있소. 그리고 나는 죽을 각오로 전라도를 지켜야 하오. 진주성을 빼앗기면 남원이 위태롭소."

곽재우의 충고를 듣지 않고 입성했다. 진주성으로 모여든 의병들은 거의 전라도 의병들이다. 출신은 전라도지만 타도에서 병사 혹은 현감을 지내고 있던 사람들인데 호남을 지키려는 의지로 진주성에 모인 것이다. 남원에서 직책을 가진 사람은 없었지만 남원 출신 소재 형제와 김사종 김원종 형제, 같은 남원출신으로 박홍남 박기수 형제도 무조건 황진의 뒤를 따랐다.

아무튼 호남의 의병들로 고경영의 장남 고종후를 비롯하여 장윤, 양상숙, 강희열, 이장 등 이름을 나열하기 어려울 정도로 진주성으로 와서 방성진을 쳤다. 아, 그러나 말 그대로 중과부적. 아무리 쏘아대고 퍼부어도 왜병들은 줄어들지 않았다. 진주성 성벽 아래 왜병의 시체가 산을 이루어도 왜병들은 더욱 바다처럼 밀려왔다. 아흐레 동안 성을 지킨 것도 최선의 작전과 최강의 전투력이 보여준 결과라 하겠다. 그러나 성내의 총탄과 화살 포탄이 고갈되어 성이 함락되고 말았다. 왜군의 승리는 인해전술에 불과했다. 계사년 6월 29일 진주성이 함락되던 날, 진주성을 9일간이나 지키던 최경회, 김천일, 고종후는 촉석루에 오른다.

矗石樓中三壯士　　촉석루중삼장사
一杯笑指長江水　　일배소지장강수
長江之水流滔滔　　장강지수유도도
波不竭兮魂不死　　파불갈혜혼불사

촉석루 누각 위에 올라 있는 세 장사
한 잔 술에 웃으면서 장강물을 가리키네
장강물은 쉬지않고 도도히 흘러가니
저 물이 마르지 않는 한 우리 넋도 죽지 않으리

최경회는 이 시를 읊고 세 사람과 북향사배한 다음 푸른 남강물에 몸을 던진다. 이때 식자들은 2차 진주성 패전의 원인을 말하고 있다. 첫째로 중과부적이었다. 1차 때는 조선군이 3천 8백 명이고 왜군은 4만여 명으로 추산했다. 그러나 2차 때는 조선군이 6천 명인데 왜군은 10만 명이다. 두 번째 요인은 고립무원이다. 1차 싸움 때는 성밖에 지원군이 많았다. 최경회, 임계영 등 호남의병도 경상우도 관찰사 김성일의 요청으로 진주성으로 달려와 외곽에서 지원했고, 경상의병장 곽재우, 정인홍 등도 상당한 역할을 하였다. 그러나 2차 싸움 때는 진주성 근처까지 온 조선 관군과 의병들이 왜군의 엄청난 위세에 질려 아예 철수해 버렸고, 지원군이라는 명나라 군사도 관망만 하고 있었다. 용맹스러웠던 곽재우 경상의병장도 사지에서 부하들을 죽일 수 없다고 물러나 버렸다. 세 번째는 응집력이 없었다. 창의사 김천일과 진주목사 서예원이 수시로 마찰하였고, 여러 지휘관들이 모여 있어도 하나로 통솔되지 못했던 것이다. 특히 1차 때는 김시민 진주목사와 경상우도 관찰사 김성일이 긴밀하게 단결을 유지했음에 반해 2차 싸움에서는 경상우도 관찰사 김늑이 전혀 역할을 못했다는 것이다.

진주성이 함락되면서 그 많은 용감하고 특출한 의병장들과 관군이 한 사람 생존자도 없이 전몰되었다. 뿐만 아니라 진주성민 수만 명이 왜군에 의해 참살되었다는 소식이 남원에 들려오자 남원부 사람들은 공포에 사로잡혔다. 진주성이 무너졌으면 남원성이 위태롭다는 것은 삼척동자도 다 아는 사실이 아닌가. 그러나 왜군은 남원으로 쳐들어오지 않았다. 왜적들도 진주성에서 너무나 치가 떨리게 싸웠고 희생자가 많아 병졸들도 사기가 떨어져 있어 숨고르기를 하고 있는 모양이었다.

그런데 아름다운 이야기 하나가 진주에서 들려왔다. 최경회의 첩실이자 남원의 속현인 장수 출신 논개라는 여인이 기생으로 가장하여 진주성 함락의 승전축제를 벌이는 왜군들에게 접근한 뒤 진주성을 함락시킨 적장을 술시중하다가 그 왜장을 끌어안고 남강에 투신하여 함께 죽었다는 소식이 들려온 것이다. 남편의 원수, 나라의 숙적 중 한 명을 자신의 몸을 던져 희생시켰다는 소식을 들은 남원사람들은 통쾌한 마음과 애잔한 심사로 눈물을 흘렸다.

또 계절은 무르익어 무더운 여름철이다. 그동안 남원고을의 도요소들은 어느 지역이나 마찬가지로 가마의 불을 때지 못했다. 사방에서 왜적의 위협이 들어오고 진주성에선 치열한 전투가 벌어지고 있는 상황에서 감히 손에 일이 잡힐 리 없었다. 심찬은 오직 고향의 부모님 걱정 뿐이었다. 돌이 지난 당수를 데리고 고향에 가서 부모님께 안겨 줄 날만 고대하였으나 남원에서 벗어날 통로가 모두 막혀 있어 한만 쌓이고 있었다. 우울한 마음에 불길한 생각이 드는 것도 무리는 아니었다. 북진하는 왜군의 길목에서 청송의 백성들이 모조리 살육당했다는 환상에서 벗어나지 못하고 있었다.

명나라 사신 심유경은 왜군과 휴전협정으로 들어갔다는 소식이 심심찮게 들려오고 있었다. 각 방면의 전투 현장이 소강상태라고 한다. 그러나 계사년 1월 명나라 지원군 장수 이여송이 평양에서 일본군을 물리치자 심유경이 추진하는 조·명·일 강화회의는 무산된다. 그런데 곧 벽제관 전투에서 명군이 왜군에게 패배를 하자 심유경은 다시 강화회담을 시도

함에 따라 그는 일본진영에 파견되었다. 심유경은 고니시와 의견 절충 끝에 나고야에서 도요토미를 만났는데 도요토미의 요구조건이 황당무계하였다.

"유경 선생, 우리가 명나라를 침공하지 않는다는 조건으로 명의 황녀를 내 후비로 보낼 것이며, 명이 일본과의 무역을 재개할 것과 조선의 8도중 4도를 일본에 귀속시키고 조선의 왕자 및 대신 12명을 인질로 보낸다는 약속을 하시오."

"관백께서 그리 말씀하시니 우리 황제께 관백의 뜻을 올려 답변을 드리겠나이다."

여기까지는 유경이 사신의 자리를 잘 지키고 있었으나 그 후 그는 조선에서 고니시 등과 잦은 회담을 하면서 제 잇속을 챙기는 교활한 모습을 보이기 시작하였다. 도요토미가 요구하는 조건을 감히 황제에게 올릴 수는 없었기 때문에 그는 내용을 조작하기 시작했다.

〈도요토미가 폐하께 아룁니다. 도요토미를 일본의 국왕으로 책봉하시고 일본이 명나라에 조공을 바칠 것을 허락하소서.〉

이런 거짓 보고를 작성한 유경은 명나라에 돌아가서 황제에게 이 거짓보고를 올린다. 비밀은 새고 만다는 일반적인 상식을 모르는 그였다. 황제는 도요토미의 요구를 허락한다는 칙서가 전달되자 도요토미는 노발대발하기 시작했다. 강화회담은 결렬되었고, 그동안 거의 휴전상태에 있던 상황에서 정유년에 다시 전쟁이 일어나게 된다. 유경은 조선에 돌아와 무슨 잇속인가를 챙겨보려고 하면서 이순신의 작전을 방해하고 대신 왜군의 뇌물까지 받아먹다가 보고서 조작이 누설되어 경남 의령에서 명나라 총군 양원에게 붙잡혀서 본국으로 압송되고 참형당했다.

강화회담 시도로 전쟁이 질질 끌면서 소강상태를 유지하고 있으나 호남을 제외한 전역에 주둔해 있는 왜군들은 노략질을 일삼고 있었다.

무려 5년이라는 세월이 지나갔다. 금강골의 심찬은 할 일이 없었다. 도요소들이 휴업상태니 감독할 일도 없고 청자 복원은 서너 차례 시도하다가 뜻대로 되지 않아서 가끔 밖으로 나가 이삼평, 박평의 사기장들을 만나 앞일을 상의하곤 하였다.

"박 소장, 청자 복원이 내 숙원인데 겁이 나서 손이 떨린단 말이오."

심찬은 대강도요소장 박평의에게 애로점을 말했다.

"손이 떨리는 이유가 무엇인지 몰라도 시행착오를 그만큼 겪었으니 곧 성공하겠지요. 나리께선 시국이 어찌 돌아가는지 좀 알려주시오. 판로를 개척하려면 전쟁이 완전히 끝나야 되지 않겠습니껴."

이삼평이 박평의에 앞서 말문을 연다. 심찬은 손이 떨리는 이유를 자신의 노파심에서 일어나는 일이라고 말해줄까 망설이다가 그냥 실토하고 만다.

"청자를 빚을 때 손이 떨린다고 했는데, 사실 일찍부터 나는 청자만 시도하면 내 신상에 이변이 생기거나 난리가 난단 말이오. 내 신분에 미신같은 것은 어울리지 않는데. 그리고 남원부사가 바뀌었다고 해서 인사차 관아에 다녀왔는데 시국은 심상치 않소. 교룡산성 수축에 관군이 땀을 흘리고 있다오. 왜군 15만명이 함락된 진주성쪽으로 집결한다는 말이 있소."

"그동안 농사지어 먹고 살았는데, 올 농사를 거두기 전에 난리가 나면 큰일입니다요."

박평의는 농사 걱정도 크다는 눈치다. 이삼평은 심찬에게 시국 얘길 더 해달라는 것인지 불안한 표정으로 바라본다.

"나리, 새로 왔다는 사또는 어떤 분이라 합디까?"

"음, 조정에서 특별히 뽑아 보내신 분이라는데 문무를 겸비한 전 남도 병사 임현이라오. 재능과 지략이 뛰어나다고 조정 대신들이 천거한 분이오. 전 사또 최염은 산성과 본성 수축공사에 힘만 많이 쓰고 간 셈이지."

"난리는 날 모양이고만. 산성 수축이 끝나닝게 작전을 잘하는 분을 보내니 말여."

박평의는 한 마디 내뱉고 심찬에게 허리를 한번 굽힌 다음 대강으로 돌아간다고 말했다. 심찬도 이삼평의 금강도요소에서 집으로 돌아왔다. 이쁜 짓을 하던 당수가 벌써 미운 다섯 살이 되었다. 심찬이 아내를 향해 말문을 연다.

"내가 지금 살아 있는 것은 조상님 덕에다 당신 덕이오. 특히 당신이 2차 진주성 싸움에 출전하겠다는 나를 극구 말리지 않았더라면 왜군 소총에 맞거나 참살당하고 말았을 것이오. 내가 존경하던 어르신들이 모두 순절했으니 나도 함께 이승을 떠났을 거요."

"고마워요. 살아주어서. 그런데 왜적이 아직 물러나지 않고 있다는데 남원은 무사할지 모르겠네요."

"시국 돌아가는 게 수상쩍소. 왜적들이 남원을 노리고 있는 모양이오. 광흥창에서 녹봉도 오다 말다 하니 곡식을 따로 잘 챙겨 두시오."

뒷집의 세 도공들도 불러 곧 닥쳐올 듯한 환난을 대비하라 일렀다. 그리고 만일 남원성이나 교룡산성에서 전투가 벌어진다면 심찬 자신은 녹봉을 먹는 공복으로서 싸우러 나가야 할 것 같았다. 더 나아가 의병을 모아야 할지도 모른다. 그동안 수년을 보내면서 뒷집의 도공들을 시켜 농사도 지었고, 심찬의 부인 안동댁은 동네 사람들한테 마님 대접을 받으며 꿀벌을 모으는 방법을 배워 규모가 적으나마 꿀농사도 지었다.

　그러나 왜군이 몰아쳐 오면 모두가 무슨 소용이 있겠는가. 목숨을 부지하기 위해선 서쪽을 택하여 피란길을 떠나야 할 것이다. 심찬으로선 어린 당수가 누구보다도 걱정이다. 아비를 닮아 초롱초롱한 눈망울과 오똑한 코가 다섯 살짜리 아이로선 너무 때깔스럽고 귀엽다. 그런데 세상은 점점 어지러워진다.

　동남방에서 전운이 몰려오고 있었다. 금상은 명나라 장수 양원을 불러 남원은 전라도의 요충지이자 왜적의 공격을 받지 않아 다른 지역에 비해 다소 안전하니 이곳에 군대를 주둔하는 것이 좋지 않으냐고 하였다. 양원은 조선왕의 이같은 청에 승낙하였다. 그러나 명나라 총병 양원은 불과 3천 명 정도밖에 거느리지 못한 병력으로 대군의 왜병을 어찌 상대할 것인지 자신이 없어 용단을 내리기 어려웠다.

　그래도 왕과의 약속이라 3천명을 거느리고 남원에 입성하였다. 남원으로 오기 전에 양원은 조선왕에게 특별히 부탁한 바가 있었다. 남원성이 견고하지 않으니 남원부사 최염과 전주부사 박경신으로 하여금 성을 개축해 달라고 청하니 왕은 쾌히 받아들였다. 양원은 또 부탁했다. 또한 자신과 남원으로 함께 갈 조선측의 고위급 신하를 추천해 달라고 하였다. 접반사를 요구한 것이다. 왕은 예조참판 정기원과 안변부사 민준을 양원의 접반사로 임명하였다. 바로 그때 이원익, 이덕형, 이항복 등은 임현을 남원부사로 천거했던 것이다.

　양원은 접반사들을 동행해서 남원성 안에 있는 용성관에 남원성 수성을 위한 작전본부를 설치한다. 양원은 모든 현의 군졸들과 군마를 남원성으로 모이게 했다.

양원은 교룡산성의 군량과 군기를 남원성에 운반하고 평성인 남원성에만 전력하라 지시했다. 이러한 양원의 계획에 대해서 비변사의 관리들은 산성과 부성(남원성)은 기각지세에 있으므로 능히 적을 앞뒤에서 맞설 수 있다고 말했다. 그러나 양원은 남원성만을 고집하였다. 비변사 관료들은 작전의 총지휘권을 가진 명장(明將) 양원 총병을 제지할 수 없었다. 지난 2월 임현이 오기 전에 남원부사 최염과 산성별장 신호가 교룡산성 방어계획을 세웠는데 이때 운봉, 장수, 진안, 임실, 구례, 곡성 등 6현의 군병이 대부분 교룡산성에 집결키로 하였다. 당시 누가 보아도 왜군과의 싸움에서 방어전은 평성인 남원성보다 산성이 우세한 것으로 생각했던 것이다. 그러나 양원이 와서 그런 계획은 수포로 돌아갔다.

이때는 남해에 이순신 장군이 없었다. 명장과 왜장의 합작으로 이순신 장군을 무고하였고, 결국 이순신 장군은 왕명으로 체포당해 갖은 고문을 당하고 육군인 권율 장군의 휘하로 들어가서 백의종군하고 있었다. 그리하여 견고히 훈련시킨 이순신의 수군은 원균에게 인수되어 왜군 수군과 격전을 벌이다가 결국 원균은 모든 수군병력과 전함을 잃어버렸다. 원균도 이때 전사하고 말았다.

왜군의 진로 목표는 이미 남원으로 결정되었다. 일본의 우군대장은 모오리였으며 선봉인 가또오는 서생포, 밀양, 초계를 거쳐 거창으로 진격하였고, 나베시마 나오시게는 김해, 창원을 거쳐 진주로 진격했다. 여기서 우군은 경상도에서 운봉, 장수를 거쳐 전주로 향했다. 실제로 남원성 싸움에 참여한 왜군은 좌군과 수군이었다. 좌군 주력은 우기다 히데이에가 지휘하는 군대로 사천으로 상륙하여 남원으로 향했다. 악명 높은 시마즈 요시히로는 거제도, 견내량, 고성을 거쳐 사천에서 좌군 주력군과 합류했다. 그 외에도 여러 갈래에서 진격해 왔는데 왜군 총수는 14만 1천 1백 명으로 보고되고 있었다.

양원은 8월 8일 성 위에 8백 명, 토담 안에 1천 2백 명, 유군(遊軍) 1천 명의 명나라 군을 배치하고 남원에 왔던 오응정을 방어사로 임명하고 임현 등과 더불어 남원성의 방어를 맡게 했다. 8월 9일 둔산령을 넘어온 왜군의 선발대와 싸우던 박계성이 전사했다는 보고가 왔다.

양원은 8월 10일 부사 임현에게 명하여 교룡산성 안에 있는 집과 남원성 밖의 민가를 모조리 불태우게 하였다. 왜병들의 은거지가 될 곳을 미리 제거한다는 뜻이었으나 너무나 어리석은 작전이었다.

전라병사 이복남이 8월 12일에 조방장 김경노, 교룡산성 별장 신호 등의 장수와 임사미 등의 장사 50여 명을 포함한 150여 명을 거느리고 남원성으로 들어왔다. 양원은 이날 동서남북의 4대문을 방어할 지휘관을 각각 배치하였다. 양원 자신은 중군 이신방과 함께 동문을, 천총 창표는 남쪽문을, 천총 모승성은 서쪽문을, 조선병사 이복남은 북쪽문을 지키도록 하였다. 조선 관군의 수는 모두 7백여 명밖에 안되었다.

따라서 남원성 싸움에 참여할 조선과 명나라 병사의 수는 명군 3천 1백 17명, 조선관군 7백 명, 의병 6백여 명 등 모두 4천 4백여 명에 불과했다. 남원성 안에 비축한 아군의 군량미는 3천 명의 군사가 160여 일 동안 먹을 수 있는 양이었으니 역시 곡창지대 호남의 장점을 보여 주었다. 사실은 당시 남원에 저장된 쌀은 3천 명의 군대가 4개월간 먹을 수 있는 양이었고, 콩은 가히 사오 개월간 먹을 수 있는 양이 있었다.

양원은 자신이 가져온 27문의 대포를 각 성문에다가 이삼 문씩 설치하면서 조선측의 무기를 검열하였다.

드디어 구름처럼 몰려오는 왜군들의 위세에 남원성의 병사들은 죽을 각오로 맞서려는 것이었다. 박계성이 왜군의 선발대를 막다가 전사한 둔산령을 넘어온 왜병들이 길을 안내하는 반민 주가전을 따라 남원으로 오는 지름길을 찾아서 들어오고 있었다.

"주가전, 너는 우리 시마즈 요시히로 장군 앞에서 맹세했지! 너는 남원의 도공들 명단을 작성하고 그들을 모아 놓아라. 한 놈도 빠짐없이 주워 모아야 한다. 그렇지 않으면 네 가족은 몰살될 것이다."

"예, 예. 알겠습니다. 금강골 마실로 가면 도공들을 모을 수 있습죠."

"요시히로 장군은 우리 본국의 관백 도요토미님으로부터 특별한 지시를 받으셨다. 무엇인지 말해줄까."

오사카의 도요토미는 강화회담이 결렬됨에 따라 화가 머리끝까지 차오른 상태에서 시마즈 요시히로 규슈 사쓰마(가고시마) 번주에게 특명을 내렸다. 물론 다른 장군들에게도 이미 밀명을 내린 상태였다.

"너는 남원성을 함락시키고 도공들을 포로로 잡아오너라. 숫자는 많을수록 좋다. 도자기들도 보이는대로 걷어오너라. 그리고 모든 병졸들에게 명하여 조선놈들의 코를 베어 오라 일러라. 잘린 코가 많을수록 전리품을 후하게 평가하여 상을 내리리라. 참 그리고 도공들의 코는 베지 말라. 또 그들의 가족들도 무사히 데려오너라. 이유는 그들을 데려와서 도자기 일을 시키려면 가정이 있어야 하기 때문이다. 가족이 있어야 자살하지 않고 일할 수 있다. 알겠느냐! 내 명에 따르지 않으면 오직 죽음뿐이다. 이번 전쟁은 도자기 전쟁이다."

실로 잔인한 밀명이었다. 남원성의 운명은 어찌 될 것인가. 그리고 순박한 남원의 도공들은 어떤 역경을 겪을 것인가.

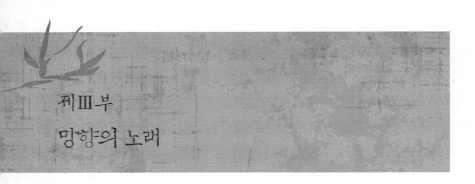

제Ⅲ부
망향의 노래

9. 아, 남원성 _

왜군 5만 6천여 명이 남원성을 향해 진격해오고 있을 때, 명나라 총병 양원은 나름대로 남원 수성(守成)에 대비하고 있었다. 수하 장수들을 동서남북 성문에 배치하고 이미 13척 높이의 남원성을 이삼 척 더 높게 개축하였고, 1천 7백여 명을 동원하여 성 밑에 깊이 두 길 정도의 해자(垓字)를 5일만에 파 놓았고, 성밖으로 양마장을 신설하는가 하면 성벽 위에는 총혈과 포혈을 많이 만들어 놓았다.

또 해자 호 밖에 능철(마름쇠)을 부설하였으며 징판(釘板)을 만들어 석교 위에 몰래 깔아놓았다. 물론 적병의 야간기습을 대비해 못에 찔리는 덫으로 깔아놓은 것이다.

"남원부사 임현은 어디 있소!"

잠시 성 망루에 지휘관급 인사들이 모여 있는 앞에서 작전 총지휘관인 양원이 큰소리로 남원부사를 찾는다.

"바로 여기 있소. 왜 그러십니까?"

"내가 확실히 확인하지 않아서 그런데 교룡산성의 양곡은 모두 이 성 안으로 옮겼으며, 산성 백성들을 모조리 성안으로 이주시켰소? 그리고 산성 안의 가옥들이나 창고들을 모조리 불태워 버렸소이까?"

"그렇소. 산성별장 신호가 모두 확인하였소이다."

남원부사 임현은 아니꼬운 마음을 억누르고 내뱉듯 말했다. 이래봬도 중앙조정에서, 특히 유성룡 재상이 문무가 특출한 인물이라 하여 천거된 임현이 아닌가. 여러모로 유리한 산성작전을 무시하고 평성인 남원성을 수성하자고 고집을 부린 양원이 아니던가. 비변사측이나 접반사측 모두가 산성 포기에 혀를 차고 있는 실정이었다.

정유년의 왜군 재침은 우군과 좌군으로 나뉘어서 진격해오고 있었다. 우군대장 모오리는 가또 기요시마를 앞세워 경상도 남부를 장악하고 밀양을 거쳐 운봉 장수를 끼고 전주를 향해 나아갔다. 호남의 관문인 남원성을 목표로 하여 진격해오는 것은 좌군과 수병들이다. 왜군의 이번 수병은 원균의 조선수군을 물리친 부대였다.

이때 악명 높다는 왜장 시마즈 요시히로는 사천에서 좌군 주력부대와 합류하면서 부관 요시무라를 불러 세웠다.

"너는 앞서 남원성으로 들어가야 되겠다. 좌군 주력부대보다 먼저 침투해야 한다. 내가 특별히 교육시켜 놓은 조선의 첩자를 따라가면 된다. 남원의 지리를 비상하게 알고 있는 놈이다. 지름길로 잘 안내할 것이다."

도요토미 히데요시의 특명을 받은 시마즈 요시히로는 첨병 50명을 발탁하여 요시무라에게 맡기고 주력부대를 앞서 남원으로 들어가는 지름길로 미리 침투하라는 것이었다. 요시무라가 인계받은 조선의 첩자는 바로 주가전이었다. 그러니까 남원 의병장 박계성이 둔산령에서 왜군의 좌군 주력부대의 선봉과 치열하게 싸우다가 전사한 8월 9일에 앞서 주가전이 안내하는 첨병은 8월 5일 경에 남원에 입성한 것이다. 주가전은 구례에서 남원으로 들어오는 지름길을 잘 알고 있었다. 남원으로 넘어오는 고개인 숙성재 오른편에 밤재(栗峙)가 있으며 이 고개 부근 둔산령(屯山嶺) 기슭으로 침투해 들어왔다.

"요시히로 번주님은 네놈 생명의 은인이시라는 것을 한시도 잊어서는 안된다. 무슨 말인지 알겠지! 지시받은 내용을 복창해 보아라."

요시무라가 대검 끝으로 주가전의 옆구리를 가볍게 찌르며 말했다. 주가전은 일본으로 도망치는 도중에 쓰시마에서 시마즈 요시히로 병영에 포로로 감금되었을 때 마침 순찰 중인 시마즈에게 발견되어 첩자로 교육을 받았다.

"복창하겠스무니다. 남원성 전투가 벌어지기 전에 남원 도공들의 본거지를 점령하여 그들의 가족들까지 포로로 묶어두는 것입니다."

주가전은 첨병들을 안내하여 대산마실 금강골로 들어와서 우선 심찬을 찾아냈다.

"심찬, 나는 너를 살리러 왔다."

주가전의 검붉게 탄 얼굴은 땀방울로 번들거렸다. 지름길을 뚫고 온 노고도 있었겠지만 아직 여름이 물러가지 않아 무더위 탓도 있을 것이다.

"주가전, 네가 나를 살리겠다니 웃음이 나온다. 그래, 날 살리려거든 네 뒤의 왜적들부터 물리거라."

심찬은 조총과 대검을 들이대는 왜병들 앞에서 초연하게 서서 말했다. 주가전은 자신답지 않게 신중한 표정을 지으며 설득하기 시작했다.

"오사카의 관백께서 남원 백성들을 모조리 도륙하고 코를 베어 오라는 명을 내리셨다. 다만 그릇을 굽는 도공들과 그 가족들만은 온전히 데려오라는 특명도 계셨다. 며칠 후면 남원성의 명군이나 조선 관군 그리고 의병들과 백성들 모두 참변을 면치 못하게 되어 있다. 살 길은 오직 내 말을 듣는 것이다. 어서 도공들을 불러들여라."

"나는 우리 도공들을 인솔하여 의병으로 남원성에 들어갈 참이었다. 왜놈의 포로가 되어 종이 되느니 차라리 죽여라."

"아니되겠군. 죽인다고 해도 원망하지 마라."

주가전은 굳은 표정을 지으며 요시무라를 바라본다.

"부관님, 여기에서 위쪽에 백자소가 있고 앞쪽에 금강백자소가 있으므니다. 병사들을 파견하여 모조리 생포하고 공간 여유가 있는 이삼평 금강백자소로 집결시키십시오. 그리고 건너 마실 대강의 박평의 도요소가 있으므이다. 그 마실에도 도요소 세 곳이 있으니 알아서 하시오."

주가전은 하늘같이 높은 요시무라에게 명령하듯 지시하고 있었다. 부장은 기가 막혀도 이치에 맞는 정보라서 날카로운 구령으로 부하들에게 지시를 내린다.

"너희들 다섯은 위쪽으로, 또 예까지 20명은 대강방으로 가고 나머지는 여기 도공들을 지켜라. 꼭 숙련공들을 찾아 잡아오고 나머지는 모두 참살해버려라. 숙련공 가족들도 모두 데려오너라. 만일 어디서든 도망자가 나오면 그 자리에서 사살해 버려라. 알았나?"

요시무라의 손에는 지도가 그려진 문서가 쥐어져 있었다. 이미 주가전으로부터 입수한 도요소들의 위치와 명단을 가지고 있었던 것이다. 척후병 50명은 일사불란하게 움직였다. 여기 청송백자소는 사람이 적었다. 심찬의 부인과 다섯 살 먹은 아들 당수를 포함해서 뒷집 성서방, 용칠이, 막둥이까지 여섯 명이었다. 주가전이 고개를 한번 뒤틀다가 다시 요시무라를 바라본다. 무엇인가 미흡한 점을 생각해낸 것이다.

"부장님, 남원 고을에 도요소가 이 근처만 있는 게 아닙니다. 운봉, 주천, 사매 등에도…."

"시끄럽다. 그곳은 이미 타 부대의 임무가 있다. 이 지역뿐인 줄 아느냐. 저 멀리 양산, 김해 등지에도 밀명을 받은 첨병들이 따로 있을 것이다. 우리 관백님이 어떤 분인 줄 아느냐. 도량이 크시면서 세밀하시단다."

두 시진도 못되어 심찬의 권속과 대강의 박평의 권솔들이 왜병들에게 끌려 금강백자소 이삼평의 권솔에 합류되었다. 포로로 끌려온 도공들과 그 권솔들이 모두 80여 명이나 되었다. 왜병들은 탱자나무 울타리 쪽으로 포로들을 조밀하게 모아 놓고 모두 오랏줄로 포로들의 손발을 묶어 버린다. 도망을 치지 못하게 하는 조치였다. 그런데 바로 이때 사건이 터지고 만다.

"정지하라! 쏜다!"

느슨한 포승줄을 풀고 잽싸게 달아나는 도공 하나가 있었다. 쏠테면 쏘라는 배짱으로 줄행랑을 치는 포로를 향해 왜병이 조총으로 단 한 방에 도공을 쓰러뜨리고 만다. 가족이 없는 총각 도공이었다. 만일 아내가 같이 잡혀왔다면 도망치지는 않았을 것이다. 잡혀온 포로들은 아내와 둘이 잡혀 왔거나 간난아이를 품에 안고 끌려온 사람들이었다. 늙은 부모들은 쓸모가 없다고 하여 포로에서 제외시켰고 사살하거나 베어버렸다.

말만 들었던 왜란 때의 왜놈 조총이 과연 괴물같다던 말이 실감나는 순간이었다. 살아 있던 사람이 당장 시체로 변한 상황에 기겁을 하는 포로들이었다. 도망치면 이렇게 죽는다는 본보기를 보인 것 같았다. 포로들은 모두 목을 움츠리고 벌벌 떨고 있었다.

"나카무라! 저 시체에서 코를 베어 오너라. 코는 햇볕에 말려야 한다. 그리고 포로들은 들어라. 우리 관백께서 조선인의 코를 베어 오라고 하셨다. 그 숫자에 따라 상을 내린다고 하셨다. 다만 너희 도공들과 가족들의 코는 베지 않는다. 그러나 도망치는 자는 여지가 없다. 이렇게 된단 말이다."

요시무라가 시킨대로 부하는 죽은 도공의 코를 베어 마치 돼지고기한 점인 양 꼬챙이에 꿰어 상관에게 보이자 포로들은 울쌍이 되어 몸서리친다. 요시무라가 뱉어내는 말은 모두 주가전이 통역을 하여 전달하고있었다. 일본에 건너간 지가 5년이 넘었으니 왜말도 이만큼 능숙하게 할수 있으리라. 주가전은 요시무라에게서 무슨 지시를 받자 그는 포로들중에 같이 묶여 있던 심찬을 향해 말한다.

"심찬! 너는 명색 조선관리이기 때문에 포로들의 대표로 명한다. 너한테 지시가 내리면 다른 포로들에게 전달하여 잘 시행되도록 하라."

"이놈, 주가야! 너도 한때는 조정의 녹을 먹던 놈이 아니냐. 어찌 위로는 전하를, 아래로는 백성을 배신한단 말이냐. 너같은 역적 따위가 하는명령이나 지시는 받지 않을 것이다."

"그렇다면 본보기로 널 죽일 수밖에 없구나. 너 다음엔 이삼평도 있고박평도 있으니까. 주변을 살펴보아라. 첨병 50명이 너희를 총칼로 둘러싸고 있다. 여차하면 발포해 버릴 것이다."

주변을 둘러보니 혹시 의병대라도 나타날까 사방으로 초병을 세워 망을 보며 물샐틈없이 경계하고 있다. 이어 요시무라의 지시를 받은 주가전이 포로들을 향해 통역을 하며 말한다.

"너희들을 이끌고 내일 떠날지 모래 떠날지 모르지만 그 안에 너희들은 일본 병사 50명의 밥과 반찬을 만들어야 한다. 병사들이 나아가 개나 돼지를 잡아올 것이다. 고기반찬도 먹어야 하니까."

주가전은 포로들이 거의 구면이라 잘 알고 있는 터라 부부간에 잡혀온 포로들 중에서 한 명씩, 남자 아니면 여자로 10여 명을 뽑아내 오라를 풀어준다.

"돼지를 잡고 개를 잡는 일은 남자들이 하고, 밥하고 반찬 만드는 일은 여자들이 맡는다. 참, 그리고 병사들과 포로들을 합한 백삼십 명의 밥을 지으려면 가마 솥이 몇 개나 필요할까. 그렇지, 세 개면 되겠지. 남자들은 어서 가마솥을 구해오도록 해라. 만일 옆길로 도주하는 자가 있으면 여기 있는 너희 처자식들은 바로 참살당할 것이다. 어서 움직여라!"

주가전은 마치 일본군 지휘관처럼 행세하고 있었다. 도공 서너 사람이 대문 밖으로 나가자 조총을 든 왜병 두셋이 그들 뒤를 따른다. 철저하게 도주를 막기 위해서였다.

동남쪽으로 길고 높게 뻗어나간 방장산(지리산) 능선에 석양이 비치니 마치 금빛 휘장을 두른 대궐 문안처럼 보이다가 이지러지는 황혼빛은 내일의 남원성을 암시하는 듯 했다. 여기 대산방 금강골의 세 마을에서는 어느 집에서나 저녁 짓는 연기가 나지 않는다. 권속들 모두가 이삼평의 금강백자소에 묶여 있기 때문이다. 왜병들 50여 명은 조를 나누어 교대로 밥을 먹거나 돼지갈비를 뜯고, 밥짓는 여인네와 일꾼으로 선발된 도공들은 오라에 묶인 포로들의 입에 밥과 반찬을 넣어준다. 여기서 한 마장이 넘는 거리를 두고 남원성에선 지금쯤 왜군을 막을 채비에 정신이 없을 것이다. 아무렴 여기 지척에서 도공들이 당하고 있는 것을 알아챘다면 우리 관군은 어찌 행동할 것인가. 그러나 텅 비어버린 교룡산성 너머 가리워진 금강골의 사정을 남원성의 관군 누구도 알 길이 없다.

왜군의 여러 장수들이 사천에서 집결한 뒤 곤양군을 경유하여 8월 5일에 하동현으로 진출했다. 한편 왜 수군 7천 2백 명의 병력은 광양현의 두치진에 상륙하여 좌군과 합세하였다. 그리고 8월 7일에 선봉을 선 고니시 유키나가는 7천 명의 병력으로 구례에 들어왔다. 남원성 가까이 바짝 다가온 것이다.

"장군님, 남원성에서 명나라 놈 하나가 누군가의 친서를 가지고 왔습니다."

헐레벌떡 뛰어온 왜병 하나가 고니시 앞에 접혀진 서한봉투를 올린다. 고니시는 봉투를 뜯어 서한의 내용을 확인하더니 씁쓰레한 미소를 짓는다. 남원성의 총지휘자인 양원의 글이었다. 워낙 열세에 있는 남원성으로서는 감당할 길이 없어 사정하는 내용으로 써보낸 글이었다. 고니시는 휴전문제로 일찍이 양원을 만난 적이 있었다. 원래 부드러운 관계였기 때문에 고니시도 난감한 입장이었다. 하지만 그는 명군 전령을 앞에 불러 세우고 당장 답장을 썼다.

< 양원 총병께. >

우리 관백(도요토미)의 명령이 무슨 일이 있어도 반드시 전라도를 함락시켜 호남을 접수하라 하시니 진군을 중지할 수 없소. 얼마나 사정이 어려우면 우리에게 퇴군해 달라고 하였겠소만 한번 빼어든 칼을 도로 칼집에 집어넣을 수 없으니 그리 알으시오. "

고니시는 명군 전령을 돌려보낸 뒤 부장들을 모아 놓고 남원 침투로를 찾으라 지시를 내린다.

"장군, 이미 시마쓰 요시히로 장군께서 관백의 특명을 받고 첨병 50명 으로 벌써 남원으로 들어갔습니다. 그들이 질러간 지름길을 알고 있으니 염려 마십시오."

한편 수군을 합한 좌군의 주력부대는 8월 11일 하동을 출발하여 섬진 강을 거슬러 구례로 향해오고 있었다. 선봉에 있는 고니시는 원래 주도면 밀하여 정찰병 20여 명을 앞세워서 혹시 의병들의 잠복이 없나 순찰하게 하고 숙성령을 넘어 원천촌을 지나 남원성 밑까지 접근해가고 있었다. 드 디어 8월 12일 고니시는 남원성의 남쪽 요천강변에 진출하여 민가를 분 탕질했고 가옥들을 불지르니 동남 사오 마장에 불꽃과 연기가 하늘을 뒤 덮는 듯 했다.

조선 조정에서 예상한 왜군 침략 진로의 예측은 빗나간 것이다. 물론 명군 진영에서도 조선 조정과 마찬가지로 왜군은 경상도 함양을 지나 남 원의 동쪽인 운봉을 넘어 남원성으로 육박해올 것으로 알고 있었다. 그러 나 왜군은 섬진강을 거슬러 구례를 통해 남쪽에서 쳐들어온 것이다.

드디어 8월 13일 총공격령을 받은 왜군 5만 6천 명의 병력은 5천 명도 되지 않는 남원성의 조명 연합군을 상대로 전투를 벌였다. 왜군은 남원성 에 대한 공격방향을 3방면으로 정해 성을 포위하였다. 고니시 유키나가 군은 방천, 선원, 향교 앞 장성교를 거쳐 남원성의 서문쪽을 포위 공격했 고, 우게다 히데이에는 1만명을 이끌고 성 남문을 공격했고, 가또오 요시 야끼는 성 북문을 공격하였다. 또한 하치스카 이에마나와 이꾸고사마는 1만명으로 성 동문을 향해 포를 쏘면서 함성을 지르고 전진과 퇴각을 반 복하였다.

남원성의 조명 연합군 5천 명은 이른바 결사항전으로 성을 방위하였다. 명장 양원이 가져온 27문의 대포와 조선관군의 활과 화살, 진천뢰, 승자총 등의 무기가 결사적으로 불을 뿜었다. 일단 인해전술이 되는 왜군은 성밑 해자에 빠져 무더기로 허덕이는 자들과 징판에 발바닥이 깊게 찔려 비명을 지르는 자들로 인해 상황이 더욱 혼란스러웠다.

　양원이 이끄는 3천명의 명군들은 대부분 무기가 없이 돌로 싸웠고, 부녀자들이 물동이에 뜨거운 물을 날라오면 그걸 받아서 성밑으로 쏟아부었다. 양원은 무기가 태부족하다는 것을 얼마 전에야 알았다. 지난 2월 도원수 권율이 경상도 대구에 머무르면서 각도의 군졸 2만 3천 6백 여명을 모아 왜적이 다시 침입해 올만한 곳에 배치하면서 남원의 병기들을 대구에 보내도록 하였다. 이에 따라서 남원 판관 이덕회는 상총통 1천 자루를 대구로 보냈으니 전혀 앞날에 대한 대비를 할만한 예지가 없었던 것이다.

　"남원성에 무기가 제법 있다는 말을 듣고 왔는데 왜 이 지경인가!"

　양원이 병사 이복남에게 신경질적으로 따졌다. 겨우 관군 50명밖에 데려오지 못한 이 병사는 체면이 없지만 조정 탓으로 돌릴 수밖에 없었다.

　"총병님, 지난 임진왜란 때 남원지역이 피해를 입지 않아 호남을 지키기 위해 준비해 두었던 무기를 대구로 대량 납부했다고 합니다. 우리 조정은 남원성에 대한 적극적인 방어계획이 없었던 모양입니다."

　"그리고 임란 때는 전라도 의병이 대단했다는데 막상 지금 남원 전쟁에는 왜 의병들이 보이지 않는가. 도망병이 많았다더니 관군도 겨우 7백 여 명에 잡병 몇 십명에 불과하지 않는가."

　사실 부끄러운 일이었다. 지난 2차 진주성 싸움 때 전라의병들 대부분이 희생 되었고, 오늘날에는 그때처럼 용맹한 의병장이 나오지 않고 또 10만의 왜병이 남원으로 밀물처럼 몰려온다는 소문에 감히 의병을 모으지 못한 채 관군마저 도망병이 많게 된 것이었다. 지금 남원성에 있는 의병들은 오홍업의 8명, 정민득의 11명, 오윤업의 12명, 강덕복의 19명, 태귀성의 30명, 이춘풍의 34명 정도로 파악되고 있는 실정이었다.

오후가 되면서 왜병 백여 명이 함성을 지르며 성 가까이 접근하여 조총을 쏘아댔다. 그러나 조선 관군이 성위에서 적진을 향해 진천뢰를 쏘아대자 왜병들은 많은 사상자를 냈다.

"야간에도 왜적이 공격해올 것이다. 능철을 호 밖에 많이 부설하고 징판을 더 강화시켜라."

양원이 지시를 내렸다. 양원은 머리를 들어 주위를 살펴보니 왜병 서너 명이 징판을 한쪽으로 치우며 석교를 건너오고 있었다. 이에 양원은 곧 명령하여 동서남북문 앞의 석교를 철거케 하였다.

열사흘 밝은 달이 떠올랐다. 왜군의 진영에서 밤새도록 불을 피우고 함성을 지르면서 성으로 포를 쏘아댔다. 그리고 일부 왜적들은 사방으로 흩어져 민가로 들어가 약탈과 방화를 저지르니 검은 연기와 불꽃이 달빛을 가릴 지경이었다.

성밀 가까운 밭과 들 사이에 왜병들이 숨어 삼삼오오 떼를 지어 성위를 향하여 명중률이 좋은 조총으로 조준사격을 해대니 조명연합군이 여기저기서 픽픽 쓰러졌다. 조선 관군이 승자소총으로 대항하였으나 적이 멀리 있어서 사거리가 미치지 못해 왜병들을 맞힐 수가 없었다.

왜군의 공격 첫날 작전은 탐색전에 지나지 않았다. 포위망을 좁히려고 공격해 왔지만 조명연합군이 진천뢰와 승자총 등 모든 무기를 동원하여 대항하니 왜군은 포위망을 좁히기가 쉽지 않았다. 왜군측에서는 교란작전을 쓰기 위해 몇 명씩 소수집단으로 성밑 여기저기 함성을 지르면서 시위를 하고 다녔다. 조선의 관군과 명나라 지원군의 전력을 탐색하기 위해 부분적으로 공격한 것이다.

전투 이틀째인 14일이 되었다. 왜군은 숙성, 원천으로부터 산을 가득 메우면서 성밑에 내려와 포위를 더욱 좁혀나갔다. 알고보니 후속부대가 도착하여 병력이 배로 늘어났기 때문이었다. 왜군은 즉시 토목공사를 대대적으로 벌였다. 커다란 나무를 베어 운제(雲梯: 긴 사다리)를 만드는가 하면 볏단과 잡초묶음, 토석을 부근에서 운반해와 해자(호)를 메우고 통로를 만들었다. 이 작업을 하는 병사들을 보호하기 위하여 성위를 향해 집중적으로 조총사격을 했다. 하지만 조선군의 승자총 공격이 간헐적으로 계속되어 왜병들의 희생도 적지 않게 있었다.

양원 총병의 접반사로 와 있는 예조참판 정기원과 안변부사 민준은 남원부사 임현과 함께 요천수가 보이는 남문성 위에 올라 적 진영을 살펴보았다.

"임 부사, 이 일을 어찌하오. 저 열배 수무배가 넘는 적들을 우리가 어찌 막아내겠소. 임 부사의 생각 좀 들어봅시다."

예조참판 정기원이 얼굴에 사색을 감추지 못하고 말했다.

"대감, 최악의 경우가 와도 대감이나 우리 모두 퇴로가 없소이다. 저 많은 적병을 뚫고 나갈 수 없을 테니까요. 하하…, 상감께서 대감과 소인을 죽으라고 이곳에 보냈습니다. 그러니 장부답게 싸우다가 죽어야지요."

임현은 장부다운 호기를 보이며 승자총을 들어 적병을 향해 쏘고 다시 정 참판을 바라본다.

"교룡산성을 버리자는 양원의 고집 때문에 우리 모두 죽게 되었습니다. 물론 이 사람은 산성이든 여기든 어차피 남원과 운명을 같이 하겠지만, 산성이라면 대감만은 퇴로를 개척할 수 있었겠지요."

"성이 함락되어도 양원만은 살아나갈 것입니다. 3천 명군 중 기마군 백 기만 살아남아도 똘똘 뭉쳐 적진을 뚫고 줄행랑을 칠 테니까요. 대개 장군들은 부하를 희생시키며 달아나곤 했지 않습니까."

야전에서 커 왔던 연변부사 민준이 명군 총병 양원을 은근히 비꼬듯 말했다. 마침 이 자리엔 양원이 없었다.

서문쪽에서 사천왕상을 수레에 싣고 성밖을 시위하는 왜병들을 바라보던 양원은 이맛살을 찌뿌렸다. 이미 만복사를 불태우고 사천왕상을 들어내 사기를 올리는 왜군을 향해 양원이 외친다.

"이놈들! 두고 보자. 이 봐라. 아군의 사기가 떨어지고 있으니 적에게 약하게 보이면 보일수록 불리하다. 내 스스로 성문을 열고 출격하여 적과 싸우리라!"

"장군, 그것은 만용이옵니다. 성만을 굳게 지키면서 구원병이 오기를 기다리는 게 상책일 것이옵니다."

중군을 맡고 있는 이신방이 이렇게 충언을 하였지만 양원은 들은 채도 하지 않는다.

"성문을 열어라!"

양원은 곧장 병력 1천명을 이끌고 성밖으로 나가 왜군을 공격했다. 양원의 1천 명은 기마군이었다. 왜군은 거짓으로 퇴각하였다. 그러한 왜군의 전략을 전혀 모르고 왜군을 쫓아 석교 밖까지 진군하였다. 그러자 숨어있던 왜군들은 양원을 포위하면서 공격해왔다. 양원은 비로소 매복에 속은 줄 알았다. 급히 나각을 불어 퇴각신호를 하고 또 깃발을 흔들어 병력들을 수합하여 겨우 성안으로 퇴각하였다. 이 바람에 2백 여명이 넘는 군사를 잃어버리고 돌아왔으니 이신방의 말대로 양원의 어리석은 만용이었다.

14일은 왜군들이 토목공사를 마무리짓고 완벽한 공격준비를 마친 날이다. 왜군이 본격적으로 공격해오자 성첩의 수비병들이 많이 죽어 나가면서 조명연합군의 사기가 떨어지고 성안의 민심이 흉흉해졌다. 조선 관군은 물론 명군들 내부에서조차 양원의 무모한 작전에 불만을 품고 있었다. 양원은 그동안 수성준비를 소홀하게 했을 뿐만 아니라 자주 술에 만취되어 조명 연합군의 사기를 저하시킨 바가 있다.

동문에서 방어전을 펼치고 있는 양원은 깃발을 들고 동문 아래로 찾아온 왜병으로부터 왜장의 협상안을 받았다.

"명군에게는 해를 끼치지 않을 터이니 성을 비워 주시오."

7천 2백 명을 이끌고 있는 하치스카 이에마사의 전문이었다. 양원이 들어줄 리가 없는 조건이었다. 양원은 오히려 큰소리를 쳤다.

"내 백번을 출전하여 한번도 패한 적이 없다. 지금 10만을 거느리고 남원성을 지키고 있거늘 감히 날더러 성을 비우라고! 곧 지원군도 내려올 것이다."

이렇게 양원이 허풍을 떨자 적장은 한 술 더 떴다.

"그까짓 10만으로 어찌 우리 백만대군을 상대할 것인가. 하하. 지원군은 오지 않을 것이다."

사실 지원군은 오지 않았다. 부산에 있던 왜장 고바야가와 히데아끼는 그의 부장인 야마구찌 겐바노스케에게 8천의 병사를 주며 명하였다.

"너는 우리 우군을 따라가 남원성과 유대하는 전주성의 연결고리를 끊어라. 혹시 명나라 후속 지원군과 조선의 관군이 남원성을 지원할지도 모른다. 어서 달려가거라."

실제로 왜군의 이러한 상황전개에 따라 남원성은 고립되었다. 이 무렵 양원은 전주에서 2천 명의 군사를 거느리고 있는 유격장 진우충에게 지원군을 요청한 바 있으나 진우충은 전주를 잃을까 걱정이라며 이 요청을 거절하였다. 왜군은 만일을 위하여 남원성 부근 향교산에 저지선을 두고 있었다. 8천의 군사로 전주 근교에 포진하고 있는 야마구찌 겐바노스케의 실패를 가상한 조치였다. 즉 주장인 우케다 히데이에는 고니시 유키나가와 상의한 후 시마즈 요시히로와 가토 요시아키 부대에서 차출하여 1만 2천여 명의 군사로 향교산에 진지를 구축했던 것이다.

15일 밤은 비가 억수로 쏟아졌지만 왜군은 캄캄한 밤을 이용하여 성을 치열하게 공격하였다. 기회가 포착 되는대로 왜장은 양원에게 성을 비우라고 독촉해왔다. 왜군의 입장에서도 그럴만한 이유가 있었다. 싸움은 무혈입성이 최선이 아닌가. 치열한 공격에는 치열한 방어가 따르기 때문에 왜군의 사상자도 수없이 많았다. 어차피 숫자에 밀려 함락당하고 말 남원성이라지만 주장인 양원을 제외하고는 조명연합군은 목숨을 내놓고 방어를 하고 있었다. 전세가 불리해지자 양원은 이미 도망갈 계획을 짜고 있는 중이었다. 앞서 제독 마귀는 장수들에게 "만약 무슨 일이 발생하면 남원은 전주에 보고하고 전주는 공주에 보고하며 또 공주는 서울에 보고

하여 서로 구원하라"고 하였으나 그의 명령은 전혀 지켜지지 못했다.

16일 밤은 달이 대낮처럼 밝았다. 오후 초경(8시경)에 왜군은 볏짚과 잡초를 운반하여 못다 메운 해자를 마저 메웠다. 한편으로는 성안으로 조총을 퍼붓듯이 쏘아댔다. 맨앞에서 성을 수비하고 있던 조명 연합군사들은 풀잎처럼 하나하나 쓰러져 죽어갔다. 그 뒤의 군사들은 목을 움츠리면서 감히 성밖을 내다보지도 않은 채 기어다니면서 포를 쏘았다. 그런 까닭에 적군을 제대로 공격하지 못하고 있었다. 한 시진이 지나 해자 안에 풀단이 가득 차고 또 흙담 안팎에도 짚과 풀단이 쌓여 성높이와 같아지게 되었다. 왜병들은 풀단을 밟고 성 위로 기어올라왔다. 성루에 오른 왜병들이 불을 지르자 이에 호응하여 나머지 왜군들도 사방에서 성위로 다투어 올라왔다. 이때가 자정 직전인 이경(二更)이었다.

성루에 오른 왜군들이 남문으로 들이닥치자 조명연합군은 왜군들을 피해 북문으로 몰려들었다. 성안 여기저기서 불길이 솟아나고 있었다. 이때 명나라 군사들은 속수무책으로 당황하고 있었다. 중군 이신방은 곤봉의 명수로서 창곤수 10여명을 좌우에 세우고 동문을 지키다가 왜군에게 뛰어들어가 돌파하기도 했지만 곧 왜병들에게 당하고 말았다. 천총 장표는 남문을 지키면서 각 진영을 순시하다가 다급해지자 포 10문을 일제히 쏘아대면서 불랑기총을 쏘며 진두에 나섰다.

이때 양원은 야간전투를 예상하지 못한 채 용성관에서 잠을 자고 있다가 성이 함락되었다는 말을 듣고 맨발로 대검 한 자루만 차고 수하 18명과 군졸 50여기를 데리고 서문으로 나왔다. 그러나 성밖에는 왜군들이 여러 겹으로 성을 포위하고 있어서 더 이상 나갈 수가 없었다. 양원은 다시 성으로 돌아와 접반사 정기원과 같이 나오려고 하였다. 그러나 정기원은 말을 탈 줄 몰라서 동행을 하지 못했다. 양원은 왜군이 쫓아오자 그의 말 다섯 필을 놓아버리고 단마로 서문 밖으로 나와 왜병들 속으로 뛰어들었다. 양원은 그의 옆에서 방패막이 되어주는 부하 10여 명과 함께 구사일생으로 서문을 통해 도망쳤다. 그래도 명군 중에서는 지휘력이 좋았던 모승선은 왜군과 처절하게 싸우면서 칼 한 자루를 쥔채 왜군 속으로 말을 달려가 싸우다가 끝내 조총에 맞고 장렬하게 전사하였다.

조선군의 상황도 비참하기 이들데 없었다. 끝까지 북문을 지키던 인물로 방어사 오응정과 조방장 김경노, 병사 이복남이 있었다. 오응정은 빗발처럼 날아오는 왜병들의 화살을 피하면서 오히려 왜병들의 화살을 주어모아 병사들에게 나누어주어 모자란 화살을 채워나갔다. 병사 이복남은 함께 탈출하자는 양원의 탈출 권고를 뿌리치면서 말했다.

"내가 이 성과 목숨을 같이하기로 맹세했는데 어찌 구차하게 살란 말이오. 총병이나 도주하면서 오늘날 왜 작전 지휘를 실패했는지 반성이나 하시구려."

이복남은 이렇게 말하고 부하에게 명하여 지치 풀섶을 쌓아놓게 하였다. 여차하면 불을 지르고 뛰어들 생각이었다. 성안을 내려다보니 명군과 조선군들의 시체들이 겹겹이 쌓이고 그 수를 헤아릴 수 없게 곳곳에 널려 있었다. 애꿎은 성안 백성들은 한 사람도 살아 있지 않고 창에 찔리고 칼에 베어지고 총탄에 맞아 모두 피를 흘리면서 죽어 있지 않은가. 고룡산성 별장 신호는 병사 이복남과 같이 왜병들을 강궁으로 쏘아 대항하다가 화살이 떨어지자 칼을 빼들고 동문에서 서문까지 옮겨가면서 만나는 왜병들을 베었다. 결국 북문으로 되돌아온 이복남은 왜병들에게 포위된 채 방어사 오응정과 조방장 김경노, 구례현감 이원춘을 조용히 바라보았다.

"이제 우리의 갈 길을 갑시다."

이렇게 말하고 종사에게 지치풀섶에 불화살을 쏘게 하였다. 종사가 울면서 쌓은 풀섶에 화살을 쏘자 세찬 바람에 불길이 맹렬하게 일어났다. 이복남이 먼저 불속에 뛰어들자 네 명의 장수들도 뒤따라서 성을 빼앗긴 한을 품고 불에 타 죽었다.

남원부사 임현은 판관 이덕회와 함께 군사들을 거느리고 왜병들과 싸웠으나 중과부적으로 장렬하게 전사하였다. 한편 임현 부사의 명으로 군기고를 지키고 있던 감관 박기화는 양원이 도망가고 군사들이 대부분 죽거나 흩어지자 눈물을 흘리면서 최후를 준비했다.

"성중의 군기를 어찌 적에게 넘겨준단 말인가."

그는 무기들을 화약고 속에 운반하고 불을 놓아 모든 군기들을 태우면서 그 불속으로 뛰어들어 죽었다.

이로써 결국 남원성은 함락당하고 말았다. 성내의 관가나 백성들의 가옥들은 전부 불타버렸고, 사망자도 5천명에 이르렀다. 더욱 눈뜨고 볼 수 없는 처참한 광경은 왜병들의 작태였다. 삼삼오오 흩어져서 칼을 빼어든 왜병들은 조선백성들의 시체에서 코를 베어 가느다란 철사줄에 곶감 꿰듯 주렁을 만들어서 어깨에 두르고 다니는 것이었다. 물론 성밖에서는 살아있는 백성들의 코까지 베어가는 판이었다.

양원은 탈출한 뒤 은진관에 도착하여 자신이 데리고 온 요동병 3천 117명 가운데 모두 죽고 117명만 살아났다고 보고하였다. 조선측은 접반사 정기원, 병사 이복남, 방어사 오응정, 조방장 김경노, 남원부사 임현, 산성별장 신호, 판관 이덕회, 구례현감 이원춘 등을 비롯하여 의병군졸 및 남원 부민 대부분이 전사하였다.

17일 왜군은 도요토미 히데요시에게 전승을 보고하고 이틀동안 성 안에 머물러 있으면서 아직 살아있는 백성들과 미처 불타지 않은 가옥들을 처리하였다. 살인과 방화 약탈을 자행한 왜군들은 바로 남원을 떠나 전주로 향했다.

남원성에서 3일 동안 처절한 전투가 벌어지고 조명연합군의 엄청난 희생과 함께 성이 함락되는 과정을 제대로 알지 못하는 금강골은 마치 외로운 섬처럼 고즈넉할 따름이었다. 그러나 첨병 50명의 왜병을 거느리고 있는 시마쓰의 부관 요시무라는 한 마장 밖의 남원성에서 포가 터지고 콩튀듯하는 총소리를 들으며 성의 전황을 대충 알아채고 있는 듯 했다. 사실은 부하를 시켜 수시로 남원성을 염탐해오도록 하여 어느 정도 전황을 알 수 있었다. 요시무라의 의기양양한 밝은 표정을 보아서 왜군의 절대적인 우세를 알아챌 수 있었다. 심찬은 요시무라에게 남원성의 전황을 물어보고 싶었다. 왜말을 모르기 때문에 어차피 주가전을 통해야 했다.

"심찬, 네가 궁금해 할 것 같아서 내가 요시무라님께 물어보았다. 너는 천행으로 알아라. 이렇게 살아 있으니까. 남원성은 물론 성밖의 백성들도 모두 다 죽었다. 조선인은 씨를 말리라는 관백의 명령 때문이다. 총병 양원은 도망치고 모든 조선 관군과 명나라 지원병 그리고 의병들도 한 사람 남김 없이 모조리 도륙당했단다. 지금 한참 시체들의 코를 베고 있으며 성밖의 살아남은 백성들도 닥치는대로 죽이거나 코를 베어 주렴을 만들고 있다는데 너는 요시무라 부관님께 엎드려 감사해야 한다. 이만하면 네가 궁금한 것을 자세하게 알려준 셈이다."

심찬은 손발이 묶인 채 열을 지어 앉아 있는 도공 포로들을 둘러보았다. 80여 명의 포로들과 마찬가지로 심찬도 손발이 묶여 몸을 제대로 가누지 못했다. 겨우 목은 자유롭게 움직일 수 있어 성서방과 용칠이, 막둥이가 어디에 끼어 있는지 찾아보았다. 그 셋은 한 자리에 앉아 있었는데 성서방과 용칠이의 시선은 여자 포로들쪽으로 가 있었다. 오직 막둥이만 심찬의 부인과 아들 당수 옆에서 심찬쪽을 바라보고 있다.

성서방의 시선은 과부 주천댁 정씨녀에 꽂혀 있었고, 용철이는 사랑하고 있는 방씨네 처녀에 온 정신을 쏟고 있었다. 요시무라 첨병들이 주가전의 안내를 받아 금강골로 들어왔을 때 노약자들은 가리지 않고 도륙해 버렸다. 여자들도 귀찮다고 하여 무차별로 죽이다가 요시무라는 갑자기 시마쓰 요시히로 장군의 지시를 생각해냈다.

"도공들의 부인들은 살려 포로의 대열에 넣어야 한다. 주가전! 잘 조사해 보거라. 본국에 거주하게 될 도공들은 가정을 꾸려야 하기 때문이다."

주가전이 여인들을 점검해갈 때 주천댁 정씨녀는 거침없이 말하는 것이었다.

"나는 청송백자네 성씨의 부인이오. 내 남편 곁에 있게 해주오."

현재 성서방과 연애 중인 그녀는 아주 태연하게 자신을 밝혔다. 역시 방씨네 처녀도 정씨와 마찬가지로 자신의 신분을 밝혔다.

"나도 청송백자네 용칠씨의 부인이오. 혼인한지 얼마 되지 않았지만."

주가전은 두 여자가 심찬 도요소로 시집간 모양이라고 믿고 요시무라에게 고개를 끄덕였다. 여자들이 따로 잡혀올 때 성서방과 용칠이는 깜짝 놀랐다. 도공들의 유부녀들만 살아남아 끌려온다는 말을 듣고 얼마나 애를 태웠는데 말이다. 두 여인네에게 딴 남정네가 있을 수 없다는 것을 잘 알고 있는 성서방과 용칠이는 가슴 뜨겁게 감동하고 있었다. 심찬의 처자식은 심찬과 함께 잡혀와 자리를 따로 분리해 놓았었다.

요시무라는 선발된 포로들에게 저녁밥을 준비하라고 명령한 다음 자신의 부관인 나카무라를 불렀다.

"너는 남원성으로 쏜살같이 다녀와야겠다. 장군님의 별도 지시가 아직 도달하지 않았으니 궁금하구나. 어서 가서 명령을 받아오너라."

나카무라가 말을 타고 달려간 지 한 시진도 못되어 돌아왔다. 명령을 받아왔는지 제법 긴장하는 표정이다. 이때 50명의 첨병들과 포로 80명이 모두 저녁밥을 마친 뒤였다. 심찬과 박평의, 이삼평은 주가전과 설전을 벌이고 있었다. 먼저 심찬이 점잖게 주가전을 나무란다.

"주가전, 너는 우리 주상의 녹을 먹었던 사람이 아닌가. 일말의 양심이라도 있다면 요시무라를 속여서라도 우리를 풀어주거라."

"너는 내 사정을 모른다. 내 가족은 지금 쓰시마(대마도)에 억류되어 있다. 너의 도공들을 쓰시마까지 데려오지 못하면 내 가족은 참살당하게 되어 있다. 너희들도 누구 덕에 지금 살아 있는 줄 모르느냐?"

주가전은 나라와 백성의 최대 배신자가 되어 있으면서도 만만한 표정을 지으며 말했다. 그러나 이때 박평의가 조금도 여과없이 폭발하고 만다.

"불구대천지 역적 주가 놈아, 어차피 역적은 삼족을 멸하는 게 우리 국법이거늘 마땅히 죽어야 할 네 가족을 걱정하느냐!"

"나 이삼평도 말하겠다. 네 지금 행위는 우리 역사에 엄청난 오명을 찍어놓고 있다. 심찬 나리 말씀대로 최선을 다해 요시무라를 속여 우리를 풀어준다면 너는 개과천선했다고 하여 용서를 받을 것이다. 말끝마다 우리를 살려 놓았다고 하나 우리는 왜놈들과 싸우다가 죽기를 원했다."

"이 소장의 말이 맞다. 우리는 자손만대를 위해 의병을 결성하여 남원성으로 들어가 죽으려 했다. 포로로 끌려가서 개나 소처럼 부림을 받는 것은 나라를 위해 죽는 것만 같지 못하다."

심찬이 주가전에게 이삼평의 말을 다시 강조해주고 있을 때였다. 조선말을 알아듣지 못하는 요시무라는 주가전을 향해 시비를 제지하는 것이었다.

"포로놈들이 지금 핏대를 올려가면서 뭐라고 지껄이는 줄은 모르겠지만 지금 어느 때라고 언쟁을 하고 있느냐. 장군께 다녀온 나카무라의 보고를 들어야 한다. 나카무라! 어서 보고해!"

"예, 대장님. 남원성에 도착해서 하마터면 시마쓰 장군님을 뵙지 못하고 올뻔 했습니다. 이곳으로 전령을 보내려고 하셨다면서 곧 전주로 진격해야 한다고 했습니다. 호남을 장악하시려는 것입니다. 지금쯤 전주로 출전하셨을 겁니다."

"인마! 나카무라. 이 포로들을 어찌 처리하라 하셨느냐 이 말이다. 잔소리 말고 어서 본론부터 말해!"

"예. 곧 말씀드리려고 했습니다. 이 포로들을 한 놈도 놓치지 말고 모두 부산포까지 끌고 가서 장군께서 이끌고 오신 히노마루호에 실어 쓰시마 번주에게 맡기면 장군께서 귀국하실 때 알아서 처리하신다고 했습니다."

"그렇다면 어느 길로 가야 할지 모르겠구나. 우선 구례, 곤양, 사천, 고성을 거쳐 창원, 김해로 해서 부산포로 가야 할까. 아니면 운봉쪽으로 넘어가 함양, 합천….”

“대장님, 우리가 왔던 길로 가야 수월하지 않겠습니까. 구례, 사천으로 가야 되겠지요.”

나카무라의 말을 듣고 있던 요시무라가 고개를 끄덕인다.

“사실은 함양으로 넘어가야 거리상으로 좀 가까운데, 역시 오던 길이 익숙해서 오히려 시간을 벌 수 있겠다. 당장 내일 아침 떠나자. 첨병들은 들어라. 포로들을 한 줄로 엮어서 끌고 가야 한다. 발목의 오라는 풀어주되 포로들의 선두와 후미까지 하나하나 쇠사슬로 엮어 이어야 한다. 그래야 한 줄로 끌고 갈 수 있으니까.”

포로들은 왜병들끼리 주고받는 이야기를 전혀 알아듣지 못한다. 오직 주가전만 알아듣고 있는 듯하여 심찬은 그에게 말을 걸었다.

“주가전, 왜병들이 뭐라고 말하는지 말해다오.”

“내일 아침 일본으로 떠난다고 한다. 구례를 거쳐 부산포에서 배를 타기까지만 해도 너무 멀어 몇 달이 걸릴지 모르겠구나.”

“그렇다면 우리도 필요한 짐을 싸야 하지 않겠는가. 낯선 땅에서 우선적으로 가마를 걸고 그릇을 구우려면 태토와 유약, 백토도 필요하니 우리들의 짐보따리에 십시일반으로 재료를 나누어 가지고 가야 한다. 뿐만 아니라 각자 먹을 것도 보따리에 넣어야 하고.”

주가전은 심찬의 말을 듣고 요시무라에게 열심히 설명하고 난 다음 요시무라의 답변을 통역해 준다.

“포로들 각자는 당연히 짐을 꾸려야 한다. 도자기 재료와 먹을 것을 준비하도록 해라. 단 곡물은 많이 질 수 없다. 너무 무거우면 걷지를 못하니까. 음식이야 지나는 지역에서 조달할 수 있을 것이다. 그럼, 포로들은 각자 병사들이 호위해서 짐을 챙겨오도록 하여라. 오늘 저녁은 어려울 것이고 내일 아침부터 실시하도록 해라. 출발이 다소 늦어지겠구나."

이삼평은 지금 자기가 거주하는 금강백자소에서 짐을 꾸리게 되어 손쉬웠지만 박평의 권속들은 대강방까지 갔다가 오려면 시간이 꽤 걸릴 것이다. 다음날 아침부터 왜병들은 부산하게 움직였다. 각 가정의 대표들만 오라를 풀어주고 집으로 보낼 때 철저하게 총칼을 든 왜병들이 따라붙었다. 심찬은 주가전의 허락을 받아 성서방과 용칠이를 대동해서 집으로 왔다.

"성서방, 자네들은 태토와 유약 재료를 적당량으로 넣을 보따리 네 개를 준비하게. 그리고 꼭 필요한 소지품도 넣고."

왜병 세 녀석이 제단으로 보아 불결한 것을 짐 속에 넣을까봐 보따리 여기저기를 대검으로 헤쳐보는 것이었다. 심찬은 무엇보다도 서적을 챙긴다. 사서삼경은 물론 사대소학과 명심보감, 그리고 남원 주천에서 조경남 선생으로부터 얻은 언문으로 된 이야기책도 보따리에 넣었다. 지금 계절은 초가을이라 가벼운 옷차림이지만 몇 달이 걸릴지 모르는 노정이라 겨울옷도 챙겼다. 특히 부인의 옷과 아이의 옷을 잘 골라서 넣었다.

포로들의 본부라고 할 수 있는 이삼평 도요소로 모두 모이게 된 것은 오시(午時)가 되어서였다. 심찬은 잠깐이나마 사슬에서 풀렸을 때 부인 이씨와 아이 당수를 만났다.

"여보, 이게 무슨 운명인지는 모르나 꾹 참고 견뎌 훗날을 봅시다. 아이가 병들지 않게 각별히 살펴주시오."

"나리도 삼십 나이가 넘었어요. 왜놈들한테 함부로 반항하지 말고 끝까지 참아내어요."

심찬은 부인과 아이의 손을 꼭 잡아주고 일어날 때 왜병이 심찬의 손발을 오라로 묶고 제자리로 끌고 간다. 포로들은 남자들과 아녀자들을 구분해서 수용하고 있었다. 일렬로 행군할 때도 남자를 앞세워 여자들과 별도로 끌고갈 작정이다. 부부간에 같이 걷게 되면 서로의 참담한 고생을 더 견디지 못할 것 같아 딴은 고려해서 시행하는 것이다. 80여 명의 포로들 앞에 요시무라가 나타나서 연설을 늘어놓는다. 물론 주가전이 통역을 해준다. 주가는 명나라로 가는 역관들처럼 아주 근엄한 체 하면서 거들먹거린다.

"포로들은 들어라. 곧 출발한다. 주먹밥을 만들어 준비하고 길을 가면서 먹기로 한다. 시간을 절약하기 위해서다. 발은 사슬을 풀고 손만 묶어 한 줄에 이어 놓았으니 등에 진 짐에서 무엇이 필요하면 뒷사람이 꺼내주면 된다."

요시무라는 잠시 말문을 닫고 무언가 생각에 잠긴다. 이 포로들을 어떻게 다룬다? 노예처럼 채찍으로 다루어 행군을 재촉해야 하는가. 그러나 연약한 아녀자들이 행군 도중에 쓰러져 죽어 버리면 안된다. 첨병들은 어디까지나 보병들이어서 걸어야만 하기에 고되고 지겹기는 마찬가지다. 몇 사람 장교들은 말을 타고 가지만 행렬과 보조를 맞추어야 하니 빨리 달릴 수도 없지 않은가. 그러나 부산포에 늦게 도착하면 타고 가야 할 선박을 놓칠 수 있다고 하였다. 포로들을 죽이지 않고 무사히 데려가야지 만일 인명에 손실을 본다면 시마즈 요시히로 장군한테 날벼락을 맞을 것이다.

"포로들은 또 들어라. 너무 빠르지도 않고 너무 느리지도 않게 걷도록 할 것이다. 여기서 부산포까진 너무 먼 거리여서 힘겹고 지겨울 것이다.

그러나 만일 엄살을 부리거나 뒤처지면 그러니까 걸음을 늦추면 당장 앞 사람의 줄이 당겨져서 전체를 지체시키게 되기 때문에 나는 하는 수 없이 이런 낙오자들을 여지없이 사살해 버릴 것이다. 자, 그럼 출발이다."

왜병 열 명 정도가 맨 앞에서 인도하고 세 명의 기마는 수시로 앞뒤를 순시하며, 중간에도 왜병이 삼삼오오로 지키며 걷고, 행렬 끝에는 왜병 20 여 명이 따르고 있었다. 요시무라가 후미에 더 신경쓰는 것은 요행히 철끈을 끊고 도주하는 자가 생길지 모르기 때문이다.

선두에서 걷고 있는 심찬은 주가전과 같이 걷고 있었다. 주가의 등에는 아주 가벼운 보따리가 지어져 있다. 태토나 백토를 나누어 지고 갈 필요가 없기 때문이다.

"주가전, 도대체 우릴 어디까지 끌고 갈 셈인가. 최종 목적지 말이야."

심찬은 말로만 들은 왜국땅이 어디인 줄조차 모른다. 부산포에서 뱃길은 몇 천리가 될지 모를 일이다.

"어제 요시무라께서 말하지 않았나. 부산포에서 대마도로 건너가 그곳 번주에게 인계된다고 말이야."

"쓰시마는 부산포에서 가깝다고 들었는데 거기서 그릇을 굽는다는 말이냐?"

"쓰시마는 아주 좁은 섬이고 척박해서 가마를 박을 수 없을 것이다. 쓰시마 번주가 잠시 너희들을 맡아 두었다가 조선을 전부 평정하고 돌아오시는 시마쓰 요시히로 장군께 인계하겠지. 그 다음은 규슈로 건너가 사쓰마(현 가고시마)까지 가지 않을까 싶다."

심찬은 주가전을 찬찬히 바라보았다. 도대체 주가전은 왜국을 어찌 그리 잘 알고 있는지 신기하기까지 했다.

"규슈는 어디고 사쓰마는 뭐냐?"

"규슈는 왜국에서 두 번째로 큰 섬이다. 우리 제주도보다 열배 이상 큰 섬인데, 부산포에서 쓰시마의 거리보다 서너 배는 멀다. 그리고 규슈의 남쪽 맨 끝자락에 사쓰마가 있다. 천리가 되는 섬이다."

"왜 그 먼 사쓰마까지 우리가 가야 하느냐?"

"시마쓰 장군의 고향이요, 장군이 번주(藩主: 지방장관)로 계시니까 그곳에서 도자기를 굽게 할 모양이다."

심찬은 갑자기 아득하여 현기증을 느낀다. 그 먼 곳까지 가는 동안 내 아이와 아내가 무사할 수 있을까. 포로들의 걸음걸이가 점점 터벅이기 시작했다. 등에 진 보따리에서 무엇보다도 나누어 진 흙들의 무게가 짓누르고 있어 더욱 지치게 하고 있었다.

10. 길고 먼 여정 _

　　남원성의 참패는 조선 전체의 붕괴를 예고하는 조짐을 보였다. 전라도
가 무너지니 충청도가 넘어졌고 따라서 새로 수복한 서울까지도 위태로
운 지경이었다. 세자와 중전이 임진년처럼 다시 피란길에 올라야 하는 처
지에 이르렀다.

　　남원성을 함락시킨 왜군 좌군은 전주를 공격하기 위해 북진하였고, 우
군은 운봉, 장수, 진안을 거쳐 전주에서 양군이 합류하게 되었다.

　　충청도로 올라가던 왜군이 주춤하게 된 것은 그동안 명나라 지원군이
들이닥쳐 여기저기서 승전을 보이고 있었기 때문이다. 뿐만 아니라 여세
를 몰아 조선의 관군과 의병들도 상당한 활약을 보이고 있었다. 일본의
좌우 양군은 북상하다가 적산이라는 곳에서 명군에게 대패하였다. 왜군
의 주력부대로 선봉인 구로다의 군대가 격퇴당해 경상 좌도로 후퇴하였
다. 또한 우군에 속한 가또 기요사마 부대는 충청도 보은 부근에서 정기
룡이 이끄는 조선군과 충돌한 이후 역시 경상도 상주, 칠곡을 지나 공산
성(달성군)으로 물러났다. 또한 왜군의 본대는 청산(옥천군)을 거쳐 경상
도 성주로 후퇴하였다. 왜군이 호남 장악을 위해 그동안 진주성과 남원성
에 전력투구를 하는 사이에 서울쪽에서는 명군이나 조선군이 전열을 정비

하고 힘을 보강하여 적절한 방어전을 펼친 것이었다.

그런데 남원의 도공들을 포로로 잡아 부산포로 이송하라고 명령을 내린 시마쓰 요시히로는 지금 어디에 있을까. 시마쓰는 측근 부관을 하나 불러놓고 일정을 상의하다가 뜻밖의 화제로 말을 돌린다.

"사이토 부관, 전주 점령지 부근에서 도자기를 굽는 도요소를 발견한 일이 있나?"

"벌써부터 장군님의 뜻을 알고 있었지만 발견할 수 없었습니다."

"관백(도요토미)께서 조선의 도공들을 많이 잡아오라 하셨는데 나한테는 남원을 지명하셨다네. 우군인 가토 장군한테도 별도 지시를 내렸을 거야."

"전라도 지역에선 남원이 도자기 생산지로 유명하다는 말을 들었습지요."

"그런데 걱정이 하나 생겼네. 내가 부산포에서 요시무라에게 남원의 도공들 포로작전으로 첨병 50명을 보냈는데 전령을 보내 보고하기를 80여 명을 잡아 묶어놓았다고 했네. 물론 가족들까지 포함해서 말이야. 그래서 즉각 끌고 부산포까지 가서 히노마루호에 실어 쓰시마로 옮기라 했는데 시간을 지체하면 부산포의 히노마루는 본국으로 떠나버린단 말이야. 자네가 이 일을 도와주어야 하겠네."

시마쓰 요시히로는 지금 전라도 정읍으로 후퇴하여 주둔하고 있었다. 아무리 악명 높은 요시히로라 할지라도 충청병사 이시현의 맹렬한 반격을 받고 남쪽으로 후퇴하는 중이었다.

"사이토, 자네가 단기로 달려가 도공포로의 행렬을 따라붙어 요시무라에게 이것을 전하게. 포로의 발걸음은 더디고 느려서 지금 사천에도 미치지 못했을 거야."

시마쓰가 건넨 것은 신임장이었다. 자신의 배나 다름없는 히노마루는 9월 중순 경이면 일본으로 떠나게 되어 있었다. 그리하여 부산포의 왜선을 담당하는 부대를 찾아 천하의 요시히로가 전하는 신임장을 보이면 어느 배나 승선이 가능하다고 했다. 시마쓰는 사이토에게 튼튼한 말 한 필을 내주고 정읍에서 구례쪽으로 가는 노정을 향해 달리게 하였다.

지금 명나라군은 자국군 양원의 3천명이 전사한 남원성 함락에 자극을 받고 15만명의 병력으로 조선에 파견하여 남하하면서 왜군에 대한 전면적인 공격을 해오고 있었다. 진린 제독이 이끄는 대부대가 충청도와 경상도를 압박해올 때 전라도로 밀려온 왜군들은 다시 전열을 갖추는 상황이었다.

이처럼 급박한 상황인데도 시마쓰는 악명 높은 예전 그대로 자신의 사적인 이해를 따지는 중이었다. 그는 사이토를 보낸 후 가신(家臣) 멘고 렌조오를 불러 코베기 실적을 보고하라고 일렀다.

"장군께 보고할 시점이 아니옵니다. 왜냐하면 각 부대별로 집계를 하고 있어서 남원성 주민과 조선 관군 및 의병들의 코 815개만 접수하였습니다."

"계속 부대별로 통보하여 네가 직접 접수해 오너라. 헴, 도공포로들까지도 가또 기요사마보다 실적이 좋아야 할 터인데."

시마쓰는 이미 오사카의 도요토미에게 그동안 2천여 개의 조선코를 보낸 바 있었다. 지금 요시무라가 끌고 가는 남원 도공들도 시마쓰가 도요토미에게 바치려는 충성의 일환인 것이다.

이 즈음 조선 조정에서는 남원성 패배 후의 전황을 점검하고 있었다.

전라도 관찰사 황진의 보고에 의하면 남원성 함락 후의 전라도 일대 지방 수령들은 거의 다 도망친 상황이었다. 그 중에서도 고창현감 문희개는 왜군이 전라도에 침입하여 남원성이 함락되기 전에 관직을 버리고 도피하여 그 행방을 아직까지도 모른다고 하여 그 죄가 여러 지방 수령들 중에서도 가장 크다고 하였다.

조명 연합군은 총반격에 나서 정유년 9월 6일 소사(素沙) 싸움부터 왜군을 크게 무찔렀고, 이 무렵부터 전세가 완전히 바뀌어지고 있었다. 또한 억울하게 잡혀가서 고초를 겪고 있던 이순신이 다시 수군 통제사로 재임되어 남은 선박 12척으로 군비를 재편성하여 9월 16일 명량해전에서 왜군의 함대 133척과 만나 격전 끝에 대승을 올려 조선수군이 다시 제해권을 장악하게 되었다. 계속해서 이순신은 명나라 제독 진린과 연합하여 고금도 해상에서 왜군의 함대를 격파하자 왜군의 사기는 완전히 땅에 떨어지게 되었다. 바로 이때 일본의 관백 도요토미 히데요시가 병으로 죽었다.

"조선으로 나가 있는 우리 일본군은 모두 철수하라."

마지막으로 죽기 직전에 도요토미가 유언을 이렇게 남기자 어차피 불리해진 해군은 조선에서 철수하기 시작했다. 그러나 이순신의 수군에 의해서 바다의 철수 통로가 막힌 왜군들은 육지로 올라 우왕좌왕하고 있었다. 순천 왜성에 주둔했던 고니시 유키나가도 바닷길이 막혀 수세에 몰려 있었다. 그래서 그곳에 주둔한 명나라 장수와 타협하고 있는 상황이었다. 나머지 왜군들도 남해안 어느 곳으로도 빠져나갈 길이 없자 부산포 쪽으로 몰려가서 귀국선을 서로 타려고 각축을 벌이는 형편이었다.

그래도 일본의 잔여 수군 2백여 척의 배가 있어서 노령 앞바다에 항진 중이었다. 육지의 왜군들을 보호하려고 이순신이 이끄는 조선수군을 맞이하여 싸웠으나 여지없이 격파당했다. 이 마지막 해전에서 이순신 장군이 아깝게 전사하게 된다. 이순신 장군의 죽음을 육지의 왜군이나 왜의 수군들이 전혀 모르는 사이에 임진년부터 정유년까지 전후 7년 전쟁은 끝이 나게 되었지만 조선의 국토는 이미 초토화되어 있었다. 그러나 아직 전쟁이 끝나지 않은 곳이 있었으니 남원의 도공 포로들이 끌려가고 있는 현장이었다.

　　8월 18일, 요시무라에 의해 강제로 끌려가고 있는 남원의 도공들은 무거운 짐을 지고 사슬에 묶인 채 안간힘을 쓰며 끌려가자니 걸음의 속도를 낼 수 없었다. 몸이 약한 아녀자나 사내들도 걷고 또 걷다가 힘이 다해 쓰러지는 판이었다. 한 사람이 그리 되면 그만큼 시간이 더 걸리는 실정이다.

　　"등짐 때문에 속도를 낼 수 없구나. 등짐 속의 도자기 흙을 모두 쏟아버려라. 모두 짐을 가볍게 해라. 뭣들 하느냐!"

　　요시무라가 괴성을 지르듯이 소리쳤다. 그러나 심찬은 도공들의 행군이 자꾸 지연되어야 한다고 믿었다. 기약이 없는 일이지만 부산포에 당도하기 전에 무슨 이변이라도 일어나 주길 비는 마음이었다. 심찬은 주가전을 통역으로 하여 요시무라에게 크게 외치도록 했다.

　　"우리가 잡혀가는 이유를 네놈들이 더 잘 알게 아니냐. 그릇을 빚을 태토와 유약을 버리면 일본에 건너갈 이유가 없지 않느냐!"

　　그 말도 맞다 싶어서 요시무라는 주춤거린다. 그러나 늦어지면 안된다. 시마쓰 장군의 무서운 얼굴이 떠오른다. 그는 자칫하면 본보기로 부하의 목을 베어버리는 폭군이다.

남원을 떠난지 한 달이 지나 사천에 당도했을 때 시마쓰 장군의 전령인 사이토가 당도했다. 그로부터 신임장을 받은 요시무라는 기뻐서 날뛰듯 했다. 히노마루 호를 놓쳐도 상관이 없다지 않는가. 이 신임장만 제시하면 어느 부대의 전함이라도 승선할 수 있단다. 그러나 그 기쁨도 잠깐이었다. 요시무라는 사이토가 굳은 표정으로 하는 말을 들어야만 했다.

"요시무라상, 잘 들으시오. 오는 길에 새로운 소식, 비보를 들었소. 우리 관백께서 승하하셨다고 하오. 돌아가시면서 유언으로 전군을 철수시키라고 했답니다. 조선의 이순신이 다시 복직되어 남해 일대의 우리 수군이 참패를 당했고, 그래서 남해 바닷길로는 철수가 어렵다고 하오. 조선의 남해는 완전히 봉쇄당한 셈이오. 북쪽에서는 15만명의 조명연합군이 내려오고 있소. 그러니 부산포에 속히 도착해서 살길을 찾아야 하오. 그러나 잊지 마시오. 이 부산한 전황에서도 시마쓰 장군은 오직 조선인 코와 도공포로 생각뿐이오. 요시무라상도 잘 알고 있지 않소. 우리 장군의 성품 말이오."

요시무라는 다시 다급해졌다. 손에 채찍을 들고 포로들을 후려치기 시작한다. 등짝을 맞은 도공 하나가 등에 피자국이 나며 쓰러진다. 열 명 스무 명이든 죽어 없어져도 상관없다고 생각했다. 왜병들은 각 도요마을에서 포로들을 잡을 때 일을 잘 하게 생긴 숙련공들만 골라 40여 명을 골라내었다. 나머지 노약자 도공이나 풋내기들은 모두 참살해 버리지 않았던가. 여기 숙련공들 중에서도 분원의 변수급 왕도공을 사기장(沙器匠)으로 대우하지만 지방에서는 보통으로 사기그릇을 잘 만드는 장인을 두루 이르기를 사기장이라 하였다. 여기 포로들 가운데서 분원에 있다면 진정한 사기장으로 대접받을 사람은 박평의와 이삼평 뿐이다. 이 두 사람은 분원의 변수급이라 말할 수 있을 것이다.

포로 행렬의 걸음은 다섯 살 먹은 아이의 걸음이다. 대부분의 아이들은 부모가 젊기 때문에 나이가 어릴 수밖에 없었다. 그리고 그 아이들은 사슬에 묶인 엄마의 손에 이끌려 가고 있었다. 여인네들은 손바닥에 힘을 주어 사슬을 다소 느슨하게 하여 아이들의 손을 잡고 힘을 보태며 걷는다. 그래도 아이들은 다리에 힘이 빠져 그냥 엄마 손에 매달려 끌려가고 있다.

요시무라는 포로들이 가여워서가 아니라 죽어서는 아니되므로 가끔 휴식시간을 주었다. 휴식시간을 가질 때 일렬이던 포로들의 줄이 활처럼 굽혀지며 가족과 얼굴을 맞댈 수 있었다. 연약해서 힘이 빠진 자기 부인들을 어루만지며 눈물로 위로한다. 아이를 인계받아 등짐 위에 올리고 걸을 것이다. 심찬도 아내 이씨를 끌어안고 눈물을 쏟는다.

"하늘이 무너져도 솟아날 구멍이 있으니 독하게 마음을 굳히고 갑시다."

심찬은 아내를 위로하고 다섯 살 난 당길이를 인계받아 꼭 껴안았다. 이때 성서방은 정씨녀의 묶여 있는 손목을 자신의 사슬 묶인 손목으로 엮어놓고 눈물을 흘리다가 아예 꼭 안아버린다. 그동안 낯설음에서 겨우 벗어나 익숙하게 만나왔지만 피부를 접촉하는 일은 이번이 처음일 것이다. 심찬의 말처럼 무너져도 빠져나올 길이 있으리라고 하면서 내일을 기약한다.

"만일 왜놈의 땅에 도착해서 그릇을 굽더라도 꼭 가정을 꾸립시다. 나리께 부탁해서 성례도 치루겠소."

용칠이도 이때 방씨녀를 끌어안고 있었다. 총각 처녀가 처음으로 살을 대니 지옥같은 행로라도 남다른 감회를 가질 것이다. 그러나 방씨녀는 제 눈앞에서 부모가 참살당하는 것을 생각하면 참기 어려운 일이다. 그래도 사내의 품에서 사랑으로 위안을 삼는다. 짝이 없는 막둥이는 성서방과 용칠이쪽을 번갈아 보면서 눈만 멀뚱멀뚱 깜박이고 있었다.

출발하라는 요시무라의 구령이 크게 떨어지자 포로들이 하나 둘 서서히 일어난다. 실로 꼼짝하기 싫은 몸둥이들이다. 어차피 떠나야 할 운명들, 심찬은 다섯 살짜리 당길을 무등 태운다. 이때였다. 사슬 줄을 과감하게 당겨 막둥이가 심찬쪽으로 접근한다.

"나리, 지가 힘이 더 셉니다. 당수 도령을 지가 무등 태워 걷겠습니다. 절 주이소."

당수가 아버지의 목등에서 벌써 막둥이의 무등으로 옮겨졌다. 저쪽에서 성서방과 용칠이의 음성이 들린다.

"막둥아, 다음 쉬는 시간에 도령님을 교대로 태우기다."

청송으로부터 오늘까지 세월이 꽤나 지났다. 성서방의 나이 삼십대 중반이고 용칠이가 스물 다섯, 막둥이가 스물 넷이 되었다. 용칠과 막둥이는 어느새 황소 힘을 가진 장정이 되어 있었다. 그들은 한 달을 걸어오는 동안 마님과 도령님을 뒤돌아 보면서도 안타까운 마음뿐이지 행렬이 곧은 줄이라 감히 도와줄 수가 없었다. 뒤돌아볼 때마다 왜병들의 채찍이 날아와 등을 후려쳤다. 그러다가 포로들의 꾀가 늘어 휴식 때를 이용하여 줄을 활처럼 굽혀 가족들을 만나게 되었다.

"모두들 들어라! 아이들을 무등 태워 걸으니 걸음이 빨라졌구나. 진작 그럴 걸 몰랐구나. 만일 열흘 안에 부산포에 도착하지 못하면 너희들

포로들은 부산포 앞바다에 수장될 것이다. 왠 줄 아느냐? 본국으로 떠나는 배들이 모두 끊기기 때문이다. 부지런히 걸어야 한다. 알겠느냐!"

요시무라가 겁을 주자 대답하는 무리는 주가전과 첩병 50명이었다. 포로들 80명은 대답할 기분도 아니고 힘도 없었다. 부르지도 않았는데 주가전이 심찬 곁으로 다가왔다.

"심찬, 부산포에서 배가 끊긴다는 말이 무슨 소린 줄 아느냐."

"친절하게 말해 보거라. 무슨 속셈인지 알기나 하자."

"부산 앞바다에 너희들을 수장시켜 버린다는 말도 무슨 뜻인지 말해주겠다. 먼저 왜군의 배들이 끊긴다는 얘기는 다름이 아니라 일본 오사카에 슬픈 일이 생겼기 때문이다. 오사카가 어떤 곳인지 아느냐. 바로 우리 관백께서 계신 곳인데, 며칠 전에 관백께서 돌아가셨다. 돌아가시면서 유언을 내리기를 조선에 있는 일본군대를 모두 철수시키라고 하셨단다. 그래서 모든 왜군들이 너나 할 것 없이 부산으로 몰려들고 있단다. 그런데 남해바다를 이용해 철수하려고 해도 이순신이 가로막고 있어 뚫지 못하고 북쪽의 육로에서는 조명 연합군이 밀려오고 있어서 부산포의 선박들은 어서 떠나려고 붐빌 거란 말이다. 우리 포로 행렬이 부산포에 늦게 도착하면 탈 배가 없어서 요시무라 부관께선 조선인 어선들을 빼앗아 타고 가게 될지도 모른다. 그러나 고깃배는 기껏 크다고 해도 몇십 명밖에 타지 못할 것이다. 악명 높으신 요시무라상께선 너희 포로들을 배에서 바다로 몰아넣을 거란 말이다."

"그렇게 자세하게 설명해주니 고맙기는 하다. 그래도 너는 살아남겠지."

"그래, 나는 살아남는다. 그런데 부산포에서 시마쓰 요시히로 장군만 만나게 된다면 너도 살고 포로들도 살아서 일본으로 가게 될 것이다."

어느 새 포로들의 몸이 천근이나 되는 듯 비틀거리기 시작했다. 무거운 등짐 때문이다. 비상용 곡물과 옷가지들만 해도 무거운데 도자기 재료까지 넣어서 짐만 해도 어쩌면 자신의 몸무게나 다름이 없어 보였다., 개인이 지고 있는 태토나 백토가 얼마나 되랴만은 80명이 지고 있는 것을 풀어 모으면 막사발 2백 개는 충분히 만들어 낼 것이다. 심찬은 경기도 광주 분원에 있을 때 동료 낭청으로부터 들은 얘기가 있었다.

'일본을 다녀왔다는 어른의 말씀을 들어보면 일본엔 도자기가 없다는 거야. 밥그릇도 대부분 흙으로 뭉쳐 구운 것이거나 나무토막을 파서 만들어 쓴다느만. 우라지게 왜놈들은 녹차 마시기는 좋아해서 거칠은 토기에 부어 마신다는 거야. 그런데 말씀이야, 아주 높은 귀족놈들은 어디서 났는지 막사발로 차를 즐긴다고 하데 그려. 그 막사발이 보물처럼 귀하다는데 어디서 구했을까 하면 해적질하는 왜구들이 우리 조선 해안에서 도적질해 간 것이라느만.'

오래 전에 들은 얘기지만 심찬은 분명히 기억해 내서 앞으로 돌아올 일을 생각하고 이번에 끌려가는 상황에서도 도자기 재료를 나누어 준비해 가도록 하였던 것이다. 만일 포로들이 왜국의 어느 이름모를 땅에서 뜻대로 보호받지 못하고 굶주리게 되면 당장 막사발이라도 구워 곡물로 바꾸어서 끼니를 때울 수 있으리라 예상하고 있었다.

요시무라는 그 나름대로 계산을 하고 있었다. 도공 포로들의 짐이 무거워 거북이 걸음을 걸을지라도 시마쓰 요시히로 장군의 무서운 칼맛 때문에 무거운 재료들을 벗어던지지 못하게 하고 있었다. 시마쓰는 분명 도자기를 만들기 위해 도공들을 잡아오라고 하신 것이다.

갑자기 포로행렬이 멈추었다. 무슨 사건이 일어난 것이다. 여자 하나와 남자 둘이 영양실조로 쓰러져 버린 것이다. 그동안 먹는 것이 너무 부실했었다. 비상용으로 짐 속에 가져왔던 포로들의 양식은 벌써 떨어지고 없었다. 현지조달이라 해서 도착한 지방마을마다 왜병들이 강제로 식량을 탈취해와서 끼니를 때우기도 했지만 호위 왜병 50명을 중심으로 배식하다가 보면 포로들에게 돌아오는 밥덩어리는 거의 남아 있지 않았다. 더구나 왜군들의 노략질과 분탕질로 인해 웬만한 고을들은 초토화되어 있어서 양식을 구할 수 있는 마을도 극히 드물었다. 식사를 준비하는 것도 지난번 이삼평 백자소에서 포로들을 시키듯이 철저한 감시 아래 선발된 남녀 포로들의 노동을 이용하였다.

"뭐라고 했느냐? 굶주려서 쓰러졌다고? 각자 보따리를 뒤져보아라. 만약 밥덩어리라도 남겨온 자가 있으면 쓰러진 자들에게 먼저 먹여라."

요시무라가 소리치고 있으나 어느 누구도 구원자는 나오지 않는다. 없어서 못먹는 판에 어느 포로가 예비로 밥을 간수하고 있겠는가. 다행히 어느 왜병 둘이 주먹밥과 마른 생선 한 마리를 가져와서 쓰러진 자들에게 먹인다. 그러나 여자 하나는 완전히 탈진이 된 탓인지 일어나지 못하고 사지를 늘어뜨린다. 원래 쇠약했던 여인으로 더 이상 견디지 못한 듯 싶었다. 대열의 행군이 늦추어지고 있었다. 누구보다도 요시무라의 표정이 굳어진다.

"안되겠다. 낙오자는 그냥 버리자. 한 명 때문에 전체를 희생시킬 수는 없단 말이다."

행렬의 속도가 다행히 좋아졌다고 했더니 이게 웬말이냐는 것이다. 요시무라는 조총을 들어 여인을 겨누었다. 이때 여인의 남편과 아들아이가 사슬을 당겨 가까이 오더니 절규하는 것이었다.

"안되오! 내 처를 죽이려면 나도 죽이시오! 살려주시오."

악명 높은 시마쓰의 부하답게 요시무라는 인정사정없이 여인의 가슴에 조총을 발사해 버린다. 안락사라는 것이다. 모든 도공들이 치를 떨었다. 여인의 남편은 손에 묶인 사슬에 목을 걸며 죽음을 준비하고 있었다. 그러자 주가전이 남편의 손목을 비틀어 버린다.

"너는 못 죽는다. 왜냐면 네놈 아들이 울고 있지 않느냐."

요시무라가 채찍을 들어 한바퀴 돌리면서 후려친다. 조총소리만큼 큰 소리가 나며 분위기를 바꾸어 놓는다. 여인을 사살한 것은 역시 본보기의 효과가 있었다.

"만일에 행렬의 속도를 늦추는 자가 있으면 저 여자 꼴이 될 것이다. 빨리 출발하라!"

행렬의 속도가 다소 빨라질 수밖에 없는 것은 요시무라의 본보기 사살과 등가죽이 벗겨지는 채찍소리 때문이었다.

9월의 햇빛은 더위를 식혀버린지 오래지만 그래도 포로들의 이마와 목, 등에는 땀이 비오듯이 흘러 내렸다. 짐이 없이 걷고 있는 주가전은 보폭을 마음대로 조절하면서 포로들의 위치를 가리지 않고 따라붙는다. 박평의 옆으로 가서 잔소리를 늘어놓다가 이삼평 쪽으로 와서 도자기 굽는 얘기를 시작한다.

"이삼평, 너는 봉통에서 불보기(색견)를 꺼낼 때 어떤 색깔을 띠면 불 때기를 정지하느냐?"

"내 입에서 너같은 놈의 질문에 답이 나올 것 같으냐. 어림없다. 우리가 설령 왜놈 땅에 가서 사슬이 풀린다면 너는 누구 손에 죽을지 모른다. 각오하기 바란다."

이삼평은 입까지 흐른 땀을 침을 섞어 주가전의 얼굴을 향해 뱉는다. 주가전은 능글맞게 웃으며 이삼평의 다리를 제 다리로 걸어버린다. 그 자리에 고꾸라진 이삼평 때문에 행렬이 주춤거렸고 이어서 나카무라의 채찍이 삼평의 등에서 불꽃이 튄다. 채찍을 든 자는 요시무라 부관 외에도 다섯 놈이 있었다. 주가전은 누구보다도 심찬에게 관심을 두고 접근해왔다. 그는 힘들게 걷는 심찬에게 다가와서 수작을 걸기 시작한다.

"심찬, 우리 조선에서 도공들이라면 천민에 속하여 양반 앞에서 감히 눈을 위로 뜨지도 못하는데 이삼평이 차제에 발악을 하는구나. 하긴 죽음을 앞두고 신분을 구별하겠느냐. 다만 너는 억울할 것이다. 심찬이야말로 나 주가전보다 월등한 사대부 자손으로서 이런 곤욕을 당하다니 정말 안되었다. 헌데 감관이면 감관이었지 어쩌다가 도공일까지 겸했던고."

"네가 방금 우리 조선이라고 말했느냐. 네가 조선 사람이란 말이냐! 너는 벌써 나라를 잃어버렸다. 보기도 싫으니 어서 저리 가서 왜놈들의 뒤치다꺼리나 하여라."

심찬은 단호하게 거부했지만 주가전은 음흉스럽게 웃음을 짓는다. 그는 그래도 심찬에게 할 말이 많나 보다.

"심찬, 지난 얘기 좀 해보자. 내가 살인미수범으로 수배를 받고 일본으로 건너갔을 때 나처럼 억울한 사람은 없었을 것이다."

"사람으로서 못할 일을 저지르고 무슨 변명거리가 있다고 입을 여느냐."

"이제야 말할 수 있어 다행이다. 사실은 그때 나는 너를 결코 해치려는 게 아니었다. 그냥 겁을 주어 내 실권을 뺏기지 않으려는 것이었다. 그런데 내 하수인 놈이 지나치게 과격하여 단검을 너에게 던진 것이다."

"이상 말하지 말라. 어차피 너는 살인범에서 역적의 몸이 아니더냐."

이때 요시무라가 행렬 앞에서 큰소리로 주가전을 찾는다. 주가전이 앞으로 달려나가자 심찬은 그의 뒤를 물끄러미 바라보면서 혀를 차는 것이었다. 그래, 주가전은 본시 흉악한 사람은 아니었을 것이다. 오직 욕심이 많았을 뿐이다. 없는 살림에 처자식을 먹여살리기 위해 불법을 저지르다가 일을 낸 게 아니었을까.

앞으로 달려갔던 주가전이 다시 내려와서 포로 대열 중간쯤에서 큰소리로 외친다.

"도공들은 들으라. 걸음을 멈추고 휴식을 취한다. 그리고 할 일이 있다."

주가전의 손에 백지가 들려 있고, 나카무라의 손에는 벼루와 먹이 들려 있다. 그리고 요시무라 부관이 천천이 다가왔다. 그의 명을 대신하여 주가전이 말한다.

"도공들과 그 가족들의 명단을 정식으로 작성하겠다. 차례대로 자신의 이름을 말해야 한다. 명단에서 제 이름이 빠져 없으면 부산포에서 배를 태우지 않고 바닷속으로 밀어넣어 버린다고 말씀하셨다. 알겠는가!"

아까 포로들 선두에서 요시무라가 주가전을 부른 까닭은 포로들의 명단 문제 때문이었다.

"주가전, 애초에 각 마실의 도공명단을 내게 바칠 때 가족들의 명단은 주지 않았다. 그런데 네가 준 포로명단 쪽지마저 어디선가 분실해 버렸다. 새로 작성하되 두 부를 만들어라. 한 부는 나카무라에게 맡기겠다.

만일을 위해서다."

포로들은 모두 등짐을 기대고 앉은 채로 줄을 지어 있었다. 나카무라
가 도리어 주가전의 보조가 되어 벼룻물을 들고 다녔다. 주가전은 붓을
들고 백지에다가 도공들과 가족들의 명단을 적는다. 이름을 왜인들이 읽
게 하려면 한자(漢字)로 적어야 하는데 주가전은 제멋대로 한자를 적었
다. 하기야 제 이름의 한문자를 어느 도공이 알 수 있었겠는가.

"박평의 그리고 안골댁, 아들… 성수택, 그리고 정씨녀. 김용칠, 그리
고 방씨녀. 그리고 이름도 없는 송서방? 그리고 아들….."

이렇게 조사해 나갔다. 한참 있다가 심찬 차례가 되자 주가전은 먼저
심찬의 이름을 적고 부인과 아들의 이름을 묻는 것이었다.

"주가전, 내 이름을 지우고 다시 적어라. 내 이름은 심당길이다. 이게
본명이다. 내 처는 안동댁이다. 아들은 심당수. 자, 우리 권속은 내가 적
겠다. 성서방 용칠이 막둥이까지."

이 시대 어디를 가나 여자의 이름은 듣지 못했다. 양반가에서 간혹 여
자의 이름이 지어졌으나 천민들에게는 성씨도 없는 경우가 많았다. 심찬
은 아내의 이름으로 이송희라는 이름이 있지만 왜놈들에게 아름다운 그
이름을 밝혀주고 싶지 않았다. 아내의 이름은 어릴적에 따로 성녀(姓女)
로도 불렀다. 그리고 자신의 '찬'이라는 이름도 더러운 왜국에서 불려지는
것을 허락하지 않으리라 다짐했다. 주가전은 심찬이 다른 사람같으면 왜
아버지와 아들이 당짜 돌림이냐고 시비를 걸어 보았겠지만 심찬에게 말
을 엮어보았자 피곤할 것 같아서 그냥 원하는대로 이름을 적어나갔다. 반
시진쯤 걸려 명부 작성이 끝나자 지난 휴식때 준비해서 가지고 온 주먹밥
으로 포로들과 첨병들의 늦은 점심이 시작되었다.

점점 부산포가 가까워지고 있었다. 어언간에 그 고된 지옥 속의 강행군이 백리 밖에 부산포를 두고 있었다. 웅천(熊川)을 비껴 안골포(安骨浦)에 다다랐다. 바닷가에 와 있는 것이다.

"이 만을 건너면 바로 다대포(多大浦)가 아닌가. 그리고 엎드리면 코 닿을 자리가 부산포인데 말이야."

나카무라는 자신이 밟아온 경로였기에 작전상의 노정을 잘 알고 있었다. 물론 요시무라도 잘 알고 있지만 아리타야끼의 기억력을 따르지 못한다.

"나카무라! 배를 찾아보아라. 우리 전함이나 조선배가 정박해 있는 곳을 찾아보란 말이다."

요시무라의 지시에 나카무라는 두리번 거리다가 만만한 주가전에게 지시를 내린다.

"주가야! 배로 건너가야 빨리 갈 수 있다. 만을 돌아 육지로 가면 다섯 배는 멀다. 어서 배를 찾아보아라."

아무리 해안을 둘러보아도 백삼십 명이 탈 수 있는 배는 보이지 않는다. 해안에는 겨우 대여섯 명이 탈 수 있는 고기배 서너 척밖에 없다. 멀리 해안에서 십리 밖으로 왜선인 듯한 전함들이 여러 척 지나가고 있었다. 모두 왜군의 귀국선일 것이다. 요시무라는 왜군 전함들을 손가락질하면서 안달을 부린다. 이때 주가전이 심찬 곁으로 와서 한숨을 짓는다.

"심당길, 백 명 이상 탈 수 있는 고기배는 조선에 없던가?"

"있었겠지만 너희들이 모조리 징발해 쓰다가 불지르지 않았겠느냐."

"너희들이라니!"

"너도 마찬가지로 왜놈의 족속이 아니더냐."

주가전은 침을 꿀꺽 삼키더니 말문을 닫아버린다. 심찬은 주가전에게 최후의 충고를 보내는 것이었다.

"주가전, 작은 고개배를 몇 척 구해서 왜놈들이나 살아 돌아가라고 네가 설득시켜 보아라. 곧 우리 대군이 쳐들어오면 너희들은 다 죽는다. 우리 도공들과 그 가족들을 여기서 풀어주어야 될 것이다. 만일 양산쪽으로 돌아간다면 조명 연합군의 진격로가 될 것이다."

사실 요시무라도 그 점을 생각하고 있는 중이었다. 대구에서 오는 진로가 양산이므로 이때쯤이면 양산쪽에 이미 적군(조명 연합군)이 창궐하고 있는지도 모른다. 부산포는 왜성이 탄탄하여 아군(왜군)을 귀국시킬 때까지 방어전을 펼칠 게 아닌가. 여기 안골포만을 건너야 한다. 요시무라는 발을 동동 구르고 있는 입장이다.

그런데 이게 웬일인가. 풍랑이 일기 시작하더니 멀리 떠가던 왜전함 하나가 안골포로 향해오고 있었다. 조선의 판옥선만큼 큰 배였다. 왜군의 전함도 크기로 나누면 몇 가지 종류가 있었다. 다가와 접안한 배에서 왜군 몇 명이 내려와 깜짝 반기는 얼굴로 요시무라를 대한다.

"소속이 어디며 무슨 포로들이요? 우린 빈배로는 풍랑을 이기지 못해서 조선 백성들을 잡아 짐처럼 실을 작정이었소. 그리고 잡은 포로들은 본국으로 데려가서 노예로 팔아넘기면 돈도 벌구요."

어느 소속이냐고 질문해 놓고 잊어버린 모양이다. 지금 조선 백성들은 거의 죽었거나 살아남은 자들도 꼭꼭 숨어서 지내는 형편이다. 짐으로 실을 포로가 귀하다는 것을 선장은 잘 알고 있기에 요시무라를 만난 선장은 정신을 잃을 정도로 기뻐하고 있다. 장사속으로 포로들을 인수해 버리고 싶어한다.

"소속을 묻지 않았소? 우리 첨병은 시마쓰 요시히로 장군 소속이오. 나는 요시무라 부관이오. 장군의 명령에 따라 남원성에서 포로를 잡아오는 중이오. 귀관은 어디 소속인지 밝혀 주시오."

"나는 고니시 유키나가 장군의 좌군 소속 전함을 이끄는 신타로 함장이오. 장군을 맞으려고 한산도에서 대기 중에 아무리 기다려도 장군이 오지 않아서 알아보니 육로를 통해 부산포로 가셨다는 말을 듣고 빈배로 장군한테 가는 중이오."

"잘 되었소. 천만 다행이오. 우리는 포로들을 싣고 부산포로 가야 하는데 배가 없어 죽을 맛이었다오. 빈배라니 더욱 잘 되었소."

요시무라는 뛸 듯이 기뻤다. 백삼십여 명을 실을만한 배가 필요했는데 그런 배가 어디 있겠는가. 그런데 조선 함정 판옥선(板屋船)만한 배가 제발로 찾아와 주었으니 얼마나 다행한 일인가. 기뻐하는 요시무라에게 선장은 거래할 뜻을 내보인다.

"먼저 승선할 인원수를 말해보시오."

"우리 첨병 50과 포로 80이오. 우리 전함 중에서 제일 크다는 안타케부네(安宅船)가 아닙니까. 모두 태워줄 수 있겠습니다."

"요시무라상, 우리 안타케부네는 일백육십명이 정원이오. 비전투원 10명과 노를 젓는 노꾼 40명이 타고 있소. 그래서 말인데 승선 댓가로 포로 반을 내 소유로 해 주시오. 정원에서 몇십 명 초과하지만 갑판에까지 꽉꽉 채워야 할 텐데 그건 염려마오. 하긴 매우 위험한 항해가 되겠지만 할 수 없잖소."

신타로의 승선 거래조건에 요시무라는 할 말을 잊고 답을 주지 못했다. 이 사람아, 속을 모르면 말을 말아라. 이 포로들이 어떤 값어치가 있는 줄 아느냐. 포로들이 한결같이 등짐을 지고 있는 게 보이지 않느냐. 저 짐 속에 무엇이 든 줄이나 아는가. 요시무라는 포로들에 대한 내력을 솔직하게 말하고 사정해볼 작정이다.

"이 포로들은 보통 민간인 포로가 아니오. 시마쓰 요시히로 장군께서 오사카의 관백 각하로부터 명을 받은 포로들이오. 앞으로 국가사업의 하나로 도자기사업을 맡을 조선의 일류 도공들이오. 신타로 함장께서 지원을 아끼지 말아야 하오."

"관백께서는 이미 승천하셨는데 상전의 명령은 허사가 아니겠소?"

"제발 봐주시오. 부산포에 계실 시마쓰 장군께서 승선댓가를 지불해 주시라고 약속할 테니 어서 승선시켜 출발합시다. 한시가 급하오."

신타로는 한참이나 생각하더니 때가 때인만큼 도리없이 승선을 허락하였다. 물론 요시히로 장군에 대한 약속을 기대해 보겠다는 말은 잊지 않았다. 그러나 이 안타케부네의 내부 사정도 말하지 않을 수 없다.

"이 안타게부네는 조선함 판옥선의 구조를 참고하여 개조한 배요. 다른 안타케부네보다 좀더 크고 안전한 신형 전함이오. 현재 노꾼이 40명이라 했는데 지금도 부족한 상태인데 인원이 엄청 늘어나게 되었으니 노꾼부터 대폭 충원해야 되겠소. 일단 배안에서는 선장의 지시를 받아야 하오."

그는 등짐을 진 채 사슬에 묶인 포로들을 차례로 승선시킨 다음 명령을 내린다. 요시무라의 첨병은 배 안에서는 신타로의 부하가 되어 버렸다.

"앞에서부터 포로 40명의 사슬을 풀어주어라. 2층인 방패판과 포판 아래로 내려보내 노를 젓게 하라. 이 전함은 80명의 노꾼이 정상이다."

이 배는 거의 판옥선 구조를 닮아 있었다. 3층으로 되어 있는 것부터가 그렇다. 1층은 본체 또는 하체라 하여 수병들의 침실과 짐칸으로 쓰고 있으며 2층은 방패판을 설치하고 갑판이 있고 3층에도 갑판이 있어 갑판이 두 개인 판옥선과 같은 구조다. 2층 포판을 깐 청판에 두 개의 돛대 이물돛대와 한판돛대가 꽂혀 있었다. 그리고 2층 방패판과 포판 아래 나란히 노구멍이 있어 좌우로 여덟 개씩 노가 끼워져 있다. 3층 갑판 가운데 장대(將臺)가 있어 지휘소로서 기를 꽂는 곳도 있었다.

노는 16자루인데 한 자루당 5명이 붙어서 박자를 맞추면서 저어야 한다. 상장의 넓이를 하체보다 넓게 하여 그 사이로 노를 내밀도록 설계한 것은 어느 배나 마찬가지일 것이다. 그런데 조선함과 왜함의 현저한 차이는 배의 밑모양에 있었다. 왜함은 앞을 뾰쪽하게 설계하여 물의 저항을 덜 받도록 하면서 속도전을 위주로 설계를 하였고, 조선의 판옥선은 밑모양이 원만하고 납작하여 속력은 낮으나 안전성이 높았다. 따라서 왜함 세키부네와 소형인 고바야, 대형인 안타케부네는 속력은 좋으나 회전이 힘들어서 함포사격에 견디기 힘들었다. 또한 암초가 있는 바다에선 밑모양이 삼각형으로 갸름하여 아주 불리하였다. 반면에 조선의 판옥선은 대형이며 속도가 왜함에 뒤지지만 회전이 용이하였기 때문에 한산대첩에서 사각으로 회전을 민첩하게 하여 학익진(鶴翼陣)을 성공시켰던 것이다.

요시무라는 선내에서 지휘권이 없었기 때문에 함장인 신타로에게 지시 아닌 부탁을 해야만 했다.

"함장, 사슬 풀린 포로들 곁에는 내 첨병들이 달라붙어 있어야 합니다. 조총으로 그들을 지키도록 해주시오."

"하하, 배 안에서 탈출이 가능하다고 생각하시오?"

"탈출이 아니라 자살할 수가 있소. 이들의 조국에 대한 애국심은 남다르단 말이오."

사슬에서 풀린 포로들은 방패판 아래로 인도되어 노칸으로 들어갔다. 나머지 포로들은 아래층 짐칸으로 끌려갔다. 풍랑을 대비한 무게 균형을 이루게 하는 짐짝이 되는 신세였다.

"누군가 투신했다. 큰 머리와 작은 머리가 보이더니 아예 보이지 않소."

주가전과 첨병 하나가 외치고 있었다. 두 사람이 갑판에서 바다로 뛰어들었다는 것이다. 명단을 불러보아야 누군지 알 게 아니냐고 했다. 그러나 희생자는 쉽게 밝혀졌다. 포로 노꾼 40명 중에서 한 자리가 비어 있었고, 다른 포로들에 의해 누구인지 금방 알 수가 있었다.

"사천 지나서 사살당한 여인의 남편과 그의 어린 아들이지요. 날이 가고 달이 가도 눈물이 마를 날이 없었다오."

세찬 파도가 부산포를 향해 밀려가고 있었다. 포로들 모두가 숙연해지면서 말 한마디 못하고 있었다. 무심했던 갈매가떼가 파도 위에서 슬픈 부자의 넋을 조문하는 것 같았다.

안골포에서 부산포까지는 이제까지 걸어온 거리에 비하면 지척에 불과했다. 하지만 아무리 엎디면 코 닿을 가까운 거리라고 해도 시급한 상황에서는 화급을 다투다보니 멀기만 한 바닷길이었다. 요시무라가 채찍을 더욱 가혹하게 후려치자 노꾼이 된 도공들의 등가죽은 핏자욱으로 얼룩지며 극심한 고통을 겪는다. 심찬도 노꾼의 일원이 되어 채찍을 맞아야만 했다. 하나가 되는 세상을 여기 왜군의 전함 속에서 맞이한 꼴이었다. 왜냐면 사대부의 신분이 천민인 도공들과 같은 처지가 되어 있기 때문이다. 안타케부네는 어렵사리 다대포를 거슬러 절영도(가덕도)목을 지나 부산포만으로 들어섰다.

신타로의 하선 독촉으로 요시무라는 포로들을 다시 사슬로 묶어 줄줄이 이끌고 뭍으로 하선시켰다. 해안에 밀집해 있는 왜군들은 대략 10만은 됨직 했다. 귀국선을 타려는 일본의 좌군과 우군이 뒤섞여 소속을 찾느라고 우왕좌왕하는 모습이다. 부두에 접안된 전함들만 해도 수십 척이 엉켜 있고 부두 연안이 좁아 멀리 떨어져 떠 있는 전함들도 수를 헤아리기 어려울 정도다.

요시무라는 포로들을 인솔하여 한 무더기로 앉혀놓고 50명의 부하들로 하여금 총칼로 지키게 하였다. 남원성의 포로들뿐 아니라 간간이 눈에 띄는 포로들 무리도 있었다. 전쟁중에 포로를 잡는 것은 일상적인 일이었기 때문에 다른 왜군들이 지나가면서 특별히 눈여겨보지도 않는다.

요시무라는 일단 시마쓰 장군을 찾아보아야 했다. 누구보다도 시마쓰 요시히로를 찾아야 할 사람은 주가전이었다. 요시무라는 부하들에게 포로를 맡기고 주가전과 함께 길을 나섰다. 어느새 도요토미가 죽은 지 2개월이 지나갔다. 10월 25일 왜군은 조명 연합군에 화의를 요청하여 종전이 성립되고 있었으나 남해에선 왜군들이 이순신 함대에 의하여 참패를 당한 상태였다.

시마쓰군은 얼마전 해상에 있었다. 순천성의 고니시 유키나가를 맞으려고 항진하였으나 승승장구하는 조선 수군에 몰려 벼랑으로 기어오른 자도 부지기수였다. 그러나 조명 연합군의 추격을 받아 다시 하구로 몰려 조선 육군과 수군의 협공으로 시마쓰군은 2백여 척을 잃어버리고 만여 명의 군사까지 잃어버린 채 겨우 50여 척으로 그곳을 탈출하여 부산포로 향했다. 고니시도 겨우 순천성을 빠져나와 시마쓰와 부산포로 항주하였다. 그들이 부산포 앞바다에 다달았을 때 뭍에서 검은 연기가 하늘로 솟아오르고 있었다. 그때 부산포에서 기다리기로 되어 있는 가토 기요사마 군은 한 병사도 남김없이 이미 떠나버린 상황이었다. 그들이 떠나면서 자신들이 머물던 성곽에 불을 질렀기 때문에 검은 연기가 하늘을 덮고 있었던 것이다.

"가토가 약삭빠르게 약속을 어기고 미리 떠났소."

"우리도 서둘러 떠나야만 하오."

시마쓰와 고니시의 짤막한 대화였다. 숨돌릴 새 없이 에도로 달려가야 한다. 가토가 약삭빠르다는 뜻은 다름이 아니었다. 관백 도요토미가 죽었으니 에도의 권력구조가 개편될 게 뻔하기 때문이다. 전쟁에 참전하지 않고 도요토미 히데요시 곁에만 붙어 있었던 도쿠가와 이에야스가 첫번째 경계대상이었다. 또한 어느 군벌이 먼저 에도에 도착하여 도쿠가와에 합세하느냐는 것이었다. 그래서 가토 기요사마의 선발 철수를 원망하고 있었던 것이다.

시마쓰는 마음이 급했다. 요시무라 부관에게 지시한 포로도공 문제는 까맣게 잊어버린 상태였다. 고니시와 함께 에도를 향해 현해탄을 항주했다. 정신없이 쓰시마에 도착할 무렵에야 아차, 남원성의 도공들이 기억났다.

"내가 신용장을 써주었으니 요시무라가 알아서 잘 이끌어 쓰시마 번주에게 의탁해 놓겠지."

이렇게 자위하면서 떠날 무렵에 요시무라는 시마쓰를 찾기위해 동분서주하고 있었다. 그러나 아무리 해도 찾을 길이 없었다 결국 신용장을 사용할 때가 왔다고 여겼으나 어느 누구에게 제시해야 할지 막연하기만 했다. 왜냐하면 각 부대들이 자신의 부대를 승선시키고자 모두가 신경전을 벌이고 있었기 때문이다.

시마쓰가 신임장을 써준 것은 가토 장군이 부산포에 먼저 도착할 것으로 알고 당연히 승선을 허락할 것으로 알았던 모양이다. 그러나 가장 많은 군사를 이끌고 있는 가토는 좀더 일찍 와서 본국의 권력을 선점하려고 모조리 떠나버렸던 것이다.

부두 여기저기서 각 부대별로 승선하느라 분주하고 소란한 지경이었다. 세키부네 함선에 비해 크기가 작은 고바야가 떠 있고, 가장 크다는 아케부네도 보인다. 그러나 요시무라가 아무리 얼씬거려도 비비고 들어갈 공간은 없었다. 요시무라는 나카무라에게 최후의 방법을 제시해 보았다.

"나카무라, 포로를 버리고 우리만 떠나면 어떻겠느냐? 우리야 참전군으로 50명 정도는 어느 배라도 승선할 수 있을 것이다."

"부관님, 좀더 기다려 보시죠. 끝까지 기다리다 보면 무슨 수가 나오지 않겠습니까. 만약 우리만 귀국해서 시마쓰 장군을 뵈면 책임추궁을 받지 않을까요?"

"이런 상황에서 불가항력이었음을 이해하실 게다. 내 말대로 하자. 내가 책임을 지면 되지 않느냐. 상납할 포로들의 코나 베러가자."

이때 두 사람의 대화를 들은 주가전이 이들 사이에 끼어들었다.

"이미 적과의 싸움은 중지되었습니다. 회담이 성립되어 논의중이구요. 그러니 나카무라님 말씀대로 여유를 갖고 기다리는 게 낫지 않겠습니까?"

원래 다혈질인 요시무라는 성격이 급해 불안감도 이기지 못한다. 주가전은 쓰시마에 있는 가족을 위해서라도 시마쓰 장군을 꼭 만나야 한다. 그리고 포로 이송에 대한 공을 인정받아야 한다. 성질 급한 요시무라가 주가전의 말을 듣더니 느긋해진다.

"그래, 시간을 끌어보자. 문제는 안타케부네같은 큰배를 만나야 한다는 점이다. 그것도 거의 빈배로 말이다."

"부관님, 안타케부네는 욕심입니다. 아주 귀한 전함이지요. 우리는 분산 승선을 각오해야 합니다."

주가전의 머리가 합리적으로 돌아간다. 현실적으로 보아 당연한 처지가 아닌가.

"주가전의 말도 일리가 있다. 그래, 쪼개서 타자 이거지."

요시무라는 이렇게 말하고 멀리 쓰시마쪽을 바라본다. 오늘처럼 맑은 날이면 쓰시마의 산이 보이는데 지금 쓰시마쪽은 흐릿한 구름으로 싸여 있다. 이곳도 파도가 높게 출렁이니 그쪽은 태풍이 지나가는지도 모른다.

사슬에 묶인 채 부둣가에 내던져 있는 남원성의 도공 포로들은 거의 병든 환자나 다름없었다. 모두 넘어져 다리들을 늘어뜨리고 있었지만 그래도 등짐을 뒤로 받치고 있어서 휴식은 취하는 셈이었다. 사슬에 묶이지 않은 어린 아이들도 힘이 없어 엄마나 아빠 손을 잡고 대부분 잠들어 있었다. 포로들은 누구 하나 말하는 사람 없이 운명의 노예가 되어 체념의 빛이 깔려 있을 뿐이다. 한 줄로 있는 게 아니라 무더기를 이루고 앉아 있는 덕분에 부모와 어린 자식들이 살을 맞대고 뜨겁고 쓰라린 정을 나누고 있었다. 심찬은 아내의 손과 아들 당수의 손을 꼭 잡고 눈물을 흘리다가 주가전이 옆으로 지나가는 것을 보았다.

"주가전, 이처럼 동족을 참혹하게 만들 수 있느냐?"

"나는 너희들의 생명을 구해준 게 아니더냐. 본토에 도착하면 살 길이 생길 터이니 당분간 참아라."

주가전의 말이 끝나자 요시무라가 고함치듯 불러대는 소리에 주가전이 뛰어간다. 왜병들이 몰려오고 있었다. 요시무라가 다대포쪽을 손가락으로 가리키며 기뻐하는 소리로 말한다.

"저기 전함 두 척이 이 부두를 향해 오고 있다. 첨병들은 저 전함이 접안하면 결사적으로 달라붙어라."

이때 포로들 속에서 통곡소리가 들려온다. 실신해 있던 세 사람의 포로가 끝내 숨을 거두고 말았던 것이다. 포로들은 모두 남의 일이 아니라도 눈물을 흘린다. 도공 두 사람과 여인 하나의 시신을 두고 어찌할 줄 모르고 애통한 울음소리만 낸다.

전함들이 거의 떠나버린 해안에 전함 두 척이 부두에 가까스로 접안한다. 그 배는 중형인 세키부네와 소형인 고바야였다. 두 전함에 무조건 올라타서 타진해 보려고 요시무라 첨병들이 행동을 취하려고 할 때 두 배에서 왜장의 투구와 전투복을 입은 함장인 듯한 고급장교가 각 배에서 나와 큰 소리로 외친다.

"우리는 가토 기요사마 장군 소속이다. 오면서 들으니 가토 장군이나 시마쓰 장군은 이미 혼슈로 떠났다고 한다. 이곳에 들어온 이유는 배가 비어있기 때문이다. 태풍이 심한 계절이라 빈배로 가면 더 위험해서 남아 있는 군사나 포로들이 있다면 싣고 가기 위해서다. 그리고 배도 온전치 못하다."

요시무라는 사지에서 수호신을 만난 듯 기뻤다. 무작정 그들에게 경례를 하고 이쪽 상황을 보고하듯이 말한다.

"장군께 아룁니다. 저는 요시무라 부관입니다. 시마쓰 장군의 명령을 받고 첨병 50명으로 남원성의 도공 포로 80명을 잡아오는 중입니다. 시마쓰 장군이 이미 떠났다고 하여 난감한 처지에 있는데 천만다행입니다. 감사합니다."

"잘 되었구나. 그런데 군사 50에 포로 80이면 백삼십이 아니냐. 한 배에 타기는 어림없다. 내 세키부네의 정원은 백여명이고 현재 생존자 병사 30이 있다. 이들은 놋군(櫓軍)이다. 그리고 소형인 고바야는 겨우 50명용이다. 현재 놋군이 10명 있다."

전함을 대충 살펴보니 불에 타고 파괴된 자리가 여기저기 보인다. 조선수군과 싸우다가 구사일생으로 도망친 흔적이다. 군사들도 거의 전사한 모양이다. 그런데 어찌하여 함장들만 용케도 살아남았단 말인가. 요시무라는 이 함장들의 신분에 이상한 느낌을 받았다. 그러나 그 의구심은 바로 버려야 할 입장이 아닌가. 자신의 처지는 발등에 불이 붙은 상황이다.

"장군님, 귀향 목적지는 어디입니까? 우리 포로 일행은 쓰시마(대마도)가 아니면 큐슈 남쪽끝 시마쓰 장군의 영지인 사쓰마(가고시마)입니다."

"내 세키부네의 목적지는 나가사키이고 저 고바야는 바로 가까운 쓰시마라네. 승선 숫자를 잘 조절해보게."

요시무라는 우선 아쉬운대로 나카사키까지라도 가서 다시 대책을 세울 요량으로 승선계획을 세웠다. 포로 전부와 초병 30명을 무조건 세키부네에 승선시키고 초병 20만 고바야로 승선시킬 생각이라고 말하자 세키부네 함장은 손사래를 치며 반대한다.

"안되네. 우리 놋군이 30인데 거기다가 110을 태운다? 백명 정원에 백 40을 승선시키면 배는 가라앉는다. 태풍엔 짐이 너무 많아도 안되고 너무 가벼우면 더욱 안되는 걸 모르는가."

결국 그동안 사망한 포로 5명을 제하고 75명의 포로와 첨병 20을 태우려고 하자 함장은 인상을 쓰며 거의 강제성을 띠고 말한다.

"포로 감시는 무장병사 5명이면 충분해!"

어찌 보면 상대 병사들의 9할을 무장해제 시키려는 셈 같았다. 요시무라는 하는 수 없이 그대로 따르기로 하고 포로들을 이끌 채비를 서둘렀다. 그런데 이때 주가전과 이삼평이 다가오는 것이었다.

"요시무라 부관님, 저는 고바야를 타겠습니다. 제 가족이 쓰시마에 억류되어 있기 때문입니다. 선처해 주십시오."

"저도 주가전을 따라가겠습니다."

"아니, 이삼평까지? 그래, 주가전은 임무가 끝났으니 상관없다고 하겠으나 이삼평 너는 알아주는 사기장이 아니더냐. 시마쓰 장군이 너를 좋아할 터인데."

"주가전을 따라 일본에 도자기를 보급시킬 계획을 짜고 사쓰마로 찾아가 합류하겠습니다."

이렇게 하여 겨우 승낙을 얻었다. 사실 이삼평은 조금 전에 결정적인 정보 하나를 주가전으로부터 들었던 터였다. 시마쓰의 영지인 사쓰마는 온통 화산지대여서 도자기흙이 전혀 없는 곳이라 하였다. 쓰시마에서 바로 건너 사가현에는 도자기 가마를 세울만한 곳이 많다고 말했다. 주가전은 일찍이 도공 감관으로 있었기 때문에 일본에 있는 동안 많은 견문을 쌓아놓고 있었던 것이다. 이삼평은 도자기로 돈을 얼마든지 벌 수 있다는 유혹을 뿌리치지 못했다.

포로들이 승선하면서 통곡소리가 끊이지 않았다. 부두에 시신 세 구를 그냥 방치해 둔 채 떠나는 참담한 심정과 드디어 모국을 영원히 떠나고 마는 처절한 운명을 애탄하는 것이다. 채찍으로 몰아치는 바람에 포로들은 어떻게 승선했는지도 몰랐다. 심찬은 한참 있어서야 이삼평의 모습과 주가전의 모습이 보이지 않는다는 것을 알았다. 이삼평은 이미 요시무라의 허락을 받아 두 가족을 사슬에서 풀어 주가전과 함께 고바야에 승선해 있었다. 이삼평은 이미 심찬에게 귀띔해준 바 있었다.

드디어 항해가 시작되었다. 요시무라는 45명의 부하가 탄 고바야에 타느냐 주군의 영지로 포로를 이끌고 가느냐 하는 갈등을 겪다가 결국 나카무라에게 철저한 교육을 시키고 자신은 고바야를 택했다. 그리고 쓰시마를 거쳐 혼슈로 건너가 주군인 시마쓰를 맞으러 가겠다고 마음을 단단히 먹었다. 나카야마는 세키부내 안에서 심찬을 불러 포로명단을 다시 작성해 달라고 부탁했다. 사망자와 이삼평을 따라간 도요소 권속들을 파악해서 제명해야 하기 때문이다. 이삼평을 따라간 권속은 삼평의 아내와 아들 그리고 네 명의 도공들이었다.

심찬은 맨앞에 심당길이라는 자신의 새이름을 적고 70여 명의 명단을 작성하여 나카무라에게 인계하고 망망대해를 바라보았다. 탁 트이는 세상이 아니라 장래가 아득하고 막막한 바다였다. 그의 꿈은 다 깨졌다고 해도 고국에 기필코 돌아가리라는 새 꿈을 품고 있었다.

11. 난파선의 운명 _

세키부네의 함장이라고 하는 하치스카는 선장으로 군림하면서 나카무라 부관을 아예 자신의 부하인양 부리기 시작했다.

"나카무라! 너희 포로들 중에서 튼실한 놈으로 30명을 사슬에서 풀어주고 그들을 내 부하 놋군 30명과 교체시켜라. 배에서는 선장이 절대권력자이며 즉결처분권도 가지고 있다. 알았는가! 바로 시행라란 말이다!"

"함장, 우리 포로들은 굶주리고 지쳐서 노를 저을 힘이 없소."

"잔말 마라. 채찍을 쓰면 힘이 생긴다. 그리고 포로들의 짐을 모아 짐칸으로 옮기고 포로들을 선실 좌우와 선후에 배치시켜 앉도록 하라. 이배는 병량선(兵糧船) 역할을 해야 한다. 태풍의 계절이라 균형에 맞게 짐을 실어야 한다. 나가사키까지 가려면 며칠이 걸릴 지도 모른다. 이 배 안에 군량미가 어느 정도는 있으니까 식사당번도 포로들 중에서 뽑아라. 알겠는가!"

나카무라는 선장의 명령에 따라야 할지 말지를 갈등하며 잠시 지체하고 있었다. 그런데 결정적으로 나카무라의 행동을 감지하는 계기가 생긴다.

"그리고 또 명령이다. 나카무라 너를 비롯해 네 부하 다섯의 무장을 해제시킨다. 총검을 모두 내려 놓아라! 비전투 중의 배에서는 선장 밖의 사람은 무장할 수 없다."

나카무라는 이 배에 올라탔을 때부터 불길한 예감을 받아 왔었는데 포로들을 감시해야 할 첨병 5인의 무장을 해제시키라니 당장 행위를 취할 순간을 맞이했다고 생각했다. 눗군 30명이 갑판으로 올라오기 전에 마무리를 지어야 한다. 바보같은 하치스카, 너무 성급하게 서두르는 게 아닌가. 눗군 30이 포로들과 교대하고 무장한 채 갑판으로 올라온 뒤에 해체 명령을 내려야 하지 않나. 나카무라는 부하들에게 눈짓으로 지시를 내리며 아주 빠른 동작으로 조총을 들어 삼보 앞에서 하치스카의 가슴을 겨누었다. 부하들도 둘은 조총으로, 셋은 일본도를 빼들면서 선장의 목과 등을 압박하였다.

"선장의 손과 발을 단단히 묶어 앉혀라. 그리고 바로 노실로 내려가 눗군들을 철저하게 감시하라. 만일 도발하는 놈이 있을 때는 본보기로 현장에서 사실해 버려라."

첨병들은 하치스카의 손목과 발목을 꽁꽁 묶어 갑판 난간에 기대어 놓고 노실로 내려갔다. 사슬에 묶인 채 일층에 있는 75명의 포로들도 재편성하기로 했다. 나카무라는 하치스카와 단 둘이 남은 갑판에서 위세를 부리며 말한다.

"멍청한 하치스카, 선상반란이라는 말을 들어보았나. 이제 내가 선장이 되었으니 너를 즉결처분하겠다."

나카무라의 말이 떨어지기가 무섭게 노실에서 두 방의 조총소리가 난다.

"저 소리가 무엇인지 알겠지. 눗군 두 놈이 사살된 것이다. 자, 그럼 네

놈의 정체부터 알아보자. 그리고 나가사키로 가는 목적도 고백하여라. 내 육감이나 예감은 타의 추종을 불어하니라. 정답을 말하지 않으면 물귀신이 되고 말 것이다. 어서 말해!"

"나는 앞서 말한대로 장군의 우군 소속이다. 주군께서 순천성의 코니시 장군과 합류한다는 말을 듣고 순천성으로 향하다가 조선 수군을 만나 타격을 받고 부산으로 회항하는 중이었다. 그리고 나가사키는 내 고향이다."

"거짓말하지 마라. 너는 나가사키 방언을 쓰지 않고 혼슈 나가노 사투리를 쓰고 있다. 그리고 나가사키는 포르투갈이나 아라비아의 노예상들이 자주 들르는 곳이다. 우리 포로들과 우리까지 노예로 팔아 돈을 벌려는 게 아니었나. 또한 이순신 수군에 참패당하고 후퇴하는 길에 이 배를 노예선으로 바꾸기 위해 선상반란을 일으켜 네 무장 부하들을 놋군으로 위장하고 있는 게 틀림없다. 그렇지 않으냐!"

세키부네는 남쪽을 향해 진항하는 것이었다. 하루를 취항하자 사방으로 망방대해의 수평선만 보인다. 하치스카는 묵묵부답으로 일관하고 있었다. 진실을 말해도 죽을 것이요 거짓을 말해도 죽을 것이 아닌가. 나카무라는 하치스카의 속을 빤히 바라보고 다 아는 것 같았다.

"어쩔 수 없구만. 화근을 없애기 위해선 수장시킬 수밖에."

나카무라는 우람한 체구를 일으켜 손발이 묶인 하치스카를 불끈 들어 갑판 난간에 올려 놓는다. 파도 속에 밀어넣을 기세다.

"나카무라상, 당신의 육감이 맞소. 거래처를 내가 잘 아니 같이 삽시다. 이익금을 반분하겠소."

요시무라는 시마쓰를 닮아 잔인하고 나카무라는 요시무라를 닮아

무자비했다. 그는 쉽게 하치스카를 난간 밖으로 밀어 수장시켜 버린다. 아직까지도 사슬에 묶여 한 곳에 짐처럼 부려져 있는 도공 포로들한테 내려온 나카무라는 지키고 있는 부하를 마침 잘 되었다는 듯이 싱긋 웃으며 대한다.

"너를 생각하고 있었다. 기무라(金氏), 네가 조선인 출신이라고 했지?"

"예, 그렇습니다만. 아주 오래 전에 귀화했습지요."

"조선말을 아직 잊지는 않았겠지?"

"예, 아직은."

"네가 주가전 대신 통역을 맡아라."

나카무라는 기무라를 옆에 세우며 포로들 가운데서 심찬을 찾아낸다. 나카무라의 말은 기무라의 입을 통해 전달된다.

"심당길, 여기 포로들 중에서 너는 글을 아는 유일한 사람이라 들었다. 앞으로 너를 통해서 명령이 전해질 것이다. 너를 배신한 이삼평은 지금쯤 주가전과 쓰시마를 거쳐 후쿠오카에 상륙했을 것이다. 그러나 너희는 나와 함께 그보다 열배는 먼 시마쓰 주군의 영지까지 가야 한다. 큐슈의 남쪽 끝이다. 그래서 말인데 그곳 사쓰마에 가면 살 길이 열리게 되어 있으니 고생을 꾹꾹 참으며 한 사람도 희생 없이 목적지에 닿아야 한다. 알겠느냐!"

"잘 알았다. 그런데 부산포에서 주가전을 통해 들은 바로는 이 배의 목적지가 나가사키라 하지 않았나."

"하하, 조금 전에 내가 이 배를 장악했다. 알고보니 자칭 선장이었던 하치스카는 선상반란으로 이 배를 취하고 노예선으로 둔갑시켰던 것이다. 너희들은 하마터면 나가사키에게 노예로 팔려갈 뻔했다. 내가 눈치를 채고 선상반란으로 하치스카를 수장시켜 버렸다. 이제부터 내가 즉결처분권을 가진 선장이다."

"한 가지 부탁이 있다. 이 망망바다 위에서 우리가 어찌 도주할 수 있겠는가. 손발에서 포승사슬을 풀어 다오."

"집단행동이 있을 수 있다. 그리고 지난번처럼 바다로 투신할 놈도 있을지 모르지 않는가. 앞으로 가족처럼 가까워지면 그때에 보자. 우선 포로 20명을 풀어 노실로 데려가겠다. 지금 놋군들 30명은 위험한 적이다. 그들도 한 줄로 엮어 밥숟갈을 줄여야겠다."

나카무라는 기무라의 힘을 빌어 20명의 포로를 풀고 한 줄로 이끌며 노실에 데려갔다. 놋군들은 저희들의 주인인 하치스카가 수장당한지도 모른 채 열심히 노를 저을 뿐이다. 네 명의 병사들이 내려와 총칼로 간섭을 하자 노를 놓고 두 사람이 일어나 호통을 치다가 가차없이 사살해 버리자 노실은 아름판이 되어 버렸다. 놋군들은 무기들을 풀어 짐칸에 모아 놓고 위장하고 있었다.

나카무라의 지시에 따라 놋군을 하나씩 손발을 묶고 한 줄로 엮어 세움과 동시에 포로들로 노를 잡게 했다. 하치스카의 부하들은 결국 갑판으로 끌려나와 난간에 한 줄로 앉혀 놓았다. 나카무라는 이들을 모조리 수장시켜 버릴까 하고 망설이다가 무슨 자비심이 생겼는지 어떤 섬이든 나타나기만을 기다렸다.

심찬은 놋군으로 뽑히지 않아서 도공들과 자유롭게 대화는 나눌 수 있었다.

"여러분, 내 말을 들으시게. 이 배의 주인이었던 하치스카는 나카무라에 의해 수장되고 나카무라가 이 배를 접수해 버렸소."

하치스카는 선상반란으로 이 배를 탈취했고 노예선으로 둔갑시켜 조선의 도공들을 노예시장으로 끌어가 먼 외국인들한테 팔아 넘길 예정이었다는 내용도 모두 알게 되었다.

"나리, 배가 고파 죽겠심더. 세 끼를 굶은 것 같네요."

용칠이가 나섰다. 사슬에 묶여 있지만 방씨녀와 나란히 괴롭게 앉아서 굶주림을 호소하는 것이었다. 용칠이 저만 배가 고플까. 도공 가족 모두가 부산포 부두에서 주먹밥 한 덩이씩 풀칠하고 배에서는 쫄쫄 굶고 왔다. 벌써 하루밤을 세우고 한나절이 지났다. 지난 저녁과 오늘 아침밥은 왜놈들만 어디선지 먹고 나온 것이었다. 사실 도공들은 거의가 식욕을 느낄 새가 없었다. 뱃멀미가 심해 비어 있는 뱃속에서 구토증으로 맹물을 토해내고 있는 것이다. 한참을 토해내면 까무러치다가 다시 정신이 들어 깨어나면 말문이 터질 수 있었다.

"여러분, 이층 선실 옆에 널찍한 식당이 있고 군량미가 제법 쌓여 있다는 말을 들었소. 나카무라와 잘 통하게 되면 목구멍에 거미줄을 칠 일은 없을 것이오. 그리고 여러분께 큰 부탁이 있소. 하늘이 주는 기회가 있기 전에는 나카무라한테 믿음을 주시오. 절대로 이탈되는 눈치를 보여선 안되오. 왜병들과 신뢰를 쌓았을 때 사슬을 풀어준다고 했소. 모두 의심을 살만한 말이나 행동을 보이지 맙시다."

도공들이 모두 고개를 끄덕인다. 심찬은 어쩔 수 없이 포로가 된 동포의 지도자가 되어야 했다. 박평의가 오랫만에 심찬에게 말을 걸어온다.

"심찬 나리, 이삼평은 어찌해서 우리를 배신하고 떠났는지 아는 게 있으면 말해주시오."

"이삼평 사기장은 우리를 배신한 게 아니오. 가족과 심복 도공 셋을 데리고 떠나면서 내게 귀띔을 했소. 주가전으로부터 들었다면서 우리가 가는 곳은 화산지대라 점토 따위가 없어 가마를 박을 곳이 못된다고 했소. 그래서 사가현이라는 곳으로 가 자리를 잡고 우리한테 찾아온다고 했으니 기다려 봅시다. 그리고 부탁이 있소. 앞으로 나를 심당길로 불러 주시오. 따라서 나리라는 말도 빼고 동등하게 대해주시오."

삼찬은 사 보 정도 떨어져 있는 아내와 아들 당수쪽을 바라보았다. 누구보다도 고생을 모르고 자랐던 아내는 포로들 중에서 제일 약하게 보였다. 여월대로 여윈 형상에 힘이 쭉 빠진 몸을 지탱할 수 없어 막둥이의 등을 기대고 있었다. 막둥이는 잠이 든 당수를 꼭 안고 있는데 성서방과 용칠이는 자기네 여자를 돌보느라 여념이 없다. 심찬은 아내와 아들을 보면서 울컥 가슴이 메어 눈물을 흘렸다. 이때 갑판에서 내려온 나카무라가 심찬 곁으로 온다.

"심당길, 배를 처음 타는 포로들이라 먹으면 뱃멀미로 또 토해 버릴 터인데 식사를 어찌해야 하나?"

"굶어 죽느니보다 먹고 토하는 게 낫소. 어서 일꾼을 뽑아 식당 주방으로 보내시오."

나카무라는 포로들 속에서 남자 둘, 여자 셋을 사슬에서 풀어 기무라를 앞세워 선실 아래칸 식당으로 안내했다.

"나카무라, 또 사슬에 묶인 상태에서 밥을 먹일 작정인가! 이 사람들은 이미 탈주를 포기하고 선천지를 개척할 꿈만 품고 있소. 어서 사슬을 풀어 자유롭게 하시오."

"그럴 예정이니 조금만 참아라."

이때 병사 하나가 갑판에서 성급하게 내려와 나카무라 앞에 선다.

"부관님, 섬이 나타났습니다."

"그래? 밥숟갈 20개를 줄일 때가 왔구나. 놋꾼을 지키는 병사 하나만 남기고 셋 모두 갑판으로 집합시켜. 물론 무장한 채로 말이다."

기무라를 앞세워 급히 갑판으로 올라온 나카무라는 사슬에 묶인 채 한 줄로 갑판 난간에 기대어 있는 하치스카 부하들을 바라본다.

"너희 하치스카 부하놈들은 내 연설을 잘 들어라. 너희 하치스카 일당은 선상반란을 일으켰던 국법을 어긴 역적들이다. 하치스카는 손발이 묶인 채로 수장시켰지만 너희들은 아직 살아 있다. 처형을 당할 너희들에게 나는 자비를 베풀기로 하였다. 저기를 보아라. 섬이 다가오고 있지 않느냐. 무인도인지 유인도인지 모르겠다만 헤엄쳐 저 섬으로 기어 올라라. 하나씩 사슬을 풀어 줄테니 갑판에서 뛰어내려라. 살아남는다고 해도 숨어 살아야 할 것이다. 왜냐하면 너희들은 범죄자니까."

"살려주십시오. 저는 헤엄을 칠 줄 모릅니다. 이 배에서 막일이든 무엇이든 시켜만 주시면 …."

"이놈아! 시끄럽다. 네 운에 맡겨라. 살려면 고래라도 업어다 줄 것이고 아니면 물귀신이 되면 그만 아니냐."

세 번째로 투신될 병사 하나가 살려달라고 호소하자 나카무라는 이 병사부터 사슬을 풀어 난간 밖으로 세우고 부하를 시켜 조총 개머리판으로 등을 밀어 버린다. 20명을 한꺼번에 풀지 않고 하나씩 풀어 바다에 던지듯이 반군들을 모조리 갑판에서 밀어 버렸다. 그들은 살고자 발버둥치며 섬을 향해 헤엄쳐 갔다. 그러나 모두 헤엄쳐 가는 게 아니라 그 중에는 헤엄을 못해 바다 속으로 자취를 감추는 자도 있고 파도에 얻어맞아 정신을 잃고 맴도는 자도 있었다. 이 처참하고 가련한 광경을 포로들은 차마 쳐다보지 못했다.

"자, 식당으로 내려가 보자. 포로들이 밥과 반찬을 어찌 만드는지 모르겠구나. 놋군 포로들도 교대시켜야지 않겠나."

나카무라는 부하 넷과 갑판 아래 계단으로 내려갔다.

웬일인지 보름 동안의 항해 중에는 바다가 평온했는데 점점 수평선의 흔적이 사라지면서 멀리 먹구름이 번져온다. 파도가 시나브로 높아지는 것이었다.

"도대체 우리는 어디쯤을 항해하고 있는가?"

나카무라는 싸늘한 바람에 옷깃을 여미며 안주머니에서 모처럼 지도를 꺼내 펼쳐본다. 지도를 보아도 아차피 모를 일이다. 사방이 그저 방망대해로 펼쳐져 있을 뿐이다.

"이게 바로 동지나해일 거야."

나카무라는 혼자말로 중얼거리고 있다. 부산포에서 떠날 때 요시무라와 지도를 펼치고 방향을 잡지 않았던가. 쓰시마쪽을 비껴 직선으로 남하하면 시마쓰 요시히로의 영지인 사쓰마가 나온다고 했다. 그래서 놋군들도 직선으로만 저어가는 것이었다. 물론 하치스카의 목적지가 나가사키였기에 그곳 역시 남쪽 동지나해를 타고 가다가 좌현해야 한다고 했다. 나카무라는 부하들에게 명령했다. 폭풍우가 몰려오고 있어 우선 돛을 내리라고 지시한 것이다.

배가 몹시 흔들리기 시작했다. 식사를 마친 뒤라 남원의 가족들이 반수 이상 뱃멀미를 이기지 못하고 토해내고 있었다. 심찬까지도 메스꺼움을 참지 못한다. 집채보다도 큰 파도가 뱃머리를 치고 배허리까지 사정없이 쳐댄다. 돛이 내려진 돛대가 부러져 나갔다. 놋꾼 도공들이 너무 힘겹게 노를 젓는다. 원래 놋꾼은 40명이 정상인 배다. 반수로 노를 젓느라 힘이 더 들 수밖에 없었다. 세키부네가 폭풍을 이기지 못하고 자꾸 오른쪽으로 밀려나는 것 같았다. 뱃머리 미요시(水押)가 하늘로 치솟는다. 마치 파도가 암초인 양 거세게 부딪치는 것이다.

이층 갑판 중앙의 지휘대가 넘어질 지경이다. 하치스카의 부하들을 바다로 던져버렸던 난간을 나카무라와 부하들이 붙잡고 버텨낸다. 그래야 흔들리는 갑판에서 견딜 수 있었다. 억수로 쏟아지는 비를 맞으며 버티던 그들이 움직이기 시작한다.

"아래층 갑판으로 내려가자. 방패판을 내려 바람을 덜 맞게 하자."

아래층 갑판은 적의 화살이나 총탄을 막는 방패판이 난간 대신으로 설치되어 있었다. 방패판의 원래의 용도는 적선과 접선이 될 때 판을 내려 사다리 역할로 적선에 넘어가 왜병들의 특기인 검술로 육박전을 벌이는 데에 쓰인다. 그러나 크고 높은 조선의 판옥선을 감당하지는 못했다. 방패판의 높이가 판옥선의 갑판에 미치지 못했기 때문이다. 세키부네의 장점은 속도가 빠르다는 데 있다. 배 밑판이 좁고 길쭉하여 첨저선(尖底船)이라 한다. 그러나 길고 좁은 경쾌한 배라서 태풍에 약하고 판옥선과 충돌하면 깨지거나 부서져 피해가 컸다.

나카무라는 부하 넷과 겨우 기엄기엄 기어서 아래층 갑판으로 내려와 방패판을 내렸다. 그렇다고 바람을 막는 데는 크게 효과를 볼 수 없었다. 선실에 있는 포로들은 몸을 가눌 수 없어 몸을 이리저리 굴리고 있었다. 기둥을 붙잡거나 창틀에 매달려 몸의 부상을 피하고 있는 상황이다. 산더

미처럼 밀려오는 파도가 선실을 부수며 물벼락을 친다. 일층 갑판의 왜병들은 위험한 장면을 직접 목격하는 순간에 있었다. 어둠 속의 먹구름 바다에서 방향을 조절하지 못하고 있을 때 갑자기 눈앞에 바위산이 나타난 것이다. 배는 곧바로 바위에 부딪치면서 두 동강이 나 버린다. 뱃전에 파도소리만 철썩일 뿐 배는 이제 움직이지 않았다.

사람들이 거반 졸도하고 있을 뿐 익사하지 않은 까닭은 이름 모를 어느 섬 해안의 바위에 부딪쳐 배가 모래톱에 누워버렸기 때문이다. 배가 두 동강이 났다고 해도 뾰쪽하고 긴 뱃머리쪽이 나갔기에 사람들이 타고 있는 부분은 동강나지 않았다. 그러나 사슬에 묶인 포로들은 대부분 부상을 입고 가슴까지 물에 잠긴 채 비명을 지르고 있었다.

"나카무라 어딨느냐! 어서 사슬을 풀어라. 나카무라! 나카무라!"

심찬이 외쳐대자 다른 도공들도 나카무라를 불러댔다. 한동안 정신을 잃고 있던 나카무라가 상체를 겨우 일으키며 기무라를 찾는다.

"어디선가 나를 부르는 소리가 들리는 듯하다. 기무라, 알아보아라."

"아래층에서 포로들이 찾고 있습니다."

"포로놈들이 살려달라는 건가. 포로 목숨이 중한 게 아니고 우리 목숨을 살려야 하겠다."

"부관께서 말씀하시지 않았습니까. 저 포로들은 일본의 소중한 자산이 될 거라고요."

"맞어. 그 말씀은 시마쓰 요시히로 장군의 말씀이라고 했다. 어서 선실로 내려가 보자. 더듬더듬 찾아가야 하겠구나. 도대체 이게 어떤 섬일까?"

왜병들은 포로들이 아우성치는 선실로 기엄기엄 내려가면서 특단의 조치를 생각해 본다. 포로들의 사슬을 풀어 주어야 하느냐 마느냐 이것이 문제였다. 늇군 20명의 포로도 발목을 엮어맨 사슬을 풀어 주어야 할 게 아닌가. 나카무라는 안간힘을 쓰고 있는 포로들을 보면서 순간 연민을 느끼는 것이었다. 동고동락(同苦同樂)에서 동락은 없었고 오직 고생만 같이해온 사이들이 아닌가. 포로들이 도주할 길도 없고 그렇다고 무기도 없는 그들이 폭동을 일으킬 까닭도 없지 않은가.

"포로들의 사슬을 모두 풀어주어라. 늇군들도 모두 자유롭게 하라. 이제부터 모두가 가족이다. 익사한 자가 없는지 살펴보고 부상당한 자도 없는지 철저하게 조사해서 보고하라!"

기무라의 통역에 의해 남원의 도공 가족들은 한 가닥 안도의 숨을 쉴 수 있었다. 나카무라의 지시에 따라 다섯 명의 왜병들은 포로들의 사슬을 풀어주고 실태를 조사해 나갔다.

"부관님, 익사자는 한 명도 없지만 충격에 의해 부상당한 자는 10명 정도입니다. 중상자는 두 명이구요."

나카무라는 중상자를 응급처치하도록 하고, 모든 인원을 배 밖으로 내보내 상륙하도록 지시했다. 덩치가 제법 큰 세키부네는 다행히 바닷속이 아니라 모래톱에 쓰러져 있어서 인명피해가 없었지만 해변의 암초에 부딪치는 충격으로 인해 부상자가 나온 것이다. 손발이 풀려 자유로워진 포로들은 너도나도 경쟁하듯이 배밖으로 나가고 있었지만 박평의와 심찬은 남원 가족들에게 큰소리로 외쳤다.

"짐보따리를 챙기시오! 점토 백토를 버리면 안되오. 우리들의 살림밑천이니 하나도 빠짐없이 챙겨야 합니다."

박평의의 외침에 도공들이나 도공 가족들 모두가 다시 배안으로 들어

가서 자신의 짐들을 챙겨 내온다.

"곡물칸에 들어가서 양곡을 모두 내 오시오. 이 섬에서 살아남으려면 곡식이 있어야 합니다. 그리고 식당에서 살림도구도 꺼내와야 하오!"

심찬은 앞장을 서서 배안으로 들어가면서 외치자 장정 10여명이 그의 뒤를 따라 곡물칸으로 들어갔다. 상당수가 바닷물에 젖어 있었다. 마른 놈 젖은 놈 가릴 것 없이 모조리 끌어내어 모래톱에 늘어놓고 말렸다. 다행히 폭풍우가 사라지고 늦가을의 햇볕이 따사로웠다.

섬은 무인도였다. 나카무라가 지도를 펼쳐놓고 아무리 살펴보아도 종잡을 수가 없는 곳이었다. 그냥 짐작컨대 쯔쿠엔이나 비전(肥前) 근처의 작은 무인도가 아닐지 모르겠다고 하였다. 아무튼 이 무인도에서 누구의 구조를 받을 때까지 노숙해야 한다. 구조를 받는다고 해도 어개(魚介) 정도나 지나간다고 해도 80여 명의 인원을 어찌 구조할 것인가. 고깃배 정도라면 잘해야 10명 내외를 태울 수 있을 게 아닌가. 게다가 어부들의 수효도 만만치 않을 것이다.

양곡은 80인의 한 달 정도 식량에 불과했다. 그것도 감지덕지인 것은 수장당한 하치스카 선장이 확보해 두었던 덕분이었다. 물과 불이 문제여서 섬을 샅샅이 뒤지고 다닌 덕분에 옹달샘을 하나 발견했고 부싯돌이 될 만한 차돌도 찾아낼 수 있었다. 땔나무는 충분히 조달할 수 있었으니 모래톱만 벗어나면 모두가 산이었기 때문이다. 불쏘시개도 얼마든지 구할 수 있게 되었다.

이렇게 해서 남원의 도공 가족들은 가족끼리 단위를 이루어 침식을 같이 할 수 있었지만 의지할 집이 없어서 그저 노숙할 수밖에 없었다. 계절이 섣달에 가깝다고 생각하지만 한참이나 남방으로 내려온 탓에 참지 못할 추위는 아니었다. 심찬은 부인과 아들 당수의 어깨와 손을 잡고 각오와 의지를 굳혀 주었다.

"부인, 희망을 잃지 마시오. 언젠가는 고향으로 돌아간다는 희망을 가집시다. 이게 어느 하늘 아래인지는 몰라도 북두칠성을 바라보면서 그쪽이 고향이라 믿고 기원합시다. 부모님의 무탈하심을 빌어드립시다."

젊은 부인 이씨는 친정인 안동이나 시집인 청송 일대가 모두 왜군의 분탕질로 희생되었다는 소식을 전해들은 이후 매일같이 눈물만 흘렸었다. 또 포로로 잡혀오는 동안에도 늘 가슴앓이를 해오고 있었다.

성서방과 정씨녀는 고된 포로생활 속에서 오히려 사랑의 불씨가 더욱 가마속처럼 타올랐고, 용칠이 또한 방씨녀와 사랑의 힘으로 운명을 극복해가는 것이었다. 착하디 착한 막둥이는 늘 이씨 부인과 당수 곁을 지키고 있었다.

남원 포로가족들 중에서 도자기를 구울 수 있는 일꾼들이라면 모두 40여 명이다. 기술자 가운데서 엄밀히 따져 진정한 사기장은 박평의와 이삼평 뿐이었는데 이삼평은 딴길을 택했고, 여기엔 박평의 하나밖에 없는 셈이었다. 하지만 모두가 공초꾼 수준을 넘는 기술자들이다. 따지고보면 경륜으로 보나 실력으로 보아 심찬도 사기장 수준이었다.

70여 명의 남원 포로들의 명단을 확인해 보더라도 17개 성씨(姓氏)로 정(鄭), 차(車), 강(姜), 신(申), 이(李), 박(朴), 변(卞), 임(林), 최(崔), 노(盧), 심(沈), 김(金), 백(白), 정(丁), 하(河), 주(朱), 진(陳)씨들이었다. 그 중에서는 성씨가 없는 천민들도 꽤 있었으나 명단을 작성하면서 주인집 성씨에 맞추어 임의대로 지어 붙였다. 이 가운데서 사대부 자손은 오직 심찬 하나뿐이다.

저녁이면 산 아래 나무밑에 모닥불을 피워놓고 포로들은 뼈아픈 대화들을 나누었다. 어느 누구 한 사람 피맺힌 사정을 갖지 않은 이가 없다.

"심당길 나리, 앞으로 우리는 어떻게 되리라 생각하지라? 저 지긋지긋한 왜놈들을 어찌해야 쓰까요? 그냥 저놈들을!"

가족도 없이 총각으로 잡혀온 정(丁)가는 의협심에 찬 말투로 말하였다. 대여섯 밖에 안되는 왜병들을 기회를 보아 처치하자는 뜻이 숨어 있었다.

"더 이상은 말을 삼가게. 저기 기무라는 우리말을 잘 알아듣지 않는가. 우리가 앞으로 어찌될지는 아무도 모르네. 다만 하늘의 뜻에 따라 우리를 구조할 배가 나타나면 북두칠성을 따라 남원으로 되돌아가야 하지 않겠나. 절대로 고향으로 돌아가는 소망을 잃지 않도록 해야 하네."

심찬은 이미 심당길로 불리고 있었다. 모든 포로들의 눈이 심찬에게 쏠린다. 뭐니뭐니 해도 학문이 깊은 사대부의 자손이요, 자신들의 감관이 아니었던가. 기무라가 멀리 떨어져 있어 안심하고 말하는 자가 있었다.

"무기를 든 저 왜병들이 잠이 들면 감쪽같이 무기를 탈취하고 우리 뜻대로 합시다. 배를 수리해서 고향으로 돌아갑시다."

부인과 단 둘이 잡혀온 최씨의 말이었다. 많은 사람들의 공감을 산다. 그러나 몇날 며칠을 두고 보아도 왜병들은 철저히 불침번을 세워두고 잠을 잔다. 포로들을 절대로 믿지 않는 모양이다. 왜병들은 모두 조총과 일본도를 차고 있다. 왜병들의 검도 솜씨는 조명연합군과 육박전을 할 때 이미 여실히 드러났었다. 고도로 훈련받은 고수들이었다. 왜병 하나의 칼이 눈 깜짝할 사이에 다섯 명을 베었다고 한다.

"생각하면 주가전 이 놈이 영리하긴 해. 우리가 손발에서 이렇게 사슬이 풀리게 되면 우리 손에 목을 졸릴 줄 알고 미리 달아났단 말이시."

나이가 듬직한 백씨가 말하자 많은 사람들이 고개를 끄덕인다. 그러나 심찬은 아무리 개똥밭에서 산다고 해도 저승보다는 이승이 낫다는 말대로 주가전이 아니었다면 모두 남원성의 이슬로 사라졌을지도 모른다는 생각을 해본다.

한 달 가까이 무인도에서 지내는 동안 구조선 하나 눈에 띄지 않았고, 태풍만 예닐곱 차례를 겪어야만 했다. 이곳은 조선의 겨울날씨와는 사뭇 달라서 겨울에 접어들었어도 견딜만 했다. 그러나 문제는 양곡이 떨어져 가고 있다는 점이었다. 때마침 파도에 밀려 해안에 닿은 어개 한 척이 있었다. 파도가 잠시 주춤하는 사이 왜병들은 총검을 가지고 그 고깃배를 탈취해 버렸다.

"너희들은 잘 들어라. 우리가 먼저 본토로 가서 큰 배로 포로들을 구하러 올 것이다. 우선 우리부터 가는 것이니 그리 알아라."

나카무라의 말에 왜병들은 당연한 말씀이라는 듯 모두 좋아했다. 그런데 기무라가 머리를 좌우로 흔든다.

"기무라! 너는 반대하는 것이냐?"

"반대하는 것이 아닙니다. 구조선으로 다시 오신다는 보장만 있으면 제가 혼자 이곳에 남아 포로들을 지키겠습니다."

"도공 포로들은 앞으로 일본의 자산인데 당연히 다시 데리러 와야지. 그런데 너 혼자 위험하지 않겠느냐?"

"괜찮습니다. 여기 포로들의 지도자인 심당길을 저는 믿습니다. 사리를 구분할 줄 아는 양반이니까요."

"그래, 좋다. 너는 저들과 피가 통할 테니 위험하지 않을 것이다. 그럼 부탁한다. 우리는 가자."

뱃길을 아는 사공들과 함께 다섯 명의 왜병들은 무인도를 벗어났다. 나카무라는 사공에게 이 지역이 어디쯤이냐고 물었다. 나루시마(奈留島) 서쪽 백리 떨어진 곳으로 지도에도 없는 무인도라 했다. 그야말로 망망대해의 동지나 바다였다. 나카무라는 기무라에게 이만큼이라도 위치를 알리고 오지 못한 것을 후회했다.

남원 포로들은 왜병들이 어개로 떠나는 광경을 멀리서 바라보고 있는데, 병사 하나가 떠나지 않고 모래톱을 걸어오고 있지 않는가. 점점 가까이 오는 모습을 보고 심찬은 기무라임을 알았다. 그가 가까이 오자 심찬은 살며시 미소를 짓는다.

"기무라, 어찌 떠나지 않았는가?"

"내가 당신들에게 필요할 것 같아서."

"물론 필요하지. 통역도 있어야겠고 안내도 맡아야 하니까. 그런데 그 조총과 칼은 눈에 거슬리는구만."

"믿음을 얻기까지는 내 신변을 보호해야 되니까 어쩔 수 없잖은가."

"맞는 얘기네. 하지만 우리가 맘만 먹으면 70명이 자네 하나의 무기를 문제로 보겠는가. 아무튼 믿음을 위해서 솔직한 대화부터 나눠보세."

기무라는 남원 사람들로 둘러싸인 가운데에 앉아 모래톱의 모래를 한 줌씩 집어 흘리면서 심찬의 질문에 담담하게 말하기 시작했다.

"그래요. 고향은 기장이구요. 이름은 김영식이라고 하네."

"언제 어떻게 왜나라에 건너갔으며 우리나라와 백성들을 왜 배신한 것인지 말해보시게."

"배신이라니. 배타고 나갔다가 폭풍 때문에 건너온 거지. 지금부터 10년 전이네."

기무라는 스무 살 나이의 어부로서 10여 년 전 아버지와 함께 고기배를 타고 나갔다가 예상치 못한 태풍을 만나 쓰시마도 거치지 못하고 흘러흘러 큐슈의 북쪽 끝 기타큐슈 해안에 표착하여 반쯤 죽어 있다가 왜인들에게 포로로 잡혔다고 했다. 그후 후쿠오카 부호의 노예로 팔려가 선박에서 중노동을 하며 지내다가 주인의 배려로 창씨 개명을 하고 일본에 귀화하여 지내던 중 엉뚱하게 남쪽에서 잠시 올라와 있던 시마쓰군에 입대하게 되어 오늘에 이르렀다는 것이다.

"고향에 돌아갈 생각은 하지 않았는가? 혹시 고향에서 주가전처럼 죄를 짓지 않았나?"

박평의가 매섭게 물었다. 왜놈들에게 충성을 맹세했다면 분명 고향에서 죄를 졌으리라 생각한 것이다.

"천만의 말씀이네. 주인과의 각서에서 결코 탈주하지 않는다. 고향은 완전히 잊는다고 맹서해야 살아남을 수 있었지. 나는 완전히 왜놈이 되었다네."

"아버지는 어찌 되었는가? 그리고 고향에 가족이 있을 터인데."

"아버지는 벌써 5년 전에 돌아가셨고 고향엔 튼실한 형님이 계셔서 어머니를 잘 모시고 계실 거네. 나는 이미 3년 전에 사쓰마에서 왜녀와 결혼하여 사내 아이까지 두었네."

심찬은 기무라가 자신도 모르게 본능적으로 동족의 피를 느낀다고 생각했다. 아무리 10년이면 강산도 변한다고 하지만 기무라의 혈맥 속에 있는 조선의 피는 가시지 않았으리라고 믿었다 심찬은 기무라에게 왜군의 정보를 얻고 싶었고, 이곳 남원 사람들에게 어떤 도움을 줄 수 있느냐고 묻고 싶었다.

"시마쓰군에 있는 동안 다른 부대의 조선인 포로 계획 등을 들어보았나? 그리고 당신이 우리를 위해 무엇을 할 수 있는가?"

"시마쓰군에는 남원 포로뿐만 아니라 김해를 포함한 마산 등지에서도 많은 도공들이 잡혀가 있을 것이네. 우리 좌군뿐 아니라 우군인 가토 장군쪽에서도 양산 등지를 비롯하여 경상도 일대의 도공들을 잡아갔을 것이네. 들은대로 도요토미 관백의 지시는 조선의 도공들을 천 명쯤 잡아올 계획을 세우라는 것이었지."

"기가 막히는군. 우리 남원쪽에서 70명인데 천 명이라니, 조선 사기장들의 씨를 말리겠다는 게 아닌가."

"그리고 이 기무라가 여러분을 도울 수 있는 것은 큐슈로 상륙하여 안내하는 것 외에 먼저 배를 수리해 보는 것이네. 나는 한때 조선소에 파견 나가서 배 만드는 일을 잠시 배운 바가 있었지."

심찬과 박평의는 무릎을 치고 싶었다. 옳거니. 만일 저 세키부네를 수리할 수만 있다면 기무라를 설득해서 북두칠성을 향해 북으로 항진하여 고향 남원으로 가면 되지 않겠는가. 아직은 고향으로 뱃머리를 돌리자고 기무라에게 말할 수는 없다. 이미 왜놈이 되어버린 작자가 쉽게 마음을 고쳐먹을 리가 없기 때문이다. 그때 가서 말을 듣지 않으면 강제로 키를 돌리게 하거나 여차하면 하치스카를 나카무라가 처리했듯이 불끈 들어서 수장시키면 될 게 아닌가. 어찌하든 고국으로 돌아가야 한다. 심찬은 그래도 기무라를 가까이 하면서 선상의 비극은 피해보고자 했다. 말을 듣지 않는다고 하여 생사람을 묶어 수장시킬 수야 있겠는가.

"기무라, 한마디 묻겠네. 고향으로 돌아갈 생각은 없는가?"

"무슨 말씀. 나는 조선에서 천민으로 양반네들한테 갖은 구박을 다 받았네. 민어를 잡아오라, 고등어를 얼마만큼 잡아오라 하면서 수량이 적으면 어디로 팔아먹었느냐 하고 곤장을 치기 일쑤였단 말이네. 그러한 고향으로 다시 돌아가란 말인가? 나는 사쓰마에서 왜녀와 결혼하여 사무라이 대접을 받고 사는데 어찌 신분차가 심한 나라로 다시 가겠느냐 말인가."

심찬은 턱을 끄덕거렸다. 그래, 조선은 언제 하나가 되는 세상이 올까. 사농공상의 네 가지 구별이 어느 때나 없어진단 말인가. 그러나 기무라여, 사쓰마의 네 가족을 위해 너를 살려 보내려면 모종의 방법을 써야 되겠구나. 그나저나 우선 네 손을 빌려 배부터 수리해 보자.

아무리 남국이라 하여도 계절은 삼한지절이다. 추위를 이겨내기 위해서 모래톱에 가족마다 사람 두 길 정도를 파서 옆으로 피한굴을 내고 옷가지를 깔아 겨울을 보내고 있었다. 남자들은 산에 가서 땔감을 구해 오고 불을 만들어 주면 여자들은 밥을 짓는 것이다. 이미 세키부네 배 안에서 수십 명 분의 솥을 떼어와서 산 아래에 돌을 쌓아 걸어 놓았다. 반찬은 마른 생선과 오직 간장 뿐이었다. 70명분을 한 번에 밥을 지을 수가 없어서 두 번에 걸쳐 밥을 지어야만 했다. 먼저 아이들과 쇠약한 여인네들부터 먹도록 순번도 정했다.

날씨가 너무 추운 까닭에 배 수리는 엄두도 내지 못했다. 꽁꽁 얼어붙는 지역은 아니었지만 바람이 차서 손발을 제대로 움직이기가 힘들었다.

그래도 기무라는 박평의를 앞세워 몇 명의 일꾼들을 데리고 앞부분이 동 강난 세키부네 쪽으로 가서 이리저리 자로 재며 일을 시킨다.

"뾰족한 뱃머리에서 상하층 갑판의 일부까지 쪽이 나 버렸잖소. 강판 이음새 부러진 부분에서 요철과 꺾쇠를 뽑고 판자들을 모아 놓으시게."

기무라의 구상은 동강난 부분을 잇는 작업이 아니라 뱃머리가 없는 배를 만드는 데에 있었다. 하층갑판의 노실은 그대로 살아있어서 놓아두고 전투요원의 위치였던 상층갑판은 필요가 없어 우선 양쪽의 방패장을 뜯어 놓으라고 했다. 날씨가 좀 풀리면 그 방패장으로 동강난 부분을 칸막이로 쓸 작정이었다. 그리하여 배의 후미를 선수로 잡아 거꾸로 항진시킬 계획이었다.

양식을 아끼느라 밥의 양을 줄이고 심지어는 죽을 쑤어 먹는 게 일쑤였다. 이러한 생활을 이어가면서 겨울 삼동을 보내게 되었다. 그 동안에 태풍을 열 번도 더 만나 모래굴에 갇혀 있었던 시간도 많았다. 기무라는 망망한 동편 바다를 바라보며 탄식하는 것이었다.

"왜군을 믿을 수 있는가. 구조선을 보낸다더니 깜깜 무소식이구나. 할 수 없이 배를 수리해 보자."

이렇게 한숨 섞어 중얼거리다가 일꾼들을 불렀다. 각자 연장을 챙기게 하고, 암초 옆에 기울어져 있는 배로 모였다. 작업은 썰물 때 벌이는 게 수월했다. 밀물 때는 힘을 모아 배를 띄우기는 쉬웠지만 물이 밀려오면 작업하기가 곤란했다. 기무라의 작업 지휘는 제법이었다.

"상층 갑판에서 판자를 많이 뜯어 오시오. 부러진 부분을 물이 새어들지 않게 막아야만 합니다. 먼저 판자들의 이음새 부분을 요철로 끼우시오."

세키부네는 자기네 안택선(안타케부네)보다 작고 조선의 판옥선보다는 훨씬 작아 승선인원도 적을 수밖에 없다. 대신 길이가 길고 폭이 좁아 날렵하여 속도가 빠르다. 전투에 장단점이 있으나 지금 사정으로는 폭이 좁아 판자를 대는 작업이 다소 편리해서 좋았다. 그래도 수리하는 시간은 닷새나 걸렸다. 주로 꺾쇠와 요철을 이용하는 일이 태반이었지만 방패막을 가로막이로 붙이기까지는 매우 힘든 일이 계속되었다.

"어떻소? 이 배는 꼬리가 머리로 되어 거꾸로 가는 배로 바뀌었소."

남원의 가족들은 모두 웃으며 박수를 쳐댔다. 심찬과 박평의는 점토 백토와 유약 재료가 든 보따리를 배에 싣도록 진두지휘하였다.

이른 아침 때까지만 해도 파도가 세차더니 배가 떠나려고 하자 고맙게도 구름이 걷히며 파도가 잔잔해졌다. 세키부네의 노 숫자대로 40명의 놋군을 정하고 보니 남원 가족들이라야 거의 여자들만 2층 선실에 남아 있었다. 좀더 빨리 저어 가고자 놋군들을 꽉 채운 것이다.

"동쪽으로 저어야 한다. 해가 떠 있는 쪽이야!"

기무라가 갑판의 키잡이에게 명령하였다. 아침 해는 분명 동쪽에서 떠오르게 마련이다. 박평의와 심찬은 놋군에서 일부러 빠지고 기무라가 지휘하는 상층 갑판에 있었다. 박평의의 도공 두 명과 심찬 측의 두 명 성서방과 용칠이를 뽑아 기무라 주변에 있도록 하였다. 여차하면 기무라의 무장을 해제시켜야 하기 때문이다.

"기무라, 왜 동쪽이오?"

"동쪽으로 가야 큐슈 본토가 나올 거네. 일단 뭍에 닿아보아야 사쓰마로 가는 길을 찾을 게 아닌가."

심찬의 질문에 기무라는 전혀 주변에 신경을 쓰지 않고 말했다. 조총을 어깨에 거꾸로 메고 허리에 대검을 찬 기무라의 뒤에 용칠이가 서 있는 것을 의식하지 못하고 있는 기무라였다. 그는 남원사람들에게 동족의식을 가지고는 있지만 자신의 입장과 임무를 더 소중하게 생각하고 있었다. 심찬은 어떤 일을 거사하기 전에 타진해 본다는 심정으로 말한다.

"기무라, 끝내 고향을 버릴 작정인가? 물론 사쓰마에 가족이 있다니 우리를 조선의 남해안 여수까지 데려다주고 이 배로 다시 건너오면 되지 않겠는가?"

"안돼! 천리도 넘을 곳을 어찌 왕복한단 말이야. 그리고 당신들은 앞으로 사쓰마의 자원이 될 터인데 요시히로 번주님을 어떻게 배신한단 말인가."

심찬은 어금니를 깨물었다. 자원이라고? 우리에게 그릇을 만들게 하고 제놈들은 그릇을 팔아 재물을 얻겠다는 게 아닌가. 그는 하늘을 바라보았다. 밤이 되어야 북두칠성을 볼 수 있고, 그 별자리를 따라가야 남원의 길목인 여수에 닿을 수 있지 않겠는가. 심찬은 박평의에게 눈을 깜짝여 보였다. 용칠이와 자신의 도공에게 심찬으로부터 받은 신호를 그대로 보냈다. 실로 순간의 일이었다. 용칠이가 기무라의 허리를 힘껏 깍지껴 버렸고, 도공 하나는 기무라의 두 다리를 역시 껴안아 속박해 버린다.

"기무라! 미안하다. 우리는 결코 왜놈들의 노예가 되지 않겠다. 순순히 우리 말을 들어야 할 게다."

박평의는 점잖으면서도 결의에 차게 말하면서 기무라의 어깨에서 조총을 걷어내고, 허리의 대검도 풀어 버린다. 그리고 무기들을 일단 심찬에게 건넨다. 심찬은 양손에 무기를 받아들고 사색이 되어버린 기무라를 바라보았다.

"기무라, 너희는 하치스카를 묶은 채로 수장시켰고 수십 명을 바다에 빠트리고 살려면 바다를 헤엄쳐 가라 하였다. 그런데 우리는 왜놈들처럼 잔인하지가 않다. 원래 우리 민족은 살생을 싫어한다. 그래서 이 무기는 바다 속으로 던져 버리겠다."

말이 끝나자마자 조총과 대검을 바다로 던져 버리고 키잡이 도공에게 명령을 내렸다.

"키를 좌현으로 돌려라. 그게 북쪽이 될 것이다. 밤이 되면 북두칠성을 따라가면 된다."

어느 새 선실로 내려갔던 성서방이 사슬을 가져와서 용칠이와 함께 기무라의 손목과 발을 묶는다. 발목은 겨우 걸을 수 있게 느슨한 속박이었으나 갑판은 여기저기 판자를 뜯어낸 자리가 많아 자칫 빠지기 쉬어 기무라를 난간에 묶어놓기가 불편했다. 그래서 1층 선실로 데려가 기둥에 묶어놓게 하였다. 남원의 여인네들이 안타깝게 바라보다가 왜군들에게 워낙 시달려온 그네들이라 시진이 지나도 그저 냉소적으로 바라볼 뿐이다.

"심찬씨, 나에게 이미 무기도 없는데 묶어 놓을 필요가 있는가? 풀어 주시게."

기무라가 심찬에게 답답함을 호소하자 심찬은 그렇지 않아도 무기를 빼앗아 바다에 던진 마당에 기무라를 괴롭힐 이유가 없다고 생각했다.

"내 생각도 그러네. 사람들하고 상의해 볼 터이니 조금만 참아보시게."

말이 떨어지기 무섭게 갑자기 배가 흔들리기 시작한다. 밖을 내다보니 대낮인데도 캄캄해진다. 점점 파도가 거세지면서 억수같은 비가 쏟아지기 시작한다. 여인네들은 구토를 하면서 누구나 할 것 없이 서로 부여

잡고 괴로워한다. 드디어 뱃멀미가 시작된 것이다. 점심시간이 되어도 누구도 식욕을 갖지 못한다.

배의 흔들림은 더욱 심해져갔다. 배가 산이라도 오르는 듯 파도를 올라타다가도 옆으로 곤두박질을 치며 좌우로 요동을 친다. 겨울철의 태풍은 다른 계절의 태풍보다 더 사납고 무서운 것이다. 모두 두려워하며 불안에 떤다.

"이 계절에도 태풍이 있는가? 기무라! 갑자기 어찌 된 일인가?"

심찬은 한번 표류한 경험이 있어 불길한 예감이 든다. 그래도 경험이 많은 기무라에게 계절을 탓하며 물어본다.

"망망대해 동지나해에선 계절풍이 따로 없다네. 운수가 없으면 아무리 큰 배도 뒤집히지. 어쩌면 편서풍이 부는 것 같네만."

아무리 키를 다루어도 키잡이가 경험이 없는데다가 거꾸로 몰아야 하는 배라서 뜻대로 방향을 잡을 수 없었다. 편서풍이 분다면 서쪽에서 파도가 밀려오기 때문에 큐슈 본도로 표착하지 않겠는가. 기무라를 사슬에서 풀어 키를 맡겨 풍랑을 헤쳐 나갈 수도 있겠지만 그렇다면 고국이 있는 북향쪽 항진은 어려울지도 모른다. 그래도 배가 곧 뒤집힐 정도로 요동을 치는 판인데 기무라를 풀어줄 수밖에 없다. 심찬은 성서방을 시켜 기무라를 풀어주게 하였다.

"기무라! 당신이 우리보다 배 경험이 낫겠지. 빨리 키를 잡아주게."

자신도 살고 싶은 심정이라 기무라는 바로 키를 교대해서 잡는다. 심찬은 기무라에게 한마디 경고는 필요하다고 생각했다.

"배는 분명 북향이어야 하네. 아시겠는가! 우리는 고향으로 가야 하니까."

"이 태풍을 뚫고 어떻게 망망대해를 건너가란 말인가. 땅이 가까운 곳으로 가야지. 배가 온전한 배인가. 태풍이 계속 분다면 우린 곧 물고기밥이 될 것이네."

기무라는 안간힘을 쓰며 키를 조정해보지만 폭풍우는 더욱 심해져서 배는 기무라의 뜻대로 움직이지 않는 것 같았다. 그렇다고 하여 남원 사람들이 원하는 방향으로 가는 것도 아니었다. 배는 지금 어디로 밀려가는지 몰랐다. 노가 여기저기서 부러지는 소리가 났다. 거센 파도에 얻어맞는 노실이나 선실이 여기저기 부서져 내린다. 배 안의 사람들은 사흘이나 불어대는 태풍에 지치고 뱃멀미와 굶주림으로 인해 모두가 실신상태가 되어 쓰러져 있었다.

그리고 몇 날이 지났다. 배는 어느 이름 모를 섬 해안에 표류하다가 밀려와서 표착했다. 정신을 잃고 있던 포로 아닌 포로들은 모두 눈을 떠보았다. 도대체 여기는 어디일까. 제발 고국의 땅이라면 얼마나 좋겠는가. 우선적으로 부녀자들부터 거들어 모래톱에 내리게 하고 장정들은 모든 짐들을 지고 내렸다. 일본인이라고 하는 기무라도 완전히 방향감각을 잃고 어리둥절한다. 해안가에는 어느 정도 자란 소나무와 잡목이 깔려 있었다. 그러나 다음부터는 허허벌판이었다. 시야가 트이는 벌판의 넓이나 주위로부터 떨어져 멀리 보이는 산맥으로 보아 결코 작은 섬이 아닌 것 같았다. 일단 나무 밑으로 짐들을 옮기고 임시로 삶의 터전부터 잡기 시작했다.

"저길 보시오. 무인도가 아닌갑소."

누군가의 말에 모두 시선을 돌려보니 대여섯 명의 사람들이 다가오고 있었다. 당연히 기무라가 앞장 서서 그들에게 말을 걸었다.

"우리는 태풍으로 밀려온 사람들이오. 도대체 여기가 어디쯤이오?"

유창한 기무라의 일본말에 조선옷을 입은 남원 사람들마저 일본인으로 보는 것 같았다. 왜국 땅도 풍속이 다른 여러 지역들이 있으니까 그렇게 보아 넘길 수도 있었다. 하지만 원주민은 조선인의 흰옷을 힐끗힐끗 바라보면서 기무라에게 대답한다.

"여기는 쿠시키노(木野) 어촌 근처요. 저 큰 배를 우리가 쓸 수 있겠소?"

"저 세키부네는 거의 부서져 있지만 나라의 배요. 고려진(高麗陳: 임진왜란)에 출진했던 배인데 여기까지 너무 오래 걸렸소. 부탁 말씀인데 양식을 구해줄 수 있겠소?"

"교환할 물건이 있소?"

기무라는 포로들에게 교환할 물건이 뭐가 있겠느냐고 생각하면서 여기 지명을 안 이상 자신의 힘이 포로들을 살릴 수 있겠다고 믿었다. 사쓰마에서 살고 있는 기무라가 이 지역을 듣지 않았을 리가 없다. 그는 어서 사쓰마번으로 달려가서 가족들을 만나고 시마쓰 번주의 소식을 아는 일이 급했다. 물론 요시무라와 나카무라의 소식도 알아야 한다. 악전고투로 남원 포로들을 인솔해 왔다고 보고하면 큰 상이 내리리라.

심찬은 기무라가 어떤 생각을 하고 있는지 전혀 모르고 오직 먹거리를 구할 생각만 하고 있었다.

"기무라, 양곡을 구할 수 있는지 물어주게."

"이미 물었네. 그러나 교환할 물건이 있느냐고 하네."

이때 심찬의 아내 이씨는 귀가 먼쩍 틔였다. 수년 전부터 쓰고 남은 금붙이를 치마폭 속주머니에 간직하고 있지 않은가. 이 어려운 지경에 고향의 시어머니가 살려주나 싶었다. 반면 심찬은 원주민이 원하는 교환물에 신경이 예민해졌다. 그렇다. 이 근처에 가마를 박고 그릇을 만든다면 먹고사는 문제는 해결할 수 있다는 확신을 가졌다. 그릇을 교환물로 하여 생계를 유지해야 한다.

12. 황혼의 꽃 _

　심찬은 아내의 세심한 배려에 눈물겨웠다. 그동안 길고 긴 고통과 어려움 속에서도 금은 조각들을 아껴서 간수해온 것은 분명 아내의 선견지명이라 생각했다. 심찬은 아내로부터 받은 금은 주머니에서 금 두 조각과 은 두 조각만 원주민들에게 보여주면서 손짓으로 곡물을 가지고 오라고 하였다. 금은은 어느 미개한 지역이라도 그 가치를 최고로 인정하는 물건이었다. 원주민들이 고개를 끄덕이고 물러가자 기무라는 남원 사람들의 장로급인 심찬과 박평의에게 결별을 선언한다.

　"이제 나는 가족을 만나러 떠나야겠소. 그리고 시마쓰 장군과 연결이 되면 당신들을 데리러 오겠소. 장군은 여러분을 환영할 것이고 거처들을 마련해 줄 것이오. 곧 원주민들이 곡식을 가져올 것이오. 자, 그럼 다시 봅시다."

　기무라는 반말을 써오다가 이제 긴장이 풀린 관계가 되었다고 생각했는지 당장 말을 높인다. 그는 백여 리 밖의 사쓰마로 떠나자 심찬은 남원 가족들에게 말한다.

　"여러분, 저 언덕에 올라 망망대해를 보시오. 바다 건너에 여러분의 고향인 남원이 있소. 기무라는 가족을 만나러 갔지만 우리는 고향에 갈 기약이 없소."

심찬의 말이 끝나기도 전에 사람들은 눈물을 흘리더니 통곡으로 바뀐다. 진이 빠진 몸을 가누지 못하면서도 고향에 대한 열망은 굶주림의 식욕보다도 컸다. 심찬은 70여 명의 남원 가족들을 두루 살펴보았다. 낯익은 사람보다도 낯선 사람들이 훨씬 많았다. 애초부터 각자가 사는 마을이 달랐고 일자리도 달랐기 때문이다. 더구나 포로로 잡혀 끌려오는 동안 서로 친숙해질 틈도 없었다. 심찬은 우선 합심 단결이 필요하겠다고 생각했다. 그리고 일터를 만들어야겠다고 결심했다.

"여러분, 슬픔을 꾹 참아 진정하고 내 말을 더 들으시오. 우리가 고향으로 가기 위해서는 꼭 살아남아야 합니다. 장군이 우리를 환영할 것이라고 하나 우리는 왜인들을 믿을 수 없소. 현재 우리는 자유의 몸이니 스스로 자립하되 합심 단결해야 합니다. 앞으로 생계를 유지하려면 우리의 특기인 그릇을 만들어야 합니다. 그리고 우리 가운데서 나이도 많은 편이고 도요기술이 제일 뛰어난 사기장이신 박평의 님을 대표격인 장로(長老)로 추천합니다. 좋다면 모두 박수를 치시오."

사람들이 갈채소리와 함께 박수를 친다. 박평의는 손사래를 치며 일어난다.

"우리를 대표한다면 학문이 풍부하시고 사대부이신 심당길 나리가 타당하오. 우리 가운데 글을 읽고 쓰는 사람이 누가 있소? 일본은 소리가 달라도 한문 뜻은 같이 해석한다고 들었소. 왜놈들과 소통할 수 있는 분은 오직 심당길 나리뿐이니 이 분을 대표로 정합시다."

다시 갈채와 박수가 터졌지만 심찬은 고개를 흔들며 손을 저었다.

"여러분, 고향에서 신분차별을 그토록 뼈저리게 겪었으면서도 예서까지 사대부 타령이오! 나는 일찍이 하나가 되는 세상을 갈망해 왔소. 대동계를 들고 나왔던 정여립 선생을 흠모했던 사람이외다. 지금 내 말을 조선에서 발설했다면 나는 역적으로 몰려 참수당했을 거요. 나는 이미 포로로 끌려오면서 내 신분을 버리고 이름까지 바꾸어 심당길로 불리고 있잖소. 그러니 앞으로 도공들을 관리할 사람으로 적임자인 박평의 님이 맡아야 하오."

다시 박수와 갈채가 일어난다. 심찬은 이 때라고 생각하며 당장 해야 할 일을 지시토록 박평의에게 발언권을 넘긴다.

"여러분, 그럼 박 장로의 지시에 따라 일을 시작합시다."

박평의는 하는 수 없이 장로역을 맡고 당장 해야 할 일을 짚어나갔다.

"여러분, 나는 앞으로 심당길 나리의 지도를 받으면서 대표 노릇을 하겠소. 우선 가마부터 만듭시다. 가마가 마르는 동안 물래도 만들고 수비장이며 공방이며 장작칸도 지어야 하고, 땔감도 모아야 합니다. 일이 많기 때문에 일꾼들을 조로 나누어 분업으로 일해 나갑시다. 여긴 별로 넓지는 않지만 야산이 있소. 소나무나 잡목이 있을 테니 물렛감을 베어오고 연장도 만들어야 합니다. 가마를 지으려면 흙을 파와야 하겠지요. 자, 그럼 일감의 조를 편성해 주겠소."

가마를 짓는 조는 차씨를 책임자로 다섯을 배정하고, 물레를 만드는 조는 백씨를 중심으로 셋을 맡기고, 공방은 최씨를 대표로 다섯을, 수비장과 건조대는 이씨를 조장으로 넷을, 장작칸은 주씨와 그를 따르는 셋을 맡기고 나머지는 모두 땔감을 준비토록 하였다. 이때 원주민들이 보리와 쌀가마를 지고 왔다. 모두 손뼉을 치며 밥부터 지어 먹고 일하자는 것이었다. 당연한 일이었다. 그 때 심찬은 은 두 조각을 원주민에게 내주며 손짓으로 도끼와 괭이, 삽과 톱 따위의 용도 시늉을 하여 연장들을 요구하였다. 다시 금 한 닢을 선불로 주었다. 원주민들이 농기구를 가져오는 동안 남원 성민들은 밥을 지어 배부르게 허기를 채웠다.

원주민들이 사는 곳은 가까운 곳에 있는 것같지 않았다. 두루 살펴보아도 사람 구경을 할 수 없는 모래벌판 뿐이었다. 겨우 작은 야산이 하나 있어 거기에 의지하고 가마터를 잡아보려는 것이었다.

그러나 일도 시작하기 전에 슬픈 일이 먼저 생겨났다. 그동안 기진맥진한 상태로 지낸 사람들이 허기를 메우다가 토사곽란으로 숨을 거두는 자가 생겨났고, 아예 밥을 앞에 두고도 병에 걸려 쓰러진 채 눈을 감는 자가 생겼다. 세 사람이나 죽은 것이다. 사람들은 슬픔을 참지 못하고 시신을 끌어안고 통곡하였다. 그리고 시신을 안아다가 송림 그늘에 매장하고 언문으로 비석을 세워 이름을 기록하였다.

"여그가 쿠시키노 어촌 근처라고 혔는디 황무지 모래벌판만 보일 뿐이니 도대체 어디란 말여!"

"아따, 원주민 말 못들었당가. 시마비라, 시마비라 허든디."

이곳은 구시키노에서 한참이나 남쪽으로 내려온 무인지대의 시마비라(島平)라는 해변이었다. 그러니까 남원성민들이 표류하여 도착한 곳은 사쓰마번과 백여 리쯤 떨어진 곳이었다. 그러나 자기네 번의 자산이 되리라고 말했던 그들, 남원 도공들을 데리러 온다던 시마쓰 장군의 부하들인 요시무라나 나카무라 그리고 얼마 전에 이곳을 떠났던 기무라까지 그 누구도 이곳을 찾아오지 않았다. 앞으로 살길을 찾으려면 이제는 원수인 왜군을 기다려야 하는 뒤바뀐 처지가 되어가고 있었다. 남원성민들이 어디서 사는지도 모르는 원주민들과 곡물을 교환할 물건으로 그릇을 만들어야 한다.

남원에서 가져온 흙으로 그릇을 만들기 위해 가마에 불을 붙일 무렵, 일본의 정국은 풍전등화같은 사태가 벌어지고 있었다. 혁명적인 정변이 일어난 것이다. 도요토미가 죽자 정국을 장악하려는 도쿠가와 이에야스(德川家康)의 동군(東軍)과 세키게하라(石田三成)의 서군(西軍)이 주도권을 차지하기 위한 싸움으로 치열한 전쟁을 벌이고 있는 때였다. 이때 사쓰마 번주인 시마쓰 요시히로 장군은 적극적으로 세키게하라의 편에 서서 동군에 도전하고 있었다. 이런 와중에 어느 누가 남원성 포로들을 관심 두고 있겠는가. 도쿠가와가 싸움을 우세하게 이끌자 시마쓰는 사쓰마번 백성들에게 징병령을 내려 젊은이들을 전쟁터로 몰아가는 판이었다. 세키게하라 전투는 일본의 본토인 에도 근처에서 벌어지고 있었다. 그러나 시마쓰 요시히로는 계속 서쪽으로 밀리는 형세였다.

남원성 포로들은 세상이 어찌 돌아가는 줄도 모르고 고향을 그리워하는 눈물에 여념이 없으면서도 우선 하루 두 끼라도 먹기 위해서 그릇을 만들어야만 했다. 고향에서 만들었던 고급스러운 청화백자 같은 물건은 만들 수 없어 불기운이 미치지 못하는 옹기 질그릇을 굽기로 하였다.

가마 박기에 알맞은 경사진 지형을 찾아 가마터를 닦았다. 닦은 터 양편에 송판을 대고 그 안에 모래와 자갈을 넣고 또 점토를 넣은 뒤 여러 사람의 발로 잘 다졌다. 거기에 물을 뿌린 다음 다시 단단히 다지는 것이었다. 그런데 재와 소금, 세모래를 뿌리고 그 위에 소분을 뿌려 다질 차례인데 소분이 없었다. 불심 약한 옹기를 만드는 데에 소분이 꼭 필요할까. 누군가 남원에서 가져온 짐 속에 소분이 있다고 하였으나 찾아보니 나오지 않았다. 어쨌든 지은 가마는 봉통과 노리칸을 합쳐 다섯 칸을 만들었다. 일부는 그릇을 구워 그릇으로 곡물을 사오고 일부는 나무 아래를 개간하여 콩과 다른 잡곡을 심기로 하였다. 이런 생활을 하며 세월을 보낸 지 어언 2년이 흘렀다.

그래도 생활의 중심은 옹기와 도기를 만드는 일이었다. 고급스러운 자기그릇은 힘도 들고 원주민들에는 격이 맞지않았다. 종발, 찻잔, 막사발 따위를 옹기와 도기로 만들어냈다. 여러 가지 모양새의 질그릇을 진열대에 진열해 놓았을 때 원주민들이 몰려왔다. 초벌구이만으로도 유약을 처리했기 때문에 반짝반짝 빛나는 짙은 자줏빛 그릇이 되었다. 원주민들은 너무 신기한 듯 만지고 만지다가 땅에 떨어뜨려 깨트리기도 했다. 그들은 먼저 거래했던 원주민들이 아니었다. 나무를 파서 밥그릇으로 쓰던 그들은 깨지는 그릇을 보고 시시하다는 듯 자꾸 만지다가 일부러 깨트리면서 뭐라고들 지껄인다.

"아이 자식들아! 그릇을 어떤 놈이 던지면서 쓰냐! 나무 밥그릇만 쓰는 무지랭이 촌놈들이 그릇 소중한 줄을 모른단 말이여!"

조선말을 모르는 원주민들이라 서로 소통이 될리가 없다. 성질 급한 우리 도공 두셋이 그들의 멱살을 잡고 밀치다가 싸움이 벌어지면서 이쪽에서 원주민 한 놈을 패대기쳐 버렸다. 그날은 숫자로 보아 수세에 몰린 원주민들이 물러갔다. 그릇과 곡물을 교환하자는 흥정도 하기 전에 이런 사태가 벌어진 것이다.

다음날 백 명도 넘는 원주민들이 손과 손에 몽둥이와 곡괭이를 들고 남원 성민들이 있는 곳에 난입하여 가마와 공방, 건조대며 수비장까지 모두 때려부수기 시작했다. 그동안 피땀을 흘리면서 만든 가마터와 모든 시설물들을 잃은 남원성 사람들은 아연실색하면서 낙담하지 않을 수 없었다.

"말이 통해야 뭘 하지. 새삼 기무라가 아쉽구만."

박평의가 이렇게 중얼거릴 때 원주민들은 손짓발짓으로 너희들이 떠나지 않으면 다시 와서 사람들까지 해치겠다면서 무리지어 한꺼번에 물러갔다. 원주민들이 사는 곳은 여기서 보이지는 않지만 그렇게 먼 곳에 있는 것 같지는 않았다. 쿠시키노쪽으로 모래둔덕이 있는데 그 둔덕 너머에 그들이 사는 마을이 있는 모양이었다.

"안 되겠소. 그냥 떠납시다. 가마를 다시 지어 박아도 그들이 또 쳐들어오게 되면 헛일이 되오. 악순환일 뿐이오. 선량한 사람들이 사는 마을을 찾아야 되겠소."

심찬은 이렇게 대표급 도공들과 상의하고 만반의 이동준비를 시켰다. 무거운 짐들을 짊어지고 또 정처없는 유랑이란 말인가. 그들은 시마비라 지역을 떠나기로 결심하고 좀더 남쪽으로 내려와 산세가 아름다운 동쪽 방향으로 길을 잡아 걸었다. 누군가 이 길로 가면 사쓰마 부성(府城)이 나온다고 하였다. 기무라한테서 언뜻 들었던 것같다고 하였다. 그들은 살길을 찾기 위해 사쓰마 관청을 찾아가서 눈물로 도움을 청하기로 마음을 정했다. 그런데 이동행렬이 이틀을 지나서였다. 일행 중에 몇 사람이 갑자기 걸음을 멈추고 외쳐대는 것이었다.

"여보게들! 주변을 똑바로 보더라고. 똑바로 보랑께!"

"맞어, 맞당께. 우리가 고향으로 돌아온 거여. 정말 신기하구만."

심찬과 박평의도 눈을 비비고 주변 풍광을 살펴 보았다. 과연 남원성 주위의 지세와 너무도 닮아 있었다. 꿈에서도 고향을 잊지 못하고 통곡하던 그들은 이 자리에서 펄썩 주저앉고 만다. 여기저기서 이 자리에 자리를 잡자고 한다. 대중의 의향에 따라 심찬과 박평의는 이곳에 삶의 터전을 닦기로 하였다.

역시 분업의 조를 짜서 다시 작업을 시작하였다. 타국에 와서 신천지를 개척하는 기분으로 가마를 짓고 농토를 만들어 나갔다. 그런데 이상했다. 왜인들의 마을은커녕 원주민들의 그림자도 볼 수 없었고, 땅을 파보면 검은 흙이나 화산재 백사토만 나왔다. 그제서야 사람들이 이곳에 살지 않은 이유를 알게 되었다. 이 지역이 온통 화산지대였다는 사실을 그네들은 몰랐다. 그리고 이곳이 사쓰마 성과 가까운 나에시로가와라는 지역인지도 몰랐다.

이런 상황에서 변변한 수맥(水脈)도 찾기 힘들고 다들 그릇을 구울 흙도 귀하니 다시 생각해 볼 일이라고들 수군거리기 시작했다. 그런데 이상한 일은 남원의 교룡산을 닮은 이곳 산에는 소나무가 많고 잡목도 흔하였다. 그리고 조선인들이 자리잡고 산다는 말을 들은 이웃마을에서 왜인들이 찾아와 서로 말은 통하지 않아도 친절하게 환영해주면서 음식까지 가져와 나누어 준다. 시마비라 해변의 주민들과는 확연하게 다른 마을 사람들이었다.

예나 지금이나 어디서든 해변 인심은 거친가 보다. 시마비라는 해변이고 이곳은 내륙이 아닌가. 아무튼 여기에 주저앉은 이상 이 지역에서 적응해 보기로 하고 시마쓰 장군이 도공들을 찾아주기만을 기다리기로 하였다.

그런데 그날밤이었다. 멀리 앞바다에서 휘황한 불빛이 혼불처럼 둥둥 날아와 이 마을의 언덕에 멎어 자리잡더니 며칠 밤을 빛내고 있었다. 성민

가운데 무당이 있어 점을 치게 하니 저 빛을 발하고 있는 불덩이는 다름 아닌 조선의 국조인 단군 신령으로서 나에시로가와의 조선인들을 지켜주기 위해 백두산에서 날아왔다고 하였다. 그리하여 그 혼불이 깃들었던 바위를 신체(神體)로 모셔 신묘(神廟)를 짓기로 하였다. 그후 이 자리에 단군신전을 짓고 옥산궁(玉山宮)이라 이름하여 팔월 대보름이면 이렇게 노래를 부르고 춤을 추었다.

오나리 오나리쇼셔
매일에 오나리쇼셔
졈그디도 새디도마르시고
새라난
매양 당직에 오나리쇼셔

더도 말고 덜도 말고 오늘 보름날처럼 태평하기를 기원하는 조선민족의 민요로서 고향 남원에서도 많이 불렀던 노래다. 이렇듯 고향의 노래를 부르니 망향의 노래가 아닐 수 없다. 또 외로운 타국에서 이 노래를 변형시켜 애절한 정성으로 불렀다.

오날이 오날(제삿날)이라
제물(祭物)도 차려놓았다.
오날이 오날이구나 모두 함께 노세
오는 날 오는 날의 하루하루가
오날 이 날과 무엇이 다르리

해가 지고 해가 뜬다 오늘은 오늘

한세상 어느때나 꼭 같은 날

고수레 고수레 자나깨나 잊지 않으리라

〈김충식의 '슬픈 열도'에서〉

춤과 노래를 좋아하는 한민족의 성정으로 팔월보름뿐만 아니라 절기에 따라 신전에 제사를 지내곤 하였다.

이즈음 일본의 정국과 시마쓰 요시히로 장군의 근황은 어떠한지 궁금했다. 시마쓰는 반(反) 이에야스에 속해 있었고, 세키게하라와 함께 철저하게 패전을 당하면서 전장에서 혈로를 뚫고 후퇴를 거듭하고 있었다. 전군이 굶주려 군마를 잡아먹으며 오사카로 돌아와 사까이에서 배를 얻어 겨우 사지를 벗어나서 사쓰마로 돌아왔다.

그러나 사쓰마번은 계속 긴장하지 않을 수 없었다. 도쿠가와가 내친 김에 남서쪽을 침공해오고 있었다. 물자나 병력의 열세로 시마쓰는 재차 증병 소집령을 내려 젊은 도시인들이나 농부들을 무장시켰다. 그러나 나에시로가와의 조선인들은 아직 존재를 모르기 때문에 증병의 대상이 되지 않았다. 시마쓰는 도저히 더 이상 버티기가 힘들다고 여겨 도쿠가와한테 항복문서나 다름없는 화의서를 보냈다. 도쿠가와도 장기전이 되면 다른 여러 영주들의 도발이 있을지도 모르고 모처럼 잡은 천하제패가 흔들릴지도 모른다고 생각하고 시마쓰가(家)의 영토인 사쓰마는 전과 같이 보존토록 해주고 과거의 죄를 불문에 붙였다.

박평의는 도공 두엇을 데리고 백토를 찾아 길을 떠났다. 다소 먼 거리에서 백토를 발견한다고 해도 인력을 동원하여 운반해올 계획이었다. 박평의가 출타 중에 기무라가 말을 타고 찾아왔다. 심찬은 헤어졌던 형제를 만난 것만큼이나 반가웠다.

"기무라, 반갑소. 그리고 우리를 찾아주어 고맙소. 여길 어찌 알고."

"내 찾아온다고 약속하지 않았소. 데리러 온다고 말이오. 시마쓰 장군께서 여러분의 소식을 보고받고 여러분들을 인도하여 사쓰마 시내로 자리를 잡아주라 하셨소."

"오, 그래요. 요시무라와 나카무라도 잘 있겠지요."

"그분들은 없소. 세키게하라 전투에서 장렬하게 전사했소. 그런데 한 사람의 안부는 전할 수 있소. 그는 여러분에게 절대로 말하지 말라고 했으나 나는 동족끼리 그래서는 안된다고 만나서 사과하라고 하였소. 주가전 말이오."

주가전이 사쓰마에 산다는 말을 들은 남원 사람들은 갑자기 눈을 부릅뜬다.

"우리는 주가전이 살고 있는 곳엔 절대로 따라갈 수 없소이다. 불구대천지의 원수라는 말을 듣지 못했소? 나라와 임금의 원수, 부모의 원수와는 같은 하늘 아래에 살 수 없다고 하는 철천지 원수를 말함이오."

심찬이 여러 사람들을 대표해서 기무라에게 말했다. 우리를 사쓰마로 인도하겠다니 당치 않다는 것이었다. 기무라는 난감한 표정을 짓는다.

"큰일이군. 다이묘(봉건영주)의 명을 어기면 죽음뿐이라는 걸 모르오?"

"할 수 없지. 우리 민족의 자존심인 것을 어쩌겠나. 또 하나 이유가 있어 따르지 못하오. 척박한 땅이라도 여기에 자리를 잡은 것은 저 언덕에 오르면 우리가 건너온 바다가 보이기 때문이오. 그 바다 건너에 우리의 고향이 있소. 그래서 저 언덕의 이름을 산신락(山神樂)이라 지었소. 머지 않아 우리 단군시조를 모실 신전을 지을 작정이오."

죽음을 무릅쓰고 완강하게 거절하니 기무라는 증오의 눈빛으로 쏘아보는 남원성 사람들의 시선을 피하기 위해서도 물러날 수밖에 없었다. 지금 가지기(加治木)라는 곳에 성관(城館)을 지어 머물고 있는 시마쓰에게 기무라가 돌아가서 남원 도공들의 말을 전하니 시마쓰는 기무라가 전혀 상상치 못한 표정을 짓고 말한다.

"그래, 그들의 심경이 그러하더란 말이냐?"

하고 무릎을 치면서 다음과 같이 지시를 내렸다.

"그렇다면 나에시로가와에 토지와 집을 지어 주도록 하라. 그리고 신분을 정해서 녹(祿)도 주도록 하라. 또한 부족한 것이 있으면 언제고 말하고 도자기를 구울 준비나 하라고 해라."

기무라는 맥없이 기분이 좋았다. 평소의 시마쓰가 아니다. 여느 때와 같이 명을 어긴 부하를 베어 버리듯이 남원에서 온 포로가족들을 단체로 베어버릴 줄 알았는데 이게 무슨 조화란 말인가. 기무라는 이 기쁜 소식을 가지고 나에시로가와로 달려갔다. 시마쓰 번주의 지시내용을 그대로 전하자 남원 사람들은 한숨을 놓는 것이었다.

"이곳에서 녹을 받는다는 것은 신분을 인정받는 것이오. 따라서 여러분은 이제 천민이 아닙니다. 자, 그럼, 녹봉으로 곡물을 받고 집을 받으려면 성씨를 정하고 이름도 정확하게 말하시오."

기무라는 남원사람들을 가족 단위로 등록을 받았다. 17성의 신분이 공식적으로 결정되는 순간이었다. 17성은 곧 17개 가족을 말함이다.

사실 기무라는 남원 도공들을 시마비라 해변까지 인솔해 놓고 돌아왔다는 보고를 올리자 장교로 특진이 되었다. 수년간 소식이 없었던 것은 시마쓰가 전쟁에 휘말려 있어 정신이 없었던 관계로 보고를 받고도 포로 생각을 못하고 있다가 안정을 찾은 후 다도(茶道)를 즐기며 투박한 찻잔을 보면서 기무라가 올린 남원포로에 대한 보고를 생각해 낸 것이다. 그래서 즉각적으로 기무라를 승진시키고 연락장교로 삼았다. 기무라는 시마쓰의 지시를 받고 시마비라로 달려갔으나 그곳엔 남원 포로들이 없었다. 원주민 한 사람의 제보에 의해 그들이 남쪽으로 내려갔다는 말을 듣고 다시 사쓰마로 가는 길을 찾아와서 남원 포로들을 만나게 된 것이다.

박평의가 백토를 찾아 노숙을 하며 이 산 저 산을 헤매는 동안 심찬이 이름지은 나에시로와의 고려촌 마을은 집을 짓고 곡물을 받아들여 살고 있었다. 관청에서 나온 사람들이 일사불란하게 마을을 형성해주고 필요한 연장이며 생활도구까지 갖추도록 해주었다.

다이묘 시마쓰는 고려촌 남원인들을 '조선계통 유민(流民)'이라는 칭호를 주고 계급을 높여 일본의 무사(武士)와 같이 예우하였다. 대문을 세우고 담을 두르는 것도 허락하였으며 또한 무도사범에의 입문까지 허락하였다. 다만 병역의 의무는 없으며 비전투원인 향사(鄕士)라는 자격을 주었다. 시마쓰의 이러한 예우는 그 목적이 어디에 있을까. 남원 도공들의 생활을 안정시키고 아름다운 도자기를 굽게 하여 사쓰마의 이름을 널리 알릴 계획이었다.

"세상에 공짜는 없는 뱁이여. 그런데 지난번 아무리 돌아다녀 보아도 태토가 될 백토를 발견치 못했으니 어찌 요시히로가 원하는 자기를 맹글 수 있당가."

박평의가 한숨 섞어 말했다. 그릇을 만들지 못한다면 남원도공들을 끝까지 이처럼 도와줄 수 없을 것이다. 도대체 백토가 없는 땅도 있단 말인가. 그런데 이러한 사실을 기무라의 보고로 알게 된 요시히로는 과분하게 지원을 해 주었다. 심지어 그곳 지리에 밝은 관리까지 보내주면서 격려까지 해주었다.

"나라 안 구석구석까지 파보면 백토가 나오지 않겠느냐."

그리하여 그 지역 관리를 앞세우고 비교적 토질을 잘 알아보는 박평의가 다시 행장을 차리고 아들과 함께 길을 떠났다.

심찬은 이때 합심하여 도요소를 설립하고 남원인 공동운영체로 정하였지만 자신의 집에다가 성서방과 용칠이 그리고 막둥이를 시켜 소규모의 가마를 따로 박아 놓았다. 성서방은 남원에서 가져온 백토를 수비장에 풀어 정성으로 꼬박을 밀고 물레에 얹힌 후 심찬을 바라보았다. 나리, 무엇으로 성형을 할까요 하는 눈빛이었다.

"내려오게. 내가 성형하겠네. 흙도 유약도 이것을 구어내는 도공도 조선에서 건너왔네. 오직 불만 일본에서 빌릴 참이야."

심찬은 물레를 돌리며 조선의 소박하고 강인한 풍속미를 담은 수직이나 다름없이 내려온 사발(沙鉢)을 빚는다. 가마는 다음날부터 불을 때게 되었다.

"오직 불만 빌리는 것이다. 막둥아, 건조대에 갖다 올려 놓아라. 그리고 세 사람 모두 연습 삼아 각자의 그릇을 성형해 보게나."

심찬은 아들 당수를 불러들여 성형하는 과정을 견학시켰다. 성서방이 물레를 열심히 돌리며 넓적한 사발을 빚는다. 심찬이 따로 집안에 가마터를 만든 것은 오직 열 살짜리 당수를 위한 것이었다.

"당수야, 너는 내 뒤를 이어 도자기를 빚어 구워야 한다. 나는 여지껏 명품을 만들지 못했지만 너는 앞으로 명품 도자기를 구워내야 한다. 그리고 그 기술을 네 자식에게 대를 이어 물려주어야 한다. 알겠느냐?"

어린 당수는 눈썰미 있게 초롱초롱한 눈으로 돌아가는 물레를 바라본다.

어느 정도 세월이 지났을 때 박평의와 그의 아들 정용이 수레에 세 가마의 짐을 싣고 고려촌으로 돌아왔다. 짧은 시간이 지나는 동안에 마을의 모습이 변한 것을 보고 놀라는 얼굴이다. 그러나 더 놀라운 것은 박 부자(父子)가 가지고 온 백토 때문이었다. 백토는 마을 사람들의 큰 환영을 받았다.

"어디서 백토를 발견했소? 살길이 보이느만."

"여그서 70리는 됨직하오. 그 땅 이름이 워낙 길어서 잊어 버렸소. 찾아갈 수는 있소만."

심찬이 지명을 물었으나 박평의는 제대로 대답하지 못한다. 슈우슈꾸고오리 나리가와무라와 가와베고오리라는 어렵고 긴 이름의 지역들이라는 것은 후에 기무라에게 듣게 되었지만 누구도 그 이름을 따라 부르지 못했다. 유약을 만들 수 있는 졸참나무도 슈우슈꾸고오리 시까고무라에서 발견하여 상당히 잘라서 수레에 싣고 돌아왔다.

마을이 공동으로 운영하는 도요소는 그동안 빈틈없이 조성되어 있었다. 남원에서 가져온 조선의 흙은 이미 다 사용되어 백여 개의 백자를 만들어 놓았기에 기무라가 마차로 수송하여 시마쓰 영주(領主)한테 진상하니 시마쓰는 너무 기뻐서 잠자는 것도 잊은 채 유약으로 빛나는 백자를 만지고 또 만졌다. 차를 끓여서 하얀 다완(茶碗)에 담아 마시니 새로운 경지에 이른 듯한 기분이 드는 모양이다. 시마쓰는 순간 백자의 아름다움에 취하다가 갑자기 눈빛이 달라지며 백자의 상품가치를 생각해 보았다.

"기무라, 이번에 발견했다는 백토로 만든 것이라더냐?"

"아닙니다. 이 백자는 조선에서 가져온 흙으로 빚은 것이랍니다. 이번에 발견한 흙으로는 지금 준비중이랍니다."

"조선흙은 고된 여정이라 얼마 못가져왔겠지. 우리 흙과 조선 흙은 어느게 낫다더냐?"

"그거야 우리 흙도 구워 본 후에 알 수 있겠지요."

"알았다. 무조건 백 개 천 개 다다익선으로 만들라고 일러라. 그리고 만일 저들이 구웠다고 해서 그릇을 빼돌린다면 죽음을 면치 못한다고 말하라. 아니다, 내가 직접 가서 명하기로 하겠다."

"주군, 그렇게 많이 만들어서 어쩌시려고요?"

"이 바보야, 멍청할수록 눈치나 있어라. 우리 번(현)은 재정이 약하지 않느냐. 그릇을 상품화시켜 서양놈들과 무역을 하고 우리 사무라이 가문에도 팔아야 하겠다. 내 모르긴 해도 이 조선백자는 부르는 게 값이겠다."

시마쓰는 기무라 전령을 나에시로가와로 먼저 보낼 게 아니라 성질 급한대로 기무라를 수행시켜 직접 고려촌으로 가게 되었다. 나에시로가와는 언젠가 시마쓰가 지나친 곳이었지만 이제 관심을 두고 보니 생소한 곳이어도 아름다운 지방이었다. 화산지대라 하여 사쓰마 지역은 백사토가 나온다지만 이곳은 오히려 화산재로 하여 길들이 바랜 듯이 하얗고 고왔다. 봄을 맞아서인지 연록색 나뭇잎들이 하늘거리고 가느다란 대나무와 나한송이 그림처럼 여기저기 서 있다. 새로 조성된 마을로서 20여 가옥들이 생울타리를 두르고 있어 실로 평온한 마을이다.

지난 겨울 눈이나 얼음 구경도 못한 곳이었다. 과연 남쪽나라의 특색이라 사철 꽃이 지는 때가 없었다. 그리하여 지난 겨울에도 도요촌 건설에 힘을 더하여 거의 마무리를 지었다. 물론 겨울에도 가마를 땠고 땅을 여기저기 파서 우물도 여러 곳 만들었다. 시마쓰는 자신이 지원한 재정으로 아름다운 마을을 만들었다고 칭찬해 주고 싶었다.

"고려인들은 들으라. 이젠 포로가 아닌 사무라이 도공들이다. 내가 '조선계 유민'이라 칭했는데 너희들이 이 마을을 코레마치(高麗町), 고려촌이라 명명했다니 나는 앞으로 너희들을 고려인이라 부르겠다."

기무라의 통역은 정확했다. 남원 가족들은 누구 하나 시마쓰를 적국의 대장으로 적대시하지 않고 생명을 이어준 은인으로 환영하고 있었다. 시마쓰의 연설은 계속되었다.

"내가 지원해준 것을 헛되이 쓰지 않고 이렇게 아름다운 마을을 만들었구나. 역시 조선인들은 근면하고 착한 백성들이다. 그러나 나는 이 넓은 사쓰마 지역을 다스리는 영주이며 무사이다. 내 허리엔 언제나 니뽄도(日本刀)가 차여 있음을 잊지 마라. 왜 이런 말을 하는지 아는가! 그릇을 굽는 가마는 나로선 처음 보는 일이지만 이 가마에서 나오는 그릇은 누구 하나 빼돌려서는 안된다. 이 도자소는 내 지역의 자산이다. 그래서 너희 공을 생각하여 사무라이 신분으로 정해준 것이 아니더냐. 도자기 대신 녹을 내리는 것이다. 다시 한번 말하노니 도자기를 한 점이라도 빼돌려서 소유하는 자가 있다면 이 칼로 목을 벨 것이다. 나는 무사의 도리를 지킬 것이다. 약속은 곧 생명 아니면 죽음이다. 내 말은 여기서 마친다."

기무라의 통역이 끝나자 남원성 사람들은 조금전 흐뭇했던 표정이 금새 긴장으로 굳어진다. 역시 악명 높은 요시히로라더니 그 마각을 보이는구나. 요시히로는 기무라와 심찬의 안내로 가마와 시설물들을 시찰하고 20여 가옥들도 일일이 구경하고 다녔다.

"기무라, 그만 돌아가자. 이렇게 호위병 하나만 데리고 다닌 것은 이번이 처음이다."

두 사람은 말을 타고 사쓰마를 향해 힘차게 달려갔다. 적어도 영주가 출동하면 수십 명의 호위병사들이 호위하고 다녔지만 제 말대로 이번의 경우에는 단출한 행차였다.

"신분이 고로콤 높은 사람은 첨이네."

"쌍판이 그대로 왜놈이고 모질게 생겨 먹었구만 그려."

사람들은 각자 한 마디씩 뱉으며 제집으로 흩어졌다. 박평의는 자기도 뭔가 할 말이 있는데 아쉽게도 기회를 놓치고 만다. 내일 아침 모두 가마 앞으로 모여 각자 맡은 분업으로 작업해야 한다. 늑장 부려서는 안된다.

심찬은 자신의 소규모 도요소는 성서방과 용칠이, 막둥이에게 맡겨 운영토록 하면서 어린 아들 당수의 실습장이 되게 하였다. 어느 정도 숙련이 되면 박평의 밑에서 더욱 수련시킬 계획이었다.

성서방과 용칠이는 이미 나에시로가와에서 혼인식을 올렸다. 심찬 가족과 같은 울타리 안에서 집을 짓고 살면서 지난날 청송에서 맺은 인연의 의리를 굳건하게 지키고 있었다. 어쩌면 조선의 유교적 풍속에 따라 주인과 집사의 역할을 다하는지도 모른다.

심찬은 집안에 만든 당길 도요소는 성서방에게 책임지도록 하고 자신은 공동 도요소인 박평의 책임 작업장으로 가서 같이 일하는 게 일과였다. 박평의는 이번에 찾아낸 백토로 그럴듯한 그릇을 만들어서 시마쓰 번주에게 바쳐야 한다. 심찬과 더불어 시험대에 올려진 이번 작품은 벌써 공초꾼을 벗어난 차씨, 정씨, 주씨를 거느리고 박평의는 혼신을 다해 그릇을 만들어 나갔다. 지난번 시마쓰에게 바친 그릇들은 조선의 흙으로 만든 것이지만 이번에 보여줄 그릇들은 일본의 흙, 시마쓰가 전문 관리를 붙여주어 발견해낸 일본의 백토로 빚어질 그릇이 아닌가. 시마쓰에게 자부심을 심어줄 작품인 것이다.

"심찬 나리, 일본의 백토는 어딘가 모르게 우리 조선의 흙과 다르지 않소이까."

"제발 '나리'라는 말은 빼시오. 여긴 조선이 아니오. 심당길, 당길씨로 불러주시오. 수비장에서 흙을 거를 때나 꼬막밀기, 성형할 때까지도 조선 흙과 차이가 없는 듯 하던데, 초벌구이 때부터 색깔이 달라지더니 시유와 재벌구이가 끝나고부터는 완전히 차이가 나오."

"그렇소이다. 우리 조선백자에서 실패한 빛깔이라 하겠소. 시마쓰는 자기를 만들 줄은 모르지만 그릇을 보는 안목은 대단한 것 같소. 다시 시도해 보겠소이다."

조선 자기의 신비로운 백색, 계란빛의 백색이나 우유빛 유백색 혹은 회백색 등의 신비로운 살결을 보이는 백색은 아니라 해도 박평의는 일본 특유의 빛깔을 만들어낼 각오가 섰다.

"당길씨, 자기(瓷器)보다 도기(陶器)를 제작하겠소이다. 차씨, 정씨는 장작불의 불기운을 좀 낮추도록 하오. 에, 아무튼 이곳에선 양질의 백토가 없으므로 조선백자와 가까운 것으로 하기 위해 도기로 하여 껍질을 얇게 합시다."

결국 박평의는 자신의 뜻에 따라 조선이 개척한 백색과는 전혀 다른 아주 독자적인 사쓰마의 색깔을 만들었다. 요시히로가 이 그릇들을 받아보고 무척 기뻐하며 사쓰마형 백자로 명명하고 크게 장려하여 이 시대의 지배자인 도쿠가와가(家)에까지 이 그릇들을 바치게 되었다. 뿐만 아니라 각처의 태수들에게도 선물로 보냈다. 백(白) 사쓰마가 이리하여 세상에 나오자 여러 지역의 사무라이계는 크게 충격을 받았다. 조선백자와 같이 소박하고 아름다운 자태는 아니라 해도 사쓰마 특유의 우아하고 기품이 있는 도기를 세상 사람들은 본 적이 없었다.

"지난 날의 사쓰마는 무용(武勇)으로 유명했으나 지금은 도기로 유명하다."

사쓰마 번주로부터 나온 이 말은 세상에 널리 퍼지기 시작했다.

시마쓰 요시히로는 나이가 들어 세상을 떠났다. 대신 시마쓰 2세가 사쓰마를 통치하면서 나에시로가와 고려인 도공들에게 녹을 올려주었고, 한편으로는 사쓰마 도기 주문서를 보내 책임량을 요구하였다. 주문서를 받은 박평의는 한문을 읽을 줄 몰라 주문서가 오면 으레 심찬에게 보여주면서 내용을 파악하였다. 주문서에는 술잔이나 주전자 혹은 밥사발 등을 그림으로 그려 한문으로 설명하고 어느 날까지 완성해 보내라는 내용으로 되어 있었다. 시마쓰 2세도 어디까지나 무사이므로 약속이나 지시를 어기면 군법으로 다스린다고 했다. 점점 주문량이 많아지는 까닭은 그릇의 판로를 여러 곳으로 개척한 당국의 장사 수완 때문이었다. 나가사키까지 판매통로를 뚫어 현 관청의 예산을 원만하게 충당하는 것이다. 각 지방에 도기를 팔고 나가사키에서는 서양인들과 무역을 하여 톡톡히 재미를 보고 있었다.

한편 심찬은 마을에 서당을 세워 아이들에게 한문을 가르쳤다. 한문을 알면 일본글을 쉽게 이해하기 때문이었다. 주로 학습은 저녁시간을 이용해야 했기 때문에 성인남녀들도 모여들어 글을 배웠다. 글을 가르치면서도 심찬은 이들에게 고국의 정신을 잃지 않게 하였다.

"명심보감이나 사대소학같은 한문만 배워선 안 된다. 우리 세종대왕께서 지으신 언문도 배워 우리 이야기 책도 읽어서 조선의 풍속을 이어나가야 하느니라. 자, 따라서 읽어보자."

언제부터인가 고려촌에서는 낮에 도공일을 하고 저녁에는 아이들이나 어른들이 심찬의 훈육으로 글읽는 소리가 은은하게 들려오고 있었다. 넉자로 된 소학을 와우고 난 다음 언문판 숙향전을 읽는가 하면 남원성 일각에 흘러다니던 조경남(趙慶男: 난중잡록¹ 저자)이 지었다는 언문소설 춘향전을 읽는 소리도 들렸다. 춘향전은 성인용이라 아이들이 집으로 돌아간 후에 낭독하는 것이었다.

심찬은 또 고려촌민들에게 지침을 내려 가슴 속 깊이 새기도록 했다.

"첫째, 자기 이름을 절대 일본이름으로 바꾸지 말 것. 일본 이름은 넉자지만 우리 이름은 석 자가 아닌가. 둘째로 우리말을 절대로 잊지 말 것. 그릇을 빚어 구울 때 쓰는 우리말을 계속 사용하여 대대로 이어지도록 할 것. 셋째는 혼인을 할 때는 꼭 조선인끼리만 맺도록 할 것. 우리 조선의 피를 대대로 이어나가자는 것이다. 끝으로 일본에서 우리의 혼을 빼앗기지 않기 위해 저 언덕 고향의 바다가 보이는 곳에 국조 단군신전을 지어 수시로 경배하고 축원할 것. 이상의 내용을 모두 부탁하는 바이오.”

주민들 모두가 고개를 끄덕이며 호응하는 것이었다. 고려촌 주민들이 한 자리에 모일 때마다 반복해서 이 지침을 강조했다.

고려촌은 흙을 옥으로 바꾸는 마을이라 하여 왜인들이 구경삼아 수시로 드나들었다. 그릇을 구경하러 오는 사람, 주문하러 오는 상인들도 많았다. 그러나 그릇이 팔린다고 해서 고려촌의 수입이 되는 게 아니다. 사쓰마 관청에 매출량을 보고하고 따로 들어오는 수입금도 고스란히 바쳐야만 했다. 다만 시마쓰 요시히로 시대에는 한푼의 에누리도 없었지만 시마쓰 2세가 번주(藩主)로 있으면서 내리는 녹은 변함이 없어도 그릇의 매출 수입은 온전히 바치는 게 아니고 삼할 정도는 고려촌 수입으로 잡을 수 있게 되었다.

심찬은 고국에 대한 열망이 병으로 바뀌면서 몸이 점점 쇠약해져 갔다. 또한 약체인 부인 이씨는 몸져 눕는 일이 빈번했다. 삼십이 다 된 아들 당수는 박평의 집에서 딸을 구해 지난해 성례를 시켰다. 그리고 올 가을이면 아이를 낳는다고 한다. 하필 늦혼을 한 막둥이의 처와 해산달이 같다고 한다. 쉬는 날이면 약속이나 한 듯 2남 1녀씩 둔 성서방과 용칠이는 심찬의 집에 온식구를 데려와 떠들썩하게 잔치를 벌였다.

“아버님, 만일 아들을 보면 이름을 무엇으로 할까요?”

당수는 부모가 쇠약해져가고 있음을 늘 걱정한 나머지 아버지가 정신이 맑아 있을 때 손자의 이름을 지어달라고 하였다.

“좋다. 아들을 낳으면 도자기 도짜에 길할 길로 하여 심도길로 하라. 만일 딸을 낳으면 도옥으로 하여라.”

아들 당수가 제집으로 돌아가자 심찬 노부부는 서로의 손목을 잡고 눈물을 흘린다. 지난 일을 거슬러 보면 실로 짓궂은 운명이었다. 무엇보다도 가슴을 쓰리게 하는 것은 고향의 부모님 생각이다. 벌써 돌아가셨을 연세이지만 그보다 왜병들의 총칼로 도륙당하지나 않았을까 하는 고통스러운 상상이었다.

"여보, 이 근처에 절이 있는지 모르겠소. 유교를 믿는 사대부가의 자손이지만 명복을 비는 일은 부처님께 의존하는 일이 허다했소. 부모님 제일(祭日)을 정하고 절에다 맡기는 게 어떨지 하는데 당신 생각은 어떻소?"

"그동안 생사를 몰라 제사를 올리지 않았으니 부처님께 맡기는 게 좋겠습니다. 절을 찾아 보아야지요."

그리하는 사이에 시간은 잘도 흘러갔다. 어느새 심찬의 며느리가 산통을 겪고 있었다. 그리고 잠잠하다가 아이 울음소리가 들린다. 심찬은 외치듯이 물었다.

"아들이냐 딸이냐?"

"예. 도길이옵니다."

당수가 아들을 본지 사흘 후에 심찬의 아내 전주이씨가 세상을 떠났다. 가슴을 쥐어뜯는 슬픔을 억제하지 못하고 심찬은 계속 술만 마셨다. 고려촌 촌민들의 갸륵한 정성으로 장례를 마치니 심찬은 사찰을 찾고싶은 마음이 더욱 간절했다. 부모님에 더해 아내까지 합해서 부처님의 은총을 빌고 싶었다.

늙은 전령 기무라가 여전히 나에시로가와를 찾아와서 촌장 심찬을 만났다. 그릇과 관계되는 일이면 응당 장노인 박평의를 찾겠지만 촌장을 찾는다는 것은 분명 행정적인 문제가 있을 것이다.

"심당길 촌장께 외교문제를 알리려 왔소. 지금 조선에서 쇄환사가 왔답니다. 조선의 포로들 중에 고국으로 귀국하고 싶은 자는 신청하라는 외교공문을 받았소."

"기무라상, 지금 때가 어느 때요? 이미 가정을 이루고 손자까지 본 늙은 도공들이 귀국을 희망하겠소이까. 그래도 주민들을 모아 놓고 말해보리다."

심찬은 나이가 50을 훨씬 넘어 곧 60이 된다. 지금이 갑자년(1624)이니까 일찍이 있었던 정미년(1607)에 쇄환사가 왔을 때라면 그때는 도공 가족들이 무척 힘들고 고통을 많이 겪었던 시기여서 당연히 대부분 귀국을 희망했을 것이다. 그러나 그때는 당국에서 조선인 쇄환사가 왔다는 말을 일부러 전해주지 않았다. 이제 뒤늦게 귀향이라니 누가 호응을 할 것인가.

심찬은 그래도 주민들을 모아놓고 의사를 타진했다. 심찬 자신은 잔류와 귀국을 놓고 심한 갈등을 겪는다. 이 땅에서 바르게 자리잡은 자식 내외는 여기에 두고 자신만이 고향으로 돌아가 부모님의 산소에 성묘를 드리고 그 자리에서 산소를 지키다가 생을 마감하고 싶기도 했다.

"여러분, 고향에 돌아가고 싶은 사람이 있소? 일찍이 조일 국교가 성립되어 포로를 송환토록 되어 있었소. 지난 갑진년(1604)에 사명대사가 일본에 와서 조선의 포로 3천여 명을 데려갔을 때도 우리는 몰랐소. 그 3년 후 쇄환사가 와서 우리 포로들을 데리러 왔다지만 당국에선 그때도 우리에게 알리지 않았소. 그런데 이제 와서 귀향할 자는 신청하라니 여러분의 의향대로 하시오."

벌써 2백여 명으로 불어난 고려촌 주민들은 꿀먹은 벙어리가 되어 멀뚱멀뚱 심찬을 바라보는데 그 중에서 한 사람이 자리를 박차고 일어난다.

"촌장님, 생각해 보시오. 여기서 사무라이 서열로 양반대접을 받고 사는데, 다시 조선에 가서 상민, 천민 대접에 양반놈들의 종이 되란 말이오? 나는 절대로 싫소. 귀향을 반대하오."

이 사람의 말이 떨어지자 군중들은 너도나도 '옳소'를 외쳐댔다. 옆에서 관전하고 있던 기무라도 고개를 끄덕인다. 외교문제라서 통보는 했지만 만일 이들이 뒤늦게라도 조선으로 떠나간다면 사쓰마의 자산을 잃어버리게 되지 않겠는가. 집에 돌아온 심찬은 자식 내외와 늙은 성서방과 용칠이 막둥이를 불러 놓고 자신의 뜻을 말했다.

"성서방, 자네들 덕분에 우리 당수가 어엿한 도요의 일가를 이루었으니 나로선 여한이 없네. 아내도 떠나버린 마당에 쓸쓸한 몸을 이끌고 귀향하여 부모님 산소나 지키다가 생을 마감하고 싶네. 자네들 생각은 어떤가."

"안됩니다. 그렇잖아도 몸이 쇠약하시고 아침저녁으로 해소가 있어 기침을 하시는데 아무도 없는 멀고도 먼 고향으로 이 아들이 어떻게 보낼 수 있겠습니까. 편히 우리를 가르치고 감독이나 하소서."

당수의 말 끝에 모두가 따라 극력으로 반대한다. 60이 넘은 성서방은 눈물까지 흘린다. 하는 수 없다는 듯 심찬은 자리에서 일어나 자기 내실로 들어왔다. 기무라가 후주머니에 꼽아주고 간 종이쪽지를 펴보았다. 대충 읽어보니 소문으로 이미 알고 있는 내용도 많았다.

"고국을 그리워하는 당신께 그동안에 있었던 고국의 사건들을 굵직굵직한 것만 골라 적어보았소. 조국의 역사를 아주 잃어버려서는 아니 될 것이오."

앞에다 서두를 전제하고 당국에 접수된 몇 가지 기록들을 적어놓았다.

갑진년(1604) 4월, 이미 도쿠가와의 에도 정부가 조선에 도요토미의 조선진출을 사과한 바 있지만 누구도 두려워서 오지 않으려 하는 통신사에 사명당이 자원하여 일본에 와서 큰소리치며 3천여 명의 포로를 데려갔음.

정미년(1607) 7월 조선 쇄환사 일행이 도일하여 1천 2백여 명의 조선 포로를 데려갔음. 그리고 이듬해 무신년에 조선에서 선조가 사망하고 광해왕이 즉위하였음.

병진년(1616) 청나라 태조 누루하치가 여진족을 통일해 후금을 세우고 조선을 압박해오고 있음.

정사년(1617) 10월에 조선의 제2차 쇄환사 일행이 도일하여 포로 321명을 데리고 갔음. 그리고 같은 해 이삼평이 큐슈 사가현의 아리타에 가마를 박고 백토광산을 발견하여 본격적으로 도자기 제작에 들어감. 여기 고려촌보다 2년쯤 앞섰음.

계해년(1623) 반정으로 광해왕이 쫓겨나고 새 왕으로 인조가 즉위.

심찬은 지난해 조선에서 큰 정변이 일어났다는 소식보다는 눈이 번쩍 뜨인 것은 이삼평의 소식 때문이었다. 생사를 모르고 30여 년을 지내왔건만 이 얼마나 반가운 소식인가. 아리타가 도대체 어디란 말인가. 조랑말이라도 타고 찾아가서 얼싸안고 싶다. 당장 박평의를 찾아가서 이삼평의 소식을 전했다. 이미 환갑을 넘긴 박평의도 웃음을 가득 담은 얼굴로 반기었지만 그를 찾아갈 길은 막연하였다. 아리타는 여기서 오백리도 넘는다고 하는 말을 들은 것이다.

"무상한 세월이여, 이삼평은 죽어서나 만나보겠구만."

심찬은 힘없는 발걸음으로 집에 돌아와 더 미루어지기 전에 조촐한 사찰을 찾아보리라고 했다. 부모님은 물론이고 아내의 넋을 달래야 한다. 먼저 동네 언덕에 아직도 어설프지만 단군신전을 만든 곳에 찾아가 고해야 한다.

심찬은 심씨 도요소 가마를 둘러보다가 공방에 들러 안즐통에 앉아 물레를 돌리면서 성형을 하는 당수의 모습을 보면서 새삼스러운 감회를 갖는다. 제발 조선의 넋이 배어든 백자를 만들어라. 대를 이어 백 년이 가고 천 년이 가도 왜놈의 땅에서 조선의 혼을 드높일 그릇을 만들어야 한다.

"당수야, 그것은 도석가루로 빚는 게 아니냐. 도석가루는 백토보다 강하지 못하나 얇게 만드는 그릇에는 장점을 가지고 있더라."

"예, 알고 있습니다. 박씨네 가마에서 이미 터득했지요."

"그래, 부족을 느끼면 언제고 가서 배워야 한다. 찻사발은 잡토로 만드는 게 좋더라. 겨울차 그릇은 온기를 빨리 빼앗기지 않게 오목한 모양으로 성형하는 게 좋을 거다."

"예, 그렇게 빚어보겠습니다."

"시문은 너를 따를 자가 없다고 하더라만 그게 사실이냐?"

"그림 그리는 재주는 누구를 닮았는지 모르겠습니다. 처음엔 성씨 아저씨한테 배웠지만 지금은 아저씨들이 저한테 배웁니다."

"그림도 어느 조상의 피를 받아 내려온 거겠지. 아무튼 잊지 말 것은

그림은 물론이고 성형이나 유약처리 하나하나에도 조선의 혼을 담아야
한다."

"무슨 말씀인지 알겠나이다."

"내가 불만 빌려 만든 찻잔을 대대로 전하도록 하여라."

심찬은 나에시로가와에 처음 들어와 흙도 유약도 만든 사람도 조선
에서 건너온 것이지만 오직 불만은 일본의 것을 빌려 만든 자신이 만든 첫
그릇(히바카리)을 누대로 전하라고 하였다.

공방에서 나와 심찬이 집으로 발길을 돌리는데 박평의에게 주문서를
전하고 나오는 늙은 전령사 기무라를 만났다.

"이번에 주문량이 많아서 미안합니다. 촌장께서 헤아려 주시오."

"아무리 공동 도요소라고 하지만 박평의 사기장이 잘 해쳐나갈 것이
오."

"그럼 믿고 가오."

기무라가 말 등자에 발등을 끼고 훌쩍 말에 올라 고삐를 잡는다. 심
찬은 지난번에 묻고 싶었던 것을 잊었다가 이제야 생각이 났다.

"기무라상, 요 근처에 사찰이 없을까요? 조선의 절과 일본의 절은 어
떻게 다른지는 모르지만 우리 선대와 아내의 신위를 위탁하려구요."

"이 근처엔 절이 있을 수 없지요. 원래 무인지대가 아니었습니까. 하지
만 사쓰마로 들어가는 초입에 이름도 생소한 묘정암(妙正庵)이 있습니
다. 내가 젊었을 때는 없었으니까 절의 역사는 30여 년을 넘지 못하리라
보오."

심찬은 말문이 막히고 가슴이 떨려 갑자기 쓰러지기라도 할 듯 몸의
균형을 잡지 못한다. 말을 타고 가는 기무라에게 잘 가라는 인사도 제대

로 나누지 못하고 제자리에 앉아 버린다. 묘정이라, 그 묘정이 아닐까. 옛날 진보골 광덕산 초입에 있었던 비구니의 법명이 묘정이었다. 어떤 연유로 이곳에 와 있을까. 비구니도 포로로 잡혀왔단 말인가. 청자를 복원하고자 그 비법을 찾아 묘정 스님과의 인연으로 연화암을 들렀고, 연화 스님의 도움으로 주왕산의 주왕굴까지 찾아가서 우보거사로부터 청자비기를 얻지 않았던가. 청자 복원의 첫째 목적은 무소불위의 유교사상을 절제시키고자 함이었다.

한 나라의 신앙이 하나밖에 없으면 모든 정책이 한쪽으로만 독주하게 된다고 하였다. 불교의 업적인 고려청자를 되살려 백자를 만들어낸 유교와 상생의 길을 모색하고자 함이었다. 그리고 고려청자의 신비로운 비색을 보는 눈과 즐기는 마음이 하나이듯 하나가 되는 세상이 만들어지기를 바라는 마음이었다.

그러나 심찬은 이러한 야무진 꿈을 일본으로 잡혀오면서 깨끗이 접을 수밖에 없었다. 고향으로 다시 돌아갈 수 없는 낯설은 땅에서 하나가 되는 세상을 어찌 바랄 수 있단 말인가. 그런데 묘정이라는 이름을 듣고 현란해지는 마음을 가눌 수 없는 것은 청자의 꿈을 되살리는 계기 마련의 기회 때문이 아니다. 꿈에도 잊지 못하리라 다짐했던 묘정에 대한 연민 때문이다. 삭발승이지만 민머리 두상의 아름다움은 마치 신비로운 유백색의 조선백자 같았다. 초생달같은 아미와 그윽한 눈동자는 정녕 오똑한 콧날과 조화를 이루지 않았던가. 그린듯한 입술은 음식이 들어갈 것 같지 않은 청류에 떨어진 한떨기 붉은 복사꽃이었다. 갸름하고 작은 얼굴에 장삼을 입었어도 가늠이 되는 가녀린 몸매가 아니었던가. 오, 파계를 하시오, 이렇게 빌어보기도 했었다.

그러나 세월이 얼마나 달려와서 이 자리에 와 있는가. 늙은 관리 출신 도공이 늙은 비구니를 찾아가야 한다. 심찬은 자신을 알아볼 수 있을지 한쪽만의 연민임은 해를 보듯 뻔하다고 생각하면서도 기어이 찾아갈 작정이었다. 우선 부모가 계셨던 청송의 당시 상황을 물어보아야 한다. 그리고 부모님과 아내의 위패를 위탁해야 한다.

다음날 심찬은 조랑말에 부모님과 아내의 위패를 만들어 간단한 여장을 꾸리고 사쓰마를 향해 달렸다. 초입에서 묘정암을 찾으면 된다는 추정 아래 달리고 달렸다. 70리길은 그리 멀지 않아 미시말(未時末: 3시경)에 사쓰마 초입에 도착하여 쉽게 묘정암을 찾았다.

"주지 스님을 뵙고 싶습니다. 계십니까?"

아담한 사찰이었다. 심찬은 일본말로 주지 스님을 찾았다. 조선의 절과 같은 단청도 없이 단조로우면서도 미감을 주는 법당과 삼칸 접집으로 된 요사채 한 채가 전부였다. 아담한 경내는 울타리 삼아 무궁화꽃이 줄지어 피어 있다. 분명 무궁화는 조선의 꽃이다. 계절에 맞게 단풍나무가 무궁화나무 뒤에서 겹성처럼 둘러 빈틈없이 심찬의 가슴 속처럼 붉게 물들어 있었다.

"어서 오십시오."

역시 비구니가 일본말로 맞이하면서 법당문을 열고 나온다. 심찬은 여승의 얼굴을 뚜렷이 본다. 옛날 젊은 시절의 묘정은 아니라 해도 아직까지 세월을 비껴가는 지혜의 향기가 묻어나는 얼굴이었다.

"혹, 조선에서 건너온 묘정 스님이 맞습니까?"

"그렇사옵니다만, 누구시옵니까?"

"소생은 청송의 선비로서 진보골 광덕산 자락에서 스님을 한번 찾아

뵌 적이 있습니다. 기억하기 어려우실 테지요."

묘정은 한참동안 심찬의 얼굴을 자세히 바라본다. 그리고 서서히 입가에 미소를 지으며 다가와 심찬의 손목을 잡는다. 여인의 손길인지 자비의 손길인지 심찬은 분별하기 어려웠다. 이제는 스님이 조선말로 말한다.

"고려청자는 복원하시고 잡혀왔는지요?"

"오, 기억하시는군요. 그때 스님 덕분에 연화스님도 만났고 그 스님의 인연으로 우보거사를 찾아가서 청자비기를 구했습니다만 계속 불운이 겹쳐 뜻을 이루지 못하고 포로로 잡혀온 후 청자의 꿈은 접어 버렸답니다. 스님은 무슨 연유로 이곳에 오셨는지요?"

"객사로 가셔서 긴 이야기를 나누시지요. 우선 간단히 말씀 드리자면 소승은 가토 기요사마의 막하에 있던 왜승에게 발견되어 이곳으로 잡혀왔답니다. 내 뜻대로 여기에 암자를 지어주고 제 마누라처럼 여기다가 수년 전에 입적해 버렸지요. 왜국은 모두 대처승들입니다. 어서 객사로 드시지요."

"잠깐, 제가 여길 찾은 목적부터 말씀드리겠습니다. 부모님의 위패와 제 처의 위패를 이 절에 위탁하고자 왔습니다. 조선의 스님께 맡기는 것을 다행으로 알겠습니다. 그리고 궁금한 것은 자나깨나 부모님 생각에 가슴을 앓아왔습니다. 왜란 때 청송은 얼마나 피해를 보았는지요?"

"예, 기꺼이 영가님들을 받겠습니다. 왜란 때 유독 청송만은 피해가 없었답니다. 명나라 이여송 장군의 송(松)자가 붙은 지역은 피해가라는 도요토미의 지시가 있었다고 들었습니다."

그렇다면 다행한 일이지만 남원에 있는 아들을 얼마나 걱정하셨을까 하고 심찬은 새삼 가슴이 무너진다. 그는 묘정의 안내로 객사에 들면서 가슴이 답답하여 기침을 쏟았다. 심찬은 파란만장의 여정을 묘정과의 해후와 함께 마감하지 않을까 하는 예감이 들었다.

가을바람이 황혼의 마지막 열정으로 함께 불타는 단풍잎을 스산하게 흔들고 있다. 때마침 서녘 하늘이 황홀한 색채로 노을을 짓는다. 황혼은 하루의 끝이 아니라 내일을 잉태하는 소망의 꽃이었다.

13. 회한의 나들이 _

　　나는 언제 어디서 숨을 거두었는지 모른다. 나에시로가와의 내 집에서 죽었는지 사쓰마의 묘정암에서 묘정의 무릎을 벤채로 죽었는지 내 혼령은 이렇게 살아 있음에도 불구하고 기억이 나지 않는다. 내 부모님과 아내 이성녀의 위패를 묘정에게 맡기자 묘정이 바로 불전에 있는 영가대(靈駕臺)에 모셨던 것은 기억할 수 있고, 내 아들 당수가 혼신을 다해 그릇을 빚는 모습도 기억할 수 있다. 아들은 아무리 백(白) 사쓰마를 구워내도 시마쓰가(家)의 전용으로 보내고 찌그러지고 뒤틀린 그릇이나 소유하도록 허용되는 처지라 애석했던 모양이다. 그리하여 구로(黑) 사쓰마를 빚기로 작심하고 갈색상질의 검붉은 흙을 구해와서 오묘한 유약 혼합으로 쇠가 포함된 짙은 맛을 내는 구로사끼를 만들었다. 구로사쓰마는 민간인들에게 판매할 수 있고 도공들도 소유할 수 있었기 때문이다.

　　내가 아들의 작품으로 마지막에 보았던 술병은 실로 나의 자긍심을 일으켜 주었다. 입술이 넓은 주둥이에 조선혼의 자취가 짙게 배어 있었다. 흑토로 성형한 뒤에 백토로 화장하여 그것이 마르기 전에 물레에 올려 흰 유약을 떨구어 손가락 끝으로 가볍게 긁어내는 기법이었다. 회오리 문양과 물결 문양으로 나타나 오묘한 맛을 내는 조선의 술병이었다. 분명 나보다 월등한 기술을 갖추었다고 생각하니 나는 죽어도 여한이 없다.

그래도 내가 언제 어디서 죽은 지는 모른다. 내가 정신을 잃었을 때 묘정이 나에시로가와로 기별하여 아들이 데려갔는지, 집에서 의식을 잃은 채 몇날 며칠 혹은 2년 3년이 지난 뒤 숨을 거두었을지도 모른다. 또는 묘정의 객사에서 숨을 거두었을 수도 있다. 젊은 시절 한 눈에 연정을 느끼고 오랫동안 가슴에 묻어 두었다가 이역만리 타국에서 해후상봉(邂逅)한 마당에 샘처럼 솟는 소회와 희열 속에서 얼마 남지 않았던 생명의 등불이 기쁨의 충격으로 꺼져 버린 것은 아닐까. 그러나 다행인 것은 내가 의식을 잃었을망정 내 머리를 묘정의 무릎에 올려 놓고 스님이 임종을 지켜보았으리라 상상해 보는 일이다. 아무튼 나 심찬은 영원히 조선의 혼령으로 살아갈 것이다.

나는 억울했던 과거를 넘나들면서 내일을 향해 나들이를 떠날 것이다. 가능하면 같은 역사의 질곡 속에서 상상을 초월하는 시련을 겪으며 외국으로 끌려온 수백 수천의 조선 사기장들의 근황과 그들 후대의 활동을 확인해 보려고 한다. 일일이 다닐 수는 없으니 큐슈지역에 한정하여 내가 평소 이름을 들었던 사람들을 찾아보려는 것이다. 따라서 나는 시공(時空)을 초월하여 넘나드는 나들이에 나설 것이다.

먼저 남원성 대산방 금강골에서 우정을 나누며 의병에 함께 참여했던 이삼평을 찾아가 보려고 한다. 그가 살고 있는 곳은 큐슈의 서북쪽 사가현 아리타라고 하였겠다. 부산포에서 나는 남원성 포로들과 함께 나카무라에게 이끌려가서 세키부네를 탔고, 이삼평은 주가전과 함께 요시무라에 끌려가서 고바야라는 작은 배를 타고 갔었다. 이삼평의 도요기술이 남다르고 앞을 보는 눈과 야심 때문에 주가전이 주는 정보를 허술히 듣지 않고 쓰시마(대마도)를 거쳐 후쿠오카로 들어갔다. 내가 탄 세키부네는 큐슈의 남쪽 끝 사쓰마가 목적지라는 말을 듣고 이삼평은 사기장의 본능이 있어 가족을 데리고 고바야를 탔던 것이다. 사쓰마는 화산지대라서 백토는 고사하고 어떤 점토도 나오지 않는 곳이라고 주가전이 귀띔하자 그 길을 선택한 것이다.

왜군의 제2차 침공(정유재란) 말기 때 도요토미의 죽음과 조명 연합군의 대반격으로 왜군 철병이라는 도요토미의 유언이 맞물려서 부산포는 철군소동으로 매우 복잡하고 무질서했다. 당시 왜군 부대마다 포로들을 운송하는 상황에서 부산포 해안은 뒤죽박죽이 되었던 것이다. 도공 포로들까지도 정작 포획자들의 행방을 모르고 무작정 일본 각 지역으로 끌려갔다. 남원의 포로들은 낯선 지역 어느 해변에 내팽개쳐진 것이다. 그래서 그들은 각자 자구책으로 목숨을 이어가야만 했다.

이삼평도 마찬가지로 시골 벽촌 아리타에 버려져서 지역영주의 도움으로 주거지를 얻어 살면서 천직인 도요업을 열고자 하였으나 도대체 주변에 점토가 없어 난처하게 되었다. 그러던 어느날 이삼평에게 행운이 닥쳐왔다. 백토를 찾고자 이 산 저 산을 헤매고 다니다가 이즈미(泉山)라는 산에서 그릇의 원료인 도석과 백토 광산을 발견했다. 그 광산의 규모는 양질의 백토를 수백 년간 파내도 남을 정도였다. 그리하여 그곳에 자리잡고 일을 시작하자 많은 도공들이 따르게 되면서 천부적인 도요기술로 아리타야끼라는 특수한 그릇을 만들어냈다. 일본 최초의 도자기였다.

내 혼령이 아리타에 갔을 때는 이미 이삼평은 죽고 없었다. 그러나 그의 도요소는 대를 이어가며 번창하여 무역항인 나가사키의 데지마(出島)

를 통해 유럽으로 대량 팔려나가고 있었으며, 유럽의 왕후와 귀족들이 아리타야키에 매료당하였다고 한다. 그리고 나베시마번의 재정에 크게 보탬이 되었다고 하며 따라서 이삼평을 비롯한 도공들은 좋은 대접과 보호를 받으면서 후손들은 일본인과 결혼하여 현지에 스며들고 말았다. 내가 주도했던 나에시로가와의 자치촌 코레마치(高麗人村)와는 현저하게 다르다. 조선말을 잊지 말고 결혼은 조선사람끼리, 조선의 이름 석 자를 지키라고 했던 내 지침이 한결 돋보인다고 생각했다.

이삼평 도요소에 한 가지 섭섭한 것은 정작 이삼평가(家)는 유명한 아리타야키를 탄생시켰을 뿐 대를 잊지 못한 점이다. 대신 우리 조선인 도공과 일본인 도공들이 수없이 공방을 만들어 아리타야키를 계승하여 생산해내고 있다.

두 차례에 걸친 도요토미의 조선 출병으로 황폐해진 일본 경제에서 그들의 재정을 일으킨 것은 납치되어 온 조선의 도공들이 만든 도자기를 유럽에 수출할 수 있었기 때문이다. 명치유신 때까지 그들이 해외로 수출할 수 있었던 상품은 오르지 도자기뿐이었다.

이삼평과 가까이 지내며 도업에 종사했던 종전 부부의 이야기도 확인할 수 있었다. 종전은 일찍이 죽었으나 그의 부인 백파선(白婆仙: 흰머리 늙은 선녀라는 별명)은 천 명 가까운 도공을 이끌고 이삼평과 합류하여 이삼평이 일본 도자기의 시조로 자리잡는 데에 힘을 보탠 것이다.

나는 가라쓰(唐津)만의 해협을 회한의 눈으로 바라보았다. 여기에다 조선침략군 20만을 모아 놓고 전쟁을 독려한 도요토미 히데요시를 몸서리치게 증오하였다. 아리타만을 건너 이키 섬을 지나 또 쓰시마 저편 부산포를 향해 출전시킨 도요토미는 조선을 공터가 되도록 초토화시키라고 명령했다는 것이다. 그리하여 그의 명령대로 7년동안 조선은 천하가 핏물로 강을 이루고 또 모든 것이 불태워져서 잿더미가 되었다.

아리타만으로 조선의 도공을 가장 많이 사로잡아온 자는 나베시마 장군이라고 했다. 이삼평도 쓰시마에서 나베시마의 수백 명 포로에 끼어 들어온 것은 아닐른지 모르겠다.

같은 사가현에 오늘날 일본의 명문 도요가 있는데 역시 우리 조선 도공의 후예라고 한다. 이른바 카라스야끼를 창시한 명문이었다. 계속 대를 이어온 나카사토 다로우메몬 13대는 오늘날 일본의 문화재가 되어 있다. 그의 1대는 임란 때 부산 교외의 중리구(中里區)에서 포로로 잡혀온 것으로 알고 있었다. 내가 나카사토씨를 언급하는 이유는 오늘날 그 후손이 조선의 도자기를 힘주어 비판하고 있기 때문이다.

"일찍이 일본에 건너와 도자기 기술을 전수시켜 일본의 찬란한 세계적 도자기 문화를 발전시켰으나 정작 조선의 도자기는 그동안 무엇을 했는가. 겨우 팔아먹기 위해 남의 나라의 비위를 맞추는 그릇을 만들고 있지 않은가. 주체성, 독창성을 잃어가는 현실이 안타깝다."

뒤늦게나마 조선의 백자와 고려 상감청자를 복원하는 명인들이 현재 속속 출현하고 있는 줄 알고 있는데, 나카사토씨는 좀 심한 말을 하는 게 아닌가 싶다.

동성(同姓)인 또 다른 나카사토가 있어 언급하지 않을 수 없다. 임란 때 웅천(지금의 진해)에서 일본으로 끌려왔다는 조선의 여인 이야기다. 경상도 김해의 서방산성(西方山城)에 주둔하고 있던 왜장 마쓰무라가 퇴각하면서 도공과 주민 1백25명을 납치하여 잡아갔는데 그 중에 미모가 빼어나고 지혜로운 방년의 처녀가 끼어 있었다.

사가현의 카라스로 끌려온 이 여인은 신변을 보호받기 위해 서둘러 결혼을 했는데 그녀의 남편은 일본인 나카사토 시게우에몬이었다. 부부는 10년 동안 도자기를 구웠으나 양질의 태토가 없어 도업을 일으킬 수 없었다. 이때부터 조선인 도공들은 영내의 새로운 적지를 찾아 헤매고 다녔다. '이조'라는 이름으로 불리던 이 여인은 아들 하나를 낳고 남편을 잃었다. 그녀는 아들에게 일본의 관습대로 남편의 성명을 잇게 하고 흙을 찾아 길을 떠났다. 그렇게 헤매다가 정착한 곳이 나가사키현(長崎縣)의 사세보(사世保)였다. 거기서 양질의 흙을 찾아내 히라토야기(平戶瓷器)로 유명한 미카와치야끼(三川內燒)를 창시했던 것이다.

내 혼령은 구마모토(熊本)현 팔대시(八代市) 고전촌(高田村)으로 날아갔다. 여기에서 고다야끼(高田燒)의 도조(陶祖)가 되었다는 부산 출신 존계(尊階)를 확인하기 위해서였다. 확실하게 드러난 인물은 아니지만 그가 고려상감청자를 복원해 냈다는 소문을 들었기 때문이다. 내가 젊은 시절 고향에서 그리도 염원했던 청자가 아니었던가. 나의 청자복원에 대한 꿈은 두어 번 시행착오를 겪고 다시 도전하기도 전에 임진, 정유 양란을 당해 포로가 되어 끌려오면서 그 꿈이 깨지고 말았던 게 아닌가. 그런데 타국 땅에서 그 상감청자를 존계가 복원했다니 부럽고 고마운 일이다.

존계는 이미 죽고 없는 사람이지만 그의 자손으로 이어져 청자를 생산하고 있다니 당연히 찾아가 보아야 했다.

어떤 기록에 의하면 존계는 임진왜란 때 부산 근처의 성주였던 존익(尊益)의 아들이었다는데 침략군인 왜장 가토 기요시마를 존경하고 사모한 나머지 그를 따라 일본에 건너왔다는 것이다. 누구나 조선사람이라면 그를 증오하겠지만 나는 그 인물보다도 그가 성공해 대를 이었다는 그 작품에 관심이 클 뿐이다. 그는 가라쓰에 머물렀다가 아가노(上野)촌에 정착하여 도자기 기술이 뛰어나서 어용요(御用窯)에서 일했다고 한다. 그러나 그 인물에 대해서는 제대로 알 수 없었다. 부산 근처에 존씨 성을 찾아보아도 어디에도 없는 성씨였고, 성주의 아들이 일개 도공이었다는 사실도 신빙성이 없는 것이었다. 일본에서만 전해지는 인물로서 누군가 조선 도공 하나를 만들어내 청자제작의 권위를 높였을 것이다.

아무튼 나는 고다야키 야쓰시로의 가마를 찾았다. 뜻밖에도 후덕하게 생긴 노파가 나왔다. 그는 일본여인이었다. 조선 도공도 아닌데 어떻게 상감기법을 전수받을 수 있었을까. 명치 9년에 이 사까이 여사의 선조들이 영주의 명령에 따라 존계의 기술을 이어받아 상감기법으로 그릇을 구워왔다고 한다. 나는 사까이 여사가 소장하고 있는 선대의 작품과 사까이 여사 자신의 작품을 구경하면서 감동을 받았다. 과연 훌륭한 그릇들이었다. 가을 하늘의 비색에 아름다운 문양을 상감한 청자 바로 그것이었다. 그러나 어딘지 모르게 내 마음이 미흡한 이유는 무엇이었을까. 옛날 내가 보던 유물과는 느낌이 달랐다. 물고기나 꽃의 문양이 아름답다기보다는 너무 화려했고 그윽하기보다는 가벼움이 묻어났다. 일본인의 성정을 표현한 것이다.

그런데 존계의 후손이라는 자가 나타났다. 존계의 11대 후손이라는 상야재조(上野才助)씨였는데 초대 때부터 상감을 구웠고 4대 때부터 성주의 명령으로 30년 동안 상감만 집중해왔다는 게 아닌가. 그후 계속 이 고장을 상감기법의 중심지로 만들어 놓았는데 여기저기서 자기가 존계의 혈통이라고 한단다. 나는 누가 존계의 적통인지 알 바 아니고 상아씨의 그릇이나 구경했다. 어쩐지 빛깔의 신비로움이 사까이씨의 작품에 비해 다소 떨어지는 느낌이었다.

내 나들이는 큐슈 지역만으로 한정할 수밖에 없다. 일본 혼슈 넓은 지역에도 우리 조선의 도공들이 이루어 놓은 피맺힌 사연들이 있다지만 내가 아무리 혼령이라도 들은 바가 없으면 찾아갈 수 없는 일이다. 큐슈라 해도 내 귀에 익은 사람들이나 찾아가서 그들이 어떻게 대를 이어오는지를 보고 싶은 것이다.

이번에는 눈물 없이는 들을 수도 볼 수도 없다는 다카도리 팔산(八山)의 가마를 찾기로 한다. 큐슈의 북단 후쿠오카현 소석원촌(小石原村)으로 날아갔다. 팔산 1세는 조선의 고령군 성산면 팔산리에서 태어나 정유재란이 일어나자 후쿠오카의 성주인 구로다(黑田)에게 부자(父子)가 함께 포로로 잡혀왔다고 한다.

그리고 번주의 명을 받아 그 지역 동쪽 기슭에 다카토리야끼(高取窯)를 창시했다고 한다. 그런데 팔산은 부인마저 왜장에 잡혀와 있다는 소식을 듣게 되었다. 고향에서 난을 피해 친정에 가 있던 부인은 친정 아버지와 함께 구마모토 성주에게 잡혀온 것이었다. 구로타 성주의 도움으로 구마모토 성주로부터 장인과 부인을 다카도리로 데려와서 감동적인 상봉을 하게 되었다. 팔산 1세는 일본식 이름을 따르지 않고 꿈에서도 잊지 못하는 고향의 지명인 팔산을 성씨로 정했다.

팔산 12대손 다카토리 팔산은 조상의 고향을 찾기 위해 조선(한국)으로 건너와 선조들의 문헌을 뒤지고 하여 고령군 성산면 팔산리가 선조의 고향임을 확인하였다. 이 소식을 들은 12대의 어머니 다카토리 세이잔 여사가 한국으로 건너와 팔산리 마을 앞에서 삼백 몇십 년만에 한이 서린 통곡을 터뜨렸다고 한다.

초대 팔산은 자나깨나 고향을 잊지 못하고 있었다. 아무리 포로의 신분이었어도 타국에서 부인과 아들을 곁에 두고 천직인 가마일을 하게 되어 다른 도공들에 비해서는 행운을 받았다고 하겠지만, 그는 틈날 때마다 가족을 데리고 고국의 고향으로 탈출할 생각을 하고 있었다. 그러다가 갑자년(갑자: 인조 2년. 1624)에 조선통신사 강홍립이 일본에 온 것을 알게 되어 조국으로 데려가 달라는 피맺힌 탄원서를 써 들고 몰래 강홍립을 찾아갔다. 그러나 도중에 번의 군사들에게 잡혔고, 몸에서 나온 탄원서는 번주에게 올려졌다. 당시의 번주는 구로타 나가사마의 아들인 구로다 주겐이었다.

"너를 참수해 버릴 일이나 내 아버지가 너를 아꼈던 관계로 목숨만은 살려준다. 그러나 당인곡(唐人谷)에 가서 칩거하고 가마일은 금지한다."

팔산은 생명을 유지했지만 다카도리 가마의 불은 꺼지고 제자들도 흩어져 버렸다. 당인곡에 갇혀 생활잡기나 구워 생활하면서 6년의 세월을 보냈다. 그만큼 시간이 흐르자 번주는 팔산을 불러들여 관요(官窯) 하나를 맡겨 운영하도록 했다.

팔산 1세는 노력가로 유명했다. 실험정신이 투철하여 다양한 도기와 자기를 만들어냈다. 워낙 변화가 많은 작품들을 생산하였기에 아리타 계통이나 카라스 계통으로 오인을 받기도 했다. 그리하여 후손들은 훌륭한 선조의 작품들을 제대로 인증받기 위해 계속 선조의 전통을 잇는 작품을 만들어내게 되었다.

한가지 특기할 일은 9대인 다카토리 팔산과 10대인 다카토리 팔산의 눈물겨운 갈등문제였다. 명치유신으로 번의 제도가 없어지면서 다카토리야키의 불이 꺼지자 부자간의 의견대립이 극에 달했다고 한다. 10대 팔산은 시대가 변했고, 생활고에 시달리니 현실에 맞는 그릇을 만들어서 시장에 내놓자고 아버지께 건의했다고 한다. 그러나 9대 팔산은 완고했다.

"헌상품용 명기만을 만들었던 장인정신을 버리고 싸구려 시장용품을 만들자는 것이냐! 내 눈에 흙이 들어가더라도 자자손손 장인정신을 지켜라."

아버지의 고집을 꺾을 수 없어 옆동네 지인의 가마에서 상품용 그릇을 만드는 것을 배우면서 실용품을 만들어냈다. 그러나 이 사실을 알게 된 아버지 9대 팔산은 부자간의 의를 끊고 칩거에 들어갔다. 아들이 찾아와 무릎을 꿇고 용서를 빌었으나 아버지는 아들을 받아들이지 않고 다음날 숨을 거두었다.

11대에 와서는 며느리 세이잔이 대를 이어받았다. 물론 12대도 어머니의 일을 적극 도왔다. 애초부터 세이잔 여사는 초대 팔산에 대한 효심과 연민이 강했다. 그녀의 품엔 작은 손거울이 하나 들어 있다. 초대 할머니가 친정아버지와 함께 일본으로 잡혀올 때 지니고 온 것으로 가보로 내려오고 있었다.

세이잔은 그토록 고향으로 가고 싶어했던 초대 할아버지의 소원을 풀어드리기 위해 선조의 묘를 한국으로 이장하고자 했다. 그 갸륵한 정성으로 묘를 발굴해보니 고국으로 돌아가고 싶은 한이 4백여 년 동안 변함이 없었던지 유골이 그대로 남아 있었다.

"이제 고국으로 가시는 겁니다. 그토록 가시고 싶었던 고국으로 귀향하는 것이옵니다."

세이잔 여사의 독백에 아들 팔산 12대는 끝내 울음을 터뜨렸다. 1983년 6월에 초대 팔산의 기념비를 경주에 세우고 제막식을 올릴 때 세이잔은 한복을 입고 참석했다.

내 혼령은 다시 우리들의 가마가 있는 나에시로가와에 돌아오기로 했다. 코레마치의 대표적인 사기장 박평의(朴平意)의 내력과 그의 후손들의 실태를 알아보고 끝으로 나 심찬의 후손들이 어떻게 대를 이어오는지 들여다볼 것이다. 역시 시공을 초월한 내 혼령의 나들이가 되겠다.

박평의는 나보다 2년 앞서 먼저 세상을 떠났다. 그는 나와 더불어 우여곡절을 겪고 사쓰마야끼를 완성시키고 떠난 것이다. 명치유신(1868)은 일본의 에도 막부를 무너뜨리고 왕정을 복고한 개혁이었다. 번이라고 하는 영주 제도를 폐하게 되자 모든 도요소가 문을 닫게 되었다. 돈을 가진 사람들은 사비를 들여 가마를 열고 세습된 도요업을 지속하게 된다. 그리고 사쓰마(苗代川)현의 나에시로가와는 미야마(美山)라는 지명으로 바뀌었어도 박평의 후손들은 명치 때까지 3백여 년 가까운 세월동안 한복입기를 고집했고 이름도 조선 이름을 고수하였다. 그러나 집안이 몰락하면서 도고(東鄕)라는 성과 일본식 이름으로 바꾸었다. 애써 조선인의 신분을 감추고 머리 좋은 아이는 동경으로 보내 공부를 시켰다. 그리하여 일본제국 최후의 외무대신까지 탄생시킨 박씨 가문이었다. 그 외무대신은 박무덕(朴武德)이라는 소년으로, 조선인의 신분을 감추고 열심히 공부했던 도고 시게노리(東鄕武德)였다.

박씨 집안은 지금은 도업의 대가 끊긴 가문이지만 11대 박평의만 해도 프랑스 대 박람회에 작품을 출품하여 금상을 받기도 했다. 명치 직전만 해도 이렇게 미산 마을에서 박평의 일가는 나의 집안과 쌍벽을 이루면서 조선 도공들의 정신적인 지주로 추앙을 받아왔던 것이다. 결국 사쓰마야 끼를 창시한 것은 박평의 가문이고 현대에 이르기까지 그 맥을 발전시켜 온 것은 내 후손들이다. 공교롭게도 무상감을 주는 것은 지금 이삼평 13세가 기관차를 운전하는 기사이고, 박평의 13세는 트럭운전수라는 점이다.

나는 끝으로 내 집안을 자랑하지 않을 수 없다. 어느 가문보다도 내 심씨 가문은 한 대도 빠짐없이 꾸준히 가마에 불을 지펴왔다. 한 가지 별나고 신기한 일은 나로부터 4백 년이 지난 오늘날의 14대까지 독자로만 이어왔다는 사실이다. 꼭 아들 하나씩만 낳아서 대를 이어 그릇을 굽게 하였던 것이다. 대대로 선친의 명을 거스르지 않는 효자 가문이라는 뜻도 된다. 내가 유언을 내린대로 어김없이 조선의 이름 석 자를 일본식으로 바꾸지 않았고, 조선인끼리만 혼인을 해왔다. 지금 생각해 보면 나의 지나친 욕심과 아집이겠지만 그래도 끝내 고국으로 가지 못했던 내 고향으로 향하는 일편단심의 뜻으로 받아들이면 좋겠다.

내 2세인 심당수는 박평의 가마에서 열심히 노력하고 분발한 덕분에 올바른 장인으로 성장하여 3세인 심도길에게 전수했으며 대대로 선대를 따라 이어왔으니 나로선 이렇게 고마운 일이 어디 있겠는가. 내가 어려웠던 시절에 써 놓았던 교린수지(交隣須知)와 표민대화(漂民對話)의 두 책을 대대로 읽혀온 것도 맥을 잇는 데에 큰 도움이 되지 않았을까 싶다. 교린수지는 이웃을 사귀는 데에 모름지기 알아야 할 사항이면서 일종의 언문책인데 도자기를 만드는 연장들의 이름이나 생활용어들을 적었으며 후대를 위해 일본어로 주석해 놓기도 하였다. 표민대화는 사쓰마 반도 연안에 표류해온 조선인들과의 대화를 기록한 책인데 우리 조선 백성들의 정서를 이해시키고 고국을 잊지 말라는 내 뜻을 담은 기록이었다.

나는 내 후손들을 하나하나 확인하면서 그들이 남긴 작품들도 점검해 볼 것이다. 물론 그들의 유작들을 일일이 열거할 수 없고 대표작 하나씩만 여러분들에게 선을 보일까 한다.

먼저 내 작품으로 남은 것은 일본에 와서 오직 불만 빌려 만든 조선의 사발이다. 우리가 납치되어 왔을 때 짐 속에 가져온 태토와 유약으로 만든 것이었다. 오직 일본 것은 불뿐이라고 하여 '히바카리'라는 이름으로 지금까지 전해오고 있다. 내 자손들의 가보이며 일본의 보물이다.

2대 심당수의 작품으로는 근세에 와서 이름지어진 지두문주병을 하나 내세울 수 있다. 조선의 향기가 물씬 배어나는 술병이다. 성형 후에 백토로 화장하여 마르기 전에 물레에 올려 흰유약을 떨구어 가볍게 손가락으로 긁어내는 기법을 사용하였다. 마치 물결이나 회오리 문양으로 표현한 고단수 작품이다.

3대 심도길의 작품으로 꼽을 수 있는 것은 음각초화문주병이다. 조선에서 온 도공들이 사쓰마의 풍토에 접근해가는 가운데 내려오는 기법에다 새로운 기법을 더하여 제작한 것이리라. 흙색 바탕에 정(釘)으로 음각된 문양의 초화(草花) 그림이 세련되게 표현되어 있다.

4대 심도원부터는 상감기법을 사용하고 있음을 볼 수 있다. 기술이 한 단계 더 발전한 작품들이 나왔다. 난백색 바탕에 꽃과 새를 상감하여 빚은 작은 화병은 누구나 소유욕을 느끼게 한다.

5대는 내 이름을 그대로 사용한 심당길이다. 상감초화문 술항아리를 빚어 내놓았다. 신비로운 어깨의 선과 단아하고 예쁜 주둥이가 매력을 준다. 은은한 백(白) 사쓰마야끼의 표본이나 다름없다. 단조로운 구도지만 흑토로 난초를 상감해 놓은 작품이다. 가로세로로 한 뼘 정도의 높이와 넓이를 지녔다.

심당관 6대는 분명히 제작활동에 역동성을 보였다. 보상화문을 상감 기법으로 구운 것은 다섯 조각이 나게 깨어진 유품밖에 나오지 않았다.

2대와 이름이 같은 7대 심당수의 대표작으로는 그릇이 아닌 관세음보살좌상이 있다. 계란색 백토로 빚었는데, 높이와 넓이가 한 뼘이 넘는다. 연꽃무늬를 굵게 음각한 좌대 위에 앉아 있는 보살의 모습은 실로 자비로움의 표상이다. 미인도에 나오는 얼굴과 어깨까지 내려오는 옷의 주름들이 어쩌면 그토록 자연스러운지 모르겠다.

비교적 유품이 많은 자손은 8대 심당원이다. 그의 아비처럼 불교의 경지로 들고 싶었는지 관세음보살상을 좋아했다. 높이가 두 자가 조금 넘고 좌대도 한 자가 훨씬 넘는 관세음보살좌상과 높이가 한 자 반에 넓이가 한 자가 조금 넘는 사자승 관세음보살좌상은 모두 아름다움에 취해 경건한 마음을 갖게 하는 나에시로가와 장식품으로서 조형물의 극치를 보인다. 황백토가 따로 있었단 말인가. 빛깔이 황란색으로 곱기가 그지 없다. 그리고 어찌 입을 쩍 벌린 사자 등 위에 아름다운 여인의 보살을 앉혀 놓았단 말인가.

심당영 9대는 사쓰마양이화병을 내놓았다. 한 자가 넘는 높이의 꽃병으로서 언뜻 보기엔 고대 페르시아풍의 이국적인 모습을 보인다. 철분을 섞은 재료로 문양을 넣은 것이 이채롭다.

10대 심당진은 '엉킨 사자상'을 내놓았다. 10대는 어쩌면 장난끼가 있는 사람이었나 보다. 세 마리 사자가 서로 엉켜있는 모습은 재미 삼아 만들어낸 작품 같다. 높낮이가 반 뼘밖에 안되는 황백색의 아담한 작품이다.

11대 심수장은 가장 어려운 시기에 그릇을 빚은 장인이었다. 막부시대가 끝날 무렵은 재정의 고갈 때문인지 번의 지원을 받지 못해 도업이 중단될 처지에 이르고 있었다. 그렇다고 11대가 작업을 중단한 것은 아니다. 아들인 12대 심수관이 깊이 연구하고 도와주면서 자신도 그릇을 빚었지만 명치유신이 시작될 무렵이라 대표성을 가질 만한 작품은 내 눈에 들어오지 않는다.

12대의 이름은 심수관이다. 이때부터 심수관의 이름으로 습명을 삼은 모양이다. 따라서 내가 심수관 1대로, 그리고 내 아들 심당수는 심수관 2대로 호칭되고 있었다.

심수관 12대는 우리 가문 4백 년 중에서 가장 화려한 황금기를 만들고 누린 사람이다. 도쿠가와 막부 말기에 막부의 재정이 바닥날 즈음에 사쓰마번은 정신을 차리고 나에시로가와(美山)에 대규모 백자공장을 세우고 그래도 유명세를 띄고 있던 심수관 12대를 그 공장의 책임자인 주임으로 임명하였다. 그리하여 가장 수요가 많은 찻잔, 커피잔, 양식기 등을 제작하게 하였다. 그 자기들은 나가사키를 경유하여 외국으로 무제한 수출되어 사쓰마현에 상당한 자본을 형성하게 하였다.

막대한 이익을 남긴 사쓰마현의 재물은 역설적으로 도쿠가와 막부를 넘어뜨리는 중요한 재원으로 쓰였다. 그러나 막부가 망하고 유신이 되자 번의 영주 제도가 해체되면서 모든 가마들이 불을 끄게 되었다. 도저히 생업을 마련하지 못한 조선의 도공들은 초근목피로 살아가야만 했다. 그러나 심수관 12대는 그 참혹한 시기를 이겨내며 자비로 가마를 운영하면서 만고의 명품들을 만들어 냈다. 드디어 일본의 도자기 문화를 꽃피우는 계기가 오게 된 것이다.

심수관 12대는 명치 6년(1873) 유럽의 오스트리아 만국박람회에 작품을 출품하여 대상에 버금가는 세계적인 평가를 받았고, 호주와 러시아, 미국 등지로 도자기를 수출하는 길을 열게 되어 심수관이라는 이름이 사쓰마야끼의 중흥조(中興祖)로 추앙을 받게 된다.

12대가 남긴 명품은 수도 없이 많아서 무엇부터 열거해야 할지 모르겠다. 요즘 길이 단위로 말하자면 높이 1.2미터, 구경 60센티미터, 흉경 83센치미터의 대화병이 심수관 14대의 수장고에 있는데 역시 12대의 작품으로서 사면에 춘하추동의 경치를 금색으로 찬란하게 상감하여 그 화려함에 극치를 이루는 명품 중의 명품이다.

그런데 어느 기록에 의하면 이 작품은 도쿠가와 가문으로부터 초대 이탈리아 공사인 도슈라는 사람에게 증정되었고, 백 년 정도를 유럽에서 떠돌아다녔다고 한다. 그러다가 도쿄의 어느 미술 수집가가 사들여서 일본으로 되돌아 왔는데, 그 수집가는 이 명품을 자신이 소장하는 것은 의미가 없다고 하여 원 제작자인 심수관가로 돌려보냈다는 일화가 전해지고 있다.

12대 심수관은 특히 입체적인 투각 성형을 개발하여 '투각칠보문 향로' '투각 육각화분'을 제작하였는데, 섬세한 그물망을 투명하게 성형한 기법은 아무리 보아도 신기할 따름이다.

역시 아버지한테 그 기법을 전수받았는지 13대 심수관(본명:정언)도

'투각군학문 향로' '투각덮개향로'를 발표하여 많은 찬사를 받았다. 심수관 13대가 사는 시대는 이미 신학문 시대였다. 원래 수재인 그는 명문 7고교를 나와 교토 법대 법학과라는 수재들만 들어가는 대학을 나왔다. 검판사가 되거나 교수가 될 수 있는 인재였으나 선친의 뜻에 따라 고향 미산으로 돌아와서 그릇을 빚고 가마에 불을 땠다.

마찬가지로 심수관 14대(본명 혜길)도 동경의 명문 와세다 정경학부를 나왔으나, 아들이 너 하나밖에 없고 학창시절에 세상 구경을 했으니 이제 집으로 돌아와서 가업을 이으라는 부친의 명에 따라 아버지가 그랬듯이 그도 고향으로 돌아와서 가마에 불을 때고 있다.

지금 심수관 15대(본명 일휘)도 독자로서 와세다대를 나왔으나 아버지의 명에 따라 이탈리아로 도자기 유학을 다녀오고 선대의 고국인 한국에 와서 옹기 굽는 기법을 배워왔다.

14대 심수관 시대는 일본이 군국주의로 나가던 때여서 인종차별이 심한 편이었다. 그렇지 않아도 무사를 존중하는 사쓰마의 풍토에서 조선식 이름 석 자를 용납하지 않는 분위기였다. 소학교와 중학교를 다니면서 14대는 온갖 시련을 다 겪었다. 13세는 아들의 고통을 극복하도록 아들에게 굳은 신념을 심어주었다.

"싸움도 일등, 공부도 일등을 하거라. 그렇게 되면 왜놈들도 네 발밑으로 들어오게 된다."

따라서 피나는 노력으로 아버지의 가르침을 실천하여 조선인을 무시하는 풍토를 극복하게 되었다. 지금은 선대의 업적 못지 않게 명품들을 내놓아 동경을 비롯하여 국내 각지의 미술관에서 자신의 이름을 내건 도자기 전시회를 개최하면서 사쓰마야끼의 전통을 이어가고 있다. 또 그는 해외 여러 곳에서 초대를 받고 있는 명품 도예작가다.

일본의 도자기는 조선에서 납치해온 조선 도공들로부터 시작되어 조선의 혼을 담아 빚어낸 그릇들이 원조가 되었는데 시대가 흘러가면서 점점 일본의 정서에 동화되어 오늘에 이르렀다. 심수관 12대부터 본격적으로 왜색문화를 꽃피우게 되었는데, 반대로 4백 년 전에 일급 사기장들을 모두 일본에 빼앗긴 조선은 도자기 문화가 쇠퇴 일로를 걸었다. 그래서 지금은 오히려 일본인들의 빈축까지 사고 있는 것이다. 14대 심수관은 수관요를 방문한 한국인들에게 이렇게 말한다.

"한국의 현재 도자기는 일본을 너무 의식하는 데 문제가 있습니다. 무엇 때문에 일본인들을 의식하면서 그릇을 만듭니까? 한국의 도자기라면 한국사람들을 겨냥해서 독창성을 띠고 만들어야 한다는 것이 제 생각입니다. 가장 한국적인 것, 완전한 한국인의 정서를 담은 도자기를 내놓아야 일본인들도 그 가치를 인정할 것입니다."

내 혼령은 기가 막혀 웃다가 기특해서 또 웃는다. 조선의 피를 이어온 내 자손이 어느새 일본인이 되어 조국을 비판하고 있는 것이다. 그래도 당연한 일이다. 어디서나 뿌리를 내리면 그 토양에서 환경에 맞게 문화가 성장하기 때문이다.

그런데 얼마 전 14대 심수관은 4백 년 전 고국으로의 생환을 갈구하던 내 피맺힌 한을 풀어주는 아주 귀하고 장한 행사를 가졌다. 나의 고국 대한민국 서울에서 '4백 년만의 귀향'이라는 대 전시회를 열었다. 나의 첫 작품 '히바카리'를 비롯해서 우리 가문 대대로 15대까지의 작품들을 전시하여 국민들의 대환영과 찬사를 받았다. 4백 년만의 귀향은 바로 나의 귀향이니 옛적의 내 꿈이 이루어진 것이다. 14대는 이 행사에 앞서 조선의 왕인, 아니 대통령의 환대까지 받았고 내가 태어난 청송을 찾아 문중의 환영을 받았다.

그리고 다시 서울로 돌아와 대학에서 학생들에게 모국에 대한 소회와 현실 문제를 강연했다. 또 남쪽으로 내려가 내가 많은 도공들과 함께 왜병들에게 포로로 잡혀갔던 남원(南原)을 방문하여 유지들을 만나 조상을 기리고 심수관 전시관을 세우기로 하였다. 뿐만 아니라 남원성 전투의 영령들이 있는 만인의총을 찾아 큰절하고 이곳에서 채취한 성화를 옛날 내가 끌려가던 길을 따라 일본 규슈 나에시로가와까지 옮기는 행사를 기획하고 돌아왔다.

나는 매우 보람을 느낀다. 4백 년을 한결같이 대를 이어 나의 유업을 계승하고 있으니 얼마나 자랑스럽겠는가. 당시 나와 더불어 납치되어 잡혀온 17개 성받이 가운데 어느 가문이 조상의 유업을 이어오고 있는가. 내가 겪었던 시련과 조선이 당했던 그 끔찍한 치욕은 지금도 가끔 악몽으로 나타나곤 하지만, 그래도 나는 후손들을 생각하면 가슴 속에 응어리로 남아 있던 한이 시나브로 풀리고 있다.

〈끝〉

불가마 전쟁

지은이 | 최병탁
펴낸이 | 최병식
펴낸날 | 2014년 3월 20일
펴낸곳 | 주류성출판사
주소 | 서울시 서초구 강남대로 435 (서초동 1305-5)
전화 | 02 3481-1024   팩스 | 02 3482-0656
홈페이지 | www.juluesung.co.kr
이메일 | juluesung@daum.net

값 10,000원

ISBN 978-89-6246-121-3   03810